ANGIE !

MARIE-AUDE ET LORRIS MURAIL

ANGIE !

l'école des loisirs
11, rue de Sèvres, Paris 6e

Loi n° 49.956 du 16 juillet 1949 sur les publications
destinées à la jeunesse : mars 2021
Dépôt légal : mars 2021

ISBN 978-2-211-00125-0

Pour Natalie.

Et pour Agathe, Bénédicte, Georgia, Christelle,
Gaëlle, Nathalie et Sandra.

De tout notre cœur reconnaissant.

CHEZ LES RICHES

17 juin 2000

On les appelait « les XY ». Xavier et Yoann. Ils étaient à ce point de vrais jumeaux que X pouvait se faire passer pour Y, et réciproquement. Il leur suffisait d'échanger leurs vêtements.

Au lycée Saint-Jo du Havre, où ils faisaient leur scolarité depuis le CP, mais jamais dans la même classe, ils étaient devenus une légende. On prétendait que X, meilleur en maths, se faisait passer pour Y, les jours de devoir sur table.

Au sein de leur famille, Xavier donnait l'image du jumeau « dominant », le sérieux, le raisonnable, quand Yoann était le fantaisiste, le léger, le farfelu, et tous deux s'en accommodaient.

– Vous avez établi la liste de vos invités ? les questionna monsieur Sitbon, ce matin de mai 2000.

Pour leurs 16 ans, Xavier et Yoann Sitbon avaient obtenu l'autorisation d'organiser ce que leur grand-père appelait « une garden-party ». Xavier tendit à son grand-père la feuille sur laquelle son jumeau et lui avaient inscrit une trentaine de noms. Des camarades de classe, des amis de leur club d'équitation, et deux bons copains de Yoann, Gonzague Lemercier et Teddy da Silva.

– On pourra leur dire d'apporter un maillot de bain ? questionna Xavier, qui, des deux frères, était celui qui se chargeait de négocier.

Germain Sitbon hésita. La piscine, les demoiselles en tenue légère... cela pouvait dégénérer. En même temps, il était très satisfait du jacuzzi, du sauna, du pool house, etc. L'anniversaire de ses petits-fils n'était pas pour lui une partie de plaisir, mais l'occasion d'étaler sa fortune. Une fortune gagnée sou à sou, et grain à grain. Les grains des cafés Sibon.

– On verra, lâcha-t-il.

X et Y s'entre-regardèrent. « On verra » : c'était oui. « J'y réfléchirai » : c'était non. On allait pouvoir se baigner. À rebours, quand ils avaient réclamé un scooter, la réponse avait été : « J'y réfléchirai. » Germain avait doublement peur pour ses petits-fils, peur qu'ils deviennent aussi frimeurs que l'avait été leur père, Jean-Benoît, et peur qu'ils meurent dans un accident, comme ce crétin de fils et sa femme, dont l'hélicoptère s'était fracassé en montagne, sept ans auparavant.

Le samedi 17 juin 2000, la villa Sitbon ouvrit ses admirables grilles en fer forgé pour accueillir quelque deux cents invités. Parmi eux, on notait la présence de monsieur le maire du Havre, de monsieur le préfet de Seine-Maritime, de monsieur le ministre des Transports, et de tout ce que la région comptait d'industriels fortunés et de jolies femmes à la mode, toujours utiles pour la photo dans *Paris Match*.

La villa Sitbon, avec ses tourelles, sa grotte artificielle, son jardin d'hiver et son escalier à double révolution, offrait tous les charmes délicieusement kitsch des années 1900. Mais Germain Sitbon y avait ajouté le luxe du nouveau riche, courts de tennis et terrain de golf, piscine et écuries. Comme il le disait avec un reste d'accent cauchois : « Je veux avoir tout ce qui peut s'acheter. » Il avait donc aussi une magnifique collection de gravures et d'aquarelles de tous les grands peintres de la région, de Raoul Dufy à Eugène Boudin. Et une cave fermée à clé, qu'il croyait à tort bien protégée, où il collectionnait les plus grands crus et les bouteilles les plus rares. Un plaisir d'avare, puisqu'il n'en buvait jamais.

En avance sur leur héritage, Germain Sitbon avait légué à ses petits-fils ses yeux bleu océan et ses cheveux blonds frisés. Fort heureusement pour les XY, il s'était abstenu de leur transmettre son menton en galoche, son long nez de travers et ses oreilles déclanquées*. À 32 ans, fortune faite, Germain s'était aussi acheté une très belle jeune fille. En conséquence, ses petits-enfants, qui tenaient d'elle, étaient beaux comme des demi-dieux. Pour cette journée d'anniversaire, ils avaient choisi de s'habiller en domino, chemisette noire et pantalon blanc pour Xavier, chemisette blanche et pantalon noir pour Yoann. Marion, qui était depuis peu la petite amie de Xavier, mais confondait encore les deux frères, s'accrocha à ce détail vestimentaire pour les distinguer durant l'après-midi.

Le buffet avait été dressé sur la pelouse à l'ombre d'arbres centenaires. Il y en avait pour tous les goûts. Les diététiques bâtonnets de légumes à tremper dans des sauces, les nourrissants pains surprises, les raffinés tartares de saint-jacques d'Erquy, huîtres de Saint-Vaast en gelée d'eau de mer, médaillons de homard dans un fumet au café Sibon, et pour les amateurs de

* Oreilles décollées en patois cauchois.

barbecue, les saucisses et les brochettes. En dessert, les spécialités locales à la pomme et à la poire, douillons et dartois, en attendant les deux pyramidales pièces montées. Cidre à volonté pour les jeunes. Champagne pour les autres.

– Qu'est-ce que tu as eu comme cadeau d'anniversaire ? demanda Gonzague à Yoann.

– Un cheval.

Beauty pour son frère et Devil pour lui. Un blanc et un noir.

– Pas de fric ? insista Gonzague, non sans arrière-pensée, car Yoann lui en devait.

La mine sombre, Yoann fit un signe de tête négatif. Les plus riches héritiers sur la place du Havre étaient toujours à court d'argent. C'était la politique du grand-père : « Si tu veux des sous, tu les gagnes. » Aux dernières vacances, les XY avaient chargé et déchargé sur leur dos des sacs de grains de café de soixante kilos pendant deux semaines. Après cela, Xavier avait juré qu'il ne boirait plus que du thé. Quant à l'argent gagné à la sueur de son front comme un docker, Yoann l'avait claqué en deux parties de poker. Puis il avait emprunté quelques billets à son jumeau et, la chance ayant tourné, il avait regagné ce qu'il avait perdu. Mais très vite reperdu ce qu'il avait gagné.

– On fait une partie ? proposa-t-il à la cantonade.

– Une partie ? s'inquiéta son frère, que les jeux de cartes effrayaient.

Yoann le rassura d'un éclat de rire.

– De minigolf !

Mais même au minigolf, Yoann trouva l'occasion de parier.

– Xavier, je peux te… ?

Yoann fit signe à son frère de s'éloigner un instant de Marion.

Xavier connaissait son jumeau par cœur, et la lueur au fond de ses yeux, entre panique et surexcitation, lui fit demander sans hésitation :

– Qu'est-ce qui t'arrive ?

– Il me faut 300 francs.

– Maintenant ?

– Il dit qu'il va tout raconter à grand-père.

– Gonzague ?... T'es chiant avec tes histoires !

Xavier avait peur pour son frère, peur des terribles colères de Germain Sitbon. Mais il était fauché, lui aussi.

– Demande à Gégé, lui suggéra Yoann. Il est cool.

Gérard Décultot, dit Gégé, était le parrain de Xavier, mais aussi et d'abord le neveu de Germain Sitbon. Germain avait repéré le fils de sa sœur Lucienne, épouse Décultot, alors qu'il n'était qu'un jeune garçon bien dégouginé*. Il l'avait poussé dans les études, puis embauché dans son entreprise. À 43 ans, Gégé était devenu l'expert sommelier des cafés Sibon.

– Et je lui dis quoi ? bougonna Xavier. Que tu te fais dévaliser au poker ?

– Non, c'est au minigolf, rigola Yoann, comme si la chose était sans conséquence. Dis à Gégé que c'est pour acheter un cadeau à Marion.

– T'es chiant, répéta Xavier.

Mais il avait l'habitude d'arranger les affaires de son frère et, du regard, il cherchait déjà à localiser son parrain dans la foule des invités. Comme il s'éloignait, Yoann lui lança :

– Hé ! Demande-lui 500 francs plutôt...

* dégourdi.

Gégé connaissait les principes de Germain Sitbon, son oncle et employeur : jamais d'argent qu'on n'ait gagné en travaillant. S'il acceptait le principe pour lui-même, Gérard trouvait qu'un grand-père pourrait se montrer plus compréhensif avec la jeune génération. Il n'était pas rare qu'il dépanne les jumeaux d'un billet ou deux.

– Viens par là, dit-il à son filleul en l'entraînant à l'écart.

Deux billets de 100 et deux billets de 50 passèrent de son portefeuille à la main de Xavier.

– Bon anniversaire ! dit-il. C'est tout ce que j'ai sur moi. Mais tu pourras acheter une babiole à ta petite copine. Marion, c'est ça ?

– Oui, merci, parrain. T'es cool !

Xavier rougit. Sa voix sonnait faux. Il courut retrouver son jumeau.

– Tiens, fit-il en lui fourrant les billets froissés dans la main. Mais tu arrêtes, hein ?

– C'est tout ce qu'il avait ? fit Yoann, après avoir recompté.

Il intercepta le regard enflammé de colère de son frère et se reprit :

– Tu me sauves la vie ! Avec ça, je vais le faire patienter.

– Gonzague ? gronda Xavier.

– En fait... c'est surtout Teddy.

Yoann avait plusieurs ardoises. Il s'éloigna, faisant des calculs dans sa tête. Il allait filer 100 francs à Gonzague (le montant du pari perdu au minigolf), et, avec les 200 restants, il allait jouer au poker pour rembourser les 1000 qu'il devait à Teddy. Il sourit. Pour lui, l'affaire était réglée.

Il faisait si chaud en cette radieuse journée que l'on pouvait profiter de la partie découverte de la piscine, bordée de planches comme à Deauville, avec, au milieu du plan d'eau, un bar abrité sous une paillote, qui vous transportait d'un coup aux Antilles. Juan, le barista préféré de Germain Sitbon, servait toutes sortes de cafés, du cappuccino à l'expresso, ainsi que des glaces et des jus de fruits. De leur côté, les XY avaient prélevé dans la fameuse cave de leur grand-père une caisse de Dom Pérignon, qu'ils avaient cachée dans une des cabines de douche. Seuls leurs amis intimes eurent le droit d'emplir plusieurs fois leur coupe d'un champagne hors de prix, qui tiédissait au fil des heures.

Xavier, qui ne buvait jamais, se retrouva bientôt pris de tournis et il s'affala dans une chaise longue, dissimulé par un vaste parasol. Marion, émergeant de la piscine, le chercha des yeux sans l'apercevoir, puis se dirigea vers le pool house, où de grands draps de bain étaient mis à disposition des invités. Yoann, qui tenait mieux l'alcool que son jumeau, était déjà en train de se rhabiller, pressé d'aller retrouver ses copains de poker. Un peu distrait cependant, il enfila le domino de son frère, chemisette noire et pantalon blanc.

– Xavier ? Je te cherchais ! fit une voix dans son dos.

Il se retourna. C'était Marion. Il lui sourit malicieusement.

– Eh bien, je suis là !

Pour lui, ce n'était qu'un jeu de plus, et il ne se doutait pas qu'il l'entraînerait si loin.

Toutes les fêtes ont une fin, souvent mélancolique, parfois un peu barbouillée. Les invités de Germain Sitbon s'en allèrent, à commencer par monsieur le ministre des Transports, monsieur le préfet de Seine-Maritime, monsieur le maire du Havre.

– À tantôt*! les salua monsieur Sitbon.

Après un dernier baiser, Marion quitta Xavier, ou du moins celui qu'elle prenait pour Xavier, et qu'elle avait trouvé plus hardi qu'à l'ordinaire.

Un vent frais venant de la mer sortit le vrai Xavier de son engourdissement. Il se frictionna les bras en frissonnant. Il avait dans la bouche un mauvais arrière-goût. Où étaient passés les autres? Les baigneurs avaient quitté le bassin de la piscine, le barista avait fermé boutique. On entendait au loin claquer les portières des voitures. Dans le pool house, Xavier enfila la chemisette blanche et le pantalon noir sans noter l'échange des vêtements. Il était honteux de s'être ainsi éclipsé. Qu'est-ce que Marion avait pu penser de lui? Et son grand-père avait-il remarqué son absence? Si Germain devinait que son petit-fils s'était enivré, la sanction risquait de tomber.

Xavier revint prudemment vers le buffet. C'était l'heure où monsieur Sitbon recevait une trentaine de ses employés, qui avaient droit aux restes de la fête. Enfin à son aise, il les encourageait:

– Allez-y! Avancez, madame da Silva! Comment ça va-ti, Lemercier? Ne soyez pas timide, monsieur Tourniquet! Avec les doigts, c'est encore meilleur!

On rapportait des cuisines des brochettes, des cuisses de poulet, des côtelettes d'agneau, des épis de maïs…

– Approche-toi, Emma, dit Germain à une jolie petite fille aux yeux gourmands, il reste du gâteau d'anniversaire.

Tandis qu'on déposait sur la table du buffet les pièces montées

* Au revoir!

à demi écroulées, Xavier songea qu'il n'avait presque rien mangé. Une nourriture chaude lui ferait du bien, car il claquait des dents en chemisette. Il poussa un soupir de soulagement en apercevant son frère qui calmait une fringale près d'un barbecue où les braises rougeoyaient.

– Où tu étais passé ? lui demanda Yoann, la bouche pleine.

– Ne le répète pas à grand-père : je cuvais, dit Xavier en attrapant une brochette.

– Marion t'a cherché… enfin, pas longtemps.

Xavier, qui était en train de faire glisser le long d'une brochette les morceaux de viande, les petites tomates et les oignons pour emplir une assiette, interrompit son geste.

– Pas longtemps ?

Il laissa tomber le dernier morceau de viande avant de reposer la brochette sur le feu. Il regardait son frère qui ricanait.

– Elle m'a prise pour toi ! s'esclaffa Yoann. Je t'ai sûrement fait marquer des points. Elle trouve que tu embrasses super bien.

Pour lui, ce n'était rien d'autre qu'un coup de poker qui lui avait bien réussi. Il ne vit pas la fureur qui enflammait le visage de son frère. L'amour bafoué, la confiance trahie.

– Parce que tu es peut-être le meilleur en maths, mais pour les filles, tu fais mieux de me laisser la place !

Ce fut l'affaire d'une seconde. Le ressentiment que Xavier avait accumulé à son insu vis-à-vis de son jumeau, à cause de ses taquineries, de ses entourloupes, de son aisance sociale supérieure à la sienne, monta des profondeurs de son être et le submergea. Il s'empara de la brochette qui reposait sur les braises. Yoann riait encore de sa plaisanterie quand il sentit un choc atroce. C'était la brochette rougie au feu que son frère lui appliquait en travers de la joue et dont la pointe venait de s'enfoncer dans son œil. Lâchant son arme, Xavier se mit à crier presque aussi fort que son jumeau.

– Au secours ! Grand-père !

Mais qu'est-ce qui lui avait pris ? Que venait-il de faire ? Il avait marqué son frère au visage ! Sous la pression du fer rouge, la joue s'était ouverte jusqu'à la pommette. Déjà, les bords de la plaie grumelaient. C'était une brûlure au troisième degré, dont la trace ne s'effacerait jamais. Un filet de sang coulait de l'œil, sans doute obscurci pour toujours. Aux cris que poussaient les deux frères, les invités se détournèrent du buffet, certains accoururent vers eux, monsieur Tourniquet mit la main devant les yeux de sa petite Emma.

– Ne regarde pas ! Ce sont les jumeaux qui font des bêtises.

Gérard Décultot se précipita vers Xavier :

– Qu'est-ce que tu as fait ?

La voix de Yoann, torturée par la douleur, domina toutes les clameurs :

– J'ai mal ! Maman ! Maman !

CHEZ LES PAUVRES

5 janvier 2020

Il a plu toute la journée. À présent, le vent vous scie la figure.

– Comment ça va-ti, mon poulot ?

– La tête dans le cul, mon Chonchon.

René et Chonchon, deux vieux dockers syndiqués depuis le berceau, se serrent la pogne.

– Ton fils nous rejoint ?

– Chris ? Un dimanche ! On voit que t'as pas de gosse, mon gros.

Mais pluie ou vent, dimanche ou pas, eux, ils sont là. Ils se campent de part et d'autre de la porte d'entrée, jambes écartées, engoncés dans leurs anoraks, sur lesquels ils ont passé le gilet rouge siglé CGT. Prêts à tracter. Derrière eux, la salle des fêtes du Quartier des Neiges vient de s'illuminer et, devant eux, la file d'attente des parents et des enfants commence à s'allonger. René et Chonchon reconnaissent des collègues du port et ils s'interpellent d'un ton de gouaille :

– Alors, Mémed, tu viens manger leur galette ?

– C'est pas souvent qu'ils partagent !

C'est une tradition. Début janvier, on offre un goûterspectacle aux enfants des Neiges, ce quartier réputé difficile. En principe, pour avoir droit à sa part de la galette des Rois, il faut avoir reçu un carton d'invitation. Mais quand René et Chonchon distribuent leurs tracts CGT : « Halte à la casse sociale ! », carton ou pas, tout le monde s'invite. « Comme d'habitude dans ce quartier, c'est n'importe quoi », songe monsieur Truc en voyant la joyeuse pagaille. Monsieur Truc est directeur général adjoint du département Développement social, Famille et Loisirs. Il veut passer, très digne, entre les deux piquets de la CGT, mais Chonchon lui colle un tract dans les mains.

– Défendons les droits des travailleurs, camarade !

– C'est ça, marmonne monsieur le directeur général adjoint du département Développement social, Famille et Loisirs.

Il a appris, vendredi soir, qu'il serait le représentant de la municipalité du Havre à la galette des Neiges. Heureusement qu'il a dans la poche de son veston le petit topo que lui a rédigé à l'arrache la stagiaire de son stagiaire.

Monsieur Truc entre dans la salle des fêtes, et là, c'est le bonheur absolu. Une centaine de chaises en fer en rang d'oignons font mal au dos rien que de les regarder. Trois marches mènent à la scène, sur laquelle le sapin de Noël, qui a connu des jours meilleurs, est en train de pleurer de toutes ses aiguilles. Dans le fond de la salle, des tables d'écolier, recouvertes de paperboard, figurent le futur buffet. « Au moins, il fait chaud », se console monsieur Truc, dont le visage s'éclaire d'un sourire à la vue de madame la directrice du pôle associatif des Neiges.

– C'est superbe, dit-il sans la moindre trace d'ironie dans la voix, désignant les trois guirlandes sur le mur et les pères Noël dessinés par les enfants de la maternelle.

– On fait avec les moyens du bord, réplique madame la directrice du pôle associatif.

Emma et sa fille Angie sont entrées à leur tour.

– Garde-nous une place, dit Emma, fourrant son gros sac dans les bras d'Angie.

– D'ac.

Angie est née aux Neiges, il y a plus de onze ans. Le *struggle for life*, elle connaît. Mais pas de bol, les deux premières rangées sont déjà occupées par toute une flopée de nains de jardin. En bousculant un peu une vieille dame, Angie se faufile dans la troisième rangée.

– Non mais dis donc, te gêne pas, proteste la dame, qui se calme aussitôt. Ah? c'est toi, Angie.

Tout le monde aux Neiges connaît Angie. On ne sait pas pourquoi. Peut-être parce qu'elle s'appelle Angie Tourniquet? C'est un nom qui ne s'oublie pas.

– Maman, dépêche! crie-t-elle en faisant du bras un grand geste d'appel.

Elle est prête à mordre les gens pour conserver la place sur laquelle elle a posé le gros sac. Enfin, sa mère s'assoit à côté d'elle.

– Pourquoi, devant, y a des chaises marquées « réservé »? questionne Angie.

– Parce qu'elles sont réservées, répond Emma d'un ton distrait.

– Qu'est-ce qui t'arrive? demande Angie, toujours à l'affût quand il s'agit de sa maman.

– Oh... rien. J'ai reconnu quelqu'un.

– Qui?

– Une fille qui… enfin, ce n'est plus une fille, maintenant, c'est une femme. Je l'ai connue à l'école primaire.

– Elle est où ? fait Angie, dressant le cou.

– Mais nulle part. Assieds-toi, et ne nous fais pas remarquer pour une fois.

Pendant ce temps, monsieur Truc a trouvé une bouée de sauvetage.

– Madame Sitbon ? Vous vous souvenez ? Nous avons été présentés à la Foirexpo des loisirs nautiques.

Madame Sitbon acquiesce.

– Mon mari s'excuse de ne pouvoir être avec nous ce soir, précise-t-elle. Il est en Colombie.

Monsieur Truc s'enthousiasme : « La Colombie, le café, bien sûr » et il se retient de siffloter le slogan publicitaire qui vante à la télé le « café Sibon, si bon café ». En tailleur pied-de-poule, jupe crayon et veste étranglée à la taille, madame Sitbon est une très belle femme aux larges yeux gris-vert. Un petit chapeau, rond comme une galette, perché sur sa chevelure brune, des lèvres rouge cerise et deux rangs de perles fines complètent sa panoplie à la Jackie Kennedy. Elle regarde autour d'elle, l'air un peu inquiet.

– Vous cherchez quelque chose ? s'enquiert monsieur Truc.

– Oui, ma fille… Ah ! je la vois, excusez-moi. Angélique, reste avec moi !

Une fillette vient se coller à elle, et toutes deux se dirigent vers les chaises marquées « réservé ».

– C'est elle ? s'informe Angie.

– Elle quoi ?

– La dame que tu connais.

Emma soupire. Quand Angie veut savoir quelque chose, elle s'obstine.

– Comment elle s'appelle ?

– Lydia Lenormand.

Emma se reprend :

– Lydia Sitbon. Au CM1, c'était Lenormand.

Elle ne dira rien de plus à Angie, parce que Lydia Lenormand n'est pas un bon exemple pour les enfants. Au CM1, elle était dans les dernières de la classe. Elle avait dit à Emma, qui avait toujours 10 sur 10 :

– Je m'en fiche. J'épouserai quelqu'un de riche.

Elle s'en était donc tenue à son plan de carrière et, tandis qu'Emma devenait infirmière, Lydia épousait Yoann Sitbon, celui que, sur le port du Havre, on appelle « le balafré ».

– Mesdames, messieurs, et vous aussi, chers enfants...

Un horrible effet Larsen déchire alors les tympans de l'assemblée. Monsieur Truc sur son estrade s'excuse d'un sourire, fait toc-toc sur le micro, puis entame son baratin sur son plaisir à être ici et sa fierté de voir toutes ces belles réalisations, et personne n'écoute rien. Monsieur Truc jette un ultime coup d'œil à son bristol et annonce :

– Maintenant, place au spectacle. Tout d'abord, je vous demande d'applaudir bien fort Freddy Courtois, l'incroyable... hum... ventriloque !

– C'était déjà lui, l'année dernière !

On sourit. Tout le monde a reconnu la voix d'Angie.

– Chut, lui dit sa mère, gênée.

Madame Tourniquet a un souci avec sa fille : Angie est incapable de chuchoter. Freddy Courtois jaillit des coulisses, nœud papillon en berne et veston fripé. Il a eu du succès, il y a une trentaine d'années. Il a enfilé dans sa main droite une marionnette à tête de bois, de la taille d'un enfant de deux ans mais qui parle comme un adulte, ce qui la rend assez cauchemardesque. La voix qui s'échappe du ventre de Freddy Courtois à travers ses lèvres à peine entrouvertes est atrocement nasillarde.

– Tu sais combien il y a de personnes en France ? demande Philibert, la marionnette, à Freddy, qui lui répond : « soixante-sept millions ».

– Après, il va dire : « Tu sais combien il y a de chômeurs ? Cinq millions quatre cent cinquante mille trois cents », récite Angie à voix très haute, car madame Tourniquet a un autre souci avec sa fille : elle est hypermnésique.

Tant bien que mal, Freddy reprend le fil de ce vieux sketch qui a fait les heures de gloire de la télé en noir et blanc et, après avoir additionné les chômeurs qui ne travaillent pas, les retraités qui ne travaillent plus, les fonctionnaires qui n'en fichent pas une rame, les détenus, les actionnaires, les ministres et les grévistes, il laisse sa marionnette conclure qu'elle est la seule personne en France qui travaille encore. À la blague sur les fonctionnaires, il y a des remous dans la salle, et à l'allusion aux grévistes, Chonchon et René sifflent entre leurs doigts. Ce qui faisait rire autrefois ne fait plus rire maintenant.

– Eh bien, merci à Freddy et à Philibert, enchaîne laborieusement monsieur Truc, qui a un frisson d'angoisse en lisant sur sa petite fiche : *Numéro suivant avec la commissaire Alice Verne et son chien renifleur pour donner une image positive de la police aux enfants des Neiges*.

Mais il retrouve momentanément le moral en voyant

s'avancer vers l'estrade, tout essoufflée et rosie par le vent du large, la commissaire en question. C'est une jeunette plutôt agréable à regarder, aux cheveux blonds envolés, fins comme des cheveux de bébé. Elle tient d'une main ferme un chien solidement harnaché.

– Maman, c'est le chien de notre voisin !

– Moins fort…

– Mais c'est vrai, c'est le ch…

– Chut !

Alice Verne est maintenant sur scène. Un mètre soixante-cinq en baskets. En jeans et blouson noir, elle est presque attendrissante. D'ailleurs, monsieur Truc s'attendrit :

– Bonjour… euh… commissaire. Commissaire à 29 ans, ce n'est pas courant ! Au fait, comment vous voulez qu'on vous appelle ? C'est « madame la commissaire » ?

– On m'appelle « chef », répond la petite blonde.

– Ah, très bien, oui… chef, dit monsieur Truc avec un ricanement d'embarras. Et ce toutou, là, c'est un chien berger…

– un berger belge malinois, oui.

– D'ailleurs, c'est un chien ou c'est une chienne ?

– C'est Capitaine.

Capitaine pousse un aboiement d'approbation. La jeune assistance des premiers rangs trépigne de plaisir. Les plus petits, qui n'ont pas 3 ans, tendent déjà la main pour caresser Capitaine.

– Il faut dire à toute l'assistance, reprend monsieur Truc, après un bref coup d'œil sur sa fiche, que Capitaine travaille pour la police nationale et que, du haut de ses 4 ans, c'est déjà un…, ou faut-il dire une… héroïne ?

– Oui, c'est son taf.

Monsieur Truc garde haut levé un sourcil interrogatif.

– Son travail, c'est de chercher l'héroïne grâce à son flair. Et Capitaine a un super pedigree. Son père, Cockpit, a été un chien renifleur tellement performant en Colombie que les narcos ont mis un contrat de 10 000 dollars sur sa tête !

Monsieur Truc se demande si ce genre d'histoire convient aux enfants de moins de 12 ans. Dans l'espoir d'obtenir un numéro de cirque, il questionne :

– J'ai entendu dire que Capitaine a plus d'un tour dans son sac ?

En effet, la chienne répond à différents ordres, s'asseoir, gronder, aboyer, mettre en charpie.

– Mais en anglais, Capitaine a été dressée en anglais pour l'international, précise la commissaire. *Sit down, Captain ! Yes, good girl. Crawl, Captain !*

La chienne se met à ramper sur la scène.

– *Jump !*

Capitaine saute en l'air jusqu'à hauteur du front de monsieur Truc, qui recule, effrayé.

– *Now, salute !*

Après s'être rassise, Capitaine porte la patte droite au niveau de ses oreilles en guise de salut militaire. Angie explose de rire. Alice Verne trouve ce tour un peu couillon, mais c'est sans doute bon pour son avancement.

– Je vous explique son travail ? fait-elle, pressée d'en finir. Alors, voilà. Il y a des chiens renifleurs qui sont dressés pour dépister les punaises de lit ou les cadavres, et d'autres qui détectent la drogue. Capitaine a eu droit à une formation de dix semaines avec un maître-chien, qui lui a d'abord appris à retrouver de la résine de cannabis. Ça, Capi adore, parce que ça sent bon. Il l'a fait aussi travailler sur le crack, et ça, ça pue. Mais Capi est à fond dans son travail. Le mois dernier, grâce à Capitaine, la brigade des stups a mis la main sur dix kilos de coke dans un simple sac de sport et…

Une sonnerie sur l'air de : « Soldat, lève-toi, soldat, lève-toi bien vite » s'échappe du blouson d'Alice. Avec un rictus d'excuse à monsieur Truc, elle dégaine son portable et grommelle « Putain, Augustin », après avoir vu s'afficher un nom sur l'écran.

– Quoi ? fait-elle, rien moins qu'aimable.

– Chef ? Je vais avoir besoin de Capitaine.

– Et de moi, non ?

– Il y a du nouveau, porte François. Voiture grise, plaque maquillée.

– La nuit, toutes les voitures sont grises. Bouge pas. Te fais pas chouffer.

– La nuit, je suis gris, moi aussi.

Pas ce soir, j'espère, se méfie la chef. Quand il planque, le capitaine Augustin Maupetit abuse parfois de la canette de 8.6.

– Bon, faut que j'y aille, dit la petite commissaire. J'ai un de mes hommes qui m'attend sur le port. Désolée.

Jusque-là, monsieur Truc l'a observée en se demandant si le coup de téléphone fait partie du numéro. Mais Alice Verne a bien l'intention de le planter et elle descend les trois marches, laissant l'assistance le bec dans l'eau.

– Ah si, au fait ! se souvient-elle. J'avais planqué la came, pour que Capi la retrouve, sous les fesses de madame Sitbon. Il faut la rapporter à l'hôtel de police. Pas madame Sitbon. La came.

Lydia Sitbon se redresse comme si on venait de lui piquer les fesses et, en ôtant le coussin sur lequel elle était assise, elle découvre en effet deux barrettes de shit, soulevant du même coup une houle de rires bon enfant. Monsieur le directeur général adjoint du Département social, Famille et Loisirs voudrait reprendre les choses en main :

– Maintenant, chers amis, c'est le moment de tirer les rois… et n'oublions pas les reines, bien sûr ! Nous allons donc nous diriger vers…

La fin de sa phrase se perd dans le brouhaha. Les gosses sont déjà debout et les mamans papotent entre elles. Monsieur Truc remise la fiche dans sa poche, n'ayant pu remercier ni les cafés Sibon pour les galettes à la frangipane ni les centres Leclerc pour le cidre et le jus de pomme. Des sauvages, ces Neigeois ! pense-t-il, dégoûté. Il serait temps qu'on rase ce quartier.

SUR LES DOCKS

Une heure plus tôt, Augustin est passé devant la grande banderole clamant en lettres jaunes ou rouges :

PORTUAIRES, DOCKERS, MARINS
TOUS UNIS CONTRE LA RÉFORME DES RETRAITES

Voilà un mois que ça dure. Journées mortes. Opérations coup de poing. Ici, le syndicat règne en maître. Quand la grève est décrétée, plus rien ne bouge d'un bout à l'autre du gigantesque port du Havre. D'ordinaire, sur les dix mille hectares – la même surface que Paris –, sept jours sur sept, et vingt-quatre heures sur vingt-quatre, l'activité ne faiblit jamais.

Du côté des terminaux à conteneurs, l'effet est saisissant. À l'arrêt, les portiques, hauts de plus de trente mètres, qui tout au long de l'année chargent et déchargent sans relâche. À l'arrêt, les « cavaliers », ces drôles de girafes mécaniques qui parcourent inlassablement les allées pour disputer une géante partie de Lego. Arborant la couleur de leur compagnie, les conteneurs s'empilent de façon impeccable. De joyeux parallélépipèdes de six ou douze mètres de long.

Il fait nuit et froid et moche, et c'est dimanche. Malgré tout,

Augustin n'en revient pas de se sentir aussi seul, à l'approche de la porte François Ier. Pour ne pas froisser le silence, il a coupé le moteur de sa Yamaha 125. Il pose sa bécane et avance de quelques pas vers l'entrée du terminal. De l'autre côté du mur, noyé dans la brume nocturne, c'est le vieux Quartier des Neiges. Là-bas, sa chef, la commissaire Alice Verne, se bourre de galette pur beurre.

Normalement, Augustin ne devrait pas agir en solitaire. Mais depuis qu'un mystérieux informateur a envoyé les infos à la brigade des stups, il ne tient plus en place. Il a tout, la couleur du conteneur (jaune), son emplacement sur les docks, le numéro figurant sur les scellés, et même quelques images floues, où l'on voit des types glissant des sacs noirs, bourrés de drogue, entre des cartons de marchandises. Les narcotrafiquants sont des gens soupçonneux, et leurs complices doivent leur prouver qu'ils ont bien exécuté les ordres. Alors ils se filment eux-mêmes en train d'opérer. Le conteneur est parti de Carthagène, en Colombie. Qui dit Colombie dit… café ou bananes ? Ce sera la surprise.

Tandis qu'il s'apprête à s'aventurer sur le terminal, Augustin reçoit un appel du lieutenant Lagadec, qui passe un dimanche morose derrière la porte de la brigade des stups.

– J'ai d'autres images pour vous, capitaine. Je vous les envoie.

Sur le coup, Augustin a du mal à situer ce qu'il voit sur son petit écran. Cette barrière blanche… ah oui ! c'est l'entrée des docks, réservée aux convois exceptionnels. La Kangoo grisâtre n'a pourtant rien d'exceptionnel. Un bras passe par la vitre baissée pour présenter au lecteur électronique le badge dont seuls disposent les dockers. La barrière s'efface vers la droite, et le véhicule pénètre sur l'aire de stockage. D'après les chiffres que peut lire Augustin, l'intrusion remonte à environ trois minutes et demie.

– Juste un type à l'intérieur, indique Lagadec.

– Ça se pourrait qu'il cherche la même chose que moi.

– Pas de solo, capitaine.

– Non, non.

Augustin entend les gros doigts de Lagadec qui martyrisent un clavier.

– Fausse plaque, annonce-t-il. Ça correspond à aucune Kangoo. Je continue à surveiller.

– Merci, Laga. À plus.

Augustin marche jusqu'à l'entrée principale et fait coucou aux caméras. Là, il n'y a qu'une barrière levante, façon sortie d'autoroute. Il hésite, Augustin. Il irait bien tout seul. Il craint de se faire devancer par les douaniers, parce que eux aussi sont branchés sur la vidéoprotection du port. Mais il a promis de se tenir tranquille.

Il présente son badge et passe sous la perche rouge et blanche. Le voilà sur le terminal, face aux milliers de conteneurs qu'arrose violemment la lumière orange, propre aux nuits brumeuses. Il dégaine son téléphone.

– Chef? Je vais avoir besoin de Capitaine.

– Et de moi, non?

– Il y a du nouveau, porte François. Voiture grise, plaque maquillée.

– La nuit, toutes les voitures sont grises. Bouge pas. Te fais pas chouffer.

– La nuit, je suis gris, moi aussi.

Gris, tu parles. Le terminal, c'est un monde en technicolor.

Avec le crachin, les conteneurs bleus, jaunes, rouges, luisent comme sous les sunlights. Et puis les blancs, les frigorifiques.

Augustin s'inquiète soudain pour sa Yamaha. Sur le port, tout ce qui n'est pas solidement arrimé est considéré comme « tombé du bateau ». Il va rechercher sa moto et la range de l'autre côté de la porte, son casque sur la selle.

Ça va. Alice n'a pas trop traîné. Elle arrive, tous feux éteints. La portière de la fourgonnette s'ouvre, et Augustin monte à côté de sa chef. Aussitôt, Capitaine se dresse sur la banquette arrière et fourre son museau humide contre la nuque d'Augustin.

– T'aurais pas un chewing-gum ? demande Alice, déglutissant un dernier morceau de galette, qu'elle a chouré au passage.

– Non, désolé.

– C'est leur frangipane. Ça colle aux dents… T'as toujours des chewing-gums, d'habitude.

Avançant au ralenti, Alice remonte l'allée interminable que bordent les empilements de conteneurs. Des montagnes, des Himalayas. Et là-dedans, des milliers de sacs de contrefaçon, « Cuggi » ou bien « Vution », des milliers de nounours toxiques, des millions de cigarettes de contrebande et toutes les drogues de la terre. Cachés où, *that is the question.*

– Laga ?

Alice sursaute. Elle n'a pas entendu tinter le téléphone de son subordonné. Augustin marmonne un remerciement et coupe la communication.

– Lagadec m'informe que la Kangoo est ressortie.

– Putain ! À tous les coups, on s'est fait cramer, peste Alice.

– Je crois pas. Le gars nous a flairés et il s'est tiré.

Alice vire à droite, puis à gauche.

– Normalement, on y est. Ce tas-là, non ?

– En principe, c'est le conteneur jaune, confirme Augustin.

– Je me range contre.

Augustin a compris l'idée. Le jaune, c'est le deuxième à partir du sol. En grimpant sur le capot de la fourgonnette, les scellés seront accessibles. Mais d'abord, il libère Capitaine. La chienne jaillit hors du véhicule et tourne sur elle-même comme à la poursuite de sa queue. Elle fait ensuite trois fois le tour de cette forteresse de coffres multicolores.

– *Come on ! Here !*

Augustin invite Capitaine à imiter son exemple, en montant sur l'avant de la voiture, puis sur le capot. Deux bonds plus tard, la malinoise se dresse près de lui sur ses pattes arrière et griffe le bas du conteneur jaune avec ses pattes de devant. Elle dérape tout en poussant des petits gémissements d'excitation et de dépit.

– *OK… Good girl.*

Augustin jette un coup d'œil sur les scellés toujours intacts et sur le bordereau, collé à côté, qui indique ce que contient le conteneur et son destinataire, puis il saute à terre. Il tire de sa poche quelque chose qu'il fourre dans la gueule de la chienne.

– C'est quoi ?

– Un rouleau triple flaveur.

– Un quoi ?

– « Une association unique de peau de porc et de filet de poulet pour un moment ultra-savoureux », récite Augustin.

Alice secoue la tête d'un air navré.

– Dans le conteneur, c'est quoi ?

– Café, señora. Bueno café de Colombia. Et le truc qui va t'amuser : c'est un conteneur pour les cafés Sibon.

Madame la commissaire éclate de rire.

– Si je l'avais su plus tôt ! J'aurais profité de la fête pour apprendre à madame Sitbon qu'elle avait tiré la fève. Mais t'es sûr qu'il y a de la drogue ?

– Zéro doute, chef. Quand Capitaine gémit à fendre le cœur d'un narcotrafiquant, c'est qu'il y a de la came, et de la bonne.

Alice pose sur la chienne un regard respectueux. Derrière l'épaisse carapace du conteneur sont entassées plusieurs tonnes de café en grains. Flairer les paquets de blanche, planquée au milieu, sacrée performance ! Parce que c'est certainement de la coke. Spécialité colombienne. Comme le café.

– Au fait, je t'ai pas dit : Capitaine a eu beaucoup de succès sur scène. Le coup du salut militaire ! Les gosses étaient morts de rire.

Augustin grimace. Il déteste qu'on transforme sa coéquipière en attraction de cirque.

– Bon, on coupe les scellés ?

– Heu… Gus ?

– Ouais ?

– Je crois que j'ai oublié la pince.

Tous deux lèvent la tête et, dans le jet de la lampe torche d'Alice, contemplent le plomb qui scelle le conteneur. En réalité, sous la gaine de plastique bleu, c'est de l'acier, un centimètre d'acier. Du costaud. Même avec une super pince et de gros biceps, ce n'est pas facile à couper.

– On fera ça demain. Dès 6 heures, si tu veux.

Augustin est furieux. Et si le type revenait récupérer la marchandise ? Sûr qu'il n'aura pas oublié la pince, lui.

– Oh, ça va, fais pas cette tête, dit Alice d'un air penaud. Tu as bien oublié le chewing-gum, toi. Allez, viens, on se lève.

Capitaine se fait un peu prier avant de reprendre place sur la banquette arrière, consciente, elle aussi, que le boulot n'est pas fini.

– Je te ramène à ta bécane et on se retrouve au bureau demain, 6 heures. Je garde Capi jusque-là... Dis donc, ça schlingue dans la bagnole.

Augustin s'essuie la main sur son jeans.

– C'est le rouleau triple flaveur.

– Un conseil, Gus. Si tu te cherches une nouvelle copine, change de parfum.

– Oui, chef.

Leur brève histoire sentimentale n'est plus qu'un sujet de plaisanterie. Retour à la porte François Ier. Soulagement, la Yamaha est toujours là. Un petit signe, et la camionnette s'éloigne, emportant Capitaine, la malinoise, et Alice, la commissaire.

Augustin roule tranquillement, pas plus pressé que ça de retrouver son logis, où, pour une raison connue de lui seul, il n'invite jamais personne. Au coin d'un bout de rue qui est peut-être encore un morceau de quai, il l'aperçoit. Plus verte que grise, mais c'est bien elle, avec sa plaque d'immatriculation de traviole : la Kangoo ! Sans réfléchir, Augustin la prend en chasse. Il n'a rien de solide contre le gars qui se trouve à l'intérieur, rien qui lui permettrait de l'inculper pour trafic de drogue, et il le sait. Mais l'autre n'a pas l'air de le savoir. Il file sur une esplanade venteuse, zigzague un peu dans un bruit de casserole. Augustin n'a aucun mal à rattraper l'épave. Il se porte à la hauteur du conducteur, bras tendu, dans un pur geste de flic, pour lui demander de s'arrêter. Manque de chance, le type ne connaît pas les bons usages. Au lieu de ralentir, il braque en direction du motard et le fait valser.

La suite se passe dans les cieux. Le porte-conteneurs est si gros que ça ne peut être que le *Saint-Exupéry* avec ses quatre cents mètres de long. Et voilà qu'il vide d'un coup son chargement sur la tête d'Augustin, dix mille conteneurs de toutes les couleurs. Il n'a pas le temps de les compter. Le capitaine Augustin Maupetit ne bouge plus. Paraît que c'est ce qui arrive quand on est mort.

HÔPITAL FLAUBERT

Alice est entrée sans frapper comme elle fait toujours à la brigade. Elle n'est pas là depuis dix secondes que déjà elle s'apprête à se retirer. Yeux clos. Lèvres serrées. Rien n'a frémi sur le visage blême. Mais quelque chose la retient.

C'est une énigme, cet Augustin. Un peu comme tous les Neigeois. Gentil (peut-être), mais cadenassé. Surtout maintenant, avec ses mains croisées sur la poitrine, on dirait un gisant de pierre.

C'est la deuxième fois qu'elle essaie de lui parler. La première, c'était aux urgences dans la nuit du 5 au 6 janvier. À présent, il est à l'hôpital Flaubert, pavillon Soret. En attente de rééducation, a dit l'interne. Pas plus bavard que ça, l'interne. Alice lui aurait volontiers braqué sa lampe de bureau dans la tronche. Mais non, finalement, elle a préféré ne pas en savoir trop. Comme lui disait sa mère à propos de son mari : « Moins j'en sais, mieux je me porte. »

– Où est Capitaine ?

Elle jurerait qu'il n'a pas levé les paupières et pas plus ouvert la bouche que le ventriloque, à la fête de la galette.

– T'es un bon flic, finalement, dit Alice. Tu n'as pas besoin de voir les gens pour les reconnaître.

– Et moi, on me reconnaît ?

Il a entrouvert ses yeux obliques, d'un vert sombre, qui fouillent jusqu'à l'âme.

– Ça va, répond-elle, la voix incertaine. T'es pas trop abîmé.

– Et Capitaine ?

C'est une idée fixe. Dans la salle de réanimation, encore shooté par l'anesthésie, il réclamait déjà sa chienne.

– T'inquiète, dit-elle. Capi va bien.

Elle prend une chaise, s'installe entre la perfusion et le lit, et pose sa main sur celle d'Augustin, un geste dont la douceur l'étonne elle-même.

– Et moi, qu'est-ce que j'ai ? J'ai entendu des trucs…

– Quels trucs ?

– Que je ne remarcherai peut-être jamais.

– L'interne ne m'a rien dit de pareil.

– Qu'est-ce qu'il a dit ?

– Fissure au bassin, genou en vrac…

– Il y a autre chose, Alice.

– Une petite compression de la moelle, je crois. Rien de grave.

Cette fois, les yeux d'Augustin s'ouvrent tout à fait, et Alice n'aime pas trop ce qu'elle y voit.

– Tu n'aurais pas une aiguille ?

– Tu me connais : je ne sors jamais sans mon nécessaire à couture.

– Un truc pointu. N'importe quoi.

– Non je… Ah ! attends.

Alice sort un couteau suisse de la poche de son blouson.

– Poinçon ou tire-bouchon ?

– Pique-moi le pied. Le gauche. Je ne le sens plus.

Alice soulève le drap et s'exécute à contrecœur.

– Vas-y ! Mais vas-y ! Qu'est-ce que t'attends ?

Alice avale sa salive avec difficulté, l'œil attaché à la marque qu'elle vient d'imprimer et au sang qui perle.

– C'est les médocs, Gus. Tu es engourdi. C'est normal.

Augustin jette un regard mauvais sur la poche rosâtre suspendue à sa gauche. Un tuyau transparent descend jusqu'à son bras.

– Et l'enquête, on en est où ?

– On a retrouvé la Kangoo à une vingtaine de kilomètres du Havre. Calcinée. Mais on aura le conducteur, Gus, je te le promets. Il paiera.

– Je l'aurai. On l'aura, Capitaine et moi. Tu la nourris bien, au moins ?

– J'ai acheté des boîtes. Qu'est-ce qu'il faut lui donner d'autre ? Tes « triple flaveur » ?

– Non, c'est seulement quand elle a bien travaillé. Parce qu'elle a bien travaillé... Elle y était, la coke, non ?

– Cinquante kilos. De la quasi pure.

– Tu vas avoir de l'avancement.

Il a dit ça sans sourire, le ton amer.

– Pas sûr, Gus.

Alice joue nerveusement avec son couteau, faisant sortir la lime, le décapsuleur, le tournevis.

– Ça s'est pas passé comme prévu, dit-elle enfin. Quand je suis revenue le lundi avec Lagadec pour ouvrir le conteneur, il n'y était plus.

– Ce n'est pas possible ! proteste Augustin. Le type de la Kangoo n'a pas pu l'embarquer à lui tout seul.

– Lui, non. Ce sont les douanes. Si j'ai bien compris, ils ont fait livrer le conteneur comme prévu aux entrepôts Sibon. Et là, ils ont attendu l'arrivée d'un trio de l'OFAST.

– De quoi ?

– Office anti-stupéfiants. Ça remplace l'OCRTIS depuis le 1er janvier.

– Et ça change quoi pour nous ?

Alice hausse les épaules.

– C'est plus simple à prononcer. OCRTIS. Office central pour la répression du trafic illicite des stupéfiants... Le temps que les types s'annoncent, tu pouvais te rouler un joint.

– On s'est fait griller par les mecs de la douane, résume Augustin.

– Eux disent que tu as voulu jouer au cow-boy. Ils ont même demandé le résultat de ta prise de sang.

– J'avais pas bu, Alice.

– Encore heureux. Ils sont très remontés, quand même. Le même jour, même page, dans *Paris-Normandie*, tu avais la photo de madame Sitbon à la galette et l'article révélant que c'est dans un conteneur des cafés Sibon qu'on a trouvé la drogue. Je ne sais pas d'où le journaliste tenait l'info, mais aux douanes, ils croient que la fuite vient de chez nous.

– Hé ! Si quelqu'un a bavardé, ça ne risque pas d'être moi.

Augustin s'est redressé contre ses oreillers, l'effort faisant monter le sang à ses joues. Puis il se laisse retomber avec un soupir de douleur. Mais il revient à son obsession :

– Pense à sortir Capi au moins deux fois vingt minutes par jour.

– Écoute, Gus. Les chiens et moi, tu vois... En plus, mon appart est tout petit. Lagadec a un jardin...

– Hein ?

Augustin a un mouvement de bras si brusque que la perche de la perfusion en tremble. Alice veut garder son calme. C'est elle qui prend les décisions, que cela plaise ou non au capitaine Augustin Maupetit.

– Lagadec a fait un stage chez un maître-chien, lui aussi, il y a deux ans. Il m'a dit qu'il était d'accord pour prendre Capitaine.

– Il est d'accord ? Sans blague. Ça fait des mois qu'il attend son tour. Il l'appelle « le chien de la brigade ». Mais Capitaine n'est pas « le chien de la brigade ». D'abord, parce que c'est une chienne. Et c'est la mienne !

– Mais t'emballe pas. On est dans le provisoire, là.

– Du provisoire ? « Une petite compression de la moelle » ? Mais c'est rien du tout, ça. Rien qu'une petite paralysie. Et puis, on fait des fauteuils roulants extrêmement confortables. Je vois pas de quoi je me plaindrais !

– T'as fini, Gus ? Tu mériterais que…

– Je mérite quoi ? Une promotion comme gardien de square ? Au lieu d'arrêter les narcotrafiquants, j'engueulerai les mômes qui marchent sur les plates-bandes ?

Il est en colère, en colère contre lui. C'est tellement absurde de se retrouver dans ce lit avec ces jambes mortes. À 29 ans. Mais il reprend son calme. Il va se battre :

– Personne ne me prendra ma chienne. Et surtout pas le lieutenant Lagadec.

Lagadec, il a craché ce nom. Il est jaloux. Jaloux de Lagadec ! Alice l'écoute, bouche bée. Elle croit comprendre pourquoi elle n'a pas trouvé une place dans la vie du capitaine Maupetit. C'est que la place est déjà prise. D'ailleurs, à la fin du stage, elle a entendu le maître-chien dire à Augustin : « Toi et Capitaine, vous faites le binôme parfait. » Mieux qu'un couple, en somme. Le binôme parfait.

Un coup frappé à la porte interrompt Alice dans ses réflexions, et elle n'en est pas fâchée. Entre Coralie, une charmante aide-soignante, qui pousse un chariot et s'exclame en riant :

– À table ! Mais avant, on prend la température et la tension.

– Je vais me retirer, s'empresse de dire Alice.

– C'est ça, tire-toi, marmonne Augustin, dont le regard fait l'inventaire du plateau-repas.

Dindonneau, riz blanc, carottes râpées en barquette plastique sous cellophane, yaourt nature, rondelles de pain, verre d'eau tiède et couverts en plastique pour éviter les suicides.

– Au fait, dit Alice au moment de quitter la chambre, ta tante a appelé à la brigade, genre neuf fois. Elle s'inquiète pour toi. Attends-toi à une visite.

– C'est tout ce qu'elle a dit ?

– Non. Elle menace d'aller chercher « le type qui t'a fait ça » avec son pendule, si « on continue de cafouiller ».

Un sourire passe sur le visage meurtri d'Augustin, et Alice se dit qu'elle aurait dû parler de la tante plus tôt.

– Ah ! Elle demande aussi si tu aimes toujours la charlotte chocolat-banane. Je lui ai fait comprendre que c'était peut-être pas encore le moment.

– Ça se discute, réplique Augustin avec un regard de reproche au plateau-repas.

Bien manger, c'est quelque chose qui le raccroche à la vie

depuis le soir où il a compris que sa mère ne l'appellerait plus jamais « mon petit soleil ». Ce soir-là, sa tante lui a dit :

– Je vais te faire une charlotte banane-chocolat.

Il avait 8 ans.

CHEZ LES TOURNIQUET

Fin de journée. Emma Tourniquet rentre, les bras chargés.

– La dame de la Maison de la Presse m'a gardé le *Paris-Normandie* de lundi. Regarde à l'intérieur, ça doit être avant les pages sportives.

Elle pose le journal sur la table de la salle à manger devant sa fille, qui finit de faire ses devoirs au milieu des débris du goûter. Angie déplie les grandes feuilles tandis que sa mère va ranger les produits frais dans la cuisine. Comme elle est encore la tête dans le frigo, Emma entend sa fille qui s'écrie :

– C'est pas la bonne photo !

À la galette des Neiges, la journaliste locale a pris en photo Emma et sa fille et leur a promis qu'elles seraient dans le numéro de lundi de *Paris-Normandie.*

– Qu'est-ce que tu veux dire par « c'est pas la bonne photo » ? questionne Emma, reparaissant dans la salle à manger.

– Mais non, regarde ! C'est l'autre bonne femme ! fait Angie, dépitée.

Sous le titre : « On tire les rois au Quartier des Neiges », on voit Lydia Sitbon avec le commentaire : « Et voici la Reine des Neiges ! »

– Moi aussi, j'ai eu la fève, bougonne Angie.

Pour poser sur la photo, Lydia a remplacé son bibi, rond comme une galette, par la couronne en carton doré, et, la pelle à tarte dans la main en guise de sceptre, elle a un air tout à fait royal.

– Elle est toujours la reine, murmure Emma.

Bien sûr, elle est un peu déçue pour Angie. Mais soulagée aussi. Pour vivre heureuses, vivons cachées.

– Pourquoi tu dis que c'est toujours la reine ? relève Angie.

– Parce que... Attends, je vais te montrer quelque chose qui est dans mon scriban.

Emma va dans sa chambre, là où se trouve le seul meuble de valeur de son appartement, ce « scriban » qui est un héritage maternel. C'est un secrétaire fermé à clé, surmonté d'une petite bibliothèque vitrée. Il fait l'objet de la convoitise d'Angie, qui a déjà demandé à sa maman : « Quand tu seras morte, c'est moi qui l'aurai ? »

Emma tourne la clé dorée, finement ciselée, pour ouvrir le bureau à abattant. Ce qu'elle vient chercher se cache dans un des tiroirs, celui du milieu, dans lequel elle a rangé des photos. Angie reste dans son dos, retenant son souffle. Là-dedans, il y a toute la vie de sa mère.

– Voilà, dit Emma en se retournant. Je ne sais pas pourquoi j'ai gardé ça...

Elle tend à sa fille un vieil article jauni qu'elle a découpé dans *Paris-Normandie* et glissé dans une pochette plastique. En caractères gras, on peut lire : « La Normandie a choisi sa nouvelle reine ! »

– C'est elle ? questionne Angie en examinant la photo sur laquelle Lydia Lenormand, 18 ans, couronnée bien qu'en maillot de bain, serre une gerbe de fleurs contre sa poitrine.

Emma sourit à ce souvenir. Elle était venue soutenir sa copine de la primaire, le jour de l'élection. Pas envieuse, mais fière au contraire que le Quartier des Neiges remporte la couronne de Miss Normandie.

– Tu aurais pu gagner, toi aussi, revendique Angie.

– Oh, non ! proteste en riant Emma. Tu m'imagines, défilant en maillot de bain ?

Lydia avait tous les culots, s'exhiber à demi-nue, sourire aux journalistes, triompher sur un podium. Ce jour-là, se souvient Emma en silence, j'étais enceinte et je ne le savais pas.

– C'était ta *best friend*, Lydia ? veut savoir Angie. Comme Rose-May et moi ?

– Non, je n'étais pas sa meilleure amie. Je crois qu'elle n'avait pas de meilleure amie...

– Ça se voit, fait Angie, très confiante dans le jugement qu'elle porte sur les autres. C'est le genre de fille populaire. Elle a plein de copines qui l'admirent et qui veulent être comme elle.

Emma reste un moment nez à nez avec ses souvenirs. Oui, c'est ça. Lydia était populaire auprès des filles. Mais déjà trop femme à 10 ans, elle tétanisait les garçons de la classe.

– Le genre qui a toujours les vêtements de la bonne marque, précise Angie.

– Elle avait surtout des bonbons plein les poches, s'amuse Emma.

Elle n'aime pas dire du mal des autres. Alors, elle ne dira pas que Lydia était la fille du patron du bar-tabac Les Amis du Port, et qu'elle se servait dans le tiroir-caisse pour acheter les bonbons.

– Oups, je n'ai pas vu passer l'heure, se secoue Emma.

Je descends refaire le pansement de monsieur Piatek. Débarrasse la table. Je n'en ai pas pour longtemps.

– La mère de Rose-May, elle ne travaille pas le soir, je te signale.

– À ton avis, je dois laisser ses pansements sales à monsieur Piatek pour la nuit?

– Pourquoi tu veux me faire passer pour quelqu'un de méchant? la foudroie Angie.

Elle n'a que 11 ans et demi, songe Emma en la quittant. Comment me répondra-t-elle dans deux ou trois ans?

Une fois sur le palier, elle a l'impression qu'il lui manque quelque chose. Pourtant, elle a sa trousse de soins en bandoulière. Elle descend lestement les deux étages.

– Bonsoir, monsieur Piatek! Ne vous bougez pas, ce n'est que moi.

Monsieur Piatek a des ulcères aux jambes qui ne se referment plus. Sa femme est morte l'an passé. Emma l'a soignée jusqu'au bout.

– Bonsoir, petiote. Je t'embête à c't'heure, hein?

– Mais non, monsieur Piatek, je fais mon métier.

Le métier qu'elle a choisi: infirmière à domicile.

– Comment vous sentez-vous, ce soir?

– Pas ben allant*.

Emma a toute une patientèle de vieux dockers, cassés par le travail, et de femmes de marins, usées par le chagrin.

– Ah là là, si t'avais connu le Quartier des Neiges dans le temps! soupire monsieur Piatek.

* Pas très bien.

Il en profite, quand Emma vient nettoyer ses plaies, pour lui raconter ses souvenirs, toujours un peu les mêmes, du temps où aucun mur ne séparait les Neiges du port, et où les gosses allaient pêcher la crevette à la « plage pouilleuse », enfonçant leurs doigts de pieds dans la vase et l'eau huileuse.

– Il y avait de la vie aux Neiges à mon époque. Rien que dans la rue des Chantiers, il y avait deux bouchers, trois poissonniers, quatre boulangeries, et le coiffeur, et la boutique où qu'on achetait nos pétards quand on était gosses, et t'avais au moins dix cafés ! Moi, j'allais aux Amis du Port avec mon garçon.

Chez les Piatek, on est docker de père en fils et en petit-fils. Dédé, 88 ans, Chonchon, 55 ans, et Christopher, 25 ans.

– Docker un jour, docker toujours, c'est ce qu'on dit, bredouille monsieur Piatek, qui s'émeut jusqu'aux larmes.

Ça fait mal, le passé, quand ça vous remonte au cœur comme la marée.

De retour sur son palier, Emma comprend ce qui lui manque : les aboiements. D'habitude, qu'elle rentre ou qu'elle sorte, Capitaine aboie deux ou trois fois derrière la porte de monsieur Maupetit. Pas de ces aboiements pour éloigner les intrus, mais une façon de les saluer, elle ou bien Angie. Capitaine n'est pas là, ce lundi soir. Le voisin non plus.

– Tu en as mis du temps ! rouspète Angie, quand sa mère passe la porte.

Emma pourrait lui répondre : « Monsieur Piatek n'a pas souvent l'occasion de parler » ou encore : « Il faut bien que je gagne notre vie. » Mais ça ne servirait à rien. Son regard tombe sur la photo de Lydia en maillot de bain, qu'elle a oublié de ranger. Elle l'emporte dans sa chambre et s'aperçoit que, dans sa précipitation, elle a oublié autre chose. Elle a refermé son scriban, mais en laissant la clé dans la serrure. Elle pourrait demander à sa fille : « Tu n'as pas fouillé dans les tiroirs pendant que j'étais chez monsieur Piatek ? » Mais là encore, ça ne servirait à rien. Angie ment très bien. Emma glisse la petite clé dorée sous son matelas tout en se disant que le plus simple, ce serait peut-être de jeter à la poubelle tout ce qu'elle tient caché.

– Pourquoi tu ne te maquilles pas ?

Les questions d'Angie semblent toujours sortir de nulle part. Emma rit de surprise, sa cuillère à soupe à mi-chemin entre l'assiette et sa bouche. Son visage est toujours net et nu, ses cheveux passés derrière l'oreille, ses ongles bien brossés, ses vêtements bien repassés. « Propre comme un sou neuf », approuve monsieur Piatek. Mais sans une once de coquetterie.

– Je me maquillais quand j'étais jeune, admet-elle.

– Tu es jeune !

C'est comme ça avec Angie : tantôt elle vous bouscule, tantôt elle vous réconforte.

– Moi, quand je serai grande, je me maquillerai, ajoute-t-elle.

Emma fait une petite mimique d'incompréhension. Elle n'arrive pas à saisir ce qui se passe dans la tête de sa fille. C'est pour ça qu'Angie est obligée de penser tout haut. Pour que sa mère la comprenne.

– Si je me maquille, je serai Miss Normandie. Il n'y a pas que Lydia. Tu seras fière de moi.

– Je suis fière de toi, Angie ! Je n'ai pas besoin que tu te maquilles.

Ce soir-là, dans son lit, après avoir dit bonne nuit à sa mère et éteint la lumière, Angie s'enfonce sous la couette et allume sa lampe de poche. De sous l'oreiller, elle sort quelque chose, quelque chose qu'elle a pris dans le tiroir du scriban. Parce que, oui, elle a vu que la clé était dans la serrure, oui, elle a fouillé dans les affaires d'Emma.

C'est une photo aux couleurs un peu passées, qui se trouvait glissée et comme oubliée dans un vieux plan replié de la ville du Havre. La photo a été prise sur la plage de galets de Sainte-Adresse, dont Angie reconnaît les alignements de cabanes blanches. Deux jeunes gens sourient à l'objectif. Emma, qui semble si belle aux yeux d'Angie, Emma a 18 ans. Cheveux au vent, elle rayonne de bonheur, et c'est à cause de ce garçon qui a passé un bras autour de ses épaules. Un jeune homme aux cheveux blonds, un peu frisés, comme ceux d'Angie, aux grands yeux bleu océan, ombragés de longs cils, comme ceux d'Angie. Au dos de la photo, il y a un cœur, puis une date, 10 juillet 2008. L'année d'après, le 26 avril 2009, Angie est née.

Cet homme est son père, elle en est certaine. Une seule fois, pour satisfaire la curiosité de sa fille, Emma lui a dit : « *Angie* était sa chanson préférée. C'était un beau garçon, et je l'aimais beaucoup. On s'est fâchés parce qu'il avait une autre petite amie et il me l'avait caché. Puis il est mort dans un accident. Il me reste la chanson… et toi. »

Le mercredi, de retour du travail, Emma a une surprise pour sa fille.

– Angie ! C'était dans *Le Havre infos*.

Dans le petit hebdomadaire qu'on trouve gratuitement chez les commerçants, il y a la photo qu'a prise la journaliste à la fête de la galette, accompagnée de ces simples mots : « Angie, reine d'un jour, et sa maman. » Emma a déjà sorti les ciseaux pour découper l'article. Tout ce qui concerne sa fille est archivé.

– Attends ! l'arrête Angie. D'abord, je veux montrer la photo à Rose-May. Je suis célèbre !

DU CÔTÉ DE TANTE THÉRÈSE

Au son, Augustin sait que c'est elle. Un coup sec, suivi de deux longs, puis à nouveau d'un sec, elle seule réussit à faire parler les portes en alphabet Morse. Il n'en faut pas plus pour le replonger dans l'enfance. Mille fois, tante Thérèse a toqué de la sorte avant d'entrer dans sa chambre de petit garçon. Thérèse, qui l'a élevé depuis ses 8 ans. Longtemps, il l'a appelée Tété, avec dans la bouche un goût de « maman ». Aujourd'hui, c'est « ma tante », alors qu'elle préférerait simplement « Thérèse ». Quant au tutoiement d'autrefois, Augustin ne parvient plus à le pratiquer.

Aussitôt, sa présence envahit les lieux. Casquette de soldat russe, blouson d'aviateur sur un pull à col roulé, jupe de cuir noire et grosses chaussures de marche, à près de 60 ans, Thérèse Maupetit continue d'impressionner. Augustin n'a jamais vu personne se mettre en travers du chemin de cette femme, haute de taille et large d'épaules.

En trois enjambées, elle est près du lit et dépose sur la chaise le panier d'osier qu'elle a apporté. Il lui a suffi d'un regard pour englober d'un air désapprobateur la chambre et son occupant.

– On étouffe ici. Ils n'aèrent jamais ?

Elle ne l'embrasse pas. Elle ne le fait plus depuis des années.

– J'espère qu'ils ne vont pas te garder trop longtemps. Qu'est-ce qu'ils disent ?

– Bonjour, ma tante. Je me fiche de ce qu'ils disent. Les sensations reviennent progressivement, c'est tout ce qui m'intéresse. Mon pied gauche était comme mort. Depuis hier, j'ai des fourmillements dans le gros orteil. J'espère que c'est bon signe.

– Quand tu seras sorti de là, je t'enverrai chez mon naturopathe. Il nettoiera ton organisme de toutes leurs saletés chimiques. Et il faut que tu te remplumes. On ne te donne pas à manger, ici ?

Augustin n'a le temps ni de réagir ni de protester. Il la laisse vider son grand panier à pique-nique.

– Je suis passée chez toi après mon cours de yoga. J'espère que je n'ai rien oublié. Pyjama, sous-vêtements, chaussettes et… ce que tu as demandé.

– Merci.

L'œil d'Augustin s'allume en voyant apparaître l'ordinateur portable. D'un coup, il se sent reconnecté au monde.

– Je t'ai pris des serviettes propres parce que le linge dans ces endroits-là… Ah ! et ta brosse à dents électrique.

Puis, sans un commentaire, Thérèse dépose sur le lit une pile de *Paris-Normandie* et même le dernier numéro du *Havre infos*. Augustin, qui sait exactement ce qu'il y cherchera, se retient de se jeter dessus.

– Il ne manque rien, j'espère ?

Augustin ne répond pas, mais il n'a jamais rien pu cacher à tante Thérèse. Si elle ne sait peut-être pas vraiment communiquer avec les esprits comme elle le prétend, elle reste capable d'interpréter la moindre mimique sur le visage de son neveu.

– Et où est-elle, cette bête ?

– Chez un collègue, marmonne Augustin.

Thérèse renifle comme si elle détectait une odeur de gaz et sort de son panier un dernier paquet, enveloppé dans un torchon.

– La charlotte, j'ai jugé que c'était trop lourd pour un convalescent. Je t'ai fait un clafoutis aux pommes.

Le panier écarté, tante Thérèse prend place sur la chaise, ôtant la casquette qui coiffe ses cheveux coupés court et encore très noirs.

– Bon, alors, ils l'ont retrouvé ?

– Seulement la voiture, répond Augustin en fouillant d'une main malhabile parmi les journaux éparpillés, à la recherche de celui qui l'intéresse.

– Ne te fatigue pas, c'est dans celui-ci. Page 7. Quelques misérables lignes.

Thérèse s'empare du quotidien et l'ouvre à la page annoncée.

– « Un motard a été retrouvé inconscient patati patata les secours alertés par un docker du port patati au vu de l'état de la Yamaha patata probablement été percuté par un véhicule qui a pris la fuite. Les jours de la victime ne seraient pas en danger. »

Tante Thérèse roule le canard en boule et s'exclame :

– Tu te rends compte ! Pas un mot sur toi. Un capitaine de la police nationale ! Et qu'est-ce qu'ils marquent ? « La victime ». Comme si un policier en service était une victime comme une autre !

Augustin s'abstient de la détromper, de lui dire qu'il n'était pas en service, qu'il n'aurait voulu pour rien au monde voir mentionnés son nom et son grade et que cet article n'est absolument pas celui qu'il brûle de découvrir.

Tandis que sa tante se lève pour ranger ses affaires sur les étagères du placard, il reprend le chiffon de papier et en parcourt rapidement les pages. Rien dans le numéro du mardi. Logique. Il prend celui du mercredi et ne tarde pas à dénicher l'article qu'il cherche :

Jolie prise pour les agents de l'OFAST (Office anti-stupéfiants) ce lundi sur le port du Havre. *Les limiers de cet organisme tout nouvellement créé ont en effet procédé à la saisie d'un colis suspect contenant 50 kilos de cocaïne, pour une valeur estimée d'environ 1 million d'euros. Travaillant main dans la main avec le service des douanes, ils ont remonté une piste menant à Carthagène, en Colombie. Voilà qui confirme de façon préoccupante que les quais de notre cité havraise sont devenus une des plaques tournantes du trafic de la coûteuse poudre blanche dans l'Hexagone. Qui dit Colombie dit non seulement cocaïne, mais aussi café. Nul ne s'étonnera donc que la drogue ait été dissimulée clandestinement dans un chargement de la divine fève, destiné aux établissements Sibon. Une fève bien embarrassante, en ce lendemain d'Épiphanie, pour cette vieille maison du café, dont la réputation sur la place du Havre n'est plus à faire.*

– Qu'est-ce qu'il y a, Augustin ? Tu as l'air contrarié. J'ai même cru entendre un vilain mot.

– Rien, c'est…

La main d'Augustin a glissé sur la page et désigne maintenant un autre article, qu'agrémente une photo.

– « On tire les rois au Quartier des Neiges ». Ma chef y était, avec Capitaine.

– Je n'arrive pas à m'y faire. Chaque fois que tu prononces le nom de cette bête, j'ai l'impression que tu parles de toi à la troisième personne… Alors, c'est ça ?

– Quoi ?

– Cette petite.

– Qui ? Alice ? Non… c'est fini et c'est très bien comme ça.

– Qu'est-ce qui te tourmente, en ce cas ?

Thérèse s'est rassise, et Augustin sait qu'elle n'est pas du genre à lâcher le morceau.

– On s'est fait doubler. Une histoire de drogue, ma tante. On était sur le coup et d'autres que nous ont opéré la saisie.

– Bah ! Ce n'est pas grave. Tu en arrêteras d'autres, des trafiquants, le console-t-elle, comme s'il avait encore 8 ans.

– Celui-là, il a fichu ma vie en l'air et… je voudrais regarder quelque chose. Vous permettez ?

Tante Thérèse n'a rien oublié, pas même le cordon qui permet de relier le téléphone à l'ordinateur. En quelques manipulations, Augustin expédie du premier vers le second l'image qu'il souhaite examiner. Grand format, à présent.

– Là, vous voyez ? C'est la voiture qui m'a envoyé dans le décor. Impossible de distinguer le visage du conducteur. La photo est floue parce que c'est juste un arrêt sur image. Elle a été prise au moment où il franchit la barrière qui permet l'accès aux espaces de stockage. Maintenant, regardez bien…

Augustin zoome sur un détail du plan fixe : la main qui se tend pour présenter le badge au système de lecture électronique.

– Sur le poignet. J'agrandis encore mais, évidemment, c'est

de moins en moins net. Il y a un tatouage. Ça pourrait me permettre d'identifier ce type. Reste à savoir si ce tatouage nous apprend quelque chose. On dirait…

– Un triangle, complète Thérèse, le nez presque collé à l'écran. Et dedans, cette forme pourrait évoquer un œil, non ?

– Si on veut.

– Des chiffres. Dans l'œil, il y a des chiffres. 7, 3, 3.

– C'est votre œil à vous qui m'épate ! Et je crois que vous avez raison.

– J'ai raison, et tu ferais bien de te méfier. Ces symboles sont ceux des Illuminati.

– Heu, sérieusement, ma tante…

– Je te le dis. Le triangle ou la pyramide. L'œil à l'intérieur du triangle. Puis ces chiffres.

– Oui, le 7, le 3. Ces chiffres ont été interprétés dans à peu près toutes les croyances du monde.

– Additionne, bon sang ! 7 + 3 + 3 = 13. 13 comme les 13 grades de l'ordre des Illuminati. Quand je pense que c'est toi, l'enquêteur !

Augustin ne peut s'empêcher de rire, puis s'assombrit.

– Est-ce que je suis encore enquêteur ? C'est la question. Dans le meilleur des cas, il faudra des semaines avant que je puisse reprendre le boulot. Et pendant ce temps-là, le monde continue de tourner. On me pique mon enquête, on me pique ma chienne. Et ça complote dans mon dos.

– Ah ! Tu vois. Les Illuminati.

– Non, je ne parle pas de votre secte, dit Augustin en claquant le capot de son ordinateur pour saisir de nouveau le vieux numéro de *Paris-Normandie*. La façon dont on nous a exclus de l'enquête pour essayer de masquer le destinataire, c'est louche.

– Quel destinataire ?

– Eh bien, les cafés Sibon. Je suis certain que le journaliste qui a rédigé l'article s'est fait taper sur les doigts. Cinquante kilos de cocaïne dans un conteneur de café Sibon, ça la fout mal.

Tante Thérèse demeure figée dans une expression scandalisée.

– Tu ne crois quand même pas que la famille Sitbon est dans le trafic de drogue !

– Il se passe de drôles de choses sur ce port. Si on pouvait ouvrir tous les conteneurs qui arrivent, on découvrirait des milliers de produits illicites. Et pour que tout ça fonctionne, il faut des complicités. Chez les dockers, aux douanes, dans les entreprises les plus respectables…

Augustin tapote son ordinateur en songeant à la précieuse information qu'il contient.

– Celui-là, il me le faut : monsieur 733. Et quand je l'aurai en face de moi, il passera un sale quart d'heure. Mais, pour ça, je vais avoir besoin de deux choses. D'une paire de jambes en état de marche et de…

Il s'interrompt et pousse un soupir agacé, voyant s'ouvrir doucement la porte de la chambre (steak haché, poisson pané, quelle sera la merveille du jour ?).

– Et de…

La porte, décidément, tarde à laisser passer le chariot du dîner.

– Et de… Capitaine !

D'abord un museau, puis toute la tête. Avant d'entrer, la

chienne semble s'assurer qu'elle ne s'est pas trompée de chambre. Puis elle trottine jusqu'au pied du lit, s'assoit face à son maître et porte la patte au niveau de l'oreille droite. *Salute.*

– Voilà autre chose, souffle tante Thérèse.

– Je... euh... comment elle a pu... C'est vous qui lui avez donné l'adresse ?

– Et un ticket de tram pendant que tu y es !

Augustin s'est redressé dans son lit, les joues rosies par la fierté et le contentement.

– J'ai toujours su que tu étais intelligente, mais je t'avais encore sous-estimée. C'est brillante que tu es, exceptionnelle ! Et une chienne exceptionnelle a besoin d'un partenaire exceptionnel, pas d'un Lagadec. On va le trouver, hein, monsieur 733, on va le trouver, tous les deux ?

Capitaine opine de sa jolie tête de malinoise. Quand Augustin laisse parler son cœur, elle devient bilingue.

– Bon... je vais vous laisser, dit Thérèse, qui se sent de trop. Tu demanderas à l'infirmière à quelle heure sont servis les repas pour les animaux de compagnie.

– Excusez-moi, ma tante. Je crois que... enfin, je crains... Capitaine ne peut pas vraiment rester ici. Et il n'est pas question qu'elle retourne à la brigade...

Augustin lève un regard timide vers le visage fermé de sa tante.

– Et moi, dit-elle, je crains de pas avoir le choix.

– Pour ses croquettes...

– Je saurai les trouver. Maintenant, si tu pouvais m'expliquer comment sortir d'ici sans provoquer une émeute...

– Suivez Capitaine. Si elle l'a fait dans un sens, elle saura le faire dans l'autre.

Thérèse est une femme de décision. Elle empoigne son panier et se dirige vers la porte, accompagnée de Capitaine, qui a obéi instantanément au geste de son maître. Une minute plus tard, entendant les cris et vociférations en provenance du couloir, Augustin se voit obligé de changer d'avis : il arrive que certaines personnes se mettent en travers du chemin de sa tante. Mais pas longtemps.

SWEET HOME

Comme il aime bien savoir à qui il a affaire, Augustin leur a demandé s'ils étaient infirmiers, aides-soignants ou brancardiers. Le gros, dont la moustache semble avoir trempé dans la nicotine, a répondu : « Nous, on dit équipiers. » Son collègue tout maigrichon a précisé : « Équipiers secouristes, s'il y a une victime. Mais vous… »

Augustin est bien content d'apprendre qu'il n'appartient plus à la catégorie des victimes. Dans l'esprit des deux équipiers, cela signifie sans doute qu'il ne craint plus les secousses. Le convalescent redoute tout de même ce moment, pas à cause des rudesses du transport, non. Certaines douleurs persistent, son genou amoché est encore HS, mais il se sent solide. Ce que craint Augustin, c'est d'attirer l'attention, de se donner en spectacle. Rentrer chez soi en ambulance, se faire trimbaler en chaise à porteurs, il vit cela comme une humiliation.

Arrivée en fanfare par-dessus le marché. La tante et la chienne font partie du convoi. L'ambulancier, qui a actionné bien inutilement la sirène, s'arrête au pied du petit immeuble. Les équipiers sanglent Augustin sur la chaise de transport.

– Restez les mains croisées sur la poitrine, monsieur. N'essayez jamais d'agripper quelque chose, dit Moustache.

– Le plus costaud derrière, ricane son collègue.

Comme si cela nécessitait une explication, il se baisse pour glisser à l'oreille d'Augustin :

– C'est lui qui aura tout le poids dans l'escalier.

Deux braves gars, à n'en pas douter, mais Augustin a envie de les baffer. Rentrer chez lui le rend nerveux. Trop d'incertitudes, trop de difficultés à surmonter. Assis sur son trône, il regarde Capitaine qui fait des bonds devant la porte vitrée du hall. Le retour au bercail la met, elle aussi, dans tous ses états. Tante Thérèse suit en traînant une valise à roulettes.

– Franchement, dit-elle une fois dans la grande entrée, il y aurait tout à fait la place pour un ascenseur.

Le gringalet ne tarde pas à déchanter. Moins de poids à porter peut-être, mais il va lui falloir grimper les trois étages à reculons. Il a attrapé les poignées dans le dos d'Augustin tandis que son camarade faisait de même au niveau des pieds.

– Attention à son genou, vous deux ! lance Thérèse.

Augustin grimace. La chaise est trop longue à son goût et l'oblige à tenir sa jambe presque droite, ce qui lui fait un mal de chien. Et à ce propos, Capitaine est déjà arrivée. Tout le béton de la cage d'escalier résonne de ses jappements.

– Et maintenant, dit Thérèse, parvenue la dernière sur le palier du troisième étage, ces messieurs sont bien aimables, mais j'aimerais savoir comment tu vas te débrouiller quand ils ne seront plus là pour te transbahuter.

Elle ouvre la porte de l'appartement, côté gauche, et s'empresse d'aller chercher le fauteuil roulant qu'elle a fait livrer quelques jours plus tôt. À peine le transfert effectué, les deux messieurs bien aimables dégringolent l'escalier comme des écoliers quand retentit la sonnerie.

– Il va me falloir de l'aide, admet Augustin.

– J'ai mon emploi du temps, mon cher neveu.

Augustin hoche la tête. Il sait à peu près de quelle façon sa tante emploie son temps : cours d'alphabétisation, bridge avec les copines, yoga, médecines douces en tout genre, méditation et, bien sûr, chaque jeudi, le Cercle spirite.

– Je vous en ai déjà trop demandé, dit-il en regardant Thérèse, qui allume l'une après l'autre toutes les lumières de la grande pièce.

– Comment peux-tu vivre dans un endroit pareil ? Tu te complais dans le macabre. Ce n'est pas sain. Étonne-toi d'être aussi seul. Une jeune fille qui entre ici... mais elle repart en courant !

– C'est mon métier, se justifie Augustin. Une enquête, on vit avec, on dort avec.

– Tu me rappelles mon frère Francis. Il faut toujours qu'il rapporte du travail à la maison. Mais un comptable... ça n'a pas besoin d'un décor.

Derrière elle, sur un mur noir de nuit, sont disposées en tous sens des affiches et des unes de journaux, où se mêlent le vrai et le faux, le tragique et le pittoresque. Il y a du « wanted » à l'américaine, de l'authentique avis de recherche (*Sonia, 11 ans, disparue depuis le 7 octobre 2013*), du thriller à tordre les boyaux, du crime à broyer le cœur. Qu'elle se tourne un peu, et tante Thérèse fera face à une cible humaine de carton, grandeur nature, avec ses anneaux concentriques et ses mortels petits trous.

– Il reste un peu de place sur le mur, constate Augustin. Un jour, je vais y épingler Mister 733.

Augustin fait rouler à deux mains son fauteuil le long de la bibliothèque, où les Dupont et Dupond en latex montent la garde devant sa collection de polars. Au-dessus de la porte qui mène à sa chambre est accrochée une vieille carabine. Le voilà maintenant parmi les câbles qui relient tous les éléments de son véritable univers : unités centrales, haut-parleurs, imprimantes, claviers, écrans. Géants, les écrans. Nombreux, les écrans.

– J'ai rempli le frigo, dit tante Thérèse. Il faudra que tu te trouves une aide-ménagère. Et cette bête ? Où est-elle, cette bête ?

– Capitaine n'est pas rentrée ?

– Elle était là il y a deux secondes.

Augustin, qui veut faire demi-tour, découvre qu'un fauteuil roulant ne trace pas les courbes avec l'aisance d'une moto Yamaha. Il ne sait plus trop ce que lui a expliqué le médecin à propos de son rachis lombaire, mais il a retenu que la zone située au-dessus de ses fesses risquait de le faire souffrir pendant un bon bout de temps. Chaque tour de roue lui arrache un petit soupir de douleur.

– Capitaine ! Tu n'es pas contente de retrouver la maison ?

La chienne est assise sur le palier, face à la porte entrouverte de la voisine, langue sortie et babines baveuses. Apparaît alors une gamine de 11-12 ans qu'Augustin croise parfois dans l'escalier. Angèle, Angélique, un nom comme ça.

– Elle adore le sucre, dit-elle, laissant la chienne lui lécher la main. Ça fait le quatrième morceau.

– Ce n'est pas bon pour elle, le sucre, fait Augustin, contrarié.

– Pourquoi elle s'appelle Capitaine ?

– Parce qu'elle le mérite. En fait, elle mérite mieux. Mais si je veux qu'elle m'obéisse, elle ne peut pas avoir un grade supérieur au mien.

Pendant quelques secondes, l'enfant scrute son interlocuteur avec une intensité presque effrayante. Augustin a l'impression de subir un scanner de plus.

– Vous êtes soldat ?

– Non, dans la police.

– Vous avez été blessé par des voleurs ?

Tante Thérèse épargne à son neveu le soin de choisir une réponse.

– Moi, je file. Téléphone-moi, si tu as besoin de quelque chose. Tes clés sont sur la table de la cuisine.

Augustin se retrouve seul entre deux portes ouvertes. Pas gênée, la gamine s'est introduite dans son appartement, accrochée au cou de la chienne. Le temps qu'il pivote et fasse quelques tours de roue, et la voilà plantée devant le mur couvert d'affichettes et de scènes de crime, se hissant sur la pointe des pieds pour mieux regarder.

– Dis donc, heu... Angèle...

– C'est Angie, mon nom... « Le tueur de l'autoroute » et « le violeur de Trouville », vous les avez arrêtés ?

– Non, ce sont...

– Et Sonia, vous l'avez retrouvée ?

– Malheureusement, je...

Augustin tente un geste pour détourner Angie du lugubre tableau, mais déjà elle a traversé la pièce.

– Il y a quoi dans votre coffre-fort ?

– Des bouteilles. C'est un minibar. Écoute, Angie... quoi ? Qu'est-ce qu'il y a ?

Ce petit sourire, cet air supérieur, pour qui se prend-elle, cette môme ?

– Je trouve que vous avouez vite pour un policier. Et votre nom, c'est vraiment Augustin ?

– J'avoue, oui, j'avoue… que c'est marqué sur la porte.

– Et la dame, c'était qui ?

– Ma tante. Et ça, c'était mon dernier aveu. Maintenant, tu vas rentrer chez toi.

– Nous aussi, on peut vous aider si vous avez besoin de quelque chose. Ma mère, elle est infirmière, et moi, je peux m'occuper de Capitaine.

– Merci, Angie, mais je ne vois pas en quoi…

Augustin regarde avec incrédulité le doigt qui se tend effrontément vers l'une des roues de son fauteuil.

– Comment vous allez faire pour Capitaine ? Il faut bien qu'elle descende pour sa promenade.

– Ce n'est pas uniquement une partie de plaisir de sortir un chien. Je suis policier et je te rappelle la loi : on doit prendre un sachet de papier et une petite pelle pour ramasser les crottes.

– Qu'est-ce que je risque, sinon ?

– Deux ans de prison.

– Pff !

À ce moment, Augustin se dit qu'il s'y prend mieux avec les délinquants qu'avec les enfants. Une voix venue du dehors le sauve enfin.

– Angie ! Où tu es passée ? Angie !

– Je suis là ! Chez monsieur Augustin.

Une jeune femme en tablier apparaît sur le seuil de l'appartement, le visage fatigué, les cheveux dans la figure, un gant de caoutchouc rose dans la main gauche.

– Oh ! Monsieur, je suis désolée. Retourne chez nous, toi.

Emma. Emma Tourniquet. Il a lu son nom sur la boîte aux lettres. Elle paraît embarrassée, n'ose pas lever les yeux vers lui. L'effet fauteuil roulant, songe-t-il. Derrière sa mère, Angie lance à tue-tête :

– Je vais m'occuper de Capitaine ! Monsieur Augustin est d'accord !

– Angie, enfin !

– Faut bien qu'elle fasse caca !

– Elle a plein de qualités, commente Emma avec un sourire gêné, mais elle n'est pas toujours facile à gérer. Ne la laissez pas vous embêter, surtout. Je… vous avez eu un accident ?

– Un chauffard.

– Oh. Encore désolée. Et bien sûr, si je peux faire quelque chose… Bonne soirée.

– Bonsoir.

Trente secondes plus tard, tous les écrans brillent chez le capitaine Augustin Maupetit. Au travail !

JUSQU'AU MUR, ET RETOUR

Dupont sans Dupond. Il manque une figurine en plastique sur l'étagère. Augustin est inquiet. Qui a pu la déplacer… ou la prendre ? Capitaine est au-dessus de tout soupçon. Elle a ses propres jouets, et les affaires de son maître, c'est sacré. Qui est passé chez Maupetit depuis qu'il est revenu de l'hôpital ? Les brancardiers. Ils n'ont fait qu'entrer et sortir. Tante Thérèse ? C'est elle qui a acheté les figurines pour les 10 ans de son neveu, après qu'il l'avait informée de sa décision de devenir policier. Restent les voisines. Augustin n'a jamais perdu de vue Emma Tourniquet. La gamine, en revanche, est allée et venue dans son dos, et sa mère a avoué qu'elle était « difficile à gérer ».

Augustin décide de l'interroger la prochaine fois qu'elle viendra, et la prochaine fois, c'est… ding dong. Angie a promis de sortir la chienne à son retour de l'école.

– *Open ze door !*

L'anglais n'est pas vraiment la *cup of tea* du capitaine Maupetit. Mais en dépit de son accent frenchy, sa chienne l'a compris. Capitaine a appris à abaisser la clenche de la porte d'entrée de deux façons, soit d'un mouvement de la tête, soit d'un geste de la patte. Elle préfère se servir de sa patte, c'est plus élégant. Angie n'est pas surprise de découvrir Capi de l'autre côté de la porte. La maison d'Augustin ressemble à une maison de conte de fées, plutôt la cabane de la sorcière que le château du prince charmant.

– Bonjour, Angie.

Augustin constate avec déplaisir que Capitaine fait fête à la petite. Sa chienne ne sait donc pas repérer les prédélinquantes ?

– Ça existe, le virus chinois ? demande Angie à brûle-pourpoint, comme elle le fait avec sa mère.

– « Virus chinois », répète Augustin, qui songe qu'en plus d'être sociopathe Angie est peut-être cinglée.

– C'est à mon collège. Les autres disent que Rose-May va leur apporter le virus chinois.

Augustin, ne s'intéressant qu'aux faits divers, n'a qu'une vague idée de ce qui se passe actuellement. Une épidémie de grippe, à ce qu'il paraît.

– C'est idiot, dit-il. Il n'y a pas de virus chinois dans les cours d'école.

– En plus, Rose-May est vietnamienne, abonde Angie.

Le capitaine Maupetit décide alors de passer à l'attaque et, sur le ton dont il demanderait à un truand : « C'est toi qui as buté la vieille ? », il questionne :

– C'est toi qui as volé un des Dupondt sur l'étagère ?

– Non, c'est pas moi.

Elle a répondu trop calmement. Une innocente se serait troublée, indignée, aurait posé des questions.

– Il faut la sortir combien de temps ? s'informe Angie, la laisse de Capi en main.

– Vingt minutes. Tu vas jusqu'au mur, et retour.

Augustin parle du « mur », moitié planches et moitié parpaings, qui sépare les Neiges du port. Ce mur a privé le quartier de son horizon, dans le même temps qu'on bloquait l'ascenseur social pour ses habitants.

– Rose-May pleurait à la récré… Les gens, ils sont racistes !

Angie a fait cette forte déclaration sur un ton outré, au moment de quitter la pièce, laissant Augustin perplexe. Cette gamine a des côtés sympas, quand même.

Quand elle revient, Angie déborde de joie de vivre. Elle a conduit Capitaine jusqu'au petit square où traînent les jeunes après l'école.

– Je lui ai fait faire tous ses tours.

Elle énumère dans un anglais parfait : « *Sit down, crawl, jump, salute !* » Elle a mémorisé les ordres que la commissaire donnait à la chienne sur la scène, le jour de la galette. Augustin est de plus en plus perturbé. Quand Angie le quitte et qu'il se retrouve seul face à ses écrans, il marmonne pour lui-même :

– C'est quoi, cet engin ?

Il veut savoir qui est Angie. La prochaine fois, il la piégera.

Ding dong. La prochaine fois, c'est le lendemain, même heure.

– Je viens pour la promenade ! s'annonce Angie.

– Un instant. Je dois donner à boire à Capi dans la cuisine. *Come ouize me !*

Il laisse Angie seule dans son bureau pendant cinq bonnes minutes et la prévient de son retour en cognant son fauteuil dans les meubles et dans les murs. Puis, dès qu'elle est partie, il regarde la bande vidéo que sa caméra d'intérieur a enregistrée. On y voit Angie, tout d'abord l'oreille aux aguets, qui ne tarde pas à fureter, fouiner, fouiller. Elle inspecte la bibliothèque aux titres alléchants, *Les plus grands serial killers de l'Histoire* ou encore *Traité de criminologie.* Elle tripote un crâne-cendrier d'un goût douteux, trop encombrant sans doute pour être volé. Elle caresse une paire de menottes, visiblement tentée. Elle ouvre même le tiroir où Augustin range son arme de service et reste un moment interloquée, avant de le refermer. Pour finir, elle craque et fait main basse sur une authentique étoile de shérif.

– Kleptomane, diagnostique Augustin.

Dans le fond, ça lui plaît bien.

Le lendemain matin, de bonne heure, c'est tante Thérèse qui est de corvée de chien.

– Vingt minutes. Vous allez jusqu'au mur, et retour, lui précise son neveu, qui aime que les choses soient réglées de façon militaire.

– Et pour la promenade du soir, tu te débrouilles comment ?

– La fille de la voisine s'est proposée.

Thérèse approuve bruyamment. Grâce à son sixième sens, elle a tout de suite vu qu'Angie était une gentille petite.

– Je me suis toujours fié à votre intuition, ma tante.

– Tu peux rire, mais il y a une aura orange autour de cette enfant. C'est signe d'un bon cœur.

– Et moi, de quelle couleur est mon aura ?

– Elle est dorée.

Bien sûr, c'est idiot, mais ça fait plaisir à savoir. Thérèse s'abstient de préciser que les gens qui ont une aura dorée sont obsessionnels et farouchement indépendants.

HÔTEL DE POLICE

Alice traverse le hall jusqu'à la banque où les flics de service accueillent le public, adresse un petit signe à un collègue, puis se dirige vers les ascenseurs. Troisième étage : Brigade des stupéfiants.

Lagadec est là, vautré sur sa chaise, le corps en arrière, les mains croisées sur la bedaine, moustache en brosse, barbe de trois jours et rares mèches noires en travers du crâne. En chaussettes, les pieds posés sur ses vieilles godasses. Rien qu'à ce signe, Alice sait que le vétéran de la brigade va se montrer d'une humeur exécrable.

– Encore une de vos crises de goutte ?

Entendant la voix de sa chef, le lieutenant Lagadec se redresse et fait mine de trouver un intérêt à l'écran qui lui fait face.

– Alors, qu'est-ce que vous en dites ?

– C'est un tatouage, grogne Lagadec.

– Merci, lieutenant. Vos avis sont toujours aussi précieux.

– Tout le monde est tatoué, maintenant. Même les filles.

Alice s'approche de son subalterne et regarde l'écran par-dessus son épaule.

– Vous ne pourriez pas être un peu plus spécifique ?

– Avant, les tatouages, c'était plutôt un truc de marins.

– Celui-là ?

– Ça fait pas marin. Juste un triangle avec un numéro. 733. Ça pourrait être un taulard. J'en ai connu un qui s'était fait tatouer son numéro d'écrou. Un autre, c'était le nombre de jours passés au placard.

– Vous voyez, quand vous voulez. Ça vous dirait de faire le tour des tatoueurs du Havre ?

Lagadec tapote son clavier de ses gros doigts.

– Y a Bum Bum, y a Frank, y a Tattoo Velours...

– Je les veux tous. Je veux savoir si l'un d'eux a pu tatouer ce machin-là. Demandez-leur aussi si ce dessin a une signification spéciale pour eux. D'après Augustin, le triangle avec ces deux traits qui forment comme un œil, c'est le symbole des Illuminati. Mais je ne sais pas s'il était sérieux.

– Je croyais que le capitaine Maupetit était en longue convalescence ?

– J'ai le droit de prendre de ses nouvelles, non ?

Augustin et elle ont été très discrets quand ils ont eu leur petite histoire. Mais Alice se méfie des bruits de couloir. Lagadec fait reculer son siège à roulettes de deux mètres en feignant de se déplacer à la force de ses bras.

– Le tableau de service a été modifié, dit-il en le désignant.

– C'est-à-dire ?

– Augustin n'était pas en service le soir où il a eu son accident. Et maintenant, il l'est, c'est curieux.

Alice regarde fixement son lieutenant.

– Le capitaine et moi-même étions tous les deux en service ce dimanche soir, c'est clair ?

– Oui, chef.

Il dit toujours « chef » sur un ton pas convaincu.

– Et pour le chien ? Est-ce que je ne devais pas l'avoir ?

– On ne sépare pas un binôme.

– Ça coûte une fortune, une bête opérationnelle comme celle-là. Faut la faire travailler. Et si Augustin doit revenir...

Le lieutenant retourne à sa place, toujours en faisant semblant d'actionner les roues d'un fauteuil. Cette fois, Alice ne se contient plus.

– Vous savez combien on a eu de blessés dans l'effectif l'année dernière ? Près de soixante. Ce n'est pas un sujet de plaisanterie.

Mais Lagadec, plus futé qu'il n'y paraît, a compris où appuyer.

– Si Augustin doit revenir, il peut rendre service, même en fauteuil roulant. Mais pas comme enquêteur... On a besoin de monde en bas à l'accueil.

– Ta gueule ! laisse échapper la commissaire.

Lagadec fait une petite grimace qui signifie : « Ça, vous n'auriez pas dû. »

– Vous vous êtes bien fait fumer sur les docks, l'autre soir, reprend-il, de plus en plus narquois. J'aurais été là, on l'aurait eue, la coke. Tranquilles. Et l'affaire n'aurait pas été étalée dans les journaux. Ça sert, des fois, l'expérience.

La jeune commissaire lui tourne le dos, résolue à ne plus répondre.

– À part ça, poursuit le lieutenant, cinquante kilos de blanche, de nos jours, c'est de la rigolade. Ça cachait forcément autre chose.

Alice ne peut s'empêcher de regarder de nouveau le lieutenant.

– Ça cachait quoi ?

– À mon avis, c'était un envoi test pour voir si la filière fonctionnait. Il aurait fallu planquer et empêcher les douanes d'intervenir. Parce que le coup d'après, c'est pas cinquante kilos qu'on aurait ramassés, c'est cinq cents. Maintenant, c'est mort. La prochaine fois, ça passera pas par un conteneur Sitbon, mais par un conteneur Machinchose ou Tartempion, et on sera de la revue… chef.

Elle ne les supporte plus, lui, son air de tout savoir, et ses odeurs de chaussettes.

– Allez enquêter chez les tatoueurs ! Et n'oubliez pas de remettre vos godasses. Si on me demande, je suis chez les Sitbon.

Décidément, songe Alice, c'est pas ma journée. La richesse qui s'étale, le pognon qui coule à flots, c'est pas son monde. Elle respire un grand coup avant de descendre de voiture. Elle se méfie d'elle-même. Déjà exaspérée par Lagadec, elle craint de se montrer inutilement agressive. Bah, se dit-elle, toisant la villa Sitbon, c'est jamais qu'une baraque de six cents mètres carrés avec piscine, court de tennis, champ de courses et piste d'atterrissage pour Airbus. Là, ça y est, je suis déjà dans l'excès. Faut que je me calme. Aucune jalousie, aucune envie, elle n'est même pas sûre de la trouver belle, cette maison. Dedans, elle en est convaincue, ça va être pompeux et vulgaire, oui, comme la maîtresse des lieux.

Elle aurait préféré rencontrer Yoann Sitbon, mais c'est un homme très occupé. Alors, tant pis, elle va se fader madame. Madame qui ne se donne pas la peine de l'accueillir en personne. Une soubrette en tablier blanc à dentelles l'introduit dans un salon un poil moins grand que la gare du Havre. Déco moderne, verre fumé, cuir rouge et aluminium. Sobre. Pas mal, faut admettre.

Cinq minutes d'attente, et Lydia fait son apparition. Pull moulant largement échancré sur sa belle poitrine, pantalon flottant, son interprétation de la tenue décontractée.

– Je vous ai fait attendre, madame la commissaire. Désolée… Est-ce que nous ne nous serions pas déjà vues ?

– Peut-être à la fête de la galette aux Neiges ?

– Le chien qui faisait le salut militaire ! se souvient Lydia avec un rire condescendant. Je vous conduis dans le petit salon, ce sera plus intime. Tu nous apportes le café, Delphine ? À moins que…

– Si c'est du café Sibon, acquiesce Alice avec une pointe d'ironie.

– Par ici.

Alice se demande si Lydia va lui faire visiter toute sa maison, afin que la visiteuse n'ignore rien de la haute condition des gens chez qui elle met les pieds. Large comme une avenue, le couloir est un véritable musée. Alice ne peut s'empêcher de ralentir le pas pour examiner les tableaux qui se succèdent, chacun éclairé à merveille et flanqué d'un petit écriteau noir où figurent, comme tracés à la craie, le nom du peintre et le titre de l'œuvre.

– Le grand-père de mon mari était un collectionneur enragé. Et un peu chauvin également ! Il n'achetait que des artistes normands. Les meilleurs.

Alice regarde de plus près le bateau à voiles qui se détache contre un ciel tourmenté et ne peut retenir la réflexion qui lui vient :

– Il a réussi avec un nom pareil ?

– Eugène Boudin ? C'est une des gloires de la Normandie.

– Bien sûr, souffle Alice, à qui la lueur de mépris dans les yeux de son hôtesse n'a pas échappé.

Poursuivant sa lente visite, Alice se contente d'un hochement de tête approbateur devant les œuvres de Jef Friboulet et de Léon-Jules Lemaître, dont elle n'a jamais entendu parler.

– Ah ! Celui-là, je le connais. Dufy. Il est célèbre, non ? Dommage que…

La place est vide à côté du petit écriteau, où on peut lire : *Raoul Dufy, Baigneuses à Sainte-Adresse.* Un tableau de jolies dimensions, d'après la trace qu'il a laissée sur le mur.

– La pièce maîtresse de la collection, commente Lydia. Malheureusement, Germain Sitbon l'a laissée longtemps accrochée au-dessus d'une cheminée. La suie s'y était déposée. Je l'ai donnée à nettoyer.

– Oh ! Deux autres qui manquent.

– Ces deux-là, c'est différent. Mon mari les a prêtés à un musée régional dans le cadre d'une exposition temporaire. Je vous avoue que je n'aime guère voir des trous dans l'alignement.

Le « petit salon » est en effet de taille modeste, mais richement meublé : commode de style, table basse en marqueterie et fauteuils Louis Quelquechose. À peine Alice et Lydia se sont-elles installées que la jeune Delphine fait son entrée par une autre porte, présentant sur un plateau deux tasses de porcelaine et une aiguière d'argent. Elle a un peu la tremblote quand elle verse le café. Il y a encore trois mois elle était serveuse au bar des Amis du Port, où l'ambiance est plus décontractée.

– C'est du moka Sidamo, madame, dit-elle en essayant d'avoir l'air concerné.

– Éthiopie, précise Lydia pour l'instruction d'Alice. Le berceau du café.

Alice avale une gorgée, se compose une mimique d'appréciation sans dire qu'elle préfère le breuvage corsé qui sort du distributeur à l'hôtel de police.

– Je dois vous présenter tous les regrets de mon mari. Il aurait souhaité vous recevoir, mais il est toujours par monts et par vaux.

– Pas de problème.

– Il a été très choqué de voir le nom de sa famille mêlé à une affaire de drogue… La presse est parfois si malveillante. Êtes-vous sur la piste de ces… comment dit-on… narco… trafiquants ?

Alice acquiesce en silence.

– Pourquoi nous ? J'aimerais bien le comprendre.

– Personne ne vous en veut, madame Sitbon. La mafia colombienne inonde le marché français en ce moment, via le port du Havre. Pour planquer la cocaïne au départ de Carthagène, les trafiquants ont le choix entre le café et la banane et, cette fois, leur choix s'est porté sur vos conteneurs…

– Cela peut salir notre réputation, qui est notre bien le plus précieux, proteste Lydia. Vous comprenez, la maison ne vend pas du bas de gamme torréfié à la va-vite, de la poudre soluble ou ces horreurs de capsules. Le café Sibon a toujours été synonyme d'excellence !

Mais c'est une pub vivante, cette Lydia, songe Alice. Yoann Sitbon l'a parfaitement dressée.

– Eh bien, vous allez peut-être pouvoir nous aider ? Regardez, dit Alice en tendant à bout de bras le document qu'elle vient de sortir de sa poche de blouson. Il s'agit d'un tatouage sur le poignet. Nous soupçonnons l'homme porteur de ce tatouage d'avoir cherché à récupérer la drogue dans votre conteneur. Je ne vous demande pas une réponse tout de suite, mais si quelqu'un dans votre entourage…

– Dans mon entourage ! s'exclame madame Sitbon.

– Il y a des brebis galeuses partout. Demandez à votre mari. Il doit connaître plus de monde que vous. Dockers, manutentionnaires, agents de sécurité… le suspect peut venir de n'importe quel milieu.

– J'y réfléchirai, murmure Lydia, mais là, à brûle-pourpoint…

– Attention, il ne faut pas donner l'alerte. La recherche de cet homme doit se faire en toute discrétion. Ce qui nous intéresse, c'est de remonter jusqu'à ses commanditaires.

Lydia hoche la tête en froissant le tirage imprimante, l'air un peu perdue. Puis elle contemple avec consternation ses doigts tachés par l'encre. Décidément, cette histoire est salissante.

– Je… oh ! attendez.

Alice regarde avec perplexité son interlocutrice qui s'est redressée et bat des mains comme une petite fille.

– Vous avez entendu parler de ce virus chinois ?

– Heu… comme tout le monde.

– Je dois vous avouer que je suis un peu phobique des microbes ! (Petit rire gêné.) Et il m'est venu une idée qui permettrait de faire d'une pierre deux coups. Je vais demander à Fabien, c'est le sous-directeur, de faire une démonstration à nos employés, vous savez ? comme à la télévision, sur les gestes barrières. (Nouveau petit rire gêné.) Fabien va leur montrer comment on doit se laver les mains, les pouces, les poignets. Après, chacun devra faire la même chose devant lui. Je l'aurai briefé avant, évidemment. Si quelqu'un porte ce tatouage, il le verra bien ! Nous sommes vendredi, j'aurai la réponse lundi soir, mais je la connais déjà. Et pour la discrétion, ne vous en faites pas. Je ne tiens pas à ce que nos employés sachent qu'on a pu les soupçonner ! Encore un peu de café ?

– Merci, non… Votre aide nous sera sûrement précieuse.

Lydia tarde à réagir. Elle semble plongée dans de sombres pensées.

– Au port, nous sommes en première ligne, dit-elle. Quatre-vingts pour cent des conteneurs viennent de Chine.

Au final, le « virus chinois » semble la tourmenter davantage que la drogue colombienne.

Cinq minutes après avoir quitté la villa Sitbon, roulant vers la ville du Havre, Alice appelle un collègue de la brigade criminelle qui porte un nom rigolo : Hautecloche.

– Félix, toi qui t'y connais en peinture, tu trouves ça comment, Eugène Boudin ?

– C'est un des grands précurseurs de l'impressionnisme. Ses marines sont…

– D'accord. Et Raoul Dufy ?

– Un des plus…

– Ça vaut cher ?

– Ça dépend.

– Des baigneuses à Sainte-Adresse.

– Dufy adorait les baigneuses. Il en a peint des tonnes. Un vrai tableau ?

– Je crois.

– Grand comment ?

– Cinquante sur quarante, je dirais. T'as idée du prix d'un tableau comme ça ?

– Je te rappelle.

Alice obtient la réponse avant même d'être de retour à l'hôtel de police. D'après Félix Hautecloche, un Dufy ayant pour sujet des baigneuses à Sainte-Adresse a été adjugé chez Christie's l'année passée pour la modique somme de 94 000 euros. Nom du vendeur : Yoann Sitbon.

#CHACUN CHEU SÉ*

Une autre fois, songe Emma, ils feraient bien de trouver un nom plus facile à prononcer. Aucun de ses patients, dont la plupart ont plus de 70 ans, n'arrive à dire sans buter : « coronavirus ». Mais ils sont inquiets et, entre piqûre et bandage, Emma doit répondre à leurs questions.

– Pourquoi que vous portez un masque ? Dans le poste, ils ont dit que ça sert à rien.

– Alors, c'est pas que pour les Chinois de Chine, ce virus ?

Le vieux monsieur Piatek est inquiet, lui aussi, ce jeudi 12 mars au matin.

– Trois jours qu'il a pas pointé au travail ! C'est pas dans ses manières.

Dédé parle de Chris, son petit-fils, qui est docker.

– S'il a de la fièvre et qu'il tousse…, intervient Emma.

– Mais comment qu'on peut le savoir ? Il répond pas à son téléphone, m'a dit son père.

– Il habite aux Neiges ?

– Non, à Caucriauville.

– Je peux passer voir s'il est chez lui d'un coup de voiture ? propose Emma.

* #Restez à la maison

– T'es un cœur, ma 'tite fille, la remercie Dédé.

Emma aurait aimé rassurer son vieux patient en fin de journée, mais à l'adresse indiquée, elle a trouvé porte close.

– Il n'y avait pas de sonnette, j'ai frappé longtemps. Rien n'a bougé à l'intérieur. Il n'aurait pas une petite amie chez qui il irait dormir ?

– Je sais pas bien. C'est pas un bavacheux* dans mon genre, Chris. Surtout ces temps derniers.

– Vous avez l'impression qu'il a des soucis en ce moment ?

Dédé hoche la tête : p'têt ben qu'oui, p'têt ben qu'non. Il ne voudrait pas en dire plus qu'il ne faut. Emma n'insiste pas. Je ne suis pas la police. C'est la pensée qui la traverse quand elle arrive sur son palier. Monsieur Maupetit, lui, est de la police. Un capitaine, à ce que raconte Angie. Il sait sûrement ce qu'il convient de faire quand une personne disparaît. On cherche à localiser son téléphone portable ? On demande à un serrurier de forcer sa porte ? On lance un avis de recherche ? Emma a en tête un certain nombre de séries télévisées qu'elle regarde dans son lit en somnolant. Le capitaine Maupetit ferait un héros tout à fait intéressant, surtout en fauteuil roulant. Le problème d'Emma, c'est qu'elle se méfie des messieurs, du moins de ceux qui n'ont pas l'âge de Dédé.

– Angie ?... Angie !

Emma, qui vient de rentrer chez elle, trouve l'appartement vide. Elle sait que sa fille, au retour du collège, promène la chienne du voisin. Jusqu'au mur, et retour. Mais il est 19 heures et les affaires d'école, qui d'habitude s'étalent sur la table de la salle à manger, n'ont pas été déballées.

* bavard.

– Elle exagère, marmonne Emma, certaine qu'Angie est restée chez le capitaine Maupetit.

Elle voit juste. Angie squatte chez monsieur Augustin, à qui elle fournit de la distraction. Justement, aujourd'hui, il a découvert une de ses étonnantes particularités.

– Elle est hypermnésique, dit-il à Emma qui est entrée, introduite par Capitaine. Elle peut réciter tout ce qui est affiché sur ce mur.

De fait, le tueur de l'autoroute et le violeur de Trouville n'ont plus de secrets pour Angie.

– Oui, je sais, répond Emma d'une voix ennuyée. Mais elle n'a pas fait son travail pour demain.

– J'en avais pas, ment tranquillement Angie.

– Ne me raconte pas n'importe quoi !

Oh, oh, le ton est vite monté. Augustin n'a aucune envie d'une engueulade mère-fille sous son toit.

– C'est ma faute, intervient-il. J'ai demandé à Angie de me faire quelques courses à l'épicerie. Je vous promets de ne pas recommencer.

Angie lui jette un regard de côté. Tiens ? Il ment, lui aussi.

– D'ailleurs, ajoute-t-il en dirigeant son fauteuil vers la bibliothèque, je lui avais promis une récompense en échange de ce petit service.

Il attrape le Dupont orphelin sur l'étagère.

– Voilà, dit-il en tendant la figurine à Angie, il s'ennuyait sans son copain.

Cette fois, elle a rougi.

– Il y a autre chose qui te ferait plaisir ?

– Non, non, dit-elle en toute hâte, songeant à l'étoile de shérif.

– Mais remercie, Angie, bredouille sa mère. Il ne fallait pas, monsieur Maup…

– Appelez-moi Augustin.

Emma rougit à son tour. Comme elle n'a aucune raison de s'attarder, elle marmonne un bonsoir, le prénom d'Augustin s'arrêtant en chemin. Mais alors qu'elle passe la porte, elle s'enhardit soudain :

– Oh, pendant que j'y pense ! Le voisin du premier, monsieur Piatek, à qui je donne des soins, un ancien docker très sympathique…

La description ne semble pas éveiller l'intérêt d'Augustin.

– Il est très inquiet parce que son petit-fils ne donne pas de nouvelles depuis trois, non, maintenant, c'est quatre jours. Il devait être à son travail lundi.

Le capitaine Maupetit retrouve aussitôt ses réflexes d'enquêteur. Il gribouille sur une feuille de papier : disparu le lundi 9 mars. Puis il questionne : âge de l'intéressé ? Célibataire ? Où habite-t-il ?

– Quatre jours, réfléchit-il à mi-voix, la loi française n'empêche aucune personne majeure de s'absenter. Pour lancer un appel à témoins, il faudrait qu'il y ait un élément objectivement inquiétant.

– Chris aime son travail, il n'est pas fâché avec sa famille, il n'a aucune raison de disparaître.

– C'est ce que disent toujours les proches. Mais il y a quarante à cinquante mille personnes qui s'évaporent chaque année en France.

Angie pose les yeux sur l'affichette où Sonia, 11 ans, semble attendre ses parents depuis le 7 octobre 2013.

– On fait des recherches dans un quart des cas, et le plus souvent, disons à plus de quatre-vingt-dix pour cent, on retrouve les gens. Ce sont des fugueurs.

Augustin tend sa feuille de papier à Emma.

– Mettez-moi les coordonnées de Chris. Vous n'avez pas une photo de lui ?

Emma fait non de la tête. Angie, qui a suivi l'échange avec passion, voit le moment d'intervenir :

– Et elle, dit-elle en montrant Capitaine, elle ne pourrait pas retrouver Chris ?

– Grâce à la photo ? s'amuse Augustin. Non, ça, c'est plutôt du ressort de ma tante.

Il fait le geste de balancer quelque chose au bout de ses doigts.

– Avec son pendule. Elle se croit spirite... Quand j'étais petit, avec son pendule, elle retrouvait la chaussette qui me manquait.

Tous trois se quittent en riant et sur la promesse du capitaine Maupetit de contacter quelqu'un à l'hôtel de police.

– Vite, Angie, allume la télé ! s'écrie Emma dès qu'elles sont chez elles.

– C'est quoi, comme film ?

– Non, c'est le Président qui parle, tu sais ? au sujet de l'épidémie.

Angie fait une grimace de dégoût. Tu parles d'un programme !

– « ... triotes. Depuis quelques semaines, notre pays fait face à un nouveau virus, le Covid-19, qui a touché plusieurs milliers de nos concitoyens... C'est la plus grave crise sanitaire qu'ait connue la France depuis un siècle. »

Angie imite la dame dans le petit rectangle qui fait des vaguelettes pour évoquer les milliers de malades et porte la main à son cœur quand le Président se dit «touché par le malheur» de ses compatriotes.

– Mais tiens-toi tranquille, Angie ! J'écoute.

Oui, sa mère écoute et elle a l'air préoccupée. Comme Angie n'aime pas qu'elle ait cet air-là, elle continue d'imiter la langue des signes et se prend une tape sur le bras.

– «Je tiens à exprimer la reconnaissance de la nation à ses héros en blouse blanche... »

– Tu es une héroïne, maman, tu es une infirmière !

– Mais tais-toi, Angie.

– Je le dirai aux crâneuses de ma classe. Il y en a qui m'ont dit que ça gagne rien, les infirmières...

Emma lève les yeux au ciel et essaie de suivre monsieur Macron, qui complimente les Français parce qu'ils ont adopté les gestes barrières, puis qui conseille d'écouter les scientifiques, « celles et ceux qui savent ».

– « Tous nous ont dit que, malgré nos efforts pour le freiner, le virus continue de se propager et est en train de s'accélérer. »

– On va tous mourir ? s'informe Angie sur le ton de « Qu'est-ce qu'on mange ce soir ? ».

– «Je vais vous demander de continuer à faire des sacrifices », poursuit inexorablement monsieur le Président. « Dès lundi, et jusqu'à nouvel ordre, les crèches, les écoles, les collèges, les lycées et les universités resteront fermés. »

– Hein ?

Angie a bondi de joie. Mais elle veut bien faire ce sacrifice pour la nation ! Sa mère semble complètement perdue, paumée, démoralisée. Est-elle vraiment une héroïne ? Monsieur Macron a l'air bien remonté, lui :

– La France unie, c'est notre meilleur atout. Nous tiendrons tous ensemble. Vive la République ! Vive la France !

– On va gagner ! chantonne Angie.

PERQUISITION

Finalement, la visite à la villa Sitbon lui apparaît comme une parenthèse enchantée. La revoilà sur le terrain d'élection du bon enquêteur : les quartiers. Ici, les célébrités ne s'appellent pas Boudin ou Dufy. Sur Wikipédia, les dix personnalités les plus marquantes de Caucriauville comprennent neuf footballeurs et un rappeur.

Alice aurait pu se passer de cette promenade sur les hauteurs du Havre. Elle a même essayé d'y envoyer à sa place un jeune de la Crim' qui se battait les flancs, mais il n'y a plus aucun respect de la hiérarchie. Alors, sa seule victime a été un brave gardien de la paix, qui lui a récupéré les clés de chez Christopher Piatek à l'office HLM.

Ce n'est pas grand-chose, une intervention de routine pour rassurer une famille qui vit aux Neiges. Le « disparu » étant majeur, aucun élément alarmant n'ayant été signalé, Alice aurait dû s'abstenir. Mais Augustin a insisté, et Augustin, en ce moment… Alice le sent déboussolé. Pour tout dire, elle craint qu'à force d'inactivité il ne finisse par péter un câble. Elle y va donc, vers cette superbe barre grisâtre, bordée d'un champ d'herbe pelée, espérant que son rapport circonstancié donnera à Augustin l'impression qu'il n'est pas complètement sorti du jeu. Cependant, autre chose motive la jeune commissaire. Tout n'est pas toujours nickel dans le comportement professionnel du capitaine Maupetit, mais, comme Capi, il a du flair.

Alice claque la portière de la vieille Peugeot, priant pour la retrouver sans pneus crevés dans quelques minutes. Là-bas, quelques futures célébrités du quartier ont cessé de taper dans le ballon pour suivre Alice des yeux.

Dans le hall, gai comme une tombe, elle cherche la boîte aux lettres du dénommé Christopher Piatek. Vide, semble-t-il, à l'exception du même grand prospectus Bricomarché qui dépasse de toutes les boîtes. En avant pour l'aventure, c'est au cinquième étage, gauche. Pas de nom affiché. Pas de sonnette. Elle frappe. Longtemps. En temps normal, elle porterait son brassard et annoncerait : « Police ! »

À contrecœur, Alice introduit la clé dans la serrure et entre. Première impression : on est chez un mec, un gars qui vit tout seul. Grande table sur tréteaux, encombrée d'un joli fouillis, lit pas fait, cendriers pas vidés. La deuxième pièce sert apparemment de salon de musique, avec guitare électrique, grosses enceintes et chaîne hi-fi haut de gamme. L'évier de la cuisine est plein de vaisselle sale. Il reste encore sur la table de formica un bol empli à demi de café au lait et une tartine beurrée. Pas grand-chose dans le frigo, c'était à prévoir.

Alice revient dans la pièce principale, où flotte une odeur qui aurait mis Capitaine en joie. La forme de certains mégots confirme les soupçons. Répugnant à fouiller en l'absence du propriétaire, la commissaire examine les photos punaisées sur un rectangle de liège collé au mur. Allez, se dit-elle, ça m'a l'air d'un bon garçon. On le voit tenant gentiment par l'épaule une dame d'une cinquantaine d'années, sûrement sa maman, puis avec un homme plus âgé, peut-être le papy inquiet dont lui a parlé Augustin. Plus loin, Chris se détache au centre d'un groupe masculin, grand, baraqué, mâchoire carrée, paupières lourdes et yeux étroits. Plus surprenante, une photo de vacances en compagnie d'une jeune fille, dans un cadre exotique qui fait penser au Maroc.

Finalement, Alice se décide à ouvrir les tiroirs de la petite commode en sapin. Bingo ! Capi n'aurait pas fait mieux. Elle tombe d'emblée sur un petit sachet transparent garni de cannabis, posé sur un pull. La suite de l'inspection ne donne aucun résultat. Mais quelques années passées aux Stups lui ont appris que la plupart des trouvailles se découvrent sous les matelas. En général, elle laisse faire les hommes de la brigade. Alice arrache draps et couvertures, soulève le matelas et voit l'enveloppe. 3 800 euros, elle prend le temps de compter. Tu ne serais pas un peu dealer à tes heures, mon ami Christopher ?

Alice a le sentiment d'être rentrée dans les clous. Si le garçon trafique, la perquisition devient légitime. Elle se plonge dans le bric-à-brac qui couvre la table. Trouve d'autres photos, sans doute plus récentes. Le jeune homme aime les jolies filles, la fête, plus souvent en boîte ou dans un restaurant branché qu'au foyer des dockers. Et, elle en a la preuve sous le nez, c'est lui qui règle l'addition pour toute la compagnie. D'après les relevés qui traînent, il a fait pas mal chauffer la carte bancaire ces derniers temps.

Il manque quelque chose chez ce jeune homme branché. Où est son ordinateur ? Alice fait un dernier tour de piste. Le placard à vaisselle, la penderie, sous les coussins du canapé ? Rien. Au moment de quitter la chambre, une dernière intuition. Tout bêtement : sous le lit.

– Et voilà.

Un portable dernier cri. Elle l'allume. Pas de protection, pas de mot de passe, peu d'icônes sur l'écran. Elle clique sur Outlook Express. La boîte est vide. Zéro mail reçu, zéro envoyé, zéro supprimé. Trente secondes ne se sont pas écoulées qu'apparaissent sept messages. Des spams.

– On dirait que tu as tout nettoyé. Je parle de l'ordi, pas de la cuisine.

Alice lâche un petit rire. D'habitude, c'est à Augustin qu'elle adresse ses blagues.

Au total, rien de rassurant, rien d'inquiétant, elle n'est pas très avancée, mais il n'est pas encore certain qu'elle reparte bredouille. Les petites affaires réservent parfois des surprises. L'avenir dira si Christopher Piatek est autre chose qu'un petit gars des quartiers qui arrondit ses fins de mois en revendant de la brune. Pour l'instant, elle l'imagine en week-end prolongé à Deauville en compagnie de sa fiancée de la semaine.

– Et si je te connais bien, tu es en train de te demander quel médecin trop sympa va te signer un arrêt maladie, antidaté de trois jours. Tiens, tu m'excuseras, mais je vais t'emprunter une photo, celle avec maman. Tu vois, je suis réglo, je te laisse le shit et le pognon.

Elle a même refait le lit et remis en place l'ordinateur. À l'instant où elle tourne la clé, une porte s'ouvre dans le couloir.

– C'est vous qu'avez tapé comme ça ?

Balai en main, la femme en boubou africain s'annonce

comme une adversaire de taille. Réflexe professionnel, Alice sort sa plaque.

– Police ! Commissaire Verne. Puis-je vous poser une question au sujet de votre voisin ?

– Ah ! Celui-là ! Il fait trop de bruit avec la musique. Et ses amis ! Toujours à faire la « teuf ». Ils me réveillent les enfants.

– Dites-moi juste... Vous l'avez vu ces derniers jours ?

– Je le vois jamais, je l'entends. Et sa voiture...

– Qu'est-ce qu'elle a, sa voiture ?

– Vroom, vroom... il fait exprès, à plus de minuit, toute la cité elle profite.

– Quel genre de voiture ?

– Trop belle, et jamais abîmée, c'est pas normal, ajoute la dame en rayant l'air avec le manche de son balai. *Crich*...

Alice connaît les quartiers. Garer ici une trop belle voiture, c'est risquer de la retrouver rayée. *Crich*. Si Christopher peut se permettre une telle imprudence, c'est qu'il est connu, respecté, voire protégé dans le secteur.

– Si vous le voyez reparaître, appelez ce numéro pour me le signaler, dit Alice en tendant sa carte. Mais ne lui parlez pas de ma visite.

De retour au bureau, Alice trouve un Lagadec chaussures aux pieds et fin sourire aux lèvres. Pour ne pas rompre ce moment de grâce, elle s'installe en silence devant son ordinateur et lance son accès au fichier TAJ, le Traitement d'antécédents judiciaires.

– Vous êtes sur quelque chose, chef?

Oh ! Voilà qu'il s'intéresse à ce que je fais.

– Un jeune qui n'a pas donné de nouvelles depuis quelques jours. Les parents s'inquiètent. Probablement un petit dealer.

– Votre bonté vous perdra.

– Piatek Christopher. Pas fiché. Soit c'est du menu fretin, soit il est très malin. Il m'a pourtant pas l'air d'une flèche.

Alice agite la photo qu'elle a ramassée sur la table de Christopher. Incroyable, Lagadec daigne se déplacer pour l'examiner.

– Piatek ? dit-il avec un ricanement. Cherchez plutôt le paternel au fichier. Son prénom, c'est François.

– Vous le connaissez ?

– Un ami à nous. Chonchon pour les intimes.

En trente secondes, Alice a trouvé. Piatek François. Arrêté le 14 juin 2016 à Paris lors d'une manifestation contre la loi El Khomri. Condamné à six mois avec sursis et 3 000 euros d'amende pour jet de projectiles et de pétards en direction des forces de l'ordre, ayant entraîné la blessure d'un policier. Arrêté le 15 janvier 2000 lors d'une manifestation violente et non déclarée contre la réforme des retraites devant la Chambre de commerce et d'industrie du Havre. Comparution immédiate. Relaxé.

– CGT, tendance anarcho-syndicaliste, commente Lagadec.

Il tire une chaise et s'assoit à califourchon face à la commissaire. Depuis quelques minutes, son sourire n'a cessé de s'élargir.

– Au sujet du tatouage… J'ai fait ce que vous m'avez demandé, chef. Ça n'a rien donné au Havre, mais j'ai eu une conversation intéressante avec un tatoueur de Lillebonne. D'après lui, « 733 », ça pourrait correspondre à un numéro de carte G, la carte professionnelle des dockers. C'est une race à part, les dockers. Ils ont le métier dans le sang ou sur la peau, si vous préférez. Le marin se fait tatouer une ancre, le docker se fait tatouer son numéro de carte G.

– Sérieux ?

– Le tatoueur a connu des familles de dockers où ça se faisait.

– Dans ce cas, il faudrait savoir quel est le docker enregistré sous ce numéro 733… Vous devriez chercher de ce côté, Lagadec.

– C'est fait, chef.

– Et alors ?

Lagadec fait clapper sa langue d'un air triomphal et pose un ongle jaune sur l'écran. Dans la famille Piatek, le père.

– Lui ? s'étonne Alice. François Piatek ? Franchement, il n'a pas le profil. Il fait le coup de poing dans les manifs, c'est un dur du syndicat…

Mais elle ne l'imagine pas, au volant d'une Kangoo, prenant tous les risques pour récupérer cinquante kilos de coke dans un conteneur.

– Vous m'avez demandé de trouver qui est 733, je vous apporte 733, bougonne Lagadec. Ça mérite quand même que je lui rende une petite visite, non ?

– Oui, bien sûr, et… super boulot, lieutenant, bravo !

– L'expérience, chef.

Il se lève, toujours souriant, et dit :

– C'est pas tout. J'ai un petit cadeau pour vous.

Alice fronce les sourcils, méfiante.

– Tenez.

Lagadec lui tend un sachet de plastique. Dedans, il y a un machin bleuâtre. Ça se déplie, ça se met devant la figure et ça s'accroche derrière les oreilles avec des élastiques.

– Va falloir se trimbaler avec ce truc, maintenant ?

– Pour les contrôles dans la rue. Mais ça va pas nous faciliter le contact.

VEILLEUR DE NUIT

Chez Augustin, tous les écrans sont grands, sauf celui de la télé, perchée dans la cuisine. Il ne l'allume presque jamais, même pas pour les allocutions présidentielles. La dernière fois qu'il l'a regardée, le mercredi 11 mars, il a assisté à un étrange spectacle. Vingt-deux bonshommes couraient après un ballon devant des tribunes vides. Au ras de la pelouse, cette inscription en lettres immenses: NOTRE SEUL VIRUS, C'EST LE PARIS SG. Maintenant, c'est fini. Plus de foot à la télé, plus de sport, et, paraît-il, plus de resto, plus de ciné, plus de vie. Dehors: plus rien.

– Et moi, je m'en fous, parce que de toute façon on m'a mis dedans...

Augustin avale deux comprimés de Tramadol avec son reste de bière, puis prend une nouvelle canette dans le frigo avant de rouler jusqu'à ce qu'il appelle son bureau et que sa tante nomme «la pièce à vivre». Mais donc, y a plus de vie.

Toutes les lumières sont éteintes. Même Capitaine, couchée dans un coin, ignore Augustin. D'un coup sec sur le clavier, il réveille les écrans, les trois écrans géants, qui, seuls, brillent à présent dans ce qui s'annonce comme le début d'une longue nuit. Dans la messagerie, rien d'Alice. Alors, Augustin décide de réactiver une liaison, comme il renouerait avec une ex. Deux années auparavant, il a résolu une affaire en scrutant interminablement des images transmises par des caméras de vidéoprotection. De cette époque, Augustin a conservé l'amitié d'un technicien du Centre de supervision de la municipalité et aussi quelques clés, quelques codes. Ce qu'il a fait autrefois en toute légalité depuis son poste, à la brigade des stups, il peut le faire aujourd'hui de chez lui, de façon clandestine.

Il peut à volonté partager ses écrans en quatre, en six, en huit. Chaque portion lui transmet ce que voit l'un des yeux électroniques du système. Les terminaux, le port, le centre-ville, les quartiers dits « sensibles ». Il peut être partout en même temps, surveiller chaque rue, scruter chaque visage. Visionnant les quais, les portes d'entrée, les aires de stockage, il constate que le trafic tourne au ralenti. Après les grèves, le virus chinois. L'habituelle fièvre nocturne est tombée. De plus en plus, les bateaux filent vers Anvers et Rotterdam, oubliant Le Havre. Toujours rien d'Alice.

Les gens le fuient, les gens se cachent. Jamais Augustin n'a vu la ville à ce point déserte. Peu de voitures, presque pas de passants. Il zoome sur une dame, du côté de l'avenue Foch, mais elle s'éclipse à petits pas pressés. Elle est masquée. Identification impossible.

Son genou le tenaille, ses vertèbres lombaires le torturent. Il gobe deux nouveaux comprimés de Tramadol et descend la moitié de sa 8.6.

– Ah ! Te voilà.

La chienne s'est assise contre le fauteuil et lève vers lui un museau humide. Augustin jurerait qu'il y a de l'inquiétude dans ses yeux.

– C’est pas fait pour les chiens, leur « confinement ». Ni pour les enquêteurs…

Augustin passe une main sur sa joue et son menton, entend le crissement du poil laissé à pousser depuis plusieurs jours. Toujours rien d’Alice.

– Et si je ne me remets pas debout ? Qu’est-ce qu’on fait d’un enquêteur à roulettes ? Tu te vois chienne de bureau, toi ?

En un éclair, il a ramassé une boule de papier qui traînait sur son bureau et l’a balancée sur la cible humaine de carton.

– *Go ! Catch him !*

D’un bond, Capitaine est sur la grande effigie, qu’elle renverse et feint de mordre.

– *OK, Capi. Good girl.* Oh ! Pas possible…

Il est enfin là, le message attendu depuis des heures, long comme une lettre d’amoureuse. Alice espère que son état s’améliore et qu’il ne souffre pas trop et qu’il arrive à occuper ses journées et patati et patata, comme dirait tante Thérèse. Avec ce confinement, dit-elle, bientôt on sera tous dans la même galère que toi, et Augustin ne trouve pas ça génial comme remarque.

Il clique sur les pièces jointes. Deux photos : Piatek, père et fils. D’après Alice, Chris est un petit dealer qui dépense plus de pognon que n’en gagne un docker. Plus intéressant, François, le père, posséderait une carte professionnelle de docker portant le numéro 733. Qui sait si le bonhomme n’a pas un 733 tatoué sur le poignet ?

La canette est vide. Par flemme de rouler jusqu’à la cuisine, Augustin jette son dévolu sur le coffre-fort-mini-bar et y attrape une bouteille de vodka. Paraît que ça va bien avec le Tramadol, la vodka. Deux comprimés de plus, ce qui nous fait un total de dix pour la journée (sur l'ordonnance, le docteur a écrit 4 max).

– Qu'est-ce que tu en penses, Capi ? Tu crois vraiment que ce Piatek François est du genre à envoyer un motard dans le décor d'un coup de volant de salaud ?

La chienne répond de deux jappements. Un pour oui, deux pour non, tel est leur code, le même qu'utilise tante Thérèse quand elle fait parler des tables tournantes.

– Je suis d'accord. Ce gars-là sent le syndicaliste à l'ancienne, rugueux, mais droit dans ses bottes. Je ne le vois pas trafiquer de la coke ou se lancer dans un rodéo. Tu me suis ?

– Wouaf !

– Tandis que l'autre, le jeune con… Lui, je le vois sans problème s'affoler et pam ! tant pis pour ma gueule. D'accord ou pas ?

Rewouaf. Augustin porte de nouveau son attention sur le message d'Alice, qui se découpe sur les images grises de la vidéoprotection. Si on résume : la commissaire Alice Verne, qui est censée enquêter sur Christopher Piatek, a constaté que l'ordinateur de l'intéressé était vierge de toute information et a appris que le même Piatek Christopher possédait une voiture d'un certain luxe. Cependant, elle n'a pas jugé utile d'emporter l'appareil à fin d'examen ni de se renseigner plus avant sur ce véhicule.

– Et je ne parle même pas de l'enquête de voisinage, réduite à l'interrogatoire d'une voisine armée d'un balai, renchérit Augustin. Comment tu appelles ça, Capitaine ? Tu préfères pas répondre, hein ? Moi, je dis que c'est de l'amateurisme.

Augustin boit au goulot quelques gorgées de vodka, ce qui ne lui éclaircit ni la vue ni les idées.

– Tiens, c'est quoi, ça ?

Sur l'écran de gauche vient de passer une silhouette furtive. La caméra se trouve du côté de la porte François, à l'une des entrées des terminaux. Rien de suspect a priori, mais l'homme n'est habillé ni comme un docker ni comme un agent de sécurité. De surcroît, il n'a pas le comportement franc de quelqu'un qui a une tâche précise à remplir. Augustin le voit entrer et sortir du champ de la caméra, toujours de dos ou de trois quarts, et il enrage de ne pouvoir le suivre en faisant pivoter l'œil électronique. L'homme tergiverse. Enfin, il se décide. La barrière se lève. Il a donc un badge. Mais au moment de franchir le faisceau de Big Brother, il se baisse et place une main devant son visage. Une fraction de seconde trop tard, Augustin le sait. Il met en boîte la séquence, qu'il se réserve de disséquer ultérieurement. En la faisant défiler, image par image, il pourra découvrir ce qu'il n'a fait qu'entrapercevoir. Le visage de l'intrus.

Pour l'instant, l'association bière-vodka-Tramadol commence à faire son effet. Par moments, la tête lui tombe sur la poitrine. Il devrait aller se coucher, mais n'en a même pas la force. Puis il est de garde, non ? Dormez, bonnes gens, le capitaine Maupetit veille sur Sin City ! Tout un ballet d'images grises danse autour de lui. Le voilà qui plane au-dessus des toits. Il croise des 7 et des 3, qui volent en escadrille dans le ciel plombé. Mais il ne dort pas, non. Les heures passent et glissent sur lui. Il veille… Mais pourquoi Capitaine tire-t-elle si fort sur sa manche ? Augustin esquisse le geste qu'il fait d'habitude pour repousser la chienne quand elle vient le chercher dans son lit. Sa main ne rencontre que le vide, et il manque de se casser la figure. Il n'est ni dans sa chambre ni dans son lit. Il a passé la nuit plié sur sa table, entre claviers, souris, stylos et paperasses. Ding dong ding dong ding dong! Oh! 7 h 40, indique le bas de l'écran. C'est tante Thérèse et elle doit carillonner depuis un moment.

– Va ouvrir, Capi. Heu, *openzedor*, bredouille-t-il, pâteux.

La malinoise est bien dressée. Jamais elle n'ouvre la porte avant d'en avoir reçu l'ordre en anglais. Elle sait pourtant que la visiteuse vient la déconfiner.

– Eh bien, mon neveu, te voilà drôlement chiffonné. Tu as passé la nuit là, tout habillé?

On ne cache rien à tante Thérèse, c'est entendu.

– Du travail en retard, répond Augustin en grimaçant un sourire douloureux.

– C'est ça, moque-toi. Qu'est-ce que tu regardes sur tous ces écrans?

Augustin coupe les images de la vidéoprotection, n'ayant guère envie de s'expliquer à ce sujet.

– Et ces deux-là? demande Thérèse, en désignant les Piatek, qui sont restés affichés sur le dernier écran allumé.

– Ces deux-là pourraient avoir un rapport avec mon «accident». L'un des deux, en tout cas, je ne sais pas encore lequel.

– Je peux te le dire, moi. Mais il me faudrait des photos. Devant l'écran, mon pendule ne marchera pas. Les ondes électroniques perturbent les miennes.

– Je peux vous faire un tirage imprimante.

– Une chance que j'aie toujours mon pendule sur moi, remarque Thérèse avec satisfaction. Couchée! Est-elle excitée, cette bête!

– Elle sait pourquoi vous êtes là… Allez, *sit down*, Capi.

Quand les deux portraits sont sortis de la machine, Thérèse

va les poser sur le coffre-fort, loin des ondes néfastes. Augustin, qui ne rit plus depuis longtemps des petites particularités de sa tante, la regarde opérer en silence. Concentrée, raide comme un manche à balai, elle suspend le cristal, accroché à un fil, au-dessus des Piatek, père et fils. Augustin n'entendra rien. Le dialogue avec les forces surnaturelles se tient tout entier dans les méninges de tante Thérèse. Quand elle se retourne vers son neveu, elle semble à la fois perplexe et troublée.

– Je ne te vois pas, dit-elle. Je parle de ton accident. Je vois plutôt des couleurs. Celui-là, le plus vieux, je le vois rouge, mais ce n'est pas du sang, je ne crois pas. L'autre, le jeune, je le vois noir. Oui, une grande tache noire qui s'étend, qui l'engloutit.

Augustin retient la réflexion qui lui vient. Si le père est rouge CGT, peut-être que le fils est noir anar.

– Rien de très bon, conclut sa tante.

Capitaine jappe, elle s'impatiente.

– D'accord, ma belle, on y va, mais juste le tour des immeubles. Il crachine. Un vent comme une lame de couteau. Ah ! Tiens, Augustin, je te laisse ceci. Je compte sur toi.

Une fois sa tante sortie, Augustin va jeter un coup d'œil sur la feuille qu'elle a déposée sur le coffre-fort. Elle émane du Cercle spirite et dit :

Tous les jours, pendant cinq minutes, à 20 h 30, utilisons notre force psychique collective pour anéantir le principe actif du Covid-19.

Ensemble, nous serons plus forts.

– « Covid-19 » ? s'étonne Augustin, mais c'est quoi encore, ce machin ?

La personne qui vit dans un « autre monde » n'est pas celle que l'on croit.

L'ÉCOLE À LA MAISON

– Maman, c'est quoi, un « Cauchois » ?

– C'est un habitant du pays de Caux… C'est nous.

– Et c'est quoi, « madré » ?

– C'est quelqu'un qui n'en a pas l'air, mais qui est malin. C'est ce que les Parisiens pensent des Cauchois.

Angie est aux prises avec le devoir de français que la prof leur a laissé, en les quittant la semaine passée.

– Tu es sûre que tu ne veux pas que je te dépose au collège Dufy ?

C'est l'endroit où on regroupe les enfants des soignants.

– Rose-May fait l'école à la maison.

Et on doit faire comme Rose-May ?

– Oui.

Mais Rose-May a un ordinateur rien que pour elle. Emma pose son téléphone portable personnel sur la table de la salle à manger.

– Tu ne fais pas n'importe quoi avec. Les profs vont t'envoyer les cours et les devoirs dessus.

– Je sais.

Elle a un air tellement mature, les sourcils froncés, la parole brève, qu'on lui donnerait deux ou trois ans de plus. Mais Emma hésite tout de même à la laisser seule.

– Je passerai déjeuner en coup de vent, dit-elle. Qu'est-ce qui te ferait plaisir pour ce midi ?

– Maman, ça se voit pas, mais je suis en cours !

Il est 8 h 30. C'est Emma qui est terriblement en retard.

– Je me sauve, marmonne-t-elle, confuse.

Dès que la porte claque derrière sa mère, Angie tend la main vers l'iPhone, dont l'écran est fendillé. Voyons si on peut trouver autre chose que *Tetris* sur ce vieux machin. Tiens, il y a *Candy Crush*. Les Cauchois madrés vont devoir patienter... À 10 heures, tout en s'enfilant sa deuxième Danette au chocolat, Angie écoute au casque le cours de sa prof d'histoire et retient tout sans effort, même et surtout des trucs idiots, comme le nom du cruel et sanguinaire empereur Commode. Ce qui est commode, c'est d'être hypermnésique. Mais Angie s'ennuie très vite. Alors, elle shunte sa prof d'histoire. Puis, après avoir posté à Rose-May un grand nombre de selfies, elle s'avise que sa mère a une galerie de photos sur son iPhone, dont certaines remontent à 2016, quand Angie avait 7 ans et une natte dans le dos.

– Oh, la touche, glousse-t-elle en se redécouvrant.

Mais voilà qui est plus réconfortant pour son amour-propre : Emma a aussi fait des photos le jour de la galette des Neiges, et Angie y prend des poses avantageuses, auréolée de ses cheveux blonds et couronnée de carton.

– Encore ! fait-elle soudain.

C'est « l'autre bonne femme », comme elle l'appelle. Emma l'a mitraillée alors qu'elle se tenait près du buffet. Lydia Sitbon rit, mange, brandit sa pelle à tarte. Les deux dernières photos la montrent avec une fillette à ses côtés. Dans la foule des gamines, Angie ne l'avait pas remarquée, car la petite restait dans l'ombre de sa mère. Du bout des doigts, Angie agrandit l'image jusqu'à ce que la fillette occupe tout l'écran. Elle est aussi blonde que sa mère est brune, elle a une natte dans le dos. 7 ou 8 ans. Les mains d'Angie deviennent moites tandis qu'elle la regarde. Quelque chose comme de la peur. Elle sursaute et pousse un petit cri. Elle vient d'entendre la clé dans la serrure. Déjà midi ? Elle se compose en vitesse une mine d'enfant studieuse.

– Tu as travaillé toute la matinée ? s'inquiète Emma.

– J'ai pris ma récréation à 10 heures, répond Angie. J'ai fait quelques mouvements de stretching, comme nous l'a conseillé le prof d'EPS, et aussi un concours de gainage avec Rose-May.

Pour bien mentir, il faut donner beaucoup de petits détails qui font vrai.

– La prof de maths nous a donné une tonne d'exos, j'y comprends rien, ajoute Angie.

Emma en profite pour reparler du collège Dufy, où sont scolarisés les enfants des…

– Non mais ça va, l'interrompt Angie. Je vais me débrouiller avec Augustin.

– Qu'est-ce que monsieur Maupetit…

– Tu peux dire « Augustin ».

– Qu'est-ce qu'il a à voir avec des exercices de maths ?

– C'est un enquêteur. Pour les maths, il faut faire des déductions.

Emma rit de la naïveté de sa fille. Elle ne se doute pas qu'Angie l'observe chaque fois qu'il est question d'Augustin.

– Tu ne peux pas déranger… le voisin à tout propos, dit Emma, évitant une fois de plus de prononcer son prénom.

– Je ne le dérange pas, la rassure Angie. Il dit que son télétravail ne le passionne pas.

– Quel télétravail ?

– Il fait de la vidéoprotection. Il surveille les rues, les docks, s'il y a du trafic de drogue ou des voleurs.

C'est ce qu'Augustin lui a raconté. Emma est à peine étonnée. Cela explique tous ces écrans. Que le capitaine Maupetit ait piraté le système de vidéoprotection de la ville du Havre ne l'effleure même pas.

– Il ne reste plus de Danette ? se désole Emma, qui aurait eu besoin de sucre pour se remonter le moral.

– J'avais un peu faim ce matin.

– « Un peu », marmonne Emma. Il y en avait quatre…

Elle ne va pas en faire un drame. C'est juste frustrant. Le drame, c'est la vieille mademoiselle Hernández, que le SAMU a emmenée ce matin et qui est morte à son arrivée aux urgences. Mais ça, Emma le garde pour elle.

– Tu te laves bien les mains avant d'aller chez… Augustin.

Cette fois, ça y est, elle l'a dit. Et au fond, c'est pratique d'avoir un gentil voisin qui n'a pas grand-chose à faire de ses journées.

Après le départ de sa mère, Angie jette un coup d'œil au portable. La prof de SVT a posté son cours pour les deux semaines à venir, la prof d'arts plastiques lui réclame : « Dessine ton confinement », la prof de musique veut l'écouter jouer de la flûte, la prof d'anglais lui recommande de ne plus regarder les séries qu'en VO sous-titrée, la principale « souhaite parler à madame Tourniquet », et sur Pronote, il y a des questions sur les empereurs romains, une liste de verbes anglais irréguliers à apprendre, et des conseils de la prof principale pour organiser sa journée de travail. Tous flippés, ces adultes ! Sauf Augustin.

L'air recueilli, il boit son café en fermant les yeux à demi (mais c'est peut-être parce qu'il n'a pas dormi). Sur son bureau, il y a les restes de son déjeuner, blanquette de veau, charlotte chocolat-banane. Tante Thérèse a encore frappé. Lui qui est un grand sécot*, il finira par prendre dix kilos.

– Ce n'est pas l'heure de la promenade, dit-il en voyant entrer Angie, qu'escorte Capitaine.

– Tu es fort en maths ?

Il se trouve que oui, et les exos sont expédiés en vingt minutes.

– Tu veux que je te montre un truc ? dit Angie, l'air mystérieux, en agitant l'iPhone.

– C'est le portable de ta mère, remarque Augustin, qui a tout de suite compris que la gamine l'a expertisé.

Angie se contente d'un signe de tête et présente à Augustin la photo agrandie d'une fillette à longue natte. Coup d'œil distrait du capitaine.

– Tu as quel âge là-dessus ?

– C'est pas moi.

Augustin regarde plus attentivement, puis attend des explications… qui ne viennent pas.

– C'est ta petite sœur, demi-sœur, cousine ? essaie-t-il de deviner.

Sans lui répondre, Angie affiche une autre photo, la sienne à 7 ans.

* sec, maigre.

– Ça, c'est moi.

Les deux enfants se ressemblent beaucoup, même nuance de blond pour les cheveux, de bleu pour les yeux, et un teint laiteux made in Normandie. Augustin tend la main pour qu'Angie y dépose l'iPhone et il restaure la photographie dans son intégralité. Une mère et sa fille, et cette mère, c'est…

– Lydia Sitbon, marmonne-t-il.

Il a vu sa photo dans *Paris-Normandie.*

– Ça a été pris à la fête de la galette aux Neiges. Ta mère y était… toi aussi…

Il fait défiler les photos où l'on voit Angie couronnée. Puis revient à Lydia Sitbon et à sa fille.

– C'est qui, ton père ? demande-t-il à Angie avec la brutalité sans détour de l'enquêteur.

– Je sais pas.

– Ah ! s'exclame-t-il, intéressé.

– Mais j'ai peut-être une idée. Tu m'attends ?

Elle court vers son appartement, accompagnée par Capitaine, dont la queue bat les flancs, car tout mouvement la met en joie.

– C'est lui ? questionne Augustin, après avoir posé les yeux sur la photographie qu'Angie est allée chercher dans sa chambre.

– C'est pas sûr. Mais à côté, c'est ma mère.

Augustin dissimule un sourire. Oui, ça, pas de doute. Elle est bien jolie sur fond de ciel bleu. Il retourne la photo. 10 juillet 2008. C'était il y a presque douze ans.

– Tu as quel âge ?

– Je vais avoir 12 ans.

– C'est ta mère qui t'a donné cette photo ?

– Non, elle l'avait cachée dans son scriban.

Augustin marque un petit temps. Quèsaco, un «scriban»? Mais il n'aime pas avouer son ignorance. D'ailleurs, il lui vient une idée pour épater Angie. Il lance un de ses ordinateurs et, en quelques clics, affiche sur l'écran la photo d'une jeune fille.

– C'est qui?

– Sonia, la petite fille qu'on recherche depuis sept ans. Si elle est encore en vie, c'est à ça qu'elle ressemble. La police utilise un logiciel qui vieillit les traits des personnes disparues. Maintenant, tout le monde peut jouer à ça. C'est une appli pour smartphones. Alors, tu vois, ce garçon, qui a, quoi? 24-25 ans…

Il lui désigne le beau gosse sur la photo.

– On peut le vieillir de dix ou douze ans. Et il ressemblera à ton père aujourd'hui.

– Ça m'étonnerait, dit Angie.

– Pourquoi?

– Parce qu'il est mort.

Augustin résiste à la tentation d'afficher un squelette sur son écran, ce qui est le résultat, à plus ou moins brève échéance, du vieillissement d'un macchabée.

– Comment tu sais qu'il est mort?

Angie récite ce que sa mère lui a dit, des années auparavant:

– «*Angie* était sa chanson préférée. C'était un beau garçon, et je l'aimais beaucoup. On s'est fâchés parce qu'il avait une autre petite amie et il me l'avait caché. Puis il est mort dans un accident.»

Affaire classée, songe Augustin. Dommage, parce que ça l'aurait occupé.

DÉSŒUVRÉ·E ! CONFINÉ·E !

Angie en a carrément marre. On a beau faire, un écran de 6 centimètres sur 3 ne remplace pas complètement une prof de français. Sans parler de la chute de l'Empire romain en podcast, ou du dessin qu'il faut photographier pour l'envoyer en pièce jointe à la prof d'arts plastiques. Angie va bientôt faire partie de ces « élèves qu'on perd » et qui ont l'air de beaucoup chagriner monsieur le ministre de l'Éducation nationale.

Ce matin, elle a décidé, pour se déconfiner le cerveau, de se faire un best of des chansons de *La Reine des Neiges* (ce doit être par association d'idées avec Lydia Sitbon). Angie chante à pleins poumons la déclaration décoiffante d'Elsa : « Libérée ! Délivrée ! » Elle se demande si elle ne pourrait pas s'enregistrer pour la prof de musique et que ça remplace le morceau de flûte qu'elle doit lui jouer, vu qu'elle ne retrouve pas sa flûte. « La tristesse, l'angoisse et la peur m'ont quittée depuis longtemps… Le bien, le mal, je dis tant pis, tant pis ! »

À l'instar d'Elsa, et depuis longtemps, Augustin a envoyé promener (tant pis !) la délimitation entre le bien et le mal. Il s'arrange avec sa conscience en se disant qu'il agit dans l'intérêt des gens honnêtes. Mais si quelqu'un à l'hôtel de police apprend que le capitaine Maupetit s'introduit dans le système de vidéo-protection de la ville, il se verra contraint de le dénoncer. Même Alice. Raison pour laquelle elle n'a jamais pu mettre un pied chez lui.

– Au travail, s'exhorte-t-il.

En réalité, il s'ennuie dans des proportions abyssales et il est arrivé à ce point de désœuvrement qu'il joue à vieillir des gens à partir de leur photo. Il a déjà obtenu un Lagadec quasi centenaire avec des joues plissées de bouledogue et une Alice avec cinquante ans de plus et la peau du menton aussi distendue que les fanons d'un dindon. C'est très satisfaisant. À quoi ressemblerait présentement – s'il n'était pas mort – le beau gosse dont Emma a été amoureuse ? Pour une raison assez trouble, Augustin se réserve la possibilité de le vieillir jusqu'à en faire un épouvantail à moineaux. C'est, ding dong, au milieu de cette activité prenante qu'Angie se signale à sa porte.

– Tu fais quoi ?

Ils n'ont plus de secrets l'un pour l'autre. Il sait qu'elle sèche le dispositif de l'école à la maison. Elle a deviné qu'elle a affaire à un genre particulier de truand.

– Je vieillis ton père, lui répond Augustin, qui a l'air de considérer que cela fait partie de ses obligations professionnelles.

– Il a quel âge là-dessus ?

– La cinquantaine bien tapée.

– Et là-dessus ?

Elle désigne un autre écran, où s'affiche un visage de profil et de trois quarts.

– C'est pas le même bonhomme, l'informe Augustin sans même détourner le regard.

– Si. Mais il est plus jeune.

Augustin s'apprête à expliquer à Angie qu'il a extrait ces deux photos de la bande vidéo d'une caméra de surveillance du port. C'était sa prenante activité de la nuit précédente. Mais, après avoir posé les yeux sur l'écran, il ne dit rien du tout pendant quelques secondes.

– Marrant, marmonne-t-il enfin.

Il revient à son petit jeu de vieillissement et ôte une vingtaine d'années au supposé père d'Angie.

– Là, ils ont le même âge, commente Angie.

– Putain, fait Augustin entre ses dents.

Cela mérite un tirage imprimante. Puis Augustin aligne les trois photos sur son bureau, profil, trois quarts, face.

– Je trouve que je lui ressemble, dit Angie, émue.

De la pointe de son crayon, Augustin suit l'arête du nez, le contour du menton, le dessin de la bouche, la forme des yeux, la découpe des cheveux, en comparant les trois photos.

– Synchronicité, bredouille-t-il, anéanti.

– Saint qui ?

– C'est... c'est un truc de ma tante.

– Celle qui est un peu folle ?

– Oui, dit Augustin sans se formaliser.

C'est ce qu'il a toujours pensé de sa tante Thérèse, sauf son respect.

– La synchronicité, c'est comme une coïncidence extraordinaire. Deux événements qui vous tombent dessus en même temps, mais qui n'ont pas de lien entre eux, et vous êtes le seul sur terre à pouvoir les relier.

– Je comprends pas bien, avoue Angie.

– Moi non plus, admet Augustin, mais ma tante, sûrement. Le truc bizarre, c'est que j'ai réuni ces trois photos par deux canaux différents. Ces deux-là, profil et trois quarts, sont celles de quelqu'un que j'ai vu s'introduire sur le terminal du port grâce à la caméra de surveillance. C'était il y a deux nuits.

– Alors il est vivant ?

– Oui.

– Et celui-là, il est mort ? questionne Angie en désignant l'homme sur la photo prise de face.

– À ce stade, nous pouvons travailler à partir de trois hypothèses, lui répond Augustin, se croyant de nouveau à l'hôtel de police. La première, c'est le sosie. Deux personnes qui présentent de fortes ressemblances.

– Wouaf, fait Capi, qui trouve que l'heure tourne et qu'on a tendance à l'oublier.

– La deuxième hypothèse, c'est que ces deux personnes sont des jumeaux. L'un est mort, celui que ta mère a connu, l'autre est vivant, celui qui est allé sur le port.

Augustin hésite devant la formulation de l'hypothèse suivante.

– Et en trois, c'est quoi ? veut savoir Angie.

– Ta mère a menti. Ton père n'est pas mort.

– Comment on peut savoir la vérité ?

– En enquêtant.

Quelle bénédiction ! Une affaire presque criminelle qui lui tombe du ciel ! Libéré, délivré, il va pouvoir s'occuper. Mais Capitaine voudrait aussi être libre de ses mouvements et elle pousse des gémissements.

– C'est l'heure de sa promenade, remarque Augustin. Tu y vas pendant que je lance mes recherches ?

– Oui, chef. Mais tu dois m'imprimer mon attestation de déplacement dérogatoire.

– De quoi ? De quoi ?

Augustin découvre, halluciné, qu'il faut désormais se signer à soi-même une autorisation pour aller faire pisser Mirza. Encore heureux que le chien ne soit pas dans l'obligation de contresigner.

Dès que la petite a tourné les talons, Augustin s'empare de la photo, vieillie par ses soins, du bel inconnu pris de face.

– Appelons-le X, décide-t-il.

En trois clics dans l'onglet Filtres de Photoshop, il transforme la photo en un dessin. Le résultat est moyen, mais c'est préférable, puisqu'il ne veut pas que ses collègues s'étonnent d'un don de dessinateur dont il ne leur a jamais fait part. Dans un mail destiné à Alice, il met le dessin en fichier joint avec ce commentaire :

Salut ! Je suis toujours sur la piste de Christopher Piatek. J'ai parlé avec son grand-père, qui m'a permis de faire le portrait-robot ci-joint d'une des fréquentations de son petit-fils. Pourrait-on diffuser ce portrait avec la mention : Cette personne serait susceptible d'apporter des informations concernant la disparition de Christopher Piatek ?

La réponse d'Alice vient par retour de mail :

C'est une plaisanterie ? Si tu rajoutes une cicatrice à gauche, c'est le portrait craché de Yoann Sitbon.

À son message elle a joint un article de *Paris-Normandie*, où il est question du patron des cafés Sibon, qui a été photographié dans la rue à la sortie d'une réunion patronat-syndicats.

Yoann Sitbon n'aime pas être pris en gros plan, mais si tu le regardes à la loupe, tu vas voir la balafre qui va de la paupière inférieure de l'œil gauche jusqu'à l'oreille. J'ai entendu dire qu'il a aussi un œil de verre, mais c'est indétectable sur la photo.

Grâce à sa loupe, Augustin constate que, à l'exception de la cicatrice, la ressemblance avec X est manifeste. Puis il embrouille sa chef en lui disant que le vieux Piatek est gâteux et lui a probablement décrit cette photo.

Quand Angie revient de la promenade jusqu'au mur et retour, Augustin l'accueille d'un :

– Bon, c'est l'hypothèse 3.

– Maman m'a menti ?

– Ton père est en vie. Il s'appelle Yoann Sitbon.

– Sitbon ! Comme Lydia Sitbon ?

– C'est son mari. Voilà comment je vois les choses. Emma, je veux dire, ta maman, t'a dit grosso modo la vérité. Elle a aimé Yoann quand elle était toute jeune, mais il avait une autre petite amie, Lydia, et quand elle s'en est aperçue, Em… ta maman a rompu. Donc, pour elle, c'est comme s'il était mort. Mais elle était enceinte de lui, et elle a gardé le bébé. Enfin, je veux dire toi. Pour l'accident, elle n'a pas trop menti non plus. Il paraît que Sitbon a une grande cicatrice sur le visage. Je ne sais pas quand ça lui est arrivé, ni à quoi c'est dû.

– On ne voit pas de cicatrice sur les photos de la vidéo, remarque Angie.

– Parce qu'il est soit de trois quarts, soit sur son profil droit. Regarde la photo du journal. Oui, prends la loupe. Sa cicatrice est du côté gauche.

Après vérification, Angie reste un moment hébétée, tâchant d'absorber la révélation.

– Mais alors ! dit-elle, frappée par une autre révélation, c'est pour ça que la fille de Lydia me ressemble ?

– C'est ta demi-sœur.

– Ça, ça fait plaisir !

Augustin réalise soudain qu'Angie risque de sauter au cou de sa mère le soir même en s'écriant : « Maman, on va inviter ma demi-sœur à mon anniversaire ! »

– Heu… Attends. Je t'ai bien dit que c'était l'hypothèse 3 ?

– Oui, trépigne Angie.

– Une hypothèse, c'est quelque chose qui demande à être vérifié. Alors, pour le moment, top secret.

Il lève la main comme pour toper.

– Check du pied, le prévient Angie.

Reste une interrogation qu'Augustin garde pour lui : que faisait Yoann Sitbon dans un lieu interdit au public à une heure avancée de la nuit ?

733

Un chancre, une verrue. Voilà bien dix ans que le lieutenant Lagadec ne s'est pas aventuré aux Neiges, et il est sidéré par ce qu'il voit. Comme fond de décor, des grues et des cheminées, pour premier horizon, une palissade. Les habitants du quartier ont l'air d'être enfermés dans un zoo. Il suffit de lever les huit ponts, et plus aucun d'eux ne peut s'échapper. Et c'est mort de chez mort. À se demander comment les gens font pour bouffer. Les boutiques d'autrefois, maintenant, c'est mur de briques ou rideau de fer.

– Je te raserais tout ça, moi.

Il tourne dans une petite rue, un vrai coupe-gorge. Les maisons sont encore numérotées, une chance. C'est ainsi qu'il parvient devant le pavillon des Piatek. Enfin, la baraque. Un bout de barrière blanche, un portillon grinçant, deux mètres de graviers, et on y est. Il frappe.

– Entrez, c'est ouvert.

Première surprise, une voix de jeune fille. Lagadec la découvre, assise à une grande table de bois, nez à museaux avec deux chatons gros comme le poing.

– Lieutenant Lagadec. Je crois que vos parents m'attendent.

– C'est pour Christopher ?

Elle n'ose rien ajouter, mais son regard le supplie d'apporter une bonne nouvelle.

– Ils sont mignons, ces petits chats. Ils ont un nom ?

– Le gris, c'est Covid, et le noir, c'est Vidco.

Les yeux de Lagadec tombent sur le grand braque noir, couché devant la cheminée, où brûlent quelques bûches.

– Et lui, c'est Corona ou Pandémie ?

– Il s'appelle Lénine. C'est le chien de mon père.

La maîtresse de maison, Madeleine Piatek, entre à cet instant, frêle petite femme à la peau diaphane et aux cheveux roux.

– Fais asseoir monsieur l'inspecteur, voyons. Mon mari arrive tout de suite.

Lagadec prend le temps d'explorer les lieux de son regard aiguisé. Que du bois, du costaud, mais de la belle ouvrage. La table, les bancs, le vaisselier, le coffre... on sent la main de l'artisan. Il y a aux murs trois vieux crochets de docker, des photos de l'ancien Havre et un filet de pêcheur, chargé de boules de verre.

Piatek apparaît enfin et s'assoit en bout de table, à une place qu'on devine être toujours la sienne. L'épidémie a ceci de bon que les gens qui n'auraient pas eu envie de se serrer la main ne sont plus obligés de le faire.

– Un *petit sou*, peut-être ?

– Non, je... juste du café.

– Juste du café, répète François Piatek à l'adresse de sa femme.

Le gaillard est comme Lagadec l'avait imaginé, solide et taiseux. Il scrute l'enquêteur d'un regard franc, mais pas aimable. Madame Piatek est très vite de retour, apportant une haute cafetière en céramique et deux tasses géantes. Quant à la demoiselle,

elle a emporté ses chatons et se tient désormais contre le chambranle d'une porte, presque invisible.

Madame Piatek sert le café d'une main un peu tremblante, puis passe à son mari la bouteille de calva et vient se placer derrière lui. Comme son homme ne se décide pas à parler, elle demande d'une voix blanche :

– Est-ce qu'il y a du nouveau ?

– Rien de notre côté, répond Lagadec.

Il laisse François Piatek se confectionner son « petit sou », deux tiers café, un tiers calva, avant de poursuivre :

– Nous n'arriverons à rien sans votre aide.

– Chacun son métier, grogne Piatek.

Lagadec voit s'écarquiller les yeux de l'épouse, mélange de détresse et de consternation.

– Certains éléments sont venus à notre connaissance, reprend le lieutenant. Il semblerait que votre fils mène parfois la grande vie. C'est vous qui lui avez payé sa voiture ?

– Mon père m'a jamais acheté de voiture, répond Piatek. Quand on travaille, on se débrouille avec ce qu'on a. J'ai élevé mes enfants comme mon père m'a élevé.

– Avec le crédit, glisse madame Piatek d'une voix pathétique.

Pour se donner le temps de réfléchir et jouer à l'enquêteur, Lagadec sort un calepin de sa poche et y inscrit quelques mots.

– Que pouvez-vous me dire sur ses fréquentations ? Un garçon de son âge… ça ne passe pas ses loisirs à la cantine des dockers.

– Au foyer des dockers, corrige Piatek, qui est fier de cette institution.

– Des sorties, des voyages ?

D'une mimique, madame Piatek quête auprès de son mari l'autorisation de parler.

– Au début, dit-elle, on a cru qu'il était parti quelques jours avec une copine sans nous prévenir. Mais quand il n'est pas venu déjeuner dimanche, là, on a su qu'il se passait quelque chose... Qu'est-ce qu'on peut faire, monsieur l'inspecteur ?

Le père tique. Lagadec le sent inquiet, lui aussi, mais le ton suppliant de sa femme hérisse son poil de militant syndicaliste. Le lieutenant ne perd pas de vue que ce gars-là s'est distingué à plusieurs reprises lors d'affrontements avec les forces de l'ordre.

– Ne diminuez pas vos chances de le retrouver sain et sauf en essayant de le protéger, dit Lagadec. Si vous connaissez dans son entourage des individus peu recommandables, il vaudrait mieux m'en faire part.

– J'en connais un qui est fiché, le nargue Piatek en se désignant lui-même.

– François !

Madame Piatek bredouille quelques mots incompréhensibles puis souffle, la mâchoire crispée :

– Chris a pu se laisser entraîner à faire des bêtises. Dans sa cité, il n'y a pas que du propre.

– Alors, ce n'est plus mon fils, maugrée Piatek, qui n'en pense pas un mot, au fond.

Lagadec vide lentement sa tasse de café, observant la scène avec une pointe de délectation. Les Piatek en savent plus qu'ils n'en disent, mais le père préférera s'étouffer de chagrin plutôt que de collaborer avec la police, tandis qu'elle, la pauvre femme, ne parlera pas davantage sans sa permission. La jeune fille est toujours là dans son encoignure, et Lagadec a l'impression qu'elle pleure.

– Un avis de recherche ? suggère madame Piatek d'une voix timide.

– C'est une possibilité, répond le lieutenant. Si vous avez une photo récente, de face. Mais rien ne vaut une bonne enquête et, pour cela, il faut des éléments.

François Piatek se ressert une rasade de calvados, méditant le discours qu'il s'apprête enfin à tenir.

– Il y a beaucoup de solidarité, ici, aux Neiges. On n'est pas restés les bras croisés. On a interrogé beaucoup de monde. J'ai même deux collègues du port qui sont allés à la pêche aux renseignements à Caucriauville.

– Si vous pensez faire mieux que la police...

Ignorant l'intervention, Piatek continue :

– Caucriauville, c'est une cité de voyous et de fainéants. Chris aurait mieux fait de rester ici. Un docker, ça vit près du port.

Sa femme, derrière lui, confirme d'un hochement de tête. En revanche, quand Piatek se verse une nouvelle giclée de calva, elle ne peut retenir un mouvement de désapprobation.

C'est le moment qu'attendait Lagadec. Piatek tient la bouteille de la main gauche.

– Je vais me laisser tenter, finalement, dit le lieutenant. Je suis plus « rincette » que « petit sou ».

Il pousse sa tasse vers François Piatek, un peu, pas trop. Ce n'est pas pour respecter la mesure de distanciation physique, mais pour obliger le docker à tendre le bras. La manche de son sweat remonte de quelques centimètres, juste assez pour découvrir le poignet. Là, c'est parfait, ah ! si j'avais mon appareil photo.

Lagadec n'a pas pu lire le chiffre, mais il a eu le temps de voir l'œil dans le triangle. Pas le symbole des Illuminati, comme dit cet imbécile de Maupetit. Mais un des symboles francs-maçons.

– Fameux, votre petit calva, dit-il en reposant sa tasse. On ne vous recevra pas aussi bien à l'hôtel de police, mais je pense qu'il serait utile que vous vous y rendiez le plus tôt possible, monsieur Piatek. Venez avec la photo de Christopher, et nous verrons avec mes collègues spécialisés dans la recherche des personnes disparues comment faire circuler l'information au plan national. Et bien sûr, si autre chose vous revenait à l'esprit, n'hésitez pas à nous le signaler.

François Piatek est resté de marbre, sauf au moment où le lieutenant a prononcé « hôtel de police ». Quant à sa femme, elle a ouvert la bouche comme devant une vision d'horreur en l'entendant dire « personnes disparues ». Lagadec est satisfait. Il sait que ces deux-là vont ruminer tout ça et qu'au bout du compte le fier docker se présentera au commissariat. Manches retroussées, « Chonchon », je te le garantis. Et quand on te passera la bande vidéo du port, tu seras bien obligé d'avouer que le type dans la Kangoo, avec son tatouage sur le poignet gauche, c'est toi, 733.

– Je suis à votre disposition, dit Lagadec, qui se lève, un peu chancelant. Mais faites vite. Même si je suis convaincu qu'il s'agit d'une escapade de jeune homme, il est toujours préférable de lancer un avis de recherche le plus tôt possible.

Piatek ne le raccompagne pas. Il reste le regard baissé sur son fond de calva, vibrant de colère et de désespoir.

Cinq minutes de marche, et le lieutenant Lagadec sera sorti de ce sinistre pays des Neiges. Il a préféré laisser sa voiture côté port, là où la sécurité existe encore. À peine a-t-il franchi cinquante mètres qu'une silhouette surgit devant lui.

– C'est moi, monsieur l'inspecteur. Émilie.

– Je vois bien. Tu m'avais présenté tes chats, mais toi, je ne savais pas. Tu as quelque chose à me dire, Émilie ?

La jeune fille montre son bras. Pas un tatouage, non, mais un joli bracelet.

– C'est de l'argent, et il est lourd. Chris me l'a offert pour mes 20 ans. Il m'a promis d'autres bijoux, même en or, tout ce que je voudrai. Il me répète sans arrêt que je devrais quitter ce quartier pourri et il dit qu'il n'a pas l'intention de moisir à Caucriauville et que décharger des bateaux, c'est bon pour les bœufs.

Lagadec regarde avec embarras les larmes qui ruissellent sur le visage de la jeune fille.

– J'ai peur. Il s'est laissé entraîner par des gens pas comme il faut. Il est pas comme ça, mon frère. Il a toujours été gentil et honnête. C'est juste qu'il a jamais trop aimé le travail. Il faut le retrouver… Vous allez le retrouver, hein ?

– Oui, on va le retrouver. Et je lui passerai un savon, fais-moi confiance.

– Dites pas que je vous ai parlé. Mon père… Il est pas méchant, lui non plus. Mais il ne comprend pas tout.

Lagadec s'éloigne en se frottant les mains. Si tout se passe bien, c'est pas un, mais deux Piatek qu'on va coffrer. Tout en marchant, il se fait un petit cinéma. Il repense au foirage complet de l'opération « saisie de coke » sur le terminal. Résultat des courses : une commissaire bredouille et un enquêteur en fauteuil roulant. Deuxième épisode, tout aussi brillant : la chef perquisitionne en zone sensible. Alors là, c'est le bouquet. Indices compromettants, pièces à conviction, drogue et argent saisis ? Rien. Nada. Que couic.

Maintenant, devinez qui est simple lieutenant et qui est capitaine ? Le plus gradé est-il celui qui a de l'expérience, celui qui a résolu l'affaire en deux coups de cuillère à pot, une conversation avec un tatoueur de Lillebonne et une visite aux Neiges ? Non ? Comment se fait-il ? Cherchez qui couche avec madame la commissaire, et vous aurez peut-être la réponse.

Lagadec s'est échauffé tout seul. À peine assis derrière son volant, il sent une bouffée torride lui monter à la tête. En même temps, il est pris de frissons. Il tape, son calva, à Chonchon.

TÉMOIN PARFAIT

– Alice ? Alors, où vous en êtes de l'enquête ?

Augustin entend la commissaire Verne pousser un soupir excédé à l'autre bout du fil.

– Oh, Gus ! J'en peux plus de Lagadec !

Le lieutenant a « le bourrichon tout remonté », comme disait la mère d'Alice au sujet de son mari.

– Il est persuadé que François Piatek est le conducteur de la Kangoo. Il a vu le tatouage sur son poignet. Et le fils Piatek serait beaucoup plus dangereux que ce qu'on croit. Il couvre sa sœur de bijoux !

Lagadec a un peu enjolivé. Il est revenu des Neiges plus content de lui que jamais, mais également transpirant et soufflant comme un phoque. Rien que d'y repenser, Alice en a un frisson de dégoût. Elle passe la main sur son front. C'est peut-être un frisson tout court.

– Je te laisse, Gus, j'ai d'autres affaires sur le dos, et Lagadec ne s'est pas encore pointé, ce matin.

Augustin ne s'est jamais senti aussi seul. Lagadec va boucler l'enquête et, à terme, prendre sa place aux Stups. À la force des bras, Augustin essaie de s'extirper de son fauteuil, pousse un cri de souffrance et se rassoit. La rééducation sera longue, infiniment longue. Qui pourrait lui remonter le moral ? Tante Thérèse et son pendule ? Ou bien…

– Tu es sorti tout seul ?! s'émerveille Angie en ouvrant sa porte à Augustin.

– Oui, c'est l'aventure !

Il a traversé le couloir en fauteuil roulant, escorté par Capitaine, qui n'en peut plus de joie.

– Em… ta mère est là ?

– Bah, non. Elle travaille, je t'ai dit, elle est infirmière.

Augustin est entré chez les Tourniquet et il regarde autour de lui avec curiosité.

– Tu faisais quoi ? s'informe-t-il.

– Je dessine mon confinement.

Sur la table de la salle à manger, il y a tout un fouillis de crayons et une belle feuille de papier Canson. Angie a dessiné une plante en pot. C'est sa vie actuellement.

– Et toi, dit-elle, tu as confirmé l'hypothèse 3 ?

Il fait signe que non. Le peu qu'Alice lui a appris sur Yoann Sitbon dans le cadre de l'enquête sur la saisie de cocaïne, c'est que celui-ci est plus souvent au casino de Deauville qu'à la maison. La collection de tableaux de Germain Sitbon part à la roulette et au baccara.

– Tu vas faire quoi comme enquête, aujourd'hui ?

Augustin a la sensation d'être le camarade de jeu d'une gamine. Mais c'est mieux que rien. Mieux que d'être devenu, derrière ses écrans, ce capitaine invisible aux yeux de tous et de chacun.

– On peut rechercher Christopher Piatek ? propose-t-il, à court d'idées.

– Tu as sa description ?

– Son signalement, la reprend Augustin. J'ai mieux. J'ai sa photo.

Les voilà tous deux partis dans son appartement. Les photos des Piatek, père et fils, sont sur le coffre-fort au-dessus duquel tante Thérèse a fait tourner son pendule.

– C'est le plus jeune, précise Augustin. Le gros, c'est son père.

À peine Angie a-t-elle posé les yeux sur les photos qu'elle s'écrie :

– Celui-là, je le connais !

– Tu le connais ? Tu connais « Chonchon » ?

Le surnom la fait rigoler.

– Je le connais pas « vraiment ». Je l'ai juste vu.

– Où ça ?

– À la fête de la galette.

– Attends, attends, bredouille Augustin. Il était à la fête de la galette, aux Neiges ?

– C'est ce que je te dis.

– Le dimanche 5 janvier au soir ? insiste Augustin, avec le ton de l'enquêteur qui s'apprête à prendre une déposition.

– Oui.

– Tu peux me le décrire ? Comment il était habillé ? Qu'est-ce qu'il faisait ?

Angie ferme les yeux un instant pour rassembler ses pensées.

– Il avait un gilet rouge par-dessus un anorak. Il était à l'entrée de la salle des fêtes, il distribuait des papiers.

– Quels papiers ?

– « Halte à la casse sociale ! »

– Des tracts syndicaux, marmonne Augustin. Et après ?

– Après, il a regardé le spectacle dans le fond de la salle et il n'a pas aimé le ventriloque quand il a parlé des grévistes qui travaillent pas. Il a sifflé dans ses doigts. Et après, au goûter, il a rigolé quand son copain Mémed a eu la fève.

Incroyable ! Angie est le témoin parfait. Tout vu, tout entendu, tout noté. Hypermnésique. Fiable à cent pour cent.

– Tu viens de fournir un alibi à François Piatek.

Et de me débarrasser des prétentions du lieutenant Lagadec pour un moment, songe Augustin, intensément soulagé. Angie, qui a croisé les bras, attend que son partenaire lui donne plus d'explications. Mais tous deux sont dérangés par l'arrivée de tante Thérèse et du déjeuner.

– Coq au vin et... qu'est-ce qu'elle fait là, cette petite ? dit-elle en apercevant Angie.

– J'ai fourni un alibi !

Tout en déposant la gamelle sur un coin de table, Thérèse interroge son neveu du regard.

– Vous vous souvenez que cet homme était soupçonné d'être le chauffard qui m'a renversé ? explicite Augustin en brandissant la photo. Eh bien, Angie l'a vu ce soir-là dans le Quartier des Neiges et, comme on ne peut pas être à deux endroits à la fois...

– Détrompe-toi, l'interrompt tante Thérèse. La bilocation a été prouvée. Le Padre Pio pouvait être à la fois, et au même moment, au réfectoire et à l'église. En train de manger et en train de prier.

– Le Padre Pio était un saint homme, répond patiemment Augustin. Ce n'est pas le cas de François Piatek, qui a un casier judiciaire.

Pas autrement ébranlée par cette précision, tante Thérèse regarde longuement Angie, qui finit par en être indisposée.

– Tu n'as pas du travail à faire pour l'école ? s'informe Thérèse.

– Si. Je dois colorier une plante verte, bougonne Angie, en appelant à son aide Augustin d'un regard de côté.

Mais comme il n'intervient pas en sa faveur, elle se voit contrainte de quitter l'appartement du capitaine Maupetit en traînant les pieds.

– Cette petite…, dit Thérèse, restée seule avec son neveu.

– Oui ?

– Tu te rappelles que je lui ai vu une aura orange ?

– Oui.

– Eh bien, elle n'est plus orange.

– Ah non ?

– Elle est marron.

– Ah oui ?

Thérèse a sa voix grave et inspirée de prêtresse de l'autre monde, et Augustin régresse à vue d'œil. Il a 8 ans, sa tante le fascine.

– Écoute bien ce que je vais te dire, Augustin. Fais attention à cette petite. Elle court un danger. Fais attention à elle.

UNE HÉROÏNE AU QUOTIDIEN

Emma refait connaissance chaque matin, avant même d'ouvrir les yeux, avec sa chambre, son lit, sa solitude aussi. Et la tâche sans fin qui l'attend. Depuis que le coronavirus a choisi de s'appeler Covid, l'épidémie gagne du terrain chez ses vieux patients. Déjà deux personnes parties en réa.

À 6h45, il fait encore noir. Tout est prêt dans le grand sac d'Emma : les clés de ceux qui ne peuvent ouvrir eux-mêmes leur porte, les ordonnances, les médicaments, les pommades, les seringues, les pansements. La routine. Il s'y ajoute depuis quelques jours une nouveauté : le masque.

Elle prend à peine le temps d'avaler son café, comme chaque jour à la bourre avant d'avoir commencé. C'est alors une course dont chaque étape est minutée au fil d'un itinéraire calculé avec précision. Le Quartier des Neiges, cet îlot secret, elle le connaît désormais mieux que le plus ancien de ses habitants.

À 7h10, Emma entre chez sa première patiente. Une heure plus tard, elle en a déjà vu cinq. Plaies nettoyées, pansements refaits, comprimés distribués, sang prélevé, température et tension relevées. Chez madame Cabral, elle sait qu'elle va devoir prendre son temps. La vieille dame est affalée dans un fauteuil qui contient à peine ses formes énormes. Un instant, Emma la croit morte. Elle lui soulève la paupière, lui tapote la joue, se demande si elle doit appeler un médecin, aperçoit la bouteille de mauvais vin couchée, quasi vide, sur le tapis élimé. Elle soupire et décide de procéder comme à son habitude.

Une cuvette d'eau chaude, du savon, une éponge, un gant de toilette, une serviette. À peine a-t-elle touché sa patiente que celle-ci hurle :

– Qu'est-ce vous venez m'emmerder ? Vous êtes qui, vous ?

– C'est moi, Carmen.

Emma se redresse, baisse son masque, sourit.

– Pourquoi que vous avez ça sur la goule ?

– On est obligé, aujourd'hui. Dix fois que je vous en parle. Le Covid, Carmen.

– Laissez-moi tranquille ! Foutez le camp avec votre Covid.

– C'est l'heure de la toilette.

Emma soulève le pied difforme et le pose dans la cuvette.

– C'est trop chaud. C'est toujours trop chaud avec vous.

– Hier, c'était trop froid. Avant-hier, c'était trop tiède, la taquine Emma sur un ton plein d'entrain.

Cela dure comme ça durant vingt bonnes minutes, et il en va ainsi chaque matin depuis quatre ans. Emma nettoie la vieille dame, Emma refait le pansement sur cette plaie à la jambe qui ne guérit jamais, Emma donne à avaler les gouttes et les comprimés, et pendant tout ce temps, Emma, qui plaisante gentiment, se fait engueuler. Pour quelque raison mystérieuse, plus les années passent, et plus elle aime Carmen.

Emma remet la bouteille debout.

– Vous ne devriez pas boire tout ce vin, Carmen.

– Allez-vous-en ! Vous m'emmerdez !

– Je file. À demain, Carmen.

– Attends. Attrape un chocolat sur la table. C'est mon neveu qui me les a apportés.

Emma poursuit sa série de visites express, piqûres, pansements, perfusions et mots de consolation. À 10 h 30, elle fait un saut à la pharmacie la plus proche. Elle en profite pour passer au bureau de tabac, où elle prend *Paris-Normandie* et un paquet de gauloises. Il faut sortir du Quartier des Neiges pour se rendre compte des effets du confinement. Les rues mortes, les magasins fermés. Aux Neiges, on a l'habitude de voir des portes closes et des rideaux de fer baissés.

Monsieur Caradec est un patient spécial. Diabétique, frappé par un AVC, il ne parle plus et communique par signes. Au début, Emma était intimidée, presque effrayée, par le regard de cet homme encore jeune, où se lisaient la colère et le désespoir. Maintenant, elle se considère comme son amie. Elle est même devenue sa complice. C'est elle qui lui achète ses cigarettes et les lui fait fumer. Le délit consommé, ou consumé, elle ouvre la fenêtre, prenant madame Caradec, qui ne rentrera qu'à midi, pour plus sotte qu'elle n'est.

– Où est-ce qu'on a fait la piqûre hier ?

Caradec indique vaguement son bras droit. Emma a déjà préparé le petit stylo à insuline.

– Qu'est-ce que vous préférez pour aujourd'hui ? La cuisse ? Oui, je sais, au ventre, vous détestez.

La longue aiguille retirée des chairs, vient la récompense. Emma s'assoit à une table, ouvre le journal et baisse son masque. Cela ne fait pas partie de ses attributions et ne sera pas facturé, mais ils tiennent tous les deux à ce petit moment de partage (à bonne distance). Monsieur Caradec est curieux de tout, avec une préférence pour la rubrique des sports.

– Désolée pour le foot, mais ils ont tout arrêté. Tant pis pour le HAC*.

Emma tourne les pages sans rien trouver à lire qui puisse distraire Michel.

– Ils ne parlent plus que de ça : commerces fermés, chômage technique, plages interdites, le port au ralenti… Covid-19, pandémie, contagion… dans le monde entier, Michel. Et tous ces morts ! Je me demande… Ah ! Quelle horreur !

Emma lève les yeux vers son patient pour s'assurer de son attention. Elle sait qu'il apprécie les bons faits divers locaux.

– Écoutez ça, Michel. « Macabre surprise au large de Dieppe. Des pêcheurs ont remonté dans leurs filets le corps d'un homme au visage méconnaissable qui séjournait dans l'eau depuis plus d'une semaine. Comble de l'horreur, le cadavre était sans mains. » Je vous résume parce qu'il faut que j'y aille. D'après l'article, il est difficile de croire que les mains aient été… enfin, vous me comprenez, par des poissons ! « L'homme n'a pas encore été identifié. » Je vous laisse, Michel, je suis déjà en retard. Comment ?

Monsieur Caradec lui fait des signes avec les doigts.

– Ah ! Les empreintes digitales. Oui, vous avez raison. Pas de mains, pas d'empreintes.

La course contre la montre reprend. Prise de sang, grattage de plaie, petits massages, comprimés, sirops, bas de contention, injection. Avant de retrouver Angie à la maison, il lui reste un dernier patient à voir, son chouchou, celui qu'elle adopterait

* Le Havre Athletic Club.

volontiers comme grand-père. Andrzej, le Polonais, devenu André, le Neigeois, Dédé pour les copains.

– Je passe maintenant, parce que je n'aurai pas le temps ce soir. Comment ça va, André ?

– Pas ben allant. Ça va-ti, té ?

Plus Dédé se fait vieux, plus le parler cauchois de son enfance lui vient aux lèvres.

– J'ai pas arrêté une minute depuis que je suis déjouquée*, comme vous dites. Allez, on va prendre la tension.

Assis à sa grande table de formica devant un bol et une assiette vides, Dédé remonte la manche de sa grosse chemise à carreaux. Emma fait glisser le tensiomètre sur le tatouage dont l'ancien docker lui a plusieurs fois expliqué la signification. Ce crochet tenu par un poing rappelle le temps où les ouvriers du port déplaçaient les charges à la force du poignet, et non depuis une cabine perchée à trente mètres de hauteur.

– 16/9... Vous prenez bien vos médicaments, André ? s'inquiète Emma.

– Oui, mais c'est cette histoire, ça m'éluge**.

– Toujours pas de nouvelles de votre petit-fils ? dit-elle d'une voix désolée.

– 'Gade plutôt.

André retourne une feuille, dont il ne supportait plus la vision. Le cœur serré, Emma contemple le portrait du jeune Christopher Piatek. Un avis de recherche.

– On va le retrouver, André. Il a l'âge d'être amoureux.

* sortie du lit.
** ça me tracasse.

Dans ces cas-là, on ne pense plus à sa famille... Ce n'est pas la première fois qu'il s'offre une virée avec une copine. Vous vous rappelez quand il est allé au Maroc ?

Emma y a mis ce qu'elle pouvait de conviction, mais les mots sonnent faux à ses propres oreilles.

– Tenez, je vous ai apporté vos comprimés, un le midi, un le soir, à prendre pendant les repas.

– J'ai pus le cœur à maquer*, ma pauv' fille.

Comme toujours, Emma cherche comment aider.

– Si je faisais des photocopies de l'avis de recherche, André ? Et je demanderais aux commerçants de les placer dans leurs vitrines. À la pharmacie, à la boulangerie...

Dédé lui tend le papier en bougonnant qu'ils auraient pu mettre les signes distinctifs, quand même.

– Quels signes ?

– Une cicatrice sur l'épaule de quand il était petit, et pis son tatouage, juste là.

Il montre l'emplacement de son propre tatouage, qui occupe le haut de sa main et son poignet. Un grand froid a saisi Emma, et tandis que Dédé lui explique que Chris, à 16 ans, s'est fait faire le même tatouage que son père, tellement il voulait lui ressembler, elle a l'impression qu'elle se vide de son sang.

– Faut que je me sauve, André. À demain.

Demain. Deux mains. Emma prend la fuite.

– Boujou quand même ! crie Dédé. À tantôt !

* manger.

BOUCHE COUSUE

– Angie!... Et voilà! Elle est encore chez le voisin.

Emma dépose son téléphone et ses clés sur la table de l'entrée, range dans le placard ses chaussures, sa veste, sa trousse, son sac à dos, puis s'achemine directement vers la salle de bains pour s'y dévêtir. Tous ses vêtements passeront dans la machine à laver, et elle-même va se doucher et se shampouiner. Décontamination de la tête aux pieds. Elle considère que le capitaine Maupetit est une «personne vulnérable» et qu'il ne faut pas lui faire courir le risque d'attraper le Covid-19.

Quand elle entre chez Augustin, les cheveux humides, encore toute rose et parfumée de sa toilette, elle est d'autant plus charmante qu'elle ne cherche pas à l'être. Elle se tient dans l'embrasure de la porte, à la distance réglementaire. Mais lorsqu'elle voit sa fille, collée au fauteuil d'Augustin, prise d'une soudaine quinte de toux, elle se récrie:

– Tousse dans ton coude, Angie!

Augustin l'observe sans rien dire, l'écoute s'excuser. Il est de ces Cauchois madrés qui pensent que celui qui a tort, c'est celui qui parle en premier. Il a deviné qu'il trouble Emma Tourniquet.

– Je ne voudrais pas vous déranger davantage, dit-elle,

s'apprêtant tout de même à le faire, mais j'ai lu quelque chose dans le journal qui m'a perturbée. Vous êtes peut-être déjà au courant d'ailleurs ?

Elle tient à la main le *Paris-Normandie* du jour, qu'elle agite en direction du capitaine.

– C'est à la rubrique des faits divers. On a repêché un… un corps.

Elle fait signe à Augustin qu'elle ne peut pas tout dire en présence d'Angie.

– À cette distance, je ne peux pas lire, lui fait-il remarquer.

– C'est que je n'ose pas trop approcher, balbutie Emma. Je risque de vous contaminer.

Augustin en prend son parti : le monde est devenu fou.

– *Go fetch it !* lance-t-il à sa chienne, qui lui apporte délicatement le journal entre ses mâchoires.

Il survole l'article en lisant à mi-voix : « Au large de Dieppe… cadavre sans mains… » Puis il replie le journal en émettant un petit « mm » de connaisseur. Cette mutilation, ça ressemble assez aux méthodes des narcotrafiquants.

– L'état du corps coïnciderait avec la date de la disparition…, dit Emma en jetant un regard du côté de sa fille, qui n'en perd pas une miette. Et puis, Dédé m'a appris quelque chose de terrible. Son petit-fils a un tatouage sur le haut de la main et le poignet, qui pourrait faciliter son identification.

– Quel tatouage ?

– Dédé ne m'a pas précisé. Mais, se souvient-elle, le père de Chris a le même.

Impec, pense Augustin. La fille disculpe le père, la mère inculpe le fils. Décidément, leur voisinage est précieux.

– Vous… vous pourriez peut-être vous renseigner auprès de… de vos collègues dieppois ? ajoute-t-elle, gênée d'avoir l'air d'insister.

– Je pense qu'Alice, je veux dire la commissaire Verne, sera au courant si le corps a été identifié. Je l'appellerai demain matin.

Il avance chaque phrase avec prudence tandis que ses pensées galopent. L'avenir le dira, mais il est prêt à parier que ce corps repêché est bien celui de Christopher Piatek. Chris a sûrement été une des « petites mains » d'un réseau de trafiquants. Mais pourquoi l'ont-ils supprimé ? Parce que la police a un élément permettant de l'identifier, donc de l'arrêter, de l'interroger, et de démanteler le réseau, de proche en proche. Mais qui a pu être mis au courant de cet indice, non révélé par l'avis de recherche ? Lydia Sitbon. Alice a montré le tatouage à Lydia Sitbon, qui l'a montré à Yoann Sitbon. On en revient toujours à lui.

– Dans le cadre de l'enquête sur la disparition de Christopher Piatek, énonce Augustin, la commissaire Verne m'a fait parvenir le portrait-robot d'une personne qui serait susceptible de nous fournir des renseignements.

Après avoir bien endormi la méfiance d'Emma avec un ton de formulaire administratif, d'un clic, Augustin affiche en plein écran le visage de Yoann Sitbon, auquel il a rajouté, sur les indications d'Alice, une balafre en travers de la joue gauche. Angie rattrape à temps un cri de surprise, tandis que sa mère écarquille les yeux.

– C'est monsieur Sitbon, dit-elle.

– Vous le connaissez ?

– Mais enfin… au Havre, c'est quelqu'un que beaucoup de gens connaissent. C'est le propriétaire des cafés Sibon.

Augustin fait peser son regard sur Angie pour s'assurer qu'elle ne va pas s'écrier : « Maman, rappelle-toi, c'est papa ! » Rien à craindre, cependant. Angie est cauchoise, elle aussi. Elle la ferme.

– Et vous le connaissez personnellement ? questionne Augustin.

– Il est impliqué dans cette histoire ? s'étonne Emma.

– Répondez à ma question.

Augustin s'oublie un peu. Il est passé en mode interrogatoire à l'hôtel de police.

– Oui et non, dit Emma qui, pour le coup, fait une réponse de Normande.

– C'est-à-dire ?

– Mon père travaillait pour les cafés Sibon. À un tout petit niveau, au début. Il déchargeait les sacs de café. Peu à peu, il a gravi les échelons. Une fois par an, nous étions invités à la villa Sitbon. Pour l'anniversaire des jumeaux.

Angie, qui s'est tassée près de Capitaine dans un coin de la pièce, articule silencieusement : « Hypothèse numéro 2. »

– Des jumeaux ? répète Augustin.

– Oui, les petits-fils de monsieur Sitbon. Il y avait toujours une très belle fête pour leur anniversaire. Je crois me souvenir que c'était au mois de juin. Les employés étaient invités avec leur famille. C'est là que je voyais Yoann.

– Et son frère ?

– Oui.

– Qui s'appelait ?

– Je vous avoue que je ne sais plus. Il est mort accidentellement, il y a longtemps. Je ne fréquentais pas cette famille. J'en entendais parler par papa.

Dans tout cela, il y a du vrai et il y a du faux. Emma voudrait garder un ton dégagé, mais elle n'y arrive pas. Ses yeux reviennent sans cesse au portrait-robot, qui semble la mettre mal à l'aise. Soudain, une voix part d'un coin d'ombre :

– Comment il s'est fait cette cicatrice ?

Emma tressaille. Elle avait presque oublié la présence d'Angie.

– Il s'est blessé en jouant avec son frère.

– Drôle de jeu, remarque Augustin.

Il n'en saura pas davantage. Emma s'aperçoit qu'il est tard, que sa fille doit se coucher de bonne heure et ne s'est pas encore douchée.

– Bonsoir, Augustin.

Il ne répond pas, pour ne pas avoir à dire « Emma ». Pas déjà.

– À demain, dit Angie.

Elle s'approche du capitaine Maupetit, le checke du pied, puis, avec l'index, fait semblant de se coudre les lèvres.

LUMIÈRE !

Il a fait étrangement doux aujourd'hui. La météo a prévu pour la soirée « une forte dégradation pluvio-orageuse avec une quantité de précipitations attendues de l'ordre de 100 à 120 millimètres ». Mais Augustin n'écoute pas la télévision. Pour lui, les jours se ressemblent, même ennui, puis la nuit revient avec son lot de douleurs.

Augustin est comme Capi, il aime flairer les gens. Aux recherches sur Internet, il préfère l'enquête sur le terrain. Mais là, il est cloué au sol. Alors, pour se documenter sur la famille Sitbon, il entre « Germain Sitbon » dans Google et tombe sur sa fiche Wikipédia.

Germain Sitbon

Pour les articles homonymes, voir Sitbon et Famille Sitbon.

Germain Sitbon (1929-2008) a créé l'une des principales marques françaises de café sous l'appellation des cafés Sibon. Fils d'un maraîcher du pays de Caux et d'une lavandière, il a d'abord travaillé comme courtier sur la place du Havre avant d'ouvrir une boutique d'artisan torréfacteur. C'est en 1978 qu'il fonde la société Sibon, spécialisée dans l'importation et la torréfaction de café de haute qualité. Située au Havre, à proximité du port, l'entreprise occupe des locaux de plus de 1 300 m^2 comprenant un espace où le consommateur peut s'initier à la dégustation des cafés les plus fins et les plus rares.

En 1991, Germain Sitbon a repoussé une offre de rachat initiée par la société néerlandaise Douwe Egberts. Depuis la mort accidentelle de son fondateur, les cafés Sibon sont dirigés par Yoann Sitbon, le petit-fils de Germain.

Une photo de Germain Sitbon, nez cassé, petits yeux filous, agrémente (si l'on peut dire) la fiche wiki.

– On dirait Bourvil, commente Augustin. Qu'est-ce que tu as, toi ?

Ceci s'adresse à Capitaine, qui est agitée depuis le début de la soirée. Elle a un sommeil plein de sursauts, geint, jappe, bâille, cherche après sa queue, se recouche en rond, puis redresse brusquement le museau. L'air est chargé d'électricité. Augustin secoue la tête. S'il était lui-même, il sortirait sous la pluie courir dans les flaques avec Capi. Il relit la fiche wiki.

– « Mort accidentelle ». À... (il fait le calcul) 79 ans. Ça ne doit pas être un accident de parapente. Comment tu es mort ? demande-t-il à Germain Sitbon.

Il cherche sous une pile de papiers la photo de Yoann Sitbon, l'héritier, qu'Alice lui a envoyée.

– Et toi, le balafré, comment tu t'es fait ça ? Et ton frère jumeau, qui est mort accidentellement d'après Emma… Ça fait beaucoup d'accidents pour une même famille.

La grêle à présent cogne contre la vitre. Un Neigeois est habitué aux caprices du temps. Le vent, surtout, est un compagnon d'enfance. Il porte sur ses ailes tant de souvenirs, le souvenir de cette nuit où tante Thérèse a refermé la porte de la chambre de maman en disant :

– C'est fini. Elle ne souffrira plus.

C'est ce que le capitaine Maupetit a voulu se dire un jour : « C'est fini. Je ne souffrirai plus. » Plus d'amis, plus d'amours, partant, plus de risques. Mais si tu fermes la porte, la douleur entre par la fenêtre. Ce soir, les vitres tremblent, et soudain le tonnerre claque et le ciel s'illumine. L'éclair a donné un relief particulier à la photo du journal, Yoann Sitbon au premier plan, derrière lui, la rue et les autos. Pourquoi ce malaise quand on regarde la photo ? Qu'est-ce qui cloche ? C'est cet homme, ce Yoann.

– Qu'est-ce qu'on peut trouver sur lui ? s'interroge Augustin, tandis que Capitaine est venue se coucher à ses pieds, dans l'attente craintive de ce qui va se passer.

Au moment où Augustin s'apprête à taper le nom de Yoann Sitbon sur son clavier… panne de courant. Noir absolu pendant quelques secondes. Puis le flash d'un nouvel éclair. Et de nouveau le noir, tandis que Capi s'est mise à hurler.

– *Hush ! Hush !* lui intime Augustin.

Il est plus que jamais coupé du monde. Mais étrangement exalté comme s'il faisait partie des éléments déchaînés. Et soudain, FIAT LUX ! Dans son cerveau seulement, car le courant n'est pas rétabli. Il a trouvé ce qui cloche, il sait ce qui ne va pas.

Yoann Sitbon, sa balafre et son œil de verre n'y sont pour rien. C'est ce qui se trouve à l'arrière-plan qui pose problème. La photo a été prise dans une rue du Havre, mais derrière Yoann, les voitures roulent à gauche comme de l'autre côté du Channel. La photo a été imprimée à l'envers. Mais alors ?

– La cicatrice, marmonne Augustin, tandis que la foudre tombe sur le paratonnerre de Notre-Dame-des-Neiges.

Sur la photo, Yoann Sitbon est balafré du côté gauche. Si elle avait été correctement imprimée, il le serait du côté droit.

– La vidéo.

L'homme qui a été filmé par la vidéoprotection du port ne peut pas être Yoann Sitbon, car il présente à la caméra un profil droit intact.

– C'est l'autre !

Emma Tourniquet a menti. Quand elle a prétendu ne même pas se souvenir du prénom de Xavier. L'homme qu'elle a aimé quand elle avait 18 ans, c'est le jumeau de Yoann. Non seulement il n'est pas mort dans un accident, mais l'autre nuit, il rôdait sur le port.

Mille pensées traversent l'esprit du capitaine Maupetit, qui sont toutes désagréables. Qu'Angie est la fille de cet homme qui se cache. Qu'Emma s'intéresse beaucoup trop à Christopher Piatek. Non, là, il s'égare. Emma ne peut pas être mêlée à cette affaire de cocaïne. Mais elle est liée à la famille Sitbon et, rien que d'y penser, Augustin fronce les sourcils.

– Mais mon neveu, veux-tu me dire quand tu dors ?

Augustin est dans le fauteuil qu'il n'a pas quitté de la nuit, les yeux fiévreux, la barbe naissante, et les cheveux hirsutes qui n'ont pas vu le coiffeur depuis des semaines.

– Vous pouvez me prêter votre portable, ma tante ?

– Tu as l'air d'un naufragé sur son île, poursuit Thérèse.

– Ma tante, mon portable est déchargé, je dois passer d'urgence un coup de fil.

Il veut demander à Alice si le corps repêché a été identifié. Il s'empare avidement du téléphone de sa tante comme s'il était le susdit naufragé se jetant sur de la nourriture. Il appelle Alice. Répondeur. Lagadec ? Répondeur. L'hôtel de police…

– Qu'est-ce qui se passe ? dit-il en regardant sa tante, l'air effaré. Personne ne répond !

Le monde a-t-il coulé en son absence ?

– Mais mon pauvre petit, tu n'écoutes jamais les informations ? Ils en ont parlé hier soir sur France 3. C'est un cluster, l'hôtel de police.

– Un cleus quoi ? fait Augustin, ahuri.

– Un foyer épidémique. Toute ta brigade est placée en quarantaine. Quand on y pense, grâce à ton accident, tu as échappé au Covid. Je te l'ai toujours dit, Augustin : ton ange gardien veille sur toi.

PLUTÔT PLUTO

Lydia pousse la porte du bureau de son mari et découvre le tableau auquel elle s'attendait : Yoann face à l'écran de son ordinateur dans un état de concentration si intense qu'il ne l'a pas entendue entrer. Un non-initié supposerait que le patron des cafés Sibon est plongé dans les comptes de sa société. Lydia devine sans peine de quelle nature sont les chiffres qu'il regarde fixement. Ils accompagnent des cartes à jouer qu'il s'agit de ranger par paires, par couleurs, par suites…

– Quand tu en auras fini avec ton poker, peut-être auras-tu l'obligeance de venir dîner ?

– Tout de suite, dit-il sans bouger.

Cette période de confinement est difficile pour beaucoup de monde, mais Yoann en souffre comme d'un sevrage brutal. Le casino et le champ de courses de Deauville sont fermés. Il en est réduit à des mises ridicules sur Winamax ou Betclic.

Dans la vaste et rutilante cuisine, Lydia se sent à l'aise comme un poisson dans un bac à sable. Elle a déniché un plat surgelé et des restes de charcuteries. Mais elle met le couvert comme d'habitude dans la salle à manger, argenterie et porcelaine. Elle aime cet endroit tout en longueur qui offre par ses baies vitrées le spectacle du dehors. Ce soir, les grands peupliers trempent leurs sommets, pareils à des pinceaux, dans une clarté orange et mauve qui ne laisse rien présager de bon pour les heures à venir.

Yoann rejoint sa femme au moment où elle pose sur un dessous-de-plat la viande qui grésille encore dans la poêle.

– Tu es sûre que c'est comestible ?

– Des cordons-bleus. Angélique adore.

La petite a mangé le sien un peu plus tôt, toute seule, dans la cuisine.

– « Cordon-bleu » ! C'est tout toi, ricane Yoann.

– Il faudra t'y habituer. Je n'ai plus personne, ni pour le ménage, ni pour la cuisine. Heureusement que Delphine est restée confinée avec nous. Mais à part jouer avec Angélique et servir le café, elle ne sait rien faire de ses dix doigts.

– Et ça va durer longtemps, leur confinement ?

– Le temps qu'il faudra. Ce qui m'inquiète, c'est de savoir si nous pourrons retrouver le même train de vie plus tard.

– C'est immangeable.

Yoann repousse son assiette et aligne sur une tranche de pain des rondelles de saucisson.

– Tu m'écoutes ? Je te dis que les affaires vont mal.

– Comment veux-tu que les affaires aillent bien dans un monde à l'arrêt ?

– Je ne parle pas des restaurants qui ne nous passent plus de commandes. Les affaires allaient déjà mal avant. Nous avons pris des positions aventureuses sur le marché. Les cours du café sont orientés à la baisse…

Lydia s'interrompt. La pluie s'est mise à cingler les vitres et, tout là-bas, des palpitations orageuses animent la pointe des peupliers.

– Et toi, reprend-elle, tu continues.

– Je continue quoi ?

– Ne me prends pas pour une idiote. Les baigneuses de Dufy, l'aquarelle de Boudin… Si encore tu en tirais le prix que ça vaut ! Mais comme tu es toujours dans l'urgence, tu brades. La caisse de Romanée-Conti, les six bouteilles de Château d'Yquem 1967… C'est tout un héritage qui part par petits bouts.

– Tu n'avais qu'à pas l'épouser… L'héritage.

Un tremblement de colère la parcourt tandis qu'elle découpe sa viande. Mais elle se contient.

– Je n'ai pas épousé un héritage, dit-elle d'une voix sourde. Je voulais un enfant, un seul, et qu'il ait une vie meilleure que la mienne. Je voulais une revanche.

– Mais moi aussi, je veux une revanche, approuve Yoann, tout à ses obsessions de joueur. Et j'étais justement en train de me refaire avant cette connerie de confinement. Une veine d'enfer comme je n'en avais pas connu depuis longtemps.

– Cent fois que j'entends ce refrain. Il suffit que tu regagnes le dixième de ce que tu as perdu et tu te crois le roi du pétrole… Je vais coucher la petite. Si ça ne t'ennuie pas de préparer le café ? Parce que ça, il en reste. Des tonnes que nous avons sur les bras.

Yoann ouvre la bouche pour répliquer, mais le grondement du tonnerre lui cloue le bec. Les peupliers dansent la gigue contre l'écran éblouissant du ciel électrisé par l'orage.

Angélique est assise en pyjama Peter Pan à son petit bureau. Langue tirée, elle a le nez sur son gros bloc de papier à dessin et tient un crayon rouge à la main.

– Qu'est-ce que tu dessines de beau ?

– Capitaine.

– On dirait plutôt un chien.

– Mais non ! C'est pas Pluto. C'est le chien Capitaine, tu sais ? Il était à la fête. Il faisait des tours, et sa maîtresse, elle avait caché un truc de drogue sous ton coussin.

Lydia secoue la tête de désapprobation à cette évocation.

– Tu le trouves pas beau ?

– Si, magnifique. Tu deviens super forte en dessin.

– Je vais le montrer à papa ! décide l'enfant.

– Non. Il est tard. C'est moi qui vais lui montrer plutôt.

– Pas Pluto, Capitaine !

– Oui, au lit maintenant, conclut Lydia, qui ne sait plus trop ce qu'elle dit.

– Tu ne fermes pas la lumière, supplie l'enfant. J'ai peur de l'orage.

– J'éteins la grande lampe, je te laisse juste… heu… Pluto.

Lydia branche la petite veilleuse achetée à Disney Store, puis borde Angélique. Comme chaque soir, la porte demeure entrouverte.

Le café est sur la table. Yoann se tient contre la baie vitrée et contemple la nappe blanche des grêlons sur la pelouse.

– Admire les œuvres de ta fille. Quand tu en auras fini avec Dufy et Boudin, tu pourras peut-être vendre les siennes ? le relance Lydia.

Yoann se rassoit et, histoire de s'acheter un moment de paix, se plonge dans la contemplation du dessin.

– Pas si mal pour une petite fille de 6 ans. Elle a bien le sens des couleurs.

– Elle a 7 ans.

– Oui… ça passe tellement vite.

Yoann tourne les pages du bloc de papier et feint de s'intéresser à ce qu'il découvre, conscient qu'il ne gagnera rien à poursuivre l'impossible dialogue.

– C'est quoi, *ça*?

Il a repoussé le bloc vers le milieu de la table, comme s'il s'était brûlé. Lydia se penche sur le dessin. Un homme aux yeux fermés par deux croix, avec un poisson de chaque côté de la tête. Il n'a pas de mains. À leur place, Angélique a dessiné quelques grosses gouttes rouges. Les mains flottent en bas de la page, pareilles à deux anémones sanglantes.

– C'est quand même pas toi qui lui as parlé de *ça*? s'indigne Yoann.

– Tu es fou? Bien sûr que non.

– Elle n'a pas pu l'inventer.

– J'imagine qu'elle m'a entendue quand je t'en ai parlé au téléphone. Avec ce confinement, elle est toujours dans mes pattes.

Ils sont maintenant épaule contre épaule, les yeux rivés au dessin, et sursautent ensemble quand retentit une formidable déflagration. Les lumières du plafonnier vacillent, puis l'obscurité se fait l'espace d'une ou deux secondes. Ça barde là-haut! Yoann referme le carnet de dessins.

– Je n'arrive pas à avaler cette histoire, dit-il.

– Quelle histoire?

– Le fils Piatek.

– Son père a identifié le corps, non?

Un peu plus tôt dans l'après-midi, Yoann Sitbon a appris, par un coup de fil d'un gendarme de Dieppe, que le corps mutilé qui a été repêché est bien celui de Christopher Piatek.

– Les Piatek sont des gens très connus sur le port, dockers depuis que le métier existe, reprend Yoann. Ce ne sont pas des tendres, d'accord, mais tu pourrais leur confier ton porte-monnaie, il ne manquerait pas un sou. Alors, quand je vois qu'on soupçonne le gamin d'avoir été mêlé à ce trafic de cocaïne... Ça va le tuer, le vieux Dédé, si c'est vrai. Je te jure, pour les Piatek, apprendre que Christopher trafiquait, ce sera pire que de l'avoir perdu.

– Ce ne sont que des suppositions... Qu'est-ce qu'on entend?

Des claquements retentissent dans la maison et ponctuent de façon horripilante le grondement continu de l'orage.

– C'est insupportable, ce boucan!

Lydia s'éloigne vers le bruit intempestif. Yoann se sert un verre de vin en souriant, pas mécontent que le dessin d'Angélique lui ait permis de détourner la conversation loin des histoires de poker et des pertes financières. N'empêche que ce n'est pas normal de dessiner des choses pareilles pour une petite fille de son âge. Il faudra en parler à sa psychologue.

Une fenêtre s'est ouverte dans le cellier sous la poussée du vent, et une flaque d'eau s'étend sur le carrelage. Clac, clac, c'est la porte de la cave, entièrement rabattue, qui cogne contre le mur. Une lumière brille dans l'escalier. Autrefois, songe Lydia, du temps du vieux, jamais la porte de la cave ne serait restée ouverte. C'est Yoann. Quand il est allé se chercher une bouteille, il a oublié de refermer la cave et a même laissé les ampoules allumées.

L'interrupteur est un peu plus bas, mal placé. Il faut descendre deux marches. Puis l'escalier fait un coude. Lydia a la sensation d'une présence, là, juste après. Elle s'arrête, l'oreille aux aguets. N'a-t-elle pas entendu comme une respiration, un halètement ?

Une déflagration ébranle la villa jusqu'à ses fondations. Et c'est le noir, l'obscurité totale. La porte a claqué derrière elle, la lumière s'est éteinte. Lydia tend les bras, en équilibre au bord de la marche, désorientée. Dans les ténèbres, elle croit voir flotter le dessin affreux de sa fille, cet homme aux mains coupées. Elle prend appui sur le mur, se retourne lentement, puis remonte. Une marche, la deuxième. Elle tâtonne, cherche du bout des doigts la clenche. Un instant, elle se persuade qu'on l'a enfermée, que la porte ne veut pas s'ouvrir. Mais ce n'est que le vent. Lydia doit lutter pour repousser la lourde masse blindée. Elle trébuche, s'affale dans une flaque. La pluie entre à flots par la fenêtre. Lydia trouve l'énergie de tout refermer, la fenêtre du cellier, puis la porte de la cave.

Quand elle retrouve Yoann au salon, il a sa parka sur le dos et consulte le petit écran lumineux de son téléphone.

– Panne générale, annonce-t-il.

– Merci, je m'en suis rendu compte. Tu n'as pas l'intention de sortir, tout de même ?

– Je ne vais pas passer ma soirée dans le noir. Gonzague a eu une idée géniale. Un poker aux bougies à l'entrepôt.

– Mais c'est interdit ! Le confinement…

– Il n'y a personne dans les rues.

– Non, Yoann, je ne supporterai pas de rester seule ce…

Un « maman ! » déchirant l'empêche d'achever sa phrase. Lydia se retourne et voit sa fille en pleurs.

– Maman, mon Pluto ! Il est éteint.

« ANGIE ! ANGIE ! »

– Ça n'en finit pas, soupire Emma.

Elle a devant elle deux ou trois heures de paperasserie administrative, qui repousse comme la mauvaise herbe. Tout ce qui pourrait l'interrompre serait bienvenu, sauf peut-être ce coup de fil de madame la principale du collège Erik-Satie.

– Nous nous inquiétons pour Angie, dit cette dame, qui surjoue en effet l'inquiétude au téléphone. Elle ne rend aucun devoir, elle ne participe à aucune classe virtuelle.

Emma tombe des nues. Quand elle revient de ses tournées, sa fille a toujours ses livres et ses cahiers ouverts et plein de petites choses à raconter sur Rose-May ou sur les empereurs romains. Pour être honnête, Emma doit s'avouer qu'elle est parfois si fatiguée qu'elle n'écoute qu'à moitié.

– Angie ! s'écrie-t-elle en rejoignant sa fille au salon, tu m'as menée en bateau !

Angie fait tout de suite disparaître du téléphone l'appli sur laquelle elle s'amuse à vieillir les gens.

– Ça veut dire quoi, « mener en bateau » ? s'informe-t-elle.

C'est une parade qu'elle a trouvée pour calmer les adultes : elle fait semblant de ne pas comprendre leur façon de parler.

– Tu n'as rien rendu à tes profs, aucun travail ! Voilà ce que ça veut dire.

– Oh, mais quels menteurs ! s'offusque Angie. J'ai même photographié mon dessin du confinement pour l'envoyer à la prof d'arts plastiques et j'ai enregistré trois chansons de *La Reine des Neiges* pour la prof de musique !

– Ça suffit, Angie. Ce ne sont pas les autres qui mentent, c'est toi.

– Ou toi.

Emma a un mouvement de recul comme si sa fille venait de lever la main sur elle. Elle bredouille :

– Comment tu peux…

– Mon père, il n'est pas mort, s'emballe Angie. C'est Yoann Sitbon, mon père, et j'ai une sœur, plutôt une demi-sœur, et c'est Angélique. Et toi, tu es jalouse de Lydia parce que tu devrais être à sa place, et être riche !

– Qui t'a mis des idées pareilles dans la tête ? C'est le voisin, c'est ça ?

Angie comprend trop tard qu'elle a déclenché quelque chose de terrible.

– C'est un enquêteur, fait-elle, penaude.

– Eh bien, je vais lui dire ma façon de penser sur ses enquêtes ! s'écrie Emma, toute timidité envolée.

Augustin ne s'attend pas à cette visite vespérale, ni surtout à l'état dans lequel se trouvent Angie et Emma.

– Pourquoi avez-vous dit à ma fille que Yoann Sitbon est son père ?

Augustin évalue la situation. Comment sauver la mise à sa jeune associée ?

– J'enquête sur monsieur Sitbon, répond-il sur un ton détaché. J'ai eu l'occasion de voir une photo de son épouse et de sa fille, Angélique. J'ai noté la ressemblance troublante avec Angie, que ce soit physiquement ou par le prénom. Angélique… Angie.

Il guette les réactions sur le visage d'Emma.

– Vous vous trompez, déclare-t-elle. Yoann Sitbon n'est pas le père d'Angie.

Le capitaine Maupetit sait repérer quand une personne est sur le point de craquer. Il donne le coup de grâce en disant :

– Non, ce n'est pas Yoann, le père d'Angie. C'est son frère jumeau.

– Oui, admet-elle, déstabilisée.

Cet aveu forcé l'emplit d'une soudaine colère.

– Mais en quoi est-ce que c'est votre affaire ? Vous ne pouvez pas laisser un mort en paix ?

– Il est mort ?

– Mais je vous l'ai dit ! Vous pensez peut-être que je mens, vous aussi ? Xavier est mort dans un accident, en même temps que son parrain. Son bateau à moteur a explosé. Il y avait des témoins. Ça s'est passé le 18 septembre 2008. Vous pouvez vous renseigner. On a récupéré… des débris humains.

Tandis qu'elle évoque les circonstances du drame, Augustin pense à tout ce que Xavier a pu faire. Accident provoqué par un quelconque explosif. Témoins achetés. Cadavre qui n'était pas le sien. Doit-il dire maintenant que Xavier est vivant ? Non, il va s'y prendre autrement.

– Vous n'avez jamais pensé que c'est important pour un enfant de savoir qui est son père ?

– Xavier est mort avant de savoir qu'il était père, et j'avais rompu avec lui un mois avant l'accident.

Le regard d'Emma lance des SOS. Arrêtez-vous là, capitaine Maupetit, ne me posez plus de questions. Pas devant Angie. Il baisse lentement les paupières pour faire signe qu'il a compris. Angie n'a pas soufflé mot durant l'échange. Sa mère, qui se sent si fatiguée, voudrait faire la paix avec elle.

– Je n'ai jamais jalousé Lydia, lui dit-elle, je ne veux pas de l'argent des Sitbon. Ton père t'a donné le plus important pour moi, la couleur de tes yeux, la couleur de tes cheveux.

– Et mon prénom, ajoute Angie.

– « *Angie ! Angie !* »

De la façon la plus saugrenue, Augustin vient d'imiter la voix tendue, suppliante, écorchée, pleurarde même, du chanteur des Rolling Stones, quand il nasonne longuement : « *Angie ! Angie !* » Angie rigole. Elle ne pourra pas inviter Angélique à son anniversaire, mais provisoirement, elle s'en sort bien.

– Je dois descendre chez Dédé, s'excuse Emma, qui ajoute à l'intention du capitaine avec une pointe d'agressivité, si vous avez des loisirs, enquêtez plutôt sur la disparition de Christopher.

– Oui, chef, répond-il plaisamment, faisant rougir Emma.

Quand elle entre chez André Piatek, masquée et le sac en bandoulière, elle trouve le vieil homme figé dans son fauteuil, le regard éteint, l'air hébété.

– André ?

À la main, il tient l'avis de recherche.

– Mon fils m'a appelé, dit-il d'une voix sans timbre, Chris est mort.

– Ho.

C'est tout ce qu'elle peut dire. Ho. Comme si elle venait

d'encaisser un coup de poing au plexus. Puis elle s'approche de Dédé et le serre dans ses bras, Covid ou pas.

« *Angie ! Angie ! When will those clouds all disappear…* » Emma ! Emma ! Quand donc disparaîtront toutes ces sombres nuées ?

NOTRE-DAME-DES-NEIGES

François Piatek a le poing gauche serré et l'autre main vaguement tendue vers sa femme qu'il sent près de défaillir. Blême à faire peur, les yeux rouges, Madeleine tient sur son ventre un bouquet de roses rouges. Ni l'un ni l'autre ne veulent regarder vers le fond de la fosse où a été descendu le cercueil.

Le grand-père, le père, la mère, la sœur. Quatre, ils ne sont que quatre pour dire adieu au jeune Christopher. Les deux autres ne comptent pas, ce sont deux fossoyeurs au visage masqué qui attendent, à quelques pas de là, le moment de reboucher le trou.

Madeleine et André remuent les lèvres en silence comme s'ils redoutaient de troubler la paix de l'immense cimetière Sainte-Marie. Mais peut-être craignent-ils plutôt d'offenser les oreilles de Chonchon ? Pourtant, à cet instant, François aimerait bien, lui aussi, recevoir le secours d'une prière. Il n'entend en lui que des mots de haine et de vengeance, et ce n'est pas le lieu pour les dire, même dans le secret du cœur.

Il est perdu, Chonchon, il ignore comment ça se passe, ces choses-là. Quelles paroles, quels gestes, et combien de temps doit-on rester ? C'est son fils qui est là, dans l'horrible boîte, c'est son fils qui va bientôt disparaître sous une couche de terre, et lui le dur, l'homme qui jamais ne pleure, craint de ne pas se montrer à la hauteur.

Les sanglots d'Émilie lui arrivent comme une délivrance. Il sait à présent que faire de ses bras. Il la serre contre lui à l'étouffer et l'écoute qui bredouille des folies : «Je m'en doutais, papa, c'est ma faute, j'aurais dû le dire.» Alors, pour lutter contre le vertige, il s'arrime au ciel lointain, que percent les deux hautes tours de la centrale électrique.

Madeleine lui tend une fleur. Chacun a sa rose rouge. François fait ce que fait sa femme, ce que fait son père. Il lâche la rose au-dessus du cercueil. Émilie attend un long moment au bord de la fosse, comme si elle allait y sauter. Puis, d'un geste furieux, elle ôte son beau bracelet d'argent et le jette parmi les fleurs répandues.

Est-ce fini ? Est-ce tout ? Est-ce ainsi qu'on enterre son enfant ? François en viendrait à regretter les curés et leurs sermons. Qu'au moins il se dise quelque chose ! Ce qu'il n'ose pas exprimer sort finalement de la bouche de son père, dont il a pris le coude.

– Je leur promets le même, de trou, à ceusses qu'ont fait ça !

– Comme s'il y avait une justice, papa.

Dans sa cervelle brouillée par le chagrin, il ne peut y avoir encore et toujours qu'un ennemi, qu'un criminel : le riche, le puissant, le patron.

Ça y est, ils sont en marche, ils remontent la large allée bordée d'herbes folles, tombe après tombe. Le malheur veut que le regard de François s'arrête sur l'imposant monument du célèbre entrepreneur naval Jacques-Augustin Normand.

– Ça alors, c'est trop fort, fait-il en lisant l'inscription, « vénéré patron » !

HOMMAGE DU PERSONNEL
DES CHANTIERS ET ATELIERS
À LEUR VÉNÉRÉ PATRON

– Viens, Chonchon.

Ils passent devant la forêt de croix blanches d'un carré militaire, puis finissent de traverser le cimetière sous les branches tortueuses des grands arbres.

Près de la sortie, ils s'arrêtent pour contempler le panorama grandiose, l'estuaire, les grues, les bateaux, la ville basse.

– Je peux pas croire que c'était lui, là-dedans, gémit Madeleine.

François ne répond rien, lui que hante l'image de son fils tiré des eaux. Sa femme ne saura jamais, et c'est tant mieux, ce que signifie vraiment ne pas pouvoir croire ce que l'on voit.

– Avec leur confinement, on vous enterre comme des quiens*. Quand ça a été le tour de mon père, se souvient Dédé, on était plus de deux cents à l'église. Les grandes orgues, la chorale et tout le tralala.

Après l'enterrement, ils avaient maqué et bu comme des vaques**. À la fin, Dédé était soûl comme un cochon. Mais ça, il le garde pour lui.

Venu de Dieppe, un homme a suivi avec intérêt la brève cérémonie. À demi courbé sur la sépulture d'un défunt qui ne lui est rien, il a observé avec une attention particulière le personnage situé à gauche, ce François Piatek, connu de longue date

* chiens.

** vaches.

des services de police. Il a déjà entraperçu ledit Piatek quelques jours plus tôt, lors de la pénible identification du corps à l'hôpital général de Dieppe. L'affaire semble fumeuse et étrange mais, d'après les éléments dont il dispose, le trafic de cocaïne en est certainement la clé. La victime, retrouvée dans l'eau les mains tranchées, a sans doute payé le prix d'un écart de conduite, qu'il ait prélevé au passage de l'argent ou de la drogue. De Carthagène au Havre, chacun sait que les narcotrafiquants font subir ce genre de châtiment à ceux qui ne respectent pas leur part du contrat.

Selon son informateur principal, un certain Lagadec, le jeune Christopher serait tout au plus un petit dealer de quartier. À son avis, le vrai gros poisson, c'est le père. Il a même une théorie là-dessus, Lagadec. Il est persuadé que les narcos ont zigouillé le fils pour punir ou intimider le père.

L'homme venu de Dieppe a, quant à lui, une opinion sur les cimetières : moins ça dure, mieux ça vaut. Il est donc soulagé de voir la famille Piatek s'éloigner vers la sortie. Tous quatre marquent une pause devant l'admirable paysage, puis redescendent vers la basse ville. Ils habitent un coin perdu près du port, qu'on appelle le Quartier des Neiges. L'homme de Dieppe les suit de loin. Dans la cité confinée, les Piatek et lui semblent seuls au monde.

Tout change brusquement à l'approche de ce quartier qu'on dit « sensible ». Des gens surgissent, deux, trois, dix, vingt, trente, ils viennent des baraques, ils sortent des petites rues, presque tous habillés de noir, la plupart masqués. Sur le moment, l'homme de Dieppe ne fait pas le rapprochement avec la famille en deuil. On dirait une manif spontanée. Mais les voilà qui s'organisent en un singulier cortège. Les Neigeois escortent la famille Piatek, en respectant les recommandations officielles : chacun suit l'autre à un bon mètre de distance.

Médusé, l'homme de Dieppe s'est arrêté pendant une minute. Le bruit des gros souliers qui claquent sur le bitume lui donne le frisson. Il reprend sa marche discrète, se félicitant d'avoir endossé une tenue sombre. Parvenu rue des Chantiers, il écarquille les yeux. Un autre groupe arrive, sorti d'il ne sait où. Ceux-là sont bien différents. Pas de noir pour eux, mais du rouge.

Il n'y a donc plus de police dans cette ville ? Il tente d'appeler Lagadec pour lui signaler les événements en cours, mais le lieutenant ne répond pas. D'ailleurs, personne ne répond à l'hôtel de police. Un message enregistré explique que les activités ont été suspendues, le temps de procéder à un dépistage massif de l'effectif. En attendant, Le Havre est livré aux gens des Neiges et aux militants de la CGT.

Rassemblement général devant… c'est une église, ça ? « Notre-Dame-des-Neiges », lui indique son portable. On dirait un des hangars du port. Ils sont une bonne centaine, à présent. Les Neigeois en habits noirs et les dockers en gilets rouges, à la fois ensemble et éparpillés. Une grande photo se lève au-dessus des têtes. C'est lui, le gamin qu'on vient d'enterrer. Et voilà que le curé apparaît. Ils ne vont quand même pas entrer dans l'église ? Non, le prêtre se contente de quelques mots et d'une prière, que la petite foule reprend en chœur.

Quand monte vers le ciel le chant d'adieu, l'homme de Dieppe laisse retomber son bras. Il avait eu l'intention de filmer la scène. Il ne le fera pas. Le visage de ce jeune homme, cette ferveur, cette solidarité n'appartiennent qu'à eux, les gens d'ici. Il tourne les talons, soudain inquiet à l'idée qu'il ne pourra jamais trouver l'issue de cet îlot perdu dans la ville.

Derrière lui retentit *l'Internationale*. Et si le curé mêlait sa voix au chant révolutionnaire, il n'en serait pas autrement surpris.

L'HOMME MASQUÉ

– Qu'est-ce que tu fais ? Des découpages ?

Ciseaux et colle à portée de main, Augustin est enseveli sous un mélange de photocopies, de tirages d'imprimante et de papier journal.

– On s'amuse comme on peut.

Grâce aux services éminents de sa tante, à l'obligeance d'un ou deux préposés aux archives et à ses propres recherches sur Internet, il est parvenu à se constituer une jolie collection de petites coupures de presse remontant à l'année 2008.

– C'est quel genre de jeu ?

– Je voyage dans le passé. Quand on ne peut pas bouger… Et toi, tu es prête ?

Fidèle au poste, la petite voisine attend le signal du départ pour Capitaine.

– J'en ai marre d'aller au mur.

– Ça tombe bien, j'ai une autre idée. J'ai… retrouvé… ça…, dit-il en soulevant des journaux. *Come here, Captain.*

Augustin accroche un mousqueton au collier de sa chienne et tend un boîtier noir à Angie.

– Laisse rétractable, annonce-t-il avec un air de satisfaction.

– C'est ça, l'idée ?

– Non, je te propose une visite guidée du Quartier des Neiges. Je t'ai dessiné un plan. Tu vas prendre la rue des Chantiers, que tu connais par cœur, jusqu'à la rue Homet. Tu marches jusqu'à l'église Notre-Dame-des-Neiges, puis tu reviens par la rue Chateaubriand et ensuite par la rue de la Belle-Étoile. Et retour à la maison !

Angie fronce le nez et laisse tomber le couperet :

– C'est nul.

– Je t'explique. Ils ont installé de nouvelles caméras dans le quartier. Je te les ai indiquées d'une croix, là, là... À chaque croix, tu t'arrêtes et tu me fais coucou.

Avant qu'Angie renchérisse : « C'est nul », il ajoute :

– Je veux m'assurer que le système de vidéoprotection fonctionne correctement.

Augustin préfère taire ce que sa tante lui a raconté la veille. Le confinement ne garantit pas la sécurité des citoyens qui s'aventurent dans les rues. Un peu partout en France, des femmes se font suivre ou agresser dans des rues désertes, des infirmières notamment. Il veut garder un œil sur Angie. Cela étant, il ne s'inquiète pas vraiment. Les Neigeois sont des gens pacifiques puis... Capitaine a de bonnes dents.

– Allez, à tantôt !

– À coucou, tu veux dire.

Sitôt Angie sortie, Augustin se replonge dans la paperasse accumulée. Comme pour chacune de ses enquêtes, il veut se constituer un beau dossier. Les articles de presse et les photos de scènes de crime ou d'autopsie sont collés sur des feuilles blanches, mis sous plastique, puis assemblés dans un gros classeur noir. Ça lui tient lieu d'album de famille. Donc, tout part d'une information publiée le 3 septembre 2008. Une annonce dans la rubrique nécrologique de *Paris-Normandie*.

GERMAIN SITBON NOUS A QUITTÉS

Une nouvelle tragique est venue endeuiller la maison Sibon, un des négociants en café parmi les plus réputés de la ville du Havre. Germain Sitbon, son fondateur, a en effet trouvé la mort ce mercredi dans des circonstances encore inexpliquées, quoique de nature apparemment accidentelle. Ce fils d'un maraîcher du pays de Caux, qui aimait à rappeler ses origines modestes, continuait de diriger avec dynamisme, à l'âge de 79 ans, la société qu'il avait créée. La rédaction présente ses plus sincères condoléances à sa famille et à ses collaborateurs.

Le deuxième article… ah ! Angie doit approcher de la rue des Chantiers. Normalement, il va la voir passer dans le carré grisâtre situé en haut à gauche de son écran principal. Pas un chat en vue. Incroyable, mais les gens respectent vraiment cette histoire de confinement.

Angie lambine. Ou c'est la pause-pipi. Capitaine est la première à apparaître. D'une pression du pouce, Augustin agrandit l'image. Dix mètres de ruban défilent sur l'écran. Évidemment, c'est trop amusant de laisser la chienne tirer au maximum sur la laisse rétractable. Angie a repéré l'œil de la caméra. Elle se plante bien en face et adresse au capitaine Maupetit un salut militaire.

– Reprenons, marmonne Augustin, ça, c'est plus intéressant.

Même source : *Paris-Normandie*. Le scribouillard de service a fait un petit effort. On n'expédie pas en quatre lignes le tragique trépas d'une personnalité comme le vieux Sitbon. L'article ronronne jusqu'à sa chute, pour le moins inattendue. Augustin a le sentiment que le dernier paragraphe a été ajouté in extremis.

LE MONDE DU CAFÉ EN DEUIL

La disparition brutale de Germain Sitbon, le fondateur des cafés Sibon, a soulevé une vive émotion dans notre cité et notamment du côté du port, dont il était une figure familière. Attiré tout jeune par ce qui est depuis plus de deux siècles une des activités phares du Havre, ce presque octogénaire était intarissable quand il s'agissait d'évoquer l'époque où importateurs et courtiers se disputaient avec férocité la marchandise en provenance des quatre coins de la planète. Il fallait avoir le dos sacrément solide pour recevoir des sacs de 60 kg de café, racontait-il avec sa gouaille légendaire et des mimiques qui lui donnaient de faux airs de Bourvil. Tout cela allait s'entasser ensuite dans les grands entrepôts des docks, là où se trouve aujourd'hui le centre commercial. Germain Sitbon avait su évoluer avec son temps, se spécialisant dans la torréfaction des cafés les plus rares et les plus fins, ce qui avait fait de lui le fournisseur attitré des meilleures tables de la région. Sa dernière réalisation, celle dont il disait être le plus fier, était l'espace dégustation où chacun pouvait venir s'initier à l'infinie diversité des arômes. Un grand café, expliquait-il, est aussi riche et complexe qu'un grand vin.

DEMANDE D'AUTOPSIE

D'après une information en provenance du SRPJ de Rouen, confirmée par le procureur de la République du Havre, une autopsie a été pratiquée sur le corps de Germain Sitbon, à la suite de laquelle une enquête préliminaire a été ouverte. Selon les premières constatations, la mort aurait été causée par plusieurs blessures à la tête, dans des circonstances encore non élucidées. Les faits se sont déroulés au domicile du négociant, la somptueuse villa Sitbon, située à quelques kilomètres du Havre. Il semble cependant que la thèse du décès accidentel demeure privilégiée.

Pour ouvrir une enquête préliminaire, réfléchit Augustin, il faut qu'on se pose de sérieuses questions. Bien sûr, un bonhomme de cet âge peut perdre l'équilibre ou être victime d'un malaise. Le capitaine passe au stabilo les mots « plusieurs blessures à la tête ». Il aurait besoin de connaître l'emplacement précis des blessures et les circonstances de « l'accident ».

Oups ! Il est en train d'oublier Angie. Elle a dû en finir avec la rue des Chantiers. Il l'attend à présent au niveau de l'église. Mais voilà que la caméra n° 2 lui révèle la présence d'un personnage qu'il ne s'attendait pas à rencontrer en ces lieux. Il zoome sur l'uniforme pour s'assurer qu'il ne rêve pas. Oui, ça ressemble à une ancre de marine. Ce type appartient à la gendarmerie maritime. Comme tout l'effectif de l'hôtel de police est au lit avec un thermomètre dans la bouche…

– Ils ont réquisitionné la « maritime » ! s'esclaffe Augustin.

L'instant d'après, il ne rit plus. Aux gesticulations du gendarme, il comprend que celui-ci a aperçu Angie et la chienne et doit vouloir les contrôler.

– Et voilà, je ne sais plus où elles sont !

Elles ont disparu des écrans. Il prend son téléphone et commence à composer le numéro du portable d'Angie. Mais non, il s'alarme pour rien. Les voilà toutes les deux à la caméra n° 3, rue Chateaubriand. Décidément, la petite a de la ressource. Cette fois, même Capitaine lui adresse le salut réglementaire.

Retour à l'affaire Sitbon. Augustin insère une nouvelle coupure de presse dans l'une des pochettes en plastique de son classeur.

– Ah ! là, ça devient chaud, jubile-t-il. « Rebondissement dans l'affaire Sitbon »...

Mais le capitaine Maupetit est soudain pris par un autre rebondissement, cette fois sur écran. Angie n'est plus seule dans le champ de la caméra. Qu'une autre personne circule en ce jour confiné dans le Quartier des Neiges n'est pas en soi extraordinaire. Mais Augustin se persuade au premier coup d'œil que cet individu masqué n'est pas un Neigeois. Pas un docker ni un marin en bordée. Costume de trop bonne coupe, casquette de style irlandais, lunettes fumées sous le ciel gris Normandie, démarche hésitante, c'est un intrus au village.

Augustin met la scène plein écran, et la suite évoque un film en noir et blanc d'autrefois. Sans paroles. Comme Angie fait une brusque volte-face, il est facile de deviner que l'homme vient de l'interpeller. Il s'approche. Elle recule. Augustin lit sur le visage d'Angie un mélange de crainte et de stupeur. Elle ne connaît pas ce type, et ce qu'il dit la désarçonne ou lui déplaît. Elle fait non de la tête, mais il insiste, avance encore de quelques pas. Alors,

Angie prend la décision qui s'impose : elle appuie sur le bouton du boîtier et laisse filer Capitaine. Juste ce qu'il faut. La chienne se dresse sur ses pattes arrière à un mètre de l'homme. Augustin a l'impression d'entendre son grognement, celui qui signifie : dernier avertissement avant morsure.

Fin de la bobine. Augustin pousse un cri de rage, comme quand la coupure publicitaire interrompt un film en plein suspense. Tous les personnages ont disparu de l'écran. Tout en composant le numéro du portable, il pense à tante Thérèse. Elle l'a prévenu : Angie est en danger, son aura est marron. Et lui, il est dans son fauteuil roulant, impuissant, et ses collègues, chacun chez soi. Plus de police. Comme après un tremblement de terre, la ville est livrée aux pillards et aux assassins. Et la petite qui ne répond pas.

Augustin est en train de chercher avec frénésie le numéro de la gendarmerie maritime quand son téléphone sonne enfin.

– Angie ! Mais où tu es ?

– Rue de la Belle-Étoile. Je me cache dans un petit jardin moche. Il y avait un type…

– Je sais, je l'ai vu. Il t'a suivie ?

– Je crois, oui. On a couru avec Capitaine.

– Il t'a parlé ?

– Ouiiii ! Il m'a appelée par mon nom. « *Angie ! Angie !* »

– Tu le connais ?

– Mais non. Et on voyait pas sa figure.

Angie, qui jusque-là a répondu d'un ton très calme, se met à pleurer.

– Je voulais que Capitaine me défende, mais elle parle qu'anglais.

– Calme-toi, respire lentement. Voilà... Ce type, il t'a dit autre chose ?

– Il a dit : «Je t'en prie, reste, il faut qu'on se parle.» Alors je suis partie en courant.

– OK. Maintenant, regarde prudemment des deux côtés de la rue pour voir s'il traîne encore par là. Si la voie est libre, tu rentres dare-dare. Si jamais il essaie encore de t'aborder, lâche la laisse et crie : «Attaque !» C'est le même mot en anglais. Capi l'attrapera au bras. Là, tu cries : «Stop !», ou ça va être un carnage. Et ne coupe pas la communication.

Augustin garde l'écouteur collé à l'oreille. Il examinera sa conscience plus tard, mais quelque chose lui souffle déjà qu'il a déconné. On ne laisse pas une enfant errer par des rues désertes. Pendant quelques minutes, il perçoit des sons confus, mélange de halètements et de bruits de pas. Puis un cri de délivrance :

– Ça y est ! On arrive !

Il va jusqu'à la porte et l'ouvre péniblement. Angie est sur son palier, rouge comme une tomate.

– Comme une pro ! l'accueille-t-il. Tu l'as semé comme une pro !

– Oui, mais c'était qui ? Pourquoi il connaissait mon nom ?

– Je vais... surveiller le quartier. J'ai l'intention de tirer cette affaire au clair. Mais nous allons devoir prendre des précautions.

– Je ne pourrai plus promener Capitaine, c'est ça ?

– Je vais voir si ma tante peut vous accompagner pendant quelques jours. Je sais, c'est pas top, admet-il en voyant Angie tordre le nez.

Puis, presque timidement :

– Tu es remise de tes émotions ?… Ta mère ne va pas tarder…

Ils se regardent, ils se comprennent. Emma ne saura pas ce qui vient de se passer. Check du pied et bouche cousue.

Augustin va se chercher une bière dans le frigo, puis se penche de nouveau sur son dossier. Avant de classer cet article, il le relit une fois de plus :

REBONDISSEMENT DANS L'AFFAIRE SITBON

Rebondissement dans le cadre de l'enquête concernant le décès de Germain Sitbon. Le corps sans vie de l'important négociant en café a été découvert voilà douze jours dans sa villa, la mort jugée d'abord « accidentelle » semblant avoir pour cause plusieurs traumatismes à la face et au crâne. On apprenait hier que Yoann Sitbon, le petit-fils de l'entrepreneur, avait été placé en garde à vue à l'hôtel de police du Havre. Aucun autre élément n'a été communiqué pour l'instant. Il va sans dire que la nouvelle a provoqué un émoi considérable au sein des établissements Sibon. Yoann, au même titre que son frère jumeau Xavier, est considéré comme l'héritier tout désigné du fondateur. La plupart des personnes que nous avons interrogées se sont refusées à toute déclaration, sinon pour dire leur stupeur et leur incrédulité. Chez « les Sibon », comme on appelle les employés de la maison, la confiance en monsieur Yoann reste totale. « Nous formons une grande famille », nous a certifié Marcel, le maître torréfacteur. Cependant, à l'écart de l'établissement, certaines langues se sont déliées. Nous avons appris ainsi, sous couvert d'anonymat, que les relations entre Germain Sitbon et ses petits-fils n'étaient pas toujours au beau fixe. Yoann, selon ces témoins apparemment bien informés, mènerait depuis ses plus jeunes années une vie dissolue, partagée entre la fête et le jeu. Afin d'alimenter ses passions, il aurait à plusieurs reprises commis des larcins aux dépens de son grand-père.

Augustin, qui a stabiloté les mots «jeu» et «larcins», reste songeur, presque hébété. Il y avait l'affaire Sitbon. Puis il y a eu l'affaire Piatek. Il y a désormais aussi l'homme masqué, l'inconnu du Quartier des Neiges. Il voudrait relier ces points éparpillés, trouver le dénominateur commun. La neige, oui, peut-être. N'est-ce pas ainsi que certains nomment la cocaïne?

ÉCHANGES

Madame Verne était une femme de mérite. Ayant élevé à la baguette quatre garçons, sans pouvoir compter sur son mari, toujours parti baguenauder, elle a eu Alice en petite « ravisée ». La commissaire s'est toujours prise pour le cinquième fils de la famille. Aussi a-t-elle été très étonnée de tomber amoureuse du capitaine Maupetit. L'explication qu'elle s'en donne tient en peu de mots : elle a pas fait gaffe.

Quand, venant de Paris l'an passé, elle a débarqué à la brigade des stups du Havre, Augustin était déjà en poste. Un grand sec, la trentaine, efficace sur le terrain, avec d'étranges yeux vert sombre, et une tante, dont Alice estime qu'elle est cinglée. C'est d'ailleurs peut-être le secret d'Augustin Maupetit. Sous ses dehors discrets, il est fou. En tout cas, il ressemble à ce fichu Quartier des Neiges dans lequel il vit. Une île. Et on ne peut pas aborder chez lui. Pour s'en excuser, il dit : « Ça sent le fauve chez moi. » Leur histoire d'amour a fini sans avoir vraiment commencé. Alice en a gardé un petit trou au cœur.

Ce matin, elle est debout à 7 h 30, un peu migraineuse, encore enrhumée, mais – le test le lui a certifié – elle n'a pas le Covid-19. Lagadec, lui, est à l'hosto, sous oxygène et pas en grosse forme. Tout l'hôtel de police est en quarantaine. Un sacré bordel.

Arborant le masque réglementaire et le non moins réglementaire brassard de la police, revoilà Alice à Caucriauville. C'est encore plus lugubre que la fois précédente. Même les jeunes qui jouaient au foot sont confinés. En revanche, surprise ! Quand la commissaire entre chez Christopher Piatek, elle s'aperçoit qu'elle a été devancée. Une jeune fille est attablée devant une dizaine de photos. Effrayée, elle relève un visage en larmes.

– Vous êtes la sœur de Christopher ? devine Alice. On aurait dû mettre les scellés sur cet appartement.

– J'ai pas l'argent pour l'amende, dit la jeune fille d'une voix qui tremblote.

– L'amende ?

– Je suis à plus d'un kilomètre de mon domicile.

– Pas grave, marmonne Alice. Mais vous n'avez pas le droit d'emporter quoi que ce soit d'ici.

Elle s'est penchée au-dessus de la table, et les photos de ce grand gars fêtard et insouciant font surgir dans sa mémoire les images transmises par son collègue de la police de Dieppe. Un corps aux mains tranchées au-dessus des poignets et au visage défiguré à l'acide. Des mutilations post-mortem, a assuré le médecin légiste. Le malheureux monsieur Piatek a identifié son fils grâce à une cicatrice qu'il avait à l'épaule.

– Je pourrais emprunter une photo ? supplie la jeune Émilie. Ma mère a donné à la police la seule récente qu'elle avait.

– Laissez-moi jeter un œil d'abord, lui répond Alice, émue

à la pensée de ses quatre grands frères, qui n'ont pas toujours marché droit, eux non plus.

Chris a payé cher son faux pas. Il voulait juste mettre un peu de fun dans sa vie, échapper à son docker de père. C'était de l'argent facile à gagner. Et si l'on en juge par les photos, encore plus facile à dépenser.

– Vous reconnaissez des gens là-dessus ? questionne Alice.

– Pas trop, souffle Émilie, un peu étonnée de découvrir l'autre facette de son frère.

– Chris ne s'est jamais confié à vous ?

– Je sais qu'il fréquentait des gens pas de notre milieu.

– Il ne vous a jamais donné un nom ?

Émilie hésite. Chris lui avait fait jurer le secret.

– Si vous voulez qu'on retrouve ceux qui ont tué votre frère, il faut nous dire tout ce que vous savez, Émilie.

– Un jour, il m'a parlé d'un monsieur Énobo ou Élobo, il m'a dit que c'était un caïd.

– Un caïd, répète Alice, à qui ce terme évoque un chef de gang.

– Et puis aussi une fois, Chris est allé à Deauville... Ça n'a peut-être pas de rapport. Il a gagné un peu d'argent ce jour-là aux machines à sous, mais il était avec des gens qui en ont perdu beaucoup à la roulette.

– Quels gens ? la presse Alice.

– Des riches, répond naïvement Émilie. Il y en a un qui a perdu 10 000 euros.

– Quand est-ce que ça s'est passé ?

Émilie n'a pas la mémoire des dates. C'était l'année précédente.

– Oh, si ! s'exclame-t-elle soudain. C'était avant mon anniversaire. Je suis du 17 octobre. Je sais que c'était avant, parce qu'avec l'argent qu'il avait gagné à Deauville…

Elle fond en larmes et balbutie :

– Il m'a acheté un bracelet en argent.

Retrouver la trace de quelqu'un qui a perdu 10 000 euros à la roulette de Deauville, peu avant le 17 octobre 2019, note mentalement Alice. Elle est prête à parier que le nom de Yoann Sitbon va sortir du chapeau.

– Tenez, dit-elle en tendant une des photos à Émilie, donnez celle-ci à votre mère. Et je vous le promets, on va trouver ceux qui ont tué votre frère.

En fin d'après-midi, Augustin, qui somnole en face d'un ordinateur allumé, reçoit un SMS d'Alice. «J'ai une piste sérieuse pour Christopher Piatek. Je suis en voiture. Tu es chez toi ?» Chez moi ? Comme si c'était une question à poser à quelqu'un en fauteuil roulant par temps de confinement. Augustin jette un regard circulaire sur ses trois écrans géants qui espionnent la ville, sa bibliothèque qui déborde de crimes et son mur couvert d'horreurs. Il est curieux de savoir ce qu'Alice a découvert, mais il sait que la jeune femme est encore plus curieuse de découvrir sa tanière. Or, que ce soit prudence de sa part ou besoin de préserver son intimité, il ne veut pas la laisser entrer chez lui. Nouveau SMS d'Alice : « C'est bien au troisième étage ? » Il pianote sur son petit clavier de portable : « porte droite. »

– *Come ouize me*, Capi. On switche avec Angie.

Celle-ci pousse un « ah » de soulagement en apercevant Augustin et Capitaine sur son palier parce que, vraiment, « dessine un parallélépipède en perspective » ou « va te pendre », c'est un peu la même chose.

– On enquête ?

– Je te la fais courte : j'ai besoin de recevoir quelqu'un dans ton appart.

– Quelqu'un qui ne doit pas voir tes écrans ?

– Quelqu'un qui ne doit pas me poser de questions. Et toi non plus.

– Bien, chef. J'enlève l'étiquette ?

– Quelle étiquette ?

– Avec ton nom sur ta porte.

L'étonnement fige un instant les traits d'Augustin.

– Bien vu, se reprend-il. Enlève aussi ton bazar d'école. Je suis célibataire sans enfant.

Angie fourre les cahiers, livres, crayons, pêle-mêle dans son sac, puis, sans un mot, décroche du mur une photo d'elle, que sa mère a encadrée.

– Les hippopotames de maman ? s'interroge-t-elle à voix haute devant une étagère à bibelots.

– Ma tante m'offre un hippopotame à chaque anniversaire.

Angie soulève par un coin un magazine sur la table basse.

– *Modes et Travaux* ?

– Ma tante l'a oublié. Bon, maintenant, tu dégages. Elle va arriver.

– C'est une dame ?

– Une personne.

Dès qu'Angie a disparu dans l'appartement d'Augustin, celui-ci attrape *Modes et Travaux* et le glisse sous le canapé. Il était temps car, dring, dring, voilà Alice, et Augustin envoie

Capitaine lui ouvrir la porte. Au bout de quelques longues secondes, la chienne revient seule au salon, s'assoit sur son arrière-train, puis regarde son maître, la tête penchée et l'air misérable. En quelques tours de roue, Augustin comprend le problème de Capitaine. Elle ne peut pas abaisser la clenche, parce que c'est un bouton de porte.

– Recule, recule, dit Alice en rigolant à moitié, quand elle aperçoit Augustin. Un mètre au minimum.

Elle est masquée et elle garde les mains dans les poches de son blouson, mais pas ses yeux.

– Ça va ? dit-elle. Tu fais des progrès ? Tu…

Elle reste sans voix en pénétrant dans le salon. De petits objets sur une petite étagère, de petits livres dans une petite bibliothèque, des doubles-rideaux fleuris et des appuie-tête pour ne pas salir le canapé.

– C'est clean chez toi. Je croyais que ça sentait le fauve.

Il flotte dans l'air une odeur de désinfectant.

– Tu avais quelque chose à me dire sur Christopher Piatek, la recadre Augustin.

Tout en continuant de jeter des regards perplexes autour d'elle, Alice fait son rapport sur sa visite à Caucriauville. Elle conclut :

– J'ai contacté un croupier du casino de Deauville. Des gens qui perdent 10 000 euros, ça n'arrive quand même pas tous les jours…

– Et alors ?

– Ça s'est passé le 13 octobre. Ils étaient un trio d'habitués autour de la roulette.

Alice, qui n'a pas la mémoire infaillible d'Angie, consulte

l'écran de son téléphone, où elle a pris en note les propos du croupier, et elle énumère :

– Gonzague Lemercier, Teddy da Silva, Yoann Sitbon.

– Laisse-moi deviner. Celui qui a perdu 10 000 euros, c'est Yoann Sitbon. Est-ce que le croupier se rappelle Christopher Piatek ? Ce genre de type a l'œil affûté.

– Je lui ai envoyé une photo. Mais non, ça ne lui disait rien.

– Le gamin a dû se contenter des machines à sous. Ça va être difficile de faire le lien entre lui et Yoann Sitbon. Et ce nom qu'Émilie t'a donné ?

– Élobo ou Énobo ? Le croupier n'en avait jamais entendu parler. J'ai fait une petite recherche sur Internet, j'ai trouvé un Gratien Enobo sur LinkedIn, il vit à Yaoundé, et Elobau, c'est une marque de chauffe-eau. Mais je vais creuser, promet la commissaire.

En descendant les premières marches de l'escalier, la tête encore pleine d'interrogations, Alice croise Emma, qui revient de sa tournée, sac en bandoulière.

– Bonjour, se disent-elles, en s'écartant du mieux qu'elles peuvent.

La voisine porte gauche, songe Alice. Il flotte autour d'elle un parfum… de désinfectant.

ÉCHANGES [SUITE]

Angie est dans l'appartement d'Augustin. Seule. Tout en fredonnant pour se faire croire à elle-même qu'elle est à l'aise, elle tournicote dans le bureau, vérifiant au passage que les caméras sont éteintes. Sur la table de travail du capitaine Maupetit, il y a un dossier étiqueté «Affaire Sitbon». Lalala, fredonne Angie, c'est quand même bien tentant de regarder ce qu'il y a dedans. Au hasard. Allez, j'ouvre.

YOANN SITBON MIS EN EXAMEN

> Yoann, petit-fils de Germain Sitbon récemment décédé dans des conditions suspectes, a été mis en examen pour «coups et blessures ayant entraîné la mort» à l'issue de sa comparution devant le juge d'instruction, lequel a décidé d'une mesure de détention provisoire. C'est bien sûr un choc pour la haute société havraise dont le nom de Sitbon est l'un des fleurons. Connu pour son passé tumultueux, Yoann Sitbon aurait admis avoir causé la chute accidentelle de son grand-père lors d'une violente altercation, mais nierait toute volonté homicide. Néanmoins, interrogé par nos soins, son

avocat maître Werner certifie que son client est totalement étranger à l'affaire et se trouvait au casino de Deauville en compagnie d'une amie au moment du drame.

Angie referme le dossier. Elle pourrait réciter l'article si on le lui demandait, mais elle n'en a pas compris la moitié. « Comparution, mesure de détention provisoire, fleuron, altercation, volonté homicide », c'est du même tonneau que les Cauchois madrés. Mais il en ressort que Yoann Sitbon est un vilain bonhomme. Elle n'a pas vu les traits de l'homme qui l'a abordée, mangés par le masque et les lunettes noires, mais sous la casquette, ses cheveux étaient blonds. Il avait la voix et la dégaine de quelqu'un de jeune, mais pas trop quand même. En fait, c'était Yoann Sitbon, et ma mère peut raconter ce qu'elle veut, c'est lui, mon père, « connu pour son passé tumultueux », et ça, c'est sûrement pas un compliment. Il sait qui je suis, il sait où je vis, se persuade Angie, pourquoi voulait-il me parler ?

Ses yeux se posent sur le mur couvert de scènes de crimes. Puis sur le tiroir où le capitaine Maupetit range son arme de service.

– Angie !

Porte droite, Emma vient d'entrer chez elle et, comme tous les soirs, elle appelle sa fille en se doutant qu'elle est encore chez le voisin. Elle se déleste de son sac, de ses chaussures, portable, clés, etc., et elle entre au salon. Augustin n'a pas eu le temps de s'échapper et, du coup, il improvise :

– Bonsoir, j'ai envoyé Angie travailler sur un de mes ordinateurs. Je voulais vous parler seul à seule.

– Ce n'est pas prudent.

Augustin croit un instant que le tête-à-tête effarouche Emma.

– Au moins, laissez-moi le temps de me laver les mains.

Augustin n'est pas mécontent d'avoir ce petit répit sanitaire pour réfléchir à ce qu'il va dire. Il a le choix entre : « Est-ce que vous pensez qu'on pourrait confiner ensemble ? » et : « Êtes-vous sûre et certaine que Xavier Sitbon est mort ? » Malheureusement, il prend la seconde option.

– Encore ! Mais vous avez la tête dure, même pour un Cauchois ! proteste Emma.

Elle lui tourne le dos et va chercher dans le tiroir à secrets de son scriban un petit article, qu'elle a découpé dans *Paris-Normandie*, puis soigneusement mis sous plastique, douze ans auparavant.

– Ah tiens ? Vous aussi, remarque Augustin sur un ton d'approbation.

– Moi aussi ?

– La pochette en plastique, c'est très bien.

– Mais lisez ! s'énerve-t-elle. Là, c'est marqué :

MALÉDICTION SUR LES SITBON

Le sort s'acharne sur la famille Sitbon. Après le meurtre de Germain, pour lequel son petit-fils Yoann est toujours mis en examen, on apprend la disparition tragique de Xavier, frère jumeau de Yoann, dans l'explosion d'un bateau à moteur au large de Fécamp. Peu de précisions ont été apportées sur les circonstances de l'accident, dont les causes demeurent inconnues. L'enquête a cependant permis d'établir que le bateau appartenait à monsieur Gérard Décultot, qui se trouvait à bord de l'embarcation et a, lui aussi, perdu la vie. Certains témoins présents sur la côte ont parlé d'une boule de feu, ce qui laisse à penser que le bateau transportait une grande quantité de carburant ou des substances explosives.

– Tout ça peut être une mise en scène, objecte paisiblement le capitaine Maupetit. En admettant que Xavier Sitbon…

– Je ne veux plus entendre prononcer ce nom, se récrie Emma. Et je ne voulais pas qu'Angie en entende parler. Jamais !

– Si vous détestez Xavier à ce point, pourquoi avez-vous appelé votre fille « Angie » d'après sa chanson préférée et pourquoi vous gardez une photo de lui ?

Augustin vient à peine de poser sa question qu'il prend la mesure de son énorme boulette. À l'hôtel de police, il n'aurait pas ainsi mis en danger un de ses indics.

– Une… une photo ? bredouille Emma. Vous avez osé ? Vous avez forcé mon scriban ?

Augustin se voit contraint d'encaisser l'accusation. Il doit coûte que coûte protéger Angie.

– Vous vous croyez tout permis parce que vous êtes flic ? se déchaîne Emma. Je vous interdis de remettre les pieds chez moi et je vous interdis de revoir ma fille !

Augustin, qui ne s'attendait pas à cette bourrasque masquée, se rejette à l'arrière de son fauteuil, tandis que Capi se met à japper. Personne n'a entendu entrer Angie, serrant son sac à dos contre son cœur.

– Maman, c'est quoi, une « violente altercation » ? demande-t-elle, comme s'il s'agissait d'une question pour la prof de français.

Augustin en profite pour dire : « Je vous laisse travailler… » et se réfugie piteusement chez lui. Capitaine s'est un peu fait tirer l'oreille pour l'accompagner. Elle pensait qu'Angie était revenue pour la faire jouer à « je te cache un sachet de cannabis dans l'appartement ».

– Ma pauvre vieille, tu vas devoir te passer de ta copine, maugrée Augustin, en songeant que, de son côté, il peut tirer un trait sur Emma. C'est mieux comme ça. Je commençais à m'attacher.

Peut-être qu'un psy expliquerait à Augustin qu'avoir perdu sa maman à 8 ans l'empêche de nouer des relations durables. Mais le capitaine Maupetit n'a pas l'intention d'enquêter sur son passé. C'est dans celui des autres qu'il préfère fouiller. Toutefois, sa motivation connaît un fléchissement ce soir-là, et c'est avec un soupir de lassitude qu'il glisse un nouvel article de presse dans une pochette plastique. Puis il le lit à mi-voix, s'exclamant tantôt : « À qui le dis-tu ? » et tantôt : « Tu m'étonnes ! »

GERMAIN SITBON : CRIME DE RÔDEUR ?

Difficile d'y voir clair dans l'affaire Sitbon. Tout tourne autour de la personnalité de Yoann Sitbon, le petit-fils du négociant sauvagement assassiné à son domicile. Après avoir admis les faits, ou tout au moins l'existence d'une « violente altercation » entre lui et son grand-père, l'héritier présumé des cafés Sibon s'est rétracté par la voix de son avocat, selon lequel Yoann se serait trouvé à Deauville au moment du crime. Maître Werner affirmait alors pouvoir produire plusieurs témoins ayant vu Yoann

Sitbon au casino Barrière. Au cours d'un nouvel interrogatoire, à l'issue duquel sa demande de remise en liberté a été refusée, Yoann Sitbon semble être revenu à sa première version des événements : il était bel et bien présent à la villa à l'heure estimée du drame, mais nie avoir porté les coups qui ont entraîné la mort de son grand-père. Interrogé à propos des revirements de son client, maître Werner a expliqué que Yoann Sitbon était écrasé par un sentiment de honte et de culpabilité. Il se trouvait en effet alité et « comme dans un état second » après une nuit de beuverie, tandis que l'homme auquel il devait tant était agressé à quelques mètres de là. D'après l'avocat, il pourrait s'agir tout simplement d'un crime de rôdeur, alléché par les trésors d'une cave exceptionnelle.

– Mais n'importe quoi, soupire Augustin en rejetant l'article, dégoûté par tant d'incohérences.

Capi s'est redressée et, soudain, aboie en direction de l'entrée.

– Qu'est-ce qu'il y a ? Quelqu'un ?

Les yeux d'Augustin se portent sur le tiroir où il range habituellement son arme de service. Oh, et puis non, il ne va pas sombrer dans la paranoïa. Il roule jusqu'à la porte et allume le plafonnier, tandis que Capitaine se met à renifler un bout de papier plié qu'on vient de passer sous la porte.

– Quoi c'est, ce machin ? marmonne Augustin.

C'est tout simplement un petit mot d'Angie, qui témoigne davantage en faveur de son caractère que de son orthographe.

Coucou Augustin j'ai dis a maman pour la photo que ces moi qui la piqué dans le scriban et alors elle est plus faché avec toi. Gros ziboux a Capitaine.

AU CERCLE SPIRITE

Thérèse Maupetit, qui a le souci de l'ordre et le respect de la loi, a dûment rempli son attestation de déplacement dérogatoire. Après hésitation, elle a coché la quatrième case et rayé certains mots pour ne conserver que la mention suivante : « déplacements pour motif impérieux ».

Quel motif plus impérieux en effet que de sauver l'humanité de la pandémie mondiale la plus meurtrière depuis la redoutable grippe espagnole ? Elle parvient vers 20 heures devant le bel immeuble de l'avenue Foch, où une plaque discrète signale Le Cercle spirite.

Thérèse a le cœur qui bat comme celui d'une jeune fille en route pour son premier rendez-vous amoureux. Aujourd'hui, la petite confrérie spirite, dont elle est l'un des piliers depuis plus de vingt ans, reçoit un personnage ô combien éminent, maître Burckhardt, le fameux médium. Même s'il continue ses ravages, le virus commence à faiblir, Thérèse en est persuadée. Le travail entrepris avec le Cercle porte ses fruits. Mais l'âpre combat est loin d'être terminé. Le renfort d'un esprit aussi puissant que celui de maître Burckhardt devrait se révéler décisif.

La porte ouverte, Thérèse entre dans un vestibule et s'approche d'une table où sont disposés des masques dorés et des flacons. Elle s'asperge les mains d'une eau purificatrice et troque son morceau de tissu blanc contre un masque d'or.

Sept personnes sont déjà présentes dans la salle où se tiennent les réunions du Cercle. Les rideaux sont tirés, et toute la pièce est plongée dans la pénombre. Il y flotte d'odorantes fumées de santal et d'encens. Les chaises ont été disposées de façon espacée autour de la table immense. Thérèse s'installe en silence à sa place et se plonge aussitôt dans la méditation, les yeux rivés à l'ange peint sur le mur qui lui fait face.

Quelques minutes plus tard, l'assistance est au complet. Dix masques dorés luisent, dix masques qui, tous, se tournent vers le visage nu du médium. L'illustre Jules Burckhardt ne craint ni Dieu, ni diable, ni coronavirus. Hubert, le maître de cérémonie, lance l'invocation d'une voix grave et vibrante :

– Tous ensemble, unissons notre force psychique pour repousser le mal, tous ensemble, terrassons le Covid-19.

Les participants reprennent la formule en chœur, puis la répètent comme une litanie. Thérèse, qui ne le quitte pas des yeux, a l'impression de voir des ondes rouges émaner des mains et du front de maître Burckhardt. Les mots prononcés, vient le temps de la concentration. Guidés, amplifiés par le truchement du médium, les dix membres du Cercle unissent leurs esprits et partent à l'assaut de l'ennemi invisible. Jamais Thérèse n'a perçu dans cette salle une telle tension, une telle force. L'air vibre autour d'elle et, bientôt, elle croit voir comme des lances de feu au-dessus des têtes.

Hubert met fin à la séance en frappant trois fois dans ses mains.

– Merci, merci à vous tous, un grand merci spécialement à

vous, maître Burckhardt. C'est une tâche ingrate à laquelle nous nous consacrons, mais le mal recule, je pense que vous l'avez tous senti. Maintenant…

Il se tourne vers le médium.

– Cher maître, sans abuser de votre complaisance, je sais qu'il y a parmi nous une personne tourmentée, qui souhaiterait faire appel à vos immenses talents.

Jules Burckhardt accepte le compliment d'une inclinaison de sa tête aux cheveux ras, et la proposition d'un sourire un peu contrarié. Non qu'il ait l'habitude de se faire prier mais, en principe, il facture 300 euros ses consultations privées. Loin de lui, à l'autre bout de la table, une femme s'agite. Ses mains papillonnent, hésitent. Enfin, elle ôte son masque doré, comme s'il pouvait être un obstacle à la manifestation de la vérité.

– Maître, dit-elle d'une voix frémissante, je suis votre plus grande admiratrice. J'ai été souvent bouleversée par le témoignage de personnes que vous avez réconfortées alors qu'elles étaient dans le doute ou le chagrin.

Sur la chaîne YouTube de maître Burckhardt, on assiste à d'épatantes démonstrations du don que le médium se flatte de posséder : celui d'entrer en relation avec les morts et de délivrer aux vivants des messages de l'au-delà.

– Votre nom, madame ?

– Patricia Hamel.

– Est-ce que vous souhaitez me parler d'un homme, oui, c'est bien cela, d'un homme très proche de vous, était-ce votre père ?

– Oui.

– Il est là, Patricia, juste derrière vous. Il tend ses bras avec un grand sourire, c'est un geste d'amour.

Un murmure admiratif parcourt l'assistance. Maître Burckhardt a réussi à établir le contact de façon quasi instantanée. On attend maintenant la suite avec impatience. Patricia, pour sa part, pousse devant elle une photo du disparu, mais le médium ne semble guère s'en soucier. Les yeux à demi clos, il livre le message attendu :

– Il vous dit qu'il n'a jamais cessé d'être à vos côtés et qu'il regrette de vous avoir quittée si brutalement… comme s'il n'avait pas eu le temps de vous faire ses adieux… et qu'il était resté entre vous une sorte de malentendu, quelque chose qui n'aurait pas été réglé. Mais tout va bien à présent. Votre père est en paix. Il veille sur vous, il vous dit d'avoir confiance. Monsieur Hamel…

– Décultot. Gérard Décultot, coupe Patricia. « Hamel », c'est le nom de mon mari.

– Oui, bien sûr.

Le visage du médium se contracte soudain.

– Je vois une grande douleur, comme une brûlure dans tout le corps. Est-ce que votre papa était très malade ?

Maître Burckhardt se frotte l'estomac, la poitrine, puis agite ses bras de façon désordonnée comme pour se débarrasser du mal.

– Une leucémie, indique Patricia.

– Oui c'est ça, quelque chose de fulgurant, qui l'a emporté dans de terribles souffrances.

– C'est-à-dire…

– « Il y a eu de l'incompréhension entre nous », voilà ce que j'entends, poursuit le médium sans prêter attention à l'interruption. « J'aurais voulu te parler davantage, mais je souffrais trop, et je suis heureux de pouvoir te dire aujourd'hui combien je t'aime. »

– C'est-à-dire qu'il n'est pas mort de la leucémie, achève enfin Patricia.

Petit moment de flottement, mais maître Burckhardt se reprend vite.

– Non, en effet, je sens autre chose, est-ce que votre papa est parti… autrement ? Est-ce qu'il a voulu abréger ses souffrances ? Très brutal, oui.

Le médium tend la main pour saisir la photo que Thérèse fait glisser vers lui. Il contemple le portrait de Gérard en hochant la tête. Il hésite à parler de suicide.

– Un accident, hasarde-t-il, oui ?

– C'est ça, confirme Patricia, son bateau qui a…

Brusquement, à la surprise générale, maître Burckhardt émet un bruit tonitruant.

– Braoum !

Patricia est devenue blême.

– Est-ce qu'il y a eu une explosion ? Oui, le bateau a explosé. Je vois, ô mon Dieu ! c'est terrible, je n'ose vous décrire la scène que j'ai sous les yeux… Mais c'est très bien ainsi, voilà ce qu'il me dit : « C'est comme cela que je voulais finir. » Il regrette seulement de ne pas avoir pu vous embrasser avant son dernier voyage comme il vous embrassait avant votre coucher quand vous étiez sa petite fille chérie.

Ces beaux sentiments paternels ne semblent pas apporter à madame Hamel tout le réconfort escompté.

– Maître, demande-t-elle, était-il seul à bord du bateau ?

– Seul ? répète maître Burckhardt sans pouvoir dissimuler

son étonnement. Certainement... quoique... il me semble distinguer une ombre. Quelle est cette ombre... oh, c'est bien étrange, j'ai le sentiment que Gérard essaie de la masquer. Il se retire, on dirait qu'il ne désire plus communiquer.

Le médium paraît désorienté. Il essuie avec un mouchoir son visage couvert de sueur.

– Mais je n'ai pas pu lui poser ma question! s'exclame Patricia.

– Quelle question, madame? Si elle est précise, je peux tenter de renouer le dialogue.

– C'est embarrassant, commence Patricia. Vous allez croire que je suis une femme d'argent, alors que ce n'est pas du tout le cas. Mon père avait reçu de son propre père une petite fortune en lingots d'or. Il n'a jamais voulu y toucher. Dans son esprit, c'était comme un bien familial, quelque chose qu'il devait transmettre à son tour. Et comme j'étais sa fille unique, cela devait me revenir. Il y a eu parfois des petites fâcheries entre nous, mais rien n'aurait pu laisser supposer...

– Quoi donc, madame Hamel?

– À part un peu d'argent sur un compte courant, mon père ne m'a rien laissé. Les lingots ont disparu. Où sont-ils passés? Demandez-lui où ils sont.

– Je regrette, chère Patricia. Le contact a été rompu.

– Cette ombre, maître! Essayez de me dire... De qui s'agit-il? Voyez-vous une deuxième personne sur ce bateau, oui ou non?

– Une ombre est une ombre, une ombre n'a pas de nom. Je ne peux pas être formel. Pardonnez-moi, madame, je me sens très fatigué. J'ai l'impression que les eaux ont englouti non seulement votre père, mais aussi un grand mystère.

Une chape de plomb s'abat sur la petite assistance. Tandis que Patricia essuie des larmes de rage et de chagrin, le médium, qui ne s'est guère senti à son avantage durant la séance, garde un air contrarié. Quant à Thérèse, elle n'a pas perdu une miette de la passionnante communication astrale. Elle ne se doutait pas que madame Hamel était la fille de Gérard Décultot, un homme qui s'est trouvé mêlé à un fait divers, dix ou douze ans plus tôt.

Tout en revenant chez elle à travers une ville où semble s'être abattu le couvre-feu, Thérèse essaie de se souvenir de ce vieux scandale havrais, dont on n'a jamais eu le fin mot. Un meurtre, ou une disparition, ou bien les deux, et qui impliquait les Sitbon. Après tout, se dit-elle, c'est peut-être mon neveu qui a raison. Je vais lui en toucher deux mots. Il y a quelque chose de louche dans cette famille.

L'OR DES DÉCULTOT

Tandis qu'elle remonte l'avenue Foch d'un pas tranquille, Thérèse aperçoit soudain devant elle la frêle silhouette de Patricia Hamel. La petite femme, qu'elle connaît depuis des années sans la connaître vraiment, ne lui a pas semblé se montrer sous un jour très favorable lors de son entretien avec maître Burckhardt. Thérèse la laisserait bien aller son chemin sans se soucier d'elle. Mais Patricia est presque à l'arrêt au milieu du trottoir. Elle se tapote les yeux avec un mouchoir en papier. Thérèse la rattrape en quatre enjambées, comprenant que l'héritière spoliée ne va pas fort.

– Je vous fais un bout de conduite, madame Hamel ? Je vois que vous êtes encore sous le coup de l'émotion.

Patricia abaisse le masque sous son menton pour reprendre sa respiration.

– Eh oui, à cette heure-ci, bas les masques ! l'encourage Thérèse.

– Je ne vous cache pas que je suis déçue, dit Patricia en rangeant dans un sachet en plastique le masque humide de ses larmes. Depuis le temps que j'attends des réponses, de vraies réponses.

– On se fait parfois des idées, vous savez. On s'imagine des choses, des lingots d'or ! Qui n'a pas rêvé de découvrir un trésor ?

Patricia Hamel démarre au quart de tour, et c'était peut-être l'effet recherché par l'astucieuse Thérèse.

– Mais je n'ai pas rêvé du tout ! Je les ai vus, ces lingots, quand j'étais enfant, je les ai même touchés. Un jour que j'avais fait une bêtise, je suis allée me cacher dans le bas de l'armoire de mes parents, vous savez, ces vieilles armoires normandes où on range le linge. J'avais pris ma lampe de poche pour ne pas avoir peur. C'est comme ça que j'ai découvert le coffret. J'ai soulevé le couvercle, et il y avait quatre petits lingots d'or. Des jolies petites briques dorées. Oh, ça brillait à la lumière de ma petite lampe, et c'était si agréable à caresser, et si lourd dans mes petites mains !

Patricia tombe en extase à ce doux souvenir d'enfance. C'est Picsou, ma parole, songe tante Thérèse.

– De toute façon, se reprend Patricia, le ton sec, ce n'était pas un secret. Tout le monde savait que mon père avait reçu des lingots en héritage. Mais les gens croyaient que ça lui venait de sa mère, Lucienne Sitbon, la sœur de Germain, vous savez ? les cafés Sibon…

– Ah, vous êtes apparentée aux Sitbon ? s'intéresse de plus en plus Thérèse.

– Pour ce que ça me fait une belle jambe ! ricane Patricia. Lucienne Sitbon était sans un radis quand elle a épousé Jean-Marie Décultot. C'est les Décultot qui avaient le magot. Les mauvaises langues disent que Jean-Marie s'était enrichi en faisant du marché noir pendant la guerre, mais c'est une pure calomnie. Cet or était dans la famille depuis beaucoup plus longtemps que ça. La transmission des lingots, c'était une tradition. Que mon père me les ait pas gardés, c'est... comment vous dire?... c'est comme un blasphème.

– Ma pauvre, la plaint Thérèse, tout en songeant: «Voilà bien une histoire cauchoise. On se croirait dans du Maupassant.»

Les deux femmes marchent vers le square Saint-Roch au cœur d'une ville où le temps s'est arrêté.

– Vous disiez tout à l'heure que vous avez eu des «petites fâcheries» avec votre papa, la relance Thérèse.

– C'est surtout ma mère, Francine. Elle était pas facile, mais, bon, ça se rabibochait toujours sur l'oreiller. Sauf qu'à une époque ma mère est tombée sous la coupe d'un homme assez bizarre, un prêtre défroqué qui prétendait avoir fondé un orphelinat au Gabon. Pour reprendre les mots de mon père: «Il te trait comme une vaque. Un jour, il lui faudra tout mon or.» Ç'a été le début de la fin entre mes parents. Moi, j'étais jeune. Je voyais ma mère pleurer, je la voyais souffrir. Forcément, j'ai pris son parti au moment du divorce. Je m'en mords les doigts aujourd'hui.

– Votre père vous en a gardé rancune?

– Je me suis rapprochée de lui après la mort de maman. Mais ensuite, il y a eu mon mariage. Encore des histoires! Mon père et mon mari étaient pas du même bord. Papa était resté fidèle aux communistes, alors que mon mari, pour vous dire les choses comme elles sont, il a voté pour Édouard Philippe aux municipales. Le dimanche, les conversations à table, ça se finissait en engueulade avant le café. Mais je vous éloigne de chez vous, Thérèse.

– C'est un tel plaisir d'avoir la ville pour soi!

Un plaisir mitigé, car Thérèse doit régler son pas de randonneuse sur celui de la petite madame Hamel. Mais elle a envie de connaître la fin de l'histoire.

– Je n'invitais plus mon père à la maison, je le voyais à la sauvette. Mais il penchait de plus en plus du côté Sitbon, tout le temps fourré dans leur fameuse villa ! Il s'intéressait plus aux jumeaux qu'à moi. Franchement, ces deux-là, je ne les ai jamais portés dans mon cœur.

– Ah bon, pourquoi ?

– Mal élevés, prétentieux, égoïstes. Les événements m'ont donné raison, non ? Quand le drame est arrivé, mon père était déjà très malade. Il y a d'abord eu la mort du vieux Germain Sitbon, un meurtre, Thérèse. Ensuite, on a cru que Yoann avait fait le coup, oui, oui, on l'a même mis en prison. Et pour finir, voilà que l'autre jumeau, Xavier, se dénonce et avoue le crime. On n'y comprenait plus rien.

Patricia s'immobilise un moment dans la clarté d'un lampadaire. Elle se mouche, essuie ses yeux et ses joues. Larmes de rage plus que de chagrin, juge Thérèse.

– Pour couronner le tout, on m'annonce que mon cher papa a sauté en mer dans l'explosion d'un petit bateau, et on veut me faire gober que c'est un suicide. Il aurait fait ça sans me dire au revoir, sans un adieu, sans même laisser une lettre d'explication ! Et il y aurait eu avec lui une autre personne, ce Xavier. Non, ça, c'était trop fort. Parce que Xavier, lui, il en avait laissé une, de lettre. Pour s'accuser des pires horreurs, d'avoir assassiné son grand-père ! Enfin, quoi, Thérèse, vous imaginez une chose pareille ? Mon père emmenant ce criminel dans un bateau et lui disant : « Viens, on va se faire sauter tous les deux » !

– A-t-on trouvé des preuves ?

– De quoi ? De la mort de papa dans l'explosion, oui. Mais l'autre ? Même pas un petit bout de… On peut se poser des questions. Et j'aurais aimé que la police se les pose. Mais ils tenaient leur coupable. Affaire classée. Moi, je n'y croyais pas à leur « reconstitution des faits ». Et, après avoir mis de l'ordre chez mon père, j'y croyais encore moins.

– Qu'est-ce que vous avez trouvé ?

– Rien, justement. Pas de lingots.

Une perte encore plus cruelle que celle de ton cher papa, se dit Thérèse, ou je te juge bien mal.

– Je suis devenue madame Hamel, mais je suis toujours une Décultot. Personne n'a le droit de me priver de ce qui me revient. Croyez-vous que mon père me détestait au point de se faire sauter avec les lingots ? Non, non, ça, je ne peux pas l'admettre. Les lingots ne sont pas perdus pour tout le monde, je vous le garantis.

– Vous n'êtes donc pas convaincue que Xavier soit mort dans l'explosion ?

– Un garçon qui assassine son grand-père est capable de tout, ou je rêve ? En passant, si vous ne le savez pas, papa était également son parrain.

– Et vous le soupçonnez aussi d'avoir tué son parrain après l'avoir dépouillé de son or ?

– S'il y avait une police dans ce pays, je connaîtrais la réponse. Tout ce que je sais, c'est qu'on s'est dépêché de refermer l'enquête pour qu'on ne creuse pas du côté Sitbon. Parce qu'il reste toujours l'autre, le Yoann, « l'innocent ». Un vrai panier percé, celui-là, un malhonnête, paresseux comme une couleuvre. À ce qu'on dit, il mène les cafés Sibon à la ruine. Quant à sa femme, elle ne vaut pas mieux. Miss Normandie ! Il fallait la voir dans les journaux, avec les seins qui lui sortaient du bikini !

Patricia désigne de la main la porte d'un petit immeuble.

– Me voilà rendue, Thérèse. Ça m'a fait du bien de déverser un peu ce que j'ai sur le cœur. J'espère que je ne vous ai pas trop ennuyée.

– Mais non, pas du tout, la rassure Thérèse, qui s'est régalée.

– Je ne me fais plus d'illusions, vous savez. L'or des Décultot a dû partir en fumée sur les tapis de roulette ou quelque chose comme ça. Ça ne m'empêche pas d'espérer que la vérité éclatera un jour parce que, quand je vois Yoann Sitbon et sa gourgandine qui continuent à parader sur les planches, à Deauville… Allez, au revoir, Thérèse !

Tante Thérèse a une bonne demi-heure de marche pour réfléchir. D'un côté, une petite femme avide sous couvert de nobles sentiments familiaux. De l'autre, un trio sans foi ni loi. Au total, un panier de crabes.

SKYPE AVEC UN LIMIER

Il existe des écrans de veille. Augustin, lui, fait de la veille d'écrans. Dans son esprit tourmenté, chaque personne qui passe par les rues de la ville ou sur un quai du port devient suspecte, d'autant que tout le monde circule masqué. Au bout du compte, il doit bien convenir qu'au cours de ces derniers jours il a coulé plus de bière dans son gosier que de piétons dans les artères du Havre.

Quand il ne suit pas une silhouette grâce aux caméras de la vidéoprotection, il se replonge dans la collection d'articles du dossier Sitbon. L'un d'eux l'a mis enfin sur une piste prometteuse. Pas celle d'un criminel, non, mais d'un enquêteur. À moins qu'on ne préfère dire «limier», comme le journaliste de *Paris-Normandie*.

AFFAIRE SITBON : L'IMBROGLIO

À force d'aller de rebondissement en rebondissement, on finit par en perdre son latin, nous a confié un des limiers du SRPJ rouennais, présent depuis le début dans l'enquête de l'affaire Sitbon. On apprenait en effet, hier mercredi, l'abandon des poursuites à l'encontre de Yoann

Sitbon, soupçonné d'avoir frappé à mort son grand-père, Germain Sitbon, lors d'une altercation. Des charges sérieuses semblaient pourtant peser sur lui, Yoann ayant admis sa présence sur les lieux lors du drame. De plus, il est de notoriété publique que des différends assez violents avaient opposé par le passé le patriarche à son petit-fils. On se souvient que le meurtre de Germain Sitbon a été suivi quinze jours plus tard par la disparition brutale de son autre petit-fils, Xavier, le frère jumeau de Yoann, lors de l'explosion d'une embarcation à moteur. La thèse de l'accident, privilégiée jusqu'alors, semble, elle aussi, remise en question. D'après des informations à prendre encore au conditionnel, Xavier Sitbon aurait délibérément provoqué l'explosion du bateau, entraînant avec lui dans la mort son parrain, Gérard Décultot. Mais le plus sensationnel est à venir. D'après une source bien informée, Xavier aurait laissé une lettre où il endosserait la responsabilité des coups ayant entraîné la mort de son grand-père. Comme le dit si bien notre interlocuteur du SRPJ de Rouen, dans cette affaire, on se demande qui a intérêt à accuser qui ou à protéger qui !

Augustin a cherché la trace du fameux limier dont il est question dans l'article. En quelques coups de téléphone, au journal, puis au SRPJ de Rouen, il a obtenu le nom de l'homme qui a mené l'enquête sur la mort de Germain Sitbon en septembre 2008. Tout le contraire d'un ambitieux, semble-t-il, puisque, ayant accédé au grade de commandant, il a quitté le prestigieux service régional rouennais pour aller s'enterrer dans un commissariat de Dieppe. Après un échange de messages, les deux hommes sont convenus d'un rendez-vous sur Skype ce 3 avril.

– Mon commandant, commence Augustin, presque au garde-à-vous dans son fauteuil roulant, je tiens à vous remercier de bien vouloir me consacrer quelques minutes.

– Mon cher, je suis depuis vingt-sept ans « l'inspecteur » Lamblin et je le resterai toujours. La peste soit de ces grades militaires ! Si j'avais voulu m'engager dans l'armée, j'aurais signé chez eux.

Avec ses abondants cheveux roux tirés en arrière, ses favoris, sa barbe laineuse et son gros nez plat, l'inspecteur Lamblin présente au milieu de l'écran une sympathique tête de lion. Mais c'est un lion de la vieille école, et Augustin veille à soigner son langage :

– Je me suis permis de vous importuner, inspecteur...

– À cause de cet article, oui. J'ai eu le tort de le relire. Je confirme que je n'ai prononcé aucun des mots qui me sont attribués.

– Mais le limier... c'était bien vous ?

– Oui. En général, on dit un « fin limier ». Sur ce coup-là, je n'ai pas eu l'impression d'être très fin. L'affaire Sitbon m'a laissé un goût amer. Il reste des zones d'ombre parce qu'on ne m'a pas permis de faire toute la lumière. Je n'ai jamais cessé de garder un œil sur ce qui se passe au Havre dans certains milieux, les dockers, le café, la drogue. Eh oui, la drogue. Savez-vous que j'étais présent à l'enterrement du jeune Piatek ? J'y ai assisté de loin, avec discrétion. Les malheureux n'étaient que quatre autour du cercueil... mais après, aux Neiges... enfin, je m'égare. Tout ceci pour vous dire, cher collègue, que si des éléments nouveaux viennent à votre connaissance je ne saurais trop vous encourager à reprendre l'enquête.

Lamblin sort à demi de l'écran l'espace de deux secondes et, quand il reprend place face à la caméra, il tient une pipe entre ses dents, complétant ainsi sa panoplie de l'inspecteur d'antan.

– Pouvons-nous commencer par la mort de Germain Sitbon ? demande Augustin. Je n'ai pas réussi à obtenir le rapport d'autopsie. Mais vous devez vous en souvenir ?

– Je me souviens surtout de mes propres constatations. Il y avait un enfoncement à l'arrière du crâne et une jolie plaie au niveau du pariétal gauche. Cela pouvait avoir été provoqué par une chute et un choc contre un meuble, une cheminée, quelque chose d'anguleux.

– Comme si Germain Sitbon avait été poussé ?

– Oui.

– Blessures mortelles ?

– Possiblement. Mais il y en avait d'autres. À la face. Dents cassées, pommette droite enfoncée, nez écrasé, arcade sourcilière droite ouverte.

– Le corps a été retrouvé dans un escalier ?

Comme l'inspecteur Lamblin rallume sa pipe, un nuage de fumée envahit l'écran.

– L'escalier de la cave. Une très belle cave. D'où l'idée que le vieux Sitbon aurait pu surprendre un voleur en quête de nobles bouteilles. Mais ça ne tient pas, et je vais vous expliquer pourquoi. Il était clair pour le légiste que toutes les blessures n'étaient pas dues à la chute dans l'escalier. La position du corps était d'ailleurs assez singulière, en quelque sorte à plat ventre sur les marches, tête vers le bas.

– Comme si on l'avait jeté ?

– Exactement... Je me suis donc rendu villa Sitbon et j'ai eu tout de suite le sentiment que la chute mortelle dans l'escalier était une mise en scène et qu'un vrai crime avait été commis ailleurs. Il m'a suffi de passer les pièces au luminol pour détecter des traces de sang et comprendre que le corps avait été déplacé depuis le bureau de Germain jusqu'à la cave. Il y avait une vingtaine de mètres entre les deux.

Augustin avale quelques gorgées de bière avant de demander :

– Vos soupçons se sont portés très vite sur Yoann Sitbon. Vous aviez quelque chose de précis pour l'incriminer ?

– Il n'était pas besoin de creuser longtemps pour comprendre quel genre de personnage était Yoann. Joueur, noceur, buveur... ce qui, me direz-vous, ne fait pas un criminel. Nous avons rapidement établi qu'il y avait eu par le passé de sérieux différends entre le grand-père et le petit-fils. Yoann volait régulièrement Germain pour financer ses soirées et surtout pour rembourser ses dettes de jeu. En bon self-made-man, le vieux Sitbon estimait que chaque sou devait être gagné à la sueur de son front. Bref, il ne les lâchait pas facilement, ses sous. Et quand il constatait les larcins de Yoann, il entrait dans des fureurs terribles. Après quoi, le gamin était mis au pain sec. Yoann a dû ainsi passer tout un été à décharger des sacs de café de soixante kilos.

– Cela ne fait toujours pas un assassin, glisse Augustin.

– Je n'avais pas mieux sous la main, mais je me flatte d'avoir un peu de flair. Je me suis dit qu'il fallait tenter le coup et qu'on ne risquait rien à poser quelques questions. Yoann a commis l'erreur de me sortir un alibi bidon. Il a prétendu que, le 2 septembre en soirée, il se trouvait à Deauville en compagnie d'une certaine Lydia, Lydia Lenormand, qui d'ailleurs est devenue sa femme. Lydia, bien sûr, a confirmé. Problème, un jeune enquêteur havrais, plutôt malin, a démonté toute l'histoire. La jeune fille, qui vivait dans le Quartier des Neiges, avait été vue dans l'après-midi par des Neigeois au café des Amis du Port, que tenaient ses parents. Pas de Deauville pour elle le 2 septembre. Yoann m'a cité d'autres témoins, des gens croisés au casino, mais rien de solide n'en est résulté. On le voyait si souvent au casino que personne ne pouvait être formel.

– Vous l'avez fait craquer.

L'inspecteur Lamblin mordille le tuyau de sa pipe avant de répondre.

– Jusqu'à preuve du contraire, ce n'est pas le moment le plus glorieux de ma carrière. Yoann a commencé par admettre qu'il ne se trouvait pas à Deauville au moment du drame et, dix minutes plus tard, qu'il était bel et bien à la villa. Dans son lit. Le brave garçon était revenu fortement imbibé d'une désastreuse soirée poker avec quatre amis, que nous avons interrogés. Il y avait là un certain da Silva et un autre… Charpentier, non, Mercier… Lemercier. En arrivant chez lui, Yoann s'est achevé avec un somnifère et s'est couché. La villa est vaste, d'accord. Mais penser qu'on a assassiné son grand-père à quelques mètres de sa chambre sans troubler son sommeil, c'est un peu fort de café, comme on dirait chez les Sitbon. Alors, oui, je l'ai fait craquer. Je l'ai conduit à la villa, je l'ai bouclé dans sa chambre et j'ai demandé à deux de mes collègues d'imiter la scène : engueulade dans le bureau, bruits de lutte, cris, chute du corps, traînage de la victime jusqu'à la cave, re-chute. Vous l'avez compris, ils en ont rajouté un peu. «Et toi, t'as rien entendu!» lui ai-je braillé à la figure. Il s'est décomposé. Mais il n'a pas avoué, pas déjà. Sauf qu'il n'était plus sûr d'avoir si bien dormi que ça. Il m'a parlé d'un «état second» à cause du mélange alcool-médicaments. Et peut-être un peu de shit, allez! Il commençait même à se souvenir, il avait entendu des choses, des voix qu'il ne connaissait pas et des bruits bizarres. Il avait failli se lever, mais n'avait pas réussi à émerger. Je l'ai ramené à l'hôtel de police dans sa geôle et je lui ai conseillé de réfléchir.

– Vous avez obtenu une prolongation de la garde à vue.

– Non sans mal. En haut lieu, on aurait préféré la thèse du cambrioleur surpris en plein travail. Ce n'est pas rien, la famille Sitbon, au Havre. Le vieux Germain assassiné, c'était un choc. Alors, que le petit-fils soit mêlé à l'affaire, vous pensez! Les aveux sont venus petit à petit. J'admets les avoir aidés à sortir. Nous avons mimé la scène ensemble, Yoann et moi. Le grand-père furieux de croiser son héritier dans un état lamentable, le ton qui monte, les menaces, l'empoignade... Yoann repousse Germain, qui tombe en arrière et dont le crâne heurte un coin de table. Le jeune homme s'affole, il croit son grand-père mort sur le coup. Alors, il pense à mettre en scène une chute accidentelle dans l'escalier de la cave. Moi, ça me convenait. À ceci près que Germain pesait quand même dans les quatre-vingts kilos et que Yoann n'était pas au mieux de sa forme. D'ailleurs, son forfait accompli, il serait allé se coucher. De cela, il n'a pas démordu.

– Qui a alerté la police?

– Eh bien... Yoann, tard dans la matinée. Il sort du coaltar et découvre le drame. À ce moment-là, assure-t-il, il ne se souvient de rien, même pas d'être rentré chez lui après sa soirée poker.

Augustin griffonne quelques notes sur un papier et conclut:

– Vous tenez votre coupable. Pour vous, l'affaire est close?

L'inspecteur Lamblin secoue la tête d'un air dubitatif.

– Yoann Sitbon avait avoué, mais quand nous lui avons demandé de traîner un mannequin moins lourd que son grand-père et de le jeter dans l'escalier dans la cave, il a peiné. Or, ses partenaires au poker nous ont assuré qu'il tenait à peine debout en les quittant. Je sais que la peur peut décupler les forces... Bref, mon coupable, je le tenais du bout des doigts, mais pas plus que ça.

– Vous avez pensé qu'il pouvait avoir eu un complice?

– La présence d'une seconde personne, la nuit du crime, aurait rendu la scène plus vraisemblable.

Augustin vide sa canette, un peu embarrassé de faire revivre à son interlocuteur des heures qui lui furent certainement pénibles.

– Quand vous apprenez l'explosion du petit bateau et la mort de Xavier Sitbon, vous faites forcément le rapprochement avec l'assassinat du grand-père.

– D'abord, je fais un bond sur ma chaise, et pourtant j'ai l'arrière-train plutôt développé! À quoi ai-je pensé? Que les jumeaux avaient fait le coup ensemble et que Xavier, se sentant sur le point d'être démasqué à son tour, avait pris la fuite. Que Xavier s'était suicidé par désespoir, ayant perdu son grand-père et d'une certaine façon son frère. Puis on nous informe qu'il y avait à bord une seconde personne, un certain Gérard Décultot. C'est lui qui a loué l'embarcation.

– Qu'a-t-on retrouvé des deux corps ?

– Pas grand-chose. Des fragments de chair et d'os appartenant à Gérard ont été authentifiés. De Xavier, on a récupéré des bouts de vêtements et son permis de conduire, bien protégé par sa pochette en plastique ! Le gars qui louait les bateaux les avait vus monter à bord tous les deux. C'était quelqu'un de tout à fait respectable, qui n'avait aucune raison de nous mentir. Gérard et Xavier étaient morts. Il n'y avait aucun doute.

Lamblin crache un jet de fumée bleutée et hausse les épaules avant de corriger :

– Presque aucun doute. Une mort sans cadavre reste toujours suspecte.

– C'est là qu'arrive la lettre d'aveux, dit Augustin. À qui est-elle adressée ?

– Au procureur de la République. Postée le vendredi, elle n'est parvenue au procureur que le lundi, deux jours après l'explosion, qui a eu lieu le samedi.

– Il a été question de cette lettre dans la presse, mais son contenu n'est jamais détaillé. J'ai seulement pu lire que Xavier Sitbon s'est accusé d'avoir causé la mort de son grand-père. Ce qui innocente son frère jumeau. Je suppose que c'était le but.

– En tout cas, il a été atteint, admet l'inspecteur Lamblin. Yoann a été remis en liberté dès le mercredi. Pourtant, les aveux de Xavier ne collaient pas avec les faits. Il parlait d'une altercation et d'une poussée involontaire dans la cave en omettant le principal : le choc, probablement mortel, dans le bureau de Germain.

– Xavier pouvait avoir honte, suggère Augustin. Pousser quelqu'un dans un mouvement de colère, c'est une chose. Mais maquiller un homicide, peut-être involontaire, en accident domestique, c'est autre chose. Xavier s'est contenté d'un demi-aveu.

– Pour ma part, j'ai pensé qu'il était le complice de Yoann, cette nuit-là. En endossant le crime, il fait relaxer son frère, puis il disparaît dans un prétendu accident. Qui le saura maintenant ? Dès que le contenu de la lettre a été connu, l'avocat de Yoann, maître Werner, s'est mis à faire un barouf de tous les diables. Son client avait été victime d'un acharnement policier et de grossières manœuvres d'intimidation. On m'a dessaisi de l'enquête.

– J'ai tenté d'obtenir communication de cette lettre ou au moins d'une copie, dit Augustin, mais personne n'a l'air de savoir où elle se trouve.

– La lettre a disparu des scellés ? Rien ne m'étonne plus dans cette affaire.

– Vous m'avez parlé au début de notre conversation de ce jeune docker tué et mutilé, Christopher Piatek. Vous n'excluez pas que Yoann Sitbon soit mêlé au trafic de cocaïne, voire à ce meurtre ?

– Je n'exclus rien. Ne perdez pas de vue ce Yoann Sitbon, je suis convaincu qu'il y a des choses à découvrir, aussi bien concernant le passé que le présent. Vous êtes sur place. Il vous sera beaucoup plus facile qu'à moi d'agir. Et même avec le confinement, un enquêteur peut se déplacer.

– Oui… bien sûr, soupire Augustin, renonçant à parler du fauteuil roulant.

Après avoir quitté l'inspecteur Lamblin, Augustin s'aperçoit qu'il a fait silence sur autre chose. La résurrection de Xavier

Sitbon. Il aurait pu en parler au fin limier. Et aussi de la disparition des lingots. Mais tante Thérèse le disait déjà de lui quand il était petit : il n'est pas partageur.

DANS UN AUTRE REGISTRE

Ce n'est pas son genre : les peines de cœur, les histoires de garçons qu'on se raconte entre filles, les comédies sentimentales avec Tom Hanks et Meg Ryan. Dès que ça s'embrasse sur son écran, Alice zappe. Parlez-moi d'une bonne scène de kung-fu ou d'une course-poursuite à contresens sur une autoroute. Si elle éprouve ce matin le besoin de se redire tout cela, c'est pour établir une fois pour toutes qu'elle n'est pas amoureuse du capitaine Maupetit et qu'elle n'est pas jalouse de la jeune femme qui sent le désinfectant. C'est juste qu'elle voudrait comprendre. Elle sait qu'elle a été mystifiée par Augustin quand elle est allée le voir chez lui, mais elle ne sait pas comment. Alors, il faut qu'elle trouve un prétexte pour y retourner, mais sans crier gare. Troisième étage, porte droite.

– Oui, c'est quoi ? fait une petite voix soupçonneuse.

Angie n'a fait qu'entrouvrir, mais elle a tout de suite reconnu la commissaire du jour de la galette. Alice s'attendait à bien des choses, mais pas à une gamine de… quel âge elle peut avoir ? 11 ans ? 12 ans ?

– Je voudrais parler à monsieur Maupetit, dit-elle, le ton rogue.

– C'est en face. C'est même écrit.

En effet, sous la sonnette est indiqué « Augustin Maupetit ».

– Ah, d'accord… merci.

Avant de sonner, Alice jette un regard derrière elle, se sentant espionnée. Angie referme sa porte précipitamment. Elle a le pressentiment que ça va chauffer pour Augustin. Vite, elle l'appelle sur son portable. Augustin, qui a entendu la sonnette et croit que c'est Angie, a déjà donné l'ordre à Capi d'aller *opener*. Il entend alors dans son téléphone la petite voix affolée qui lui dit :

– Éteins tes écrans ! C'est la commissaire !

– Moins une, merci, fait-il entre ses dents.

– Je te dérange ? s'annonce Alice, escortée par la chienne.

Il a le cœur qui bat aussi fort que s'il venait de remonter l'autoroute à contresens.

– Non, mais tu pourrais prévenir. Et il ne faudrait pas que tu me refiles le virus…

Alice lui désigne son masque sans autre justification. Le fait qu'elle soit masquée rend ses yeux plus expressifs et, dans ses yeux, Augustin peut lire de la stupéfaction.

– C'est quoi, ce bordel ? Tu habites où ? Ici ou en face ?

– Un peu les deux. Je jette un œil de temps en temps sur la fille de ma voisine…

– Mais pourquoi tu m'as fait croire que chez elle, c'était chez toi ?

– Je t'ai dit que c'était chez moi ? fait semblant de s'étonner Augustin. Non, c'est chez Emma. Emma Tourniquet. La mère d'Angie. Sa fille fait l'école à la maison, donc, je l'aide… en maths. Un peu en français aussi, pas en anglais parce que…

– Ça va, c'est bon, j'ai compris, grogne Alice.

Elle comprend surtout que ce type est un embrouilleur de première.

– Du nouveau dans l'enquête ? la questionne Augustin, qui s'imagine avoir désormais la situation bien en main.

– Je t'ai dit que j'allais creuser. Je vais retourner à Caucriauv…

Elle s'interrompt et parcourt la pièce des yeux.

– Ça te sert à quoi, tous ces écrans ?

– Je fais des Skype. Et du jeu en réseau. Et je regarde des films en streaming. Plusieurs trucs à la fois.

Augustin stresse en silence. Alice peut-elle détecter quelque chose de son activité clandestine ? Perplexe, elle continue de fixer du regard le mur d'écrans.

– Bon, dit-elle enfin, ouvrant son sac à dos, je t'ai apporté un écran de plus. C'est l'ordi portable de Christopher. Il n'y a rien dans sa boîte mail. C'est peut-être un ordi tout neuf ou alors il a tout effacé. Il n'y a personne au commissariat pour trifouiller là-dedans. Mais ça devrait être dans tes cordes, non ?

Augustin acquiesce d'un signe de tête. Avoir une réputation de geek, ce n'est pas compromettant. Comme Alice s'approche de lui, il se recule d'un tour de roue en rigolant.

– Un mètre, un mètre.

Elle se retient de crier : « Et avec ta voisine, tu maintiens aussi la distanciation physique ? » Bien sûr, elle n'est plus amoureuse de Maupetit et elle n'est pas jalouse d'Emma, c'est juste qu'elle a envie de tirer dans le tas. *Blam*, elle lâche l'ordinateur sur le bureau, faisant tressaillir Capitaine, qui est très sensible aux mouvements d'humeur. Cela donne à Alice l'idée d'une sale petite vengeance.

– Ah ! Et aussi, je dois te dire qu'on a besoin de la chienne.

Augustin reste sans réaction. Besoin de Capi ? C'est une blague. L'hôtel de police est toujours en quarantaine.

– Ce sont les douanes qui la réclament.

Alice ne ment pas. Les douanes lui ont en effet demandé l'assistance de la chienne de la brigade, mais elle a refusé au prétexte que Capitaine n'obéit qu'à son maître.

– Il faut que je l'embarque, dit-elle, comme s'il s'agissait d'un suspect.

Capitaine, qui est aux pieds d'Augustin, s'est redressée. Sait-elle qu'on parle d'elle ? Augustin glisse les doigts sous son collier comme pour la retenir.

– Pourquoi tu me fais ça ? demande-t-il.

– Ne prends pas toujours les choses d'une façon personnelle. Je te transmets une demande des douanes. C'est professionnel.

Lentement, les doigts se desserrent autour du collier. Il n'a pas vraiment le choix. Elle est commissaire. Il est capitaine. C'est hiérarchique.

Depuis que son maître est en fauteuil roulant, Capi a pris l'habitude que d'autres personnes, tout à fait sympathiques, tante Thérèse ou bien Angie, l'emmènent en promenade. Aussi se réjouit-elle à grand renfort de battements de queue, tandis qu'Augustin lui passe sa laisse, puis la tend à Alice. La commissaire évite de regarder le capitaine, dont les longs yeux sont d'un vert plus sombre que jamais. Il a le souffle court, haché par la colère ou bien par la douleur, elle ne le saura pas, car il ne lui dit plus rien.

Quand Emma rentre chez elle en fin de journée, par pure routine, elle appelle :

– Angie !

Elle s'apprête déjà à aller la récupérer chez le voisin, sauf que…

– Tu es là ?

Angie a les yeux rougis d'avoir pleuré.

– Qu'est-ce qui t'arrive ?

– Maman, la commissaire, elle a volé sa chienne à Augustin !

Ce soir-là, Augustin, qui n'en peut plus de surveiller des rues vides, surfe sur les chaînes télé et tombe sur *Hudson et Rex*, un beau gosse de lieutenant de police et son berger allemand, qui a des jeux de physionomie plus expressifs que lui.

– Bravo, Rex, je suis fier de toi !

– Ouah, ouah !

Augustin se passe la main sur ses yeux humides. Rendez-moi Capitaine, ou je finirai par regarder *Rintintin* sur Gulli.

– Bravo, Rintintin, je suis fier de toi !

– Ouah, ouah !

LE CONTRAT

« Un seul être vous manque, et tout est dépeuplé. » Qui a écrit ça, déjà ? En dix secondes, Augustin trouve la réponse sur Google. Lamartine. Son poème s'intitule : *L'Isolement*. Deux siècles plus tard, il l'aurait baptisé : *Le Confinement*. Bon, d'accord, Lamartine ne pensait pas à sa chienne. L'idée ne fait qu'enfoncer davantage Augustin dans son humeur noire. Faut-il que sa vie soit un pur désastre pour qu'il déprime à la vue d'une écuelle vide et d'une balle en caoutchouc abandonnée ! Cela lui remet en mémoire le dernier passage d'Alice, qui lui a laissé en dépôt l'ordinateur du jeune Christopher Piatek. La commissaire s'est contentée de l'allumer et de décréter qu'il n'y avait rien dessus. Il ne faut pas longtemps au capitaine Maupetit pour constater, lui, que sa chef est nulle. Quand il n'y a rien en surface, c'est qu'on doit creuser. Augustin est équipé.

Il enfonce une clé USB et lance Tails, ce qui lui permet de court-circuiter Windows, d'accéder aux profondeurs du dark Web et de naviguer, grâce au réseau Tor, dans cette partie sombre de l'Internet où tout est permis. Le système garantissant en principe l'anonymat le plus total, on peut y trouver des armes de guerre en vente, de la drogue ou des passeports, des logiciels espions, des sites pédophiles, etc. Au bout de quelques minutes,

Augustin comprend que Christopher ne se servait pas du dark Web pour faire des achats, mais pour communiquer de façon cryptée avec de mystérieux interlocuteurs. Le capitaine note au passage que le jeune docker était rétribué en bitcoins pour ses bons services. Tout cela suggère qu'il était plus qu'un simple pion et que son arrestation aurait mis en danger quelques personnages plus haut placés.

On frappe à sa porte, un toc-toc discret. Perdu dans ses pensées, Augustin marmonne un *openzedor* et se voit tout surpris qu'aucun majordome à quatre pattes n'aille accueillir le visiteur. Demi-tour et en avant, il fonce vers l'entrée.

– Tout faire soi-même, bougonne-t-il en adressant à Emma un sourire grimaçant.

– Vous avez toujours aussi mal ? compatit l'infirmière. Votre état ne s'améliore pas ?

– Mais si : moins de quatre secondes pour aller de mon bureau à la porte. J'ai battu mon record.

– Je vous apporte un peu de distraction.

Emma lui tend à bout de bras une pochette de plastique.

– Pour votre collection... Je vous ai découpé un article dans *Le Havre infos*, explique-t-elle en rosissant. Ça devrait vous intéresser. Si vous ne l'avez pas déjà...

– Entrez, marmonne Augustin en reculant de trois tours de roues.

Un coup d'œil, et il a saisi l'affaire. Il n'y a qu'une star sur la photo, même si trois ou quatre personnages insignifiants l'entourent. Capitaine, qui sourit de toutes ses dents à l'objectif. La légende :

Capitaine, le chien au flair infaillible de la brigade des stups.

Augustin ne se donne pas la peine de lire l'article en détail. « 900 kg de cocaïne... conteneur de bananes... travail de fourmi du service des douanes... dirigé par son maître-chien de la brigade des stups... le berger allemand s'est dressé sans hésiter devant le conteneur suspect. »

– Encore un exploit au palmarès de votre chienne ! complimente gentiment Emma.

– « Bravo, Capitaine ! Je suis fier de toi », récite Augustin sur un ton niais.

Emma, qui croyait faire plaisir, a l'impression que c'est plutôt raté.

– *Ils* cherchent un prétexte pour me la reprendre, lui précise Augustin. Je les entends déjà. Ils vont dire qu'ils n'ont plus besoin de moi, que Capitaine travaille aussi bien quand je ne suis pas là.

– Vous l'aimez beaucoup, remarque Emma, toujours de ce ton de compassion sincère qu'elle a pour ses patients.

– C'est ma compagne, je veux dire ma coéquipière, corrige-t-il, mon binôme.

– C'est comme Angie pour moi, hasarde Emma.

Pour la première fois peut-être, ils se regardent droit dans les yeux à distance rapprochée (le mètre y est encore, mais tout juste).

– Angie était en larmes l'autre soir quand on vous a pris votre chienne. Elle adore Capitaine et... elle s'est attachée à vous aussi.

– C'est réciproque, réplique Augustin, qui a vaguement l'idée qu'Angie est le plus court chemin pour gagner le cœur d'Emma. Dites, c'est l'heure de l'apéro. Je vous offre quoi, whisky, vodka ?

Il s'est dirigé vers son coffre-fort, mais Emma l'arrête d'un geste de protestation.

– Non, merci. Je ne tiens pas l'alcool.

– Une bière, alors ?

– Juste pour trinquer. Je ne bois jamais.

Augustin fonce vers la cuisine en se demandant s'il y a place dans sa vie pour une fille raisonnable. Quand il revient, il y a deux boîtes glacées sur ses cuisses. Pas de verre. Emma accepte la canette sans se formaliser.

– Telle mère, telle fille, conclut Augustin, qui n'a cessé d'observer la jeune femme par-dessus le rebord de sa boîte.

– Comment ça ?

– Menteuses toutes les deux. Vous savez boire à la régalade : pas une goutte sur le menton. Vous en avez bu d'autres, des bières, pas mal d'autres… Non mais je critique pas ! se rétracte-t-il. En fait, ça me plaît. J'aime ça.

– Quoi donc ? demande Emma un peu froidement. Les menteuses ou les alcooliques ?

Elle se baisse pour poser la canette par terre.

– J'ai des tas de factures en retard. Une par patient, vous n'imaginez pas le travail. Merci pour la bière.

Augustin laisse filer sa voisine sans savoir s'il a marqué ou perdu des points. Il passe en revue ce qu'il a dit, ce qu'elle a répondu. Après avoir fini la canette d'Emma (et tant pis pour la contagion), il tape sur son clavier : comment draguer une infirmière. Il y a sûrement des tutos.

Après deux nouveaux jours de rage et d'ennui, Augustin apprend par un SMS qu'il va récupérer sa chienne. Alice se contente d'une visite express, mi-confuse, mi-triomphante.

Quand elle lui tend d'une main incertaine l'article à la gloire du «berger allemand» de la brigade, il le roule en boule et le jette sur le palier, comme pour indiquer à sa chef le chemin à suivre.

Avec le retour de Capitaine revient aussi le tracas quotidien de sa promenade. Assorti d'un nouveau règlement, très strict: Angie peut sortir la chienne, mais jamais sans la présence d'une autre personne. Faute d'autres volontaires, cette personne a nom Thérèse. Or, tante Thérèse n'est pas disposée à «traîner des heures dans les rues de ce quartier où il n'y a rien».

– Avec ta tante, c'est pipi, crotte et au revoir, se plaint Angie.

– Je vais lui parler. Capitaine a besoin d'exercice.

Thérèse a répondu:

– Ça me rappelle quand tu étais petit et que je devais t'emmener au jardin. Quelle barbe!

Pour aujourd'hui au moins, elle a cédé:

– Jusqu'à l'église et retour, ça nous fera un but. Angie, appelle-moi: «ma tante». J'ai l'habitude.

Tante Thérèse ne fait pas une compagne de promenade très distrayante. Soit elle médite et demeure plongée dans le plus profond silence, soit elle profère des choses aussi bizarres qu'inacceptables. Ainsi, parvenue devant l'église, elle a certifié que Notre-Dame-des-Neiges tient son nom d'un miracle de la Vierge qui a fait tomber la neige sur la ville de Rome en plein mois d'août. Angie a haussé les épaules, sachant très bien que l'église s'appelle comme ça parce que c'est celle du Quartier des Neiges.

Depuis un moment, Angie n'écoute plus la vieille dame que d'une oreille distraite. Quelque chose la perturbe, quelque chose qui n'a pas échappé à Capitaine. La chienne se laisse traîner en grognant, elle qui d'ordinaire va de l'avant.

– Ma tante !

– Quoi ? As-tu fini de me tirer sur la manche !

– Y a un confiné qui nous suit.

Thérèse se retourne, ne voit rien.

– C'est pas le monsieur de l'autre fois qui voulait me parler et qui connaissait mon nom, il était plus grand, mieux habillé, précise Angie. Et il n'essayait pas de se cacher, comme celui-là.

– Eh bien, dépêchons-nous de rentrer, ça m'arrange.

Angie accélère le pas, à l'affût de la prochaine caméra de vidéoprotection, décidée à alerter Augustin grâce à quelques signaux et grimaces bien choisis. Manque de chance, le mystérieux confiné n'attend pas de traverser une zone surveillée pour se manifester. Non seulement il ne se cache plus, mais il surgit de nulle part et se plante sur leur chemin. Sans même s'en rendre compte, Angie appuie sur le bouton de son boîtier et offre à Capitaine quelques mètres de laisse et de liberté. La chienne réagit au quart de tour et s'élance en direction de l'inconnu.

Mais l'homme est le plus rapide. D'un geste qui semble préparé, geste calme et professionnel, il s'agenouille en brandissant un drôle de pistolet blanc et abat Capitaine.

L'animal fait un bond, griffe le sol de ses pattes et se couche en tressautant, tout cela dans un effrayant silence. Le cri que pousse Angie n'en est que plus déchirant. Quant à tante Thérèse, elle lève déjà un poing vengeur.

– Qu'est-ce que vous avez fait ? Vous êtes fou !

– Elle m'a attaqué, esta bête, vous avez bien vou. Allez, récoulez, yé m'en occoupe.

– Capitaine ! hurle Angie. Capitaine !

– Filez, yé vous dis. Filez ou yé vous fais soubir la même suerte.

L'homme est masqué, mais Angie a l'impression de voir se dessiner contre le tissu blanc les traits de la haine et de la cruauté. Il les tient en joue avec son arme, un truc en ferraille qui a l'air fait pour la main d'un robot, et tout laisse croire qu'il est capable de tirer encore.

Tante Thérèse a attrapé Angie par un bras et la serre contre elle, la protégeant de son corps.

– Partez ! Partez les deux ! Vite ! ordonne le tireur.

– On ne peut pas laisser cette bête comme ça, parlemente Thérèse d'une voix secouée par l'émotion. Je dois la rapporter à son maître.

Une fourgonnette blanche apparaît au bout de la rue. Si elle a cru un instant trouver du secours, Thérèse déchante aussitôt. L'homme vient d'adresser au chauffeur un signe de connivence.

– Ma tante ! Tiens ! Prends-le. Mais prends-le ! chuchote Angie, faisant toujours corps avec Thérèse, qui sent soudain quelque chose contre sa main.

Quelque chose de dur, de froid, d'un froid métallique.

– Angie, qu'est-ce que…

– Augustin me l'a donné pour nous protéger.

– Seigneur Jésus !

Thérèse a refermé la main sur le SIG-Sauer réglementaire de son neveu. Elle le braque en direction de l'homme masqué.

– Hé ! Qu'est-ce tou fous, la vieille ?

– Regarde ! Regarde la vieille !

Tante Thérèse a vu que le chargeur était en place (Augustin, as-tu perdu la raison ?). D'un geste, elle prépare le semi-automatique au tir. Elle choisit une cible et dégomme à vingt mètres de là une trottinette électrique couchée sur le trottoir.

– Mon cousin Adrien était tireur d'élite. Il m'a tout appris. La prochaine est pour ta jambe gauche.

L'homme reste un instant pétrifié. Il regarde d'un air dégoûté l'arme misérable avec laquelle il a abattu Capitaine, lève un bras en direction de la voiture, et crache un juron en constatant que son comparse s'éloigne prudemment en marche arrière. Alors, s'excusant presque d'un inattendu : « Oune secounde... », il troque son pistolet blanc contre un téléphone portable, avec lequel il prend une photo de la chienne inerte avant de partir en courant.

Thérèse s'est agenouillée auprès de Capitaine. Elle la palpe du bout des doigts, colle une oreille à son flanc. Angie trépigne à ses côtés, répétant :

– Je veux pas qu'elle soit morte, je veux pas qu'elle soit morte.

– Et mon cousin Francis était soigneur dans un zoo en Italie, répond enfin tante Thérèse, comme si elle achevait une phrase commencée quelques minutes plus tôt. Tu vois ça, Angie ?

Elle lui montre la fléchette qu'elle vient de retirer du poil de l'animal.

– Qu'est-ce que c'est ?

– En principe, ça sert à endormir les animaux sauvages quand ils risquent d'être dangereux. Capitaine va se réveiller.

– Mais pourquoi il lui a fait ça ?

– J'ai aussi un neveu dans la police. Tu lui poseras la question. En attendant...

Masqués ou non, quelques Neigeois commencent à se montrer sur le pas des portes. Bientôt, un attroupement se forme autour de la pauvre créature.

– Y a plus de médecin dans le quartier, dit quelqu'un, alors, pensez, un vétérinaire !

– Je n'ai pas besoin de vétérinaire. Aidez-moi juste à transporter cette bête jusque chez elle.

Après un long conciliabule, un drôle d'équipage se forme. Le corps pantelant de Capitaine est véhiculé dans une volumineuse brouette de chantier, que pousse un géant au crâne rasé. Suivent Thérèse et Angie, puis quatre fiers-à-bras désireux de montrer qui fait la loi aux Neiges. Capitaine est déposée au troisième étage, et en douceur s'il vous plaît.

– Tiens, mon neveu, dit Thérèse en remettant à Augustin son arme de service, j'aurai quelques remarques à te faire à ce sujet.

– C'est grâce au pistolet qu'on a sauvé Capitaine ! se justifie d'avance Angie.

– Moi aussi, j'aurai une ou deux remarques à faire à quelqu'un, mais le principal... Oh ! regardez, son œil s'entrouvre, et elle bouge les oreilles.

Augustin se laisse aller dans son fauteuil avec un soupir de soulagement.

– Toi, rentre à la maison, dit-il à Angie. On règlera ça plus tard.

Puis il détourne la tête pour ne pas voir les larmes couler sur les joues écarlates de la gamine.

– C'est toi qui étais visé à travers ta chienne, déclare Thérèse, une fois Angie sortie.

– Je ne crois pas. Les narcos éliminent ceux qui les gênent. Dans mon fauteuil, je ne représente pas une grande menace. Capitaine paie le prix de son dernier exploit. Elle a flairé un sacré gros paquet de cocaïne l'autre jour avec les douanes.

– Elle s'en sort bien. Ce bandit aurait pu la tuer.

Augustin réfléchit un moment avant de répondre.

– C'était son intention, mais plus tard. Il l'aurait jetée à l'eau. La mer, c'est la poubelle des narcos.

Il n'ajoute pas que ce psychopathe se serait amusé à torturer l'animal avant de le tuer, mais il le pense.

– Maintenant, ajoute-t-il, ce type va raconter à ses employeurs qu'il a tué Capitaine, mais qu'il n'a pas pu emporter le corps. C'est pour ça qu'il a pris la photo. Pas sûr qu'ils vont le croire.

Quand il lève les yeux vers elle, Augustin découvre sur le visage de sa tante une expression d'une telle sévérité que cela le ramène à ses plus jeunes années et à ses pires sottises d'enfant turbulent.

– Augustin ?

– Oui ?

– Je t'ai dit qu'Angie avait une aura marron.

– Oui, je sais... danger.

– Son aura n'est plus marron.

– Ah non ?

– Elle est noire.

– Ah oui ?

– Danger MORTEL. Tu ne peux plus faire courir le moindre risque à cette enfant.

– Mais il faut bien sortir Capitaine de temps en temps.

– Eh bien, j'irai ! Prie pour que mon ange gardien, là, sur

mon épaule gauche, dit-elle en y portant la main, n'ait pas la moindre seconde de distraction.

– Je compte naturellement sur ses services, mais, le temps de la promenade, je vous prêterai aussi mon gilet pare-balles et mon semi-automatique SIG-Sauer. Là, sur votre hanche droite.

– Augustin, si tu réfléchissais...

– Oui ?

– Tu enverrais un communiqué à la presse pour raconter ce qui s'est passé cet après-midi. Et tu dirais que la chienne n'a pas survécu à ses blessures. Comme ça, les trafiquants cesseraient de s'intéresser à elle.

– Ma tante ?

– Oui, mon neveu ?

– Parfois, vous êtes géniale.

DÉMASQUÉ

Les Stups ont reçu une demande d'interview d'un journaliste, monsieur Delgado, qui souhaite faire un article sur la team maître et chien. Il veut surfer sur les exploits de Capitaine. Tu peux lui répondre ? Commissaire Verne

– « Commissaire Verne », marmonne Augustin en faisant la lippe.

Ni bonjour ni bonsoir, pas de s'il te plaît ou de merci d'avance. Alice est plus que jamais expéditive et hiérarchique. Il y a un fichier joint qui contient la lettre d'un J. Delgado, qui semble surtout intéressé par un « portrait » de l'animal.

Après avoir lu les trois premières questions : « Est-ce que Capitaine fait partie d'une lignée de chiens renifleurs ? Y a-t-il des chiens plus doués que d'autres et comment les repère-t-on ? Quelle est, d'après vous, la principale qualité de Capitaine ? », Augustin se sent pris d'une grosse fatigue. Non, il ne va pas répondre au questionnaire, il va plutôt donner son numéro de téléphone à ce monsieur Delgado et lui apprendre que Capitaine a été exécutée par un tueur à gages. La nouvelle en sera répercutée par la presse locale, voire nationale.

– C'est très aimable de me permettre de vous appeler. J'ai entendu dire que l'hôtel de police est en quarantaine…

Dès qu'il entend les premiers mots de Delgado, Augustin crispe les traits de son visage. L'homme a un accent, le *u* tend vers le *ou*, le *e* vers le *é*. Augustin l'interrompt :

– Vous n'êtes pas français ?

– Oh, cela s'entend, fait l'autre, la voix amusée. En effet, je suis colombien.

Sans avoir l'air de se douter de l'effet produit sur son interlocuteur, Delgado explique qu'il est « coincé depuis le confinement » et qu'en attendant de pouvoir rentrer chez lui, à Carthagène, il cherche à s'occuper en faisant des « papiers qui peuvent intéresser les lecteurs en France et en Colombie ».

– Et le trafic de cocaïne, n'est-ce pas ? intéresse nos deux pays.

– Du producteur au consommateur, réplique Augustin, qui a retrouvé ses esprits.

– Exactement, approuve Delgado sur un ton enjoué. Ce qui plairait aux lecteurs, ce serait une photo de Capitaine.

– Je dois avoir ça.

– De Capitaine et de vous. Elle est confinée, elle aussi ? Une photo de vous deux, confinés ensemble.

Cette fois, le doute n'est plus permis. Ce Delgado tente de mettre un pied dans la porte. Augustin veut voir jusqu'où ira son insistance.

– Je peux faire un selfie et vous l'envoyer.

– Je suis photographe encore plus que journaliste. Cela me ferait plaisir d'inventer une petite… mise en scène.

– À mon domicile ?

– Oui.

– J'imagine que vous connaissez mon adresse.

– Je n'ai que celle de l'hôtel de police, boulevard de Strasbourg.

– Vous avez de quoi noter ?

– Je retiendrai.

– Je n'en doute pas.

Augustin n'a pas contrôlé l'ironie dans son intonation. Bien sûr que ce Delgado sait où j'habite. Mais qu'il vienne, je l'attends… Il pense : « de pied ferme », puis soupire.

– Alors, à demain, mon capitaine, fait Delgado.

Nerveux, le capitaine Maupetit, le lendemain à 18 heures ? Peut-être un peu. S'il avait tous ses moyens, avec son arme de service et sa chienne, il ne craindrait rien. Mais là, il se sent en état d'infériorité. Comme il entend la sonnette, il se contente de crier sans bouger :

– C'est ouvert !

Le revolver est sous sa cuisse droite. Capitaine, allongée dans son couffin, dresse une oreille. L'homme qui entre est bien celui que Maupetit attendait. Masqué, porteur de lunettes teintées et coiffé d'une casquette. Capi, qui n'oublie pas une mauvaise rencontre, s'est relevée, et elle gronde.

– *Hush, sit down, Captain.* N'ayez pas peur, dit Augustin en désignant un siège à « Delgado ». Elle est très bien dressée. Un ordre de ma part, et elle vous saute à la gorge.

– Me voilà prévenu, dit l'homme, étrangement décontracté.

– C'est votre appareil photo ? questionne Augustin en désignant le sac que Delgado a déposé près de lui.

– Vous voulez qu'on fasse la photo maintenant ?

– Rien ne presse, grommelle Augustin, qui a une folle envie de brandir son revolver.

Puis il se tait. Il n'a déjà que trop parlé. Or le premier qui parle a tort, il le sait. Au bout de quelques secondes, c'est Delgado qui se découvre :

– Donc, pour en revenir à notre interview, « Est-ce que Capitaine est d'une lignée de chiens renifleurs ? »

– Mais oui. Elle a un excellent pedigree. Son père, Cockpit, était une vedette chez vous en Colombie. Il a été abattu pour 10 000 dollars par un tueur à gages au service des narcotrafiquants.

– C'est au moins une chose qui n'arrivera pas à Capitaine. Pas en France !

Comme Augustin aurait plaisir à arracher ce masque et ces lunettes ! On ne peut pas lutter avec un adversaire dont on ne voit ni le regard ni les mimiques.

– Pardonnez mon indiscrétion, reprend Delgado, mais... vous avez été accidenté ?

– Moto.

– Désolé de l'apprendre. Capitaine est-elle dressée pour aller faire sa promenade toute seule ?

– Non.

– Il y a quelqu'un qui la sort ?

– Oui.

– On m'a dit que les Neigeois ne sont pas de gros bavards, et effectivement...

Delgado ponctue sa remarque par un petit rire.

– On m'a aussi parlé de la solidarité dans le Quartier des Neiges. C'est une bonne chose de pouvoir compter sur ses voisines de palier.

« Voisines » : l'homme a repéré Emma et Angie, et il ne s'en cache pas. Il se baisse vers son sac en ajoutant :

– On peut faire la photo ?

– Non.

Le ton de refus est si brutal que Delgado se redresse vivement. Il lâche un petit cri étouffé en apercevant une arme brandie vers lui.

– Ôtez votre masque, lui ordonne Augustin.

– Ce n'est pas prudent. Vous êtes... vulnérable.

– N'inversez pas les rôles. Vous préférez que je tire dans le bras ou dans la jambe ?

– Vous êtes cinglé ! Qu'est-ce que je vous ai fait ? s'écrie l'homme, qui a perdu son accent.

– Je compte jusqu'à trois. Je ne plaisante pas. Un...

L'homme porte une main à son visage tout en faisant signe de l'autre d'arrêter le compte. Il détache l'élastique derrière l'oreille droite. C'est l'instant de vérité. Lentement, Delgado se démasque. Pas de cicatrice sur la joue droite.

– Donc, vous voilà, monsieur Sitbon, triomphe Augustin.

Le masque est tombé.

– Xavier Sitbon, précise Augustin. Quel effet ça fait de ne plus être mort ?

ALICE REMET ÇA

La pluie fait des tresses sur le pare-brise. Un temps à se pendre. Alice roule à moins de 50 kilomètres-heure en direction de Caucriauville. Comme souvent, quand ses pensées vagabondent, il lui revient des souvenirs de sa mère. Madame Verne et ses phrases à l'emporte-pièce qui, plus d'une fois, ont fait sursauter la jeune Alice. « Vous m'aimerez mieux morte que vivante », disait-elle. Ça paraissait idiot à Alice, quand elle était ado, mais aujourd'hui, c'est la vérité vraie. Alice aime sa mère plus que jamais. Trop tard.

Pourquoi faut-il que l'autre soit parti pour qu'on apprenne à l'aimer ? Pourquoi faut-il que l'autre se soit éloigné pour qu'on comprenne qu'on l'aime ? Toute à sa tâche de chef de brigade, Alice a laissé s'étendre un désert autour d'elle. Les frangins au loin. Plus de maman à qui se confier. Pas d'amis, des collègues. Livre-t-on ses peines de cœur à un lieutenant Lagadec ? Ce serait un coup à le renvoyer en réanimation.

Un autre souvenir de sa mère resurgit. Madame Verne, chaque semaine, dévorait le courrier du cœur de *Paris-Normandie*. Une certaine Marie Malone répondait aux questions des âmes en souffrance. Alice pense à la lettre que sa mère lui aurait soufflée.

Chère Marie Malone,

J'ai vécu avec un homme une brève histoire d'amour qui s'est achevée sur un malentendu. Plus le temps passe et plus je regrette de n'avoir pas su entretenir cette flamme. À présent, j'ai l'impression que cet homme s'intéresse plus à sa chienne qu'à moi. Je sais que j'ai des torts du fait que je ne suis pas toujours très gentille avec lui (je le vois souvent car nous travaillons dans le même service, et le pire c'est que je suis sa chef), mais quand j'y réfléchis, je me dis qu'être désagréable, c'est ma façon de lui faire comprendre que je l'aime encore. Récemment, j'ai découvert que j'avais une rivale : sa voisine qui vit sur le même palier avec sa fille de 12 ans. Une femme assez ordinaire qui sent le désinfectant, peut-être qu'elle fait des ménages ou je ne sais quoi. Je ne vois vraiment pas ce qu'il lui trouve mais les hommes sont tellement compliqués. Dois-je lui parler quand même ? J'attends vos conseils avec impatience.

Alice grimace un sourire d'autodérision alors qu'apparaissent les barres d'immeubles de Caucriauville. Marie Malone m'aurait répondu que quand on est bête c'est pour la vie et que je n'ai que ce que je mérite.

Côté Christopher Piatek, l'enquête a été bâclée, la commissaire doit bien le reconnaître. Le confinement et la quarantaine à l'hôtel de police n'ont pas facilité les opérations, d'accord, mais Augustin, sans sortir de chez lui, a réussi à établir que le jeune docker communiquait de manière cryptée avec un réseau de trafiquants. Il faudra confier l'ordinateur à des experts pour voir s'il est possible d'identifier ou de retracer un de ses interlocuteurs. En attendant, Alice remet le couvert à Caucriauville. L'appartement du fils Piatek ne lui apprendra rien de plus. En revanche, il y a peut-être quelque chose à gratter du côté de la voisine. Alice cogne à la porte, sachant déjà, d'après le joli vacarme, qu'elle va trouver toute une petite famille confinée. La dame n'a plus son balai à la main, mais ne semble pas mieux disposée que la dernière fois.

– Commissaire Verne, vous vous souvenez de moi ?

– J'ai rien à dire, j'ai rien à dire.

– Je peux vous parler ? Juste deux minutes.

– J'ai rien à dire, madame commissaire. Ils vont tuer mes enfants.

– Ah ! Là, vous commencez à m'intéresser, dit Alice en s'infiltrant dans la pièce.

Plus un bruit, les jeux se sont arrêtés. Quatre paires d'yeux scrutent la dame masquée qui vient d'entrer. Deux filles, deux garçons. À la louche, entre 5 et 13 ans.

– Ça doit pas être facile, le confinement.

– C'est quatre démons dans la maison.

Pour l'instant, ils se taisent. La peur de la mère est communicative.

– On n'a aucune nouvelle de votre voisin depuis le 9 mars.

– Mais il est…

La dame ouvre une bouche énorme, mais n'émet qu'un souffle tragique où Alice devine le mot « mort ».

– Ah, vous savez.

– C'était à la télé. Sortez, les enfants, allez dans la chambre.

Pas un ne bouge. C'est bien trop intéressant.

– Madame…

– Diawara.

– Madame Diawara, essayez de vous rappeler. Ce jour-là, le 9 mars, probablement tôt le matin, avez-vous entendu quelque chose ?

– Ils ont coupé les mains.

Madame Diawara le répète trois ou quatre fois à voix basse en roulant des yeux épouvantés, comme anticipant le châtiment qui s'abattra sur elle si elle accepte de parler.

– Ce que vous direz restera entre nous, je vous le promets.

Voyant qu'Alice s'incruste, madame Diawara finit par lâcher des petits bouts d'information.

– C'était 8 heures du matin… Je faisais le ménage. Je suis sortie dans le couloir pour demander d'arrêter parce qu'il y avait trop de cris. Mais pas les cris de d'habitude, quand Christopher, il fait la fête. C'étaient des cris d'engueulade. Alors, j'ai pas tapé à sa porte, je suis rentrée chez moi.

– Et vous n'avez rien vu ? fait Alice, dubitative.

– Un petit peu, dit madame Diawara, en mesurant le « petit peu » entre son pouce et son index. Je voulais voir ces gens pour me rappeler et dire au syndic. J'ai ouvert la porte un petit peu.

– Ils étaient plusieurs ?

– Deux. Ils tenaient Christopher par le bras.

– Vous pourriez les reconnaître ?

– Non non non… Le plus petit, il m'a dit : « Toi, t'as rien vou » et il a fait le geste couic avec la main.

– Peut-être que nous vous demanderons d'examiner des photos pour les identifier. Et si vous vous souvenez d'un détail qui nous aiderait à les reconnaître, il vaudrait mieux le dire maintenant.

Madame Diawara secoue la tête en égrenant un nouveau chapelet de « non non non », mais une petite voix intervient. C'est l'aînée, une fillette au visage sérieux et aux grands yeux de biche.

– L'espagnol, maman.

– Tais-toi, tu sais rien.

– Mais c'est vrai ! J'ai entendu des mots en espagnol.

– Qu'est-ce qu'il disait ? demande Alice.

– Heu… Je commence seulement l'espagnol au collège. Et avec le confinement, on oublie tout. Mais le petit, il a dit *el lobo*.

– Tais-toi, tu sais rien, tu sais rien, s'obstine la mère.

– Mais si, c'est vrai ! *El lobo*, c'est de l'espagnol !

L'intervention de la gamine a remis de l'animation dans la pièce. Les trois autres mouflets s'agitent et veulent participer. L'un d'eux, sans doute le cadet, hurle :

– Et le chien ! Vous allez l'arrêter, celui qui a tué le chien ?

– Quel chien ?

– Taisez-vous, les enfants. Vous savez pas ? Ils ont tiré sur un chien, comme ça, dans la rue. Ils l'ont dit à la radio. Le monde il est mauvais, madame commissaire.

Alice acquiesce.

– Je m'occupe de tous ces bandits, promis juré. Et vous, les jeunes, soyez gentils avec votre maman.

– Attendez ! Celui qui a parlé, il était petit avec un grand nez. Voilà, c'est tout, dit madame Diawara dans un suprême effort.

Alice pourrait faire la route les yeux fermés de Caucriauville, la lugubre, à villa Sitbon, la glorieuse. Avec ces nuages noirs de pluie, on pourrait se croire à la tombée de la nuit. Lydia accueille la commissaire avec un flacon de solution hydroalcoolique. Mais elle ne porte pas de masque, qui ferait sans doute mauvais ménage avec son maquillage. On suit le même rituel que la dernière fois, mais en accéléré. On passe devant les Dufy et les Boudin rescapés sans commentaires. Dans le petit salon, Lydia offre un siège à sa visiteuse et lui dit :

– Delphine va nous apporter le café.

– Vous avez encore du personnel ? s'étonne Alice.

– Delphine s'est confinée ici. C'est quand même plus confortable que chez sa mère dans le Quartier des Neiges.

Alice observe son hôtesse. Lydia lui semble plus tendue que lors de leur précédente rencontre. Peut-être que le confinement en famille lui tape sur les nerfs.

– Monsieur Sitbon est… ? commence Alice.

Difficile de le croire « par monts et par vaux », comme la fois précédente. Lydia explique de façon détaillée que son mari est aux entrepôts, qu'il réceptionne un arrivage de café, parce que les affaires marchent au ralenti, mais on boit toujours du café, n'est-ce pas ?

– Vous avez appris par les journaux tout ce qui concerne l'affaire Piatek ? l'interroge Alice.

– Terrible, terrible, dit Lydia avec ce geste des mains des gens qui ne veulent pas en entendre parler.

– Ce crime est signé.

– Signé ?

– C'est les narcos. Soit ils ont puni Christopher parce qu'il n'avait pas respecté sa part du contrat, soit…

Alice note que Lydia est suspendue à ses lèvres et qu'elle attend la fin de la phrase. L'entrée de Delphine interrompt la conversation. La jeune femme est masquée. Elle dépose le plateau où fument deux tasses, sans se donner la peine d'indiquer l'origine du café.

– … soit, reprend Alice, ils l'ont tué parce que la police pouvait l'identifier grâce à son…

Elle agite les mains comme sur l'air d'ainsi font font font les petites marionnettes et articule presque gaiement: « tatouage ».

– Un crime horrible ! se récrie Lydia, choquée par la désinvolture de la commissaire.

– Oui, mais aujourd'hui, ce n'est pas mon problème. Quand, le vendredi 6 mars, je suis venue vous montrer la photo de ce tatouage très particulier où figurait le nombre 733, Christopher Piatek était encore en vie. Le dimanche suivant, il déjeunait chez ses parents. Mais le lundi 9 mars, il se faisait enlever à son domicile par deux hommes qui, selon toute vraisemblance, l'ont tué, défiguré, mutilé, jeté à la mer, et j'espère que les choses se sont bien passées dans cet ordre-là. Alors, oui, c'est horrible. Mais ma question, c'est celle-ci : qui était au courant que la police recherchait cet homme tatoué ?

– Je ne sais pas, répond Lydia d'une voix blanche.

– Eh bien, je vais vous le dire. Trois personnes à la brigade des stups, et vous.

Lydia ouvre des yeux effarés.

– Moi ? Mais qu'est-ce que vous voulez dire par là ?

– À qui avez-vous parlé de ce tatouage ?

– À mon mari, naturellement, puisque vous me l'aviez demandé. Et à Fabien, le sous-directeur. Le lundi, il a fait défiler tout le monde devant lui pour, soi-disant, leur montrer comment bien se laver les mains.

– Il était donc au courant.

– Fabien a toute notre confiance. Il a trente ans de maison. Je lui avais recommandé la discrétion la plus totale et je suis convaincue qu'il est resté muet comme une tombe. Nous n'avons rien dit à personne, ni lui, ni moi, ni mon mari ! Puisque vous reconnaissez que trois personnes étaient au courant à votre brigade des « stups », faites donc le ménage chez vous !

Quand on attaque les siens, Lydia n'est plus la même. La colère enflamme son regard. Alice sent qu'elle a fait le lien entre Yoann Sitbon et Christopher Piatek, et plus Lydia se débat, plus le lien se resserre. La commissaire prend congé en signalant que l'hôtel de police rouvrira ses portes la semaine suivante et qu'elle attend un coup de fil de monsieur Sitbon, auquel elle souhaite poser quelques questions.

Une Delphine démasquée attend Alice dans l'entrée de la villa, vêtue d'un imperméable et munie d'un parapluie.

– Il tombe des trombes. Je vais vous accompagner jusqu'à votre voiture.

Alice parcourt les cent mètres sous la grande corolle noire avec un vif sentiment de gratitude. Avant qu'elle ait le temps de refermer la portière de sa voiture, Delphine se penche vers elle et lui débite à toute vitesse :

– Vous savez, Madame n'est pas toujours discrète. Elle croit qu'elle n'a rien dit à personne, mais même moi, j'étais au courant pour l'histoire du tatouage parce que je l'ai entendue en parler au téléphone à son mari et…

Delphine prend le temps de ravaler sa salive, puis ajoute :

– Même Angélique, elle était au courant. Angélique, c'est la petite fille de Madame. Elle écoute toujours les histoires des grandes personnes. Elle a fait un dessin horrible d'un noyé avec les mains coupées.

Delphine se sauve, laissant Alice un peu estomaquée.

– Eh bien, se dit-elle en démarrant, en voilà une qui écoute gentiment aux portes.

Pour le chemin du retour, Alice met radio France Bleu Normandie. C'est l'heure joyeuse de « Monsieur Coronavirus ». Le directeur général de la santé égrène les chiffres : nombre de morts du jour, nombre de personnes en réanimation, bilan total depuis le début de l'épidémie. Lorsque s'insinue enfin une information ne contenant pas le mot Covid, Alice fronce les sourcils. Elle hésite à comprendre. Le chien. Le chien dont parlait le gamin chez madame Diawara. Le journaliste vient de dire que c'était un chien renifleur appartenant à la brigade des stups. Tué en plein Quartier des Neiges.

– Oh merde !

AUGUSTIN FAIT SALLE COMBLE

Le capitaine Maupetit ignore que sa tante fait courir sur les ondes de France Bleu Normandie le bruit de la mort de sa chienne. Pour le moment, il a d'autres chats à fouetter.

– Alors, vous savez qui je suis, lui dit Xavier Sitbon. Je me croyais pourtant bien mort et oublié.

Augustin a attrapé son dossier « Affaire Sitbon » et l'ouvre à l'endroit où une double pochette en plastique protège les photos de Xavier, trois quarts et profil.

– Prise par la caméra du port, dit-il en tendant le classeur.

Xavier fait une petite mimique admirative.

– Bravo, la police ! Et j'imagine que vous vous êtes renseigné sur mon compte ?

– Je sais que vous êtes le petit-fils de Germain Sitbon et le frère jumeau de Yoann, que vous avez disparu en mer dans l'explosion d'un bateau de location, le 18 septembre 2008, en compagnie de Gérard Décultot, qui, lui, est bien mort, que les lingots de votre parrain, qui devaient revenir à sa fille, Patricia Hamel, ont disparu avec vous, et que vous avez avoué dans une lettre avoir tué votre grand-père en le poussant dans l'escalier de sa cave.

– Portrait sans retouche d'un ignoble salaud, commente Xavier sans paraître s'en émouvoir.

– Mais la parole est à la défense, lui répond Augustin avec un geste courtois de la main qui l'invite à se justifier.

– Je n'ai en effet que ma parole, et vous n'allez sans doute pas me croire. Commençons par le plus important : je n'ai pas tué mon grand-père, je n'étais pas à la villa Sitbon ce soir du 2 septembre.

– Mais vous vous êtes accusé ?

– Oui.

– Pour faire relaxer votre frère.

Ce n'est pas une question. D'ailleurs, Augustin ajoute :

– Je vous crois.

À cet instant, on sonne à la porte d'entrée.

– Je n'ai pas refermé, s'inquiète Xavier.

C'est pourquoi la commissaire Verne, affolée, déboule dans le bureau d'Augustin.

– Oh, Gus, je suis navrée pour Capitaine, je viens d'apprendre la nouvelle de sa mort…

Elle s'interrompt, ses yeux venant de tomber sur la chienne qui la dévisage, tête penchée, l'air touchée par cette marque d'intérêt pour sa personne.

– Elle n'est pas morte ?! s'écrie Alice, transportée de joie.

– Et une bonne nouvelle pouvant en amener une autre, dit Augustin, Xavier Sitbon est en vie, lui aussi. Monsieur Sitbon, je vous présente la commissaire Alice Verne.

Alice, qui ne sait absolument rien de l'enquête parallèle de son subordonné, peine à comprendre ce qu'elle a sous le nez. Elle répète à mi-voix les explications d'Augustin. Jumeau de Yoann. Pas mort. Pas coupable de meurtre.

– Septembre 2008 ! s'exclame-t-elle en apprenant la date du fait divers. Mais je venais de passer mon bac de français !

Qu'est-ce que cette vieille histoire qu'Augustin nous ressort ? Sans tenir compte de l'interruption de sa chef, Augustin s'informe auprès de Xavier :

– Qu'est-ce qui vous a poussé à prendre sur vous le crime de votre frère ?

– Je vais devoir vous raconter une histoire qui date de plus loin encore que septembre 2008, répond Xavier, se tournant vers la jeune commissaire comme pour s'excuser. Cela remonte à l'année 2000, précisément l'année où mon frère et moi nous passions le bac de français. Mais surtout, le 17 juin, nous fêtions nos 16 ans. La journée avait été très belle, ensoleillée, fastueuse. Notre grand-père avait invité près de 200 personnes à la villa Sitbon et nous avions tous nos amis autour de nous. Mais…

Xavier marque un temps d'arrêt, comme tout s'était arrêté ce jour-là dans sa vie.

– Les choses ont très mal tourné. Pour une histoire de fille. Entre mon frère et moi. Il a voulu me souffler ma petite copine. Quand j'ai compris qu'il l'avait embrassée en se faisant passer pour moi, ça m'a rendu fou. J'ai…

Tout en racontant, il mime le mouvement qu'il a fait pour attraper la brochette rougie au feu, puis pour l'appliquer sur le visage de son frère.

– Je l'ai défiguré le jour de ses 16 ans et je lui ai crevé l'œil.

De ce jour-là, sa vie n'a plus été qu'une expiation.

– J'ai tout fait pour aider Yoann, je dissimulais ses bêtises, je couvrais ses mensonges, je lui donnais l'argent que je gagnais en travaillant pour qu'il puisse payer ses dettes de jeu. Puis il est tombé raide dingue amoureux de Lydia Lenormand. C'était une fille canon, Miss Normandie 2008.

Il a un petit haussement d'épaules.

– Notre grand-père était fou furieux. Il la traitait d'intrigante, il prédisait qu'elle allait se faire mettre enceinte pour forcer Yoann à l'épouser. J'ai essayé de plaider la cause de mon frère, mais il y a eu une dispute terrible entre lui et grand-père, qui a traité Lydia de « sale petite grue ». J'ai dû arrêter le geste de mon frère, qui voulait frapper grand-père. Quand ils se sont disputés la fois suivante, je n'étais pas là, et…

Nouveau haussement d'épaules fataliste.

– Les colères de Germain Sitbon étaient légendaires. Il faisait peur, il se montrait méprisant, il humiliait.

On sent que Xavier cherche encore des excuses à son frère.

– Et donc, abrège Alice, Yoann a poussé papy dans l'escalier, c'est ça ?

Augustin s'apprête à rectifier, car les choses sont tout de même un peu plus compliquées, mais on sonne à sa porte.

– Entrez ! crie-t-il à l'intention de sa tante, qui vient pour la promenade du soir de Capitaine.

Tante Thérèse a un mouvement de recul.

– Il y a beaucoup trop de monde ici ! Augustin, dans ton état, ce n'est pas du tout prudent.

– Je vais très bien, ma tante, merci, et monsieur Sitbon va encore mieux. Xavier Sitbon, le présente-t-il à Thérèse. Celui qui est mort dans l'explosion du bateau et qui est ressuscité.

– C'est merveilleux, le complimente tante Thérèse, pas autrement surprise. Vous avez vu le tunnel de lumière, les anges vous ont accueilli de l'autre côté ?

– Non, désolé de vous décevoir. Quand le bateau a explosé, je n'étais plus à son bord.

Thérèse est désolée pour une autre raison. Patricia Hamel pourrait avoir vu juste : Xavier a fait semblant de se suicider. Alice paraît larguée, et c'est donc à elle que Xavier va adresser la majeure partie de ses explications.

– L'explosion du bateau, ce n'était pas mon idée. C'était celle de Gérard Décultot. Il était prêt à tout pour nous. Après son divorce, il a considéré que nous étions sa seule famille. Quand Yoann a été mis en garde à vue, je me suis rué chez Gégé, j'étais effondré, je lui ai dit que tout était ma faute.

– Votre faute ? Alors, finalement, c'est vous qui avez tué papy ? questionne Alice, qui n'y pige plus rien.

– Non, c'est ma faute si Yoann est devenu ce qu'il est. Et quand Gérard m'a vu dans cet état, prêt à me tuer, c'est là qu'il a eu l'idée.

– L'idée de la disparition en mer, complète Augustin. Vous louez un bateau, vous montez à bord tous les deux devant des témoins, mais une fois au large, vous, vous sautez à l'eau.

Xavier acquiesce.

– J'avais une combinaison d'homme-grenouille…

Tout le monde est suspendu à son récit, mais c'est à ce moment-là que l'on sonne à la porte et qu'une petite voix crie :

– Augustin ? Ta porte est ouverte !

– Entre, Angie ! l'invite Augustin, qui se tourne vers Xavier. Vous allez pouvoir faire plus ample connaissance avec…

Angie paraît, et Augustin fait les présentations :

– … votre fille. Angie, ton père, Xavier Sitbon.

Réactions diverses : Hein ? Quoi ? Sa fille ? Ma fille ! Son père ? Papa ! Ouaf, ouaf ! *Sit down, Captain !* Angie a reconnu l'homme masqué, pas celui qui a tiré sur la chienne, mais celui qui l'a appelée par son prénom.

– Bon, mais moi, déclare tante Thérèse, je veux savoir ce qui s'est passé sur ce bateau.

Et accessoirement ce qu'est devenu l'or des Décultot. Angie s'est assise par terre, jetant des regards un peu soupçonneux sur ce père qui lui tombe du ciel. D'accord, il est tout bronzé avec des beaux yeux bleus, mais il a trompé maman avec Lydia. Ou alors, elle a raté un épisode ?

– Gérard avait tout prévu pour ma fuite, reprend Xavier. J'ai nagé environ cinq cents mètres, puis des marins m'ont hissé à bord d'un canot à moteur. Un peu plus loin, il y avait un cargo, où Gérard avait réservé une cabine au nom de Jair Delgado. Il avait payé d'avance mon voyage jusqu'à Carthagène. Là-bas, je devais refaire ma vie. Avant de partir, j'avais posté la lettre dans laquelle je me déclarais coupable de la mort de mon grand-père. Ce que je ne savais pas, c'est que Gérard avait aussi prévu de me mentir.

Xavier parcourt l'assistance du regard, pas mécontent de ménager ses effets, et Augustin sent que ce type l'énerve. Trop cool, trop beau, il a l'assurance du gosse de riche, doublée de la confiance en soi d'un aventurier.

– Quand je me suis retrouvé dans le canot à moteur, j'ai entendu une explosion. Le bateau ! Gérard m'avait promis, avant que nous embarquions, qu'il retournerait au port et raconterait à la police que je m'étais suicidé en me jetant à la mer et qu'il n'avait rien pu faire pour me sauver. Mais il avait un autre projet. Faire sauter le bateau, et lui avec.

– Mais pourquoi ? fait Thérèse, incrédule.

– Je me suis posé cette question tellement de fois ! soupire Xavier. Je pense que mon parrain se savait condamné à brève échéance par la leucémie. C'était une façon pour lui de finir en beauté. Je crois aussi qu'il a eu peur de ne pas savoir mentir à la police. Il aurait eu affaire à l'inspecteur Lamblin, et c'était un type coriace.

– Et l'or ? chuchote mystérieusement Thérèse.

– L'or, répète Xavier.

– Eh bien oui, les lingots des Décultot, insiste Thérèse. Ils ont coulé avec le bateau ?

Xavier attrape son sac à dos, l'ouvre et en sort, l'une après l'autre, quatre petites briques scintillantes qu'il pose sur le plancher.

– J'avais un sac à dos quand j'ai sauté à l'eau. Quatre kilos d'or. Gérard m'avait dit : « Tu en auras plus besoin que moi. » Vous avez 200 000 euros devant vous. Je n'y ai pas touché.

Le silence rêveur qui suit cette déclaration est soudain traversé d'un cri :

– Angie ! Angie, tu es là ?

Emma entre, masquée, prête à respecter la règle de distanciation physique. Mais dans le bureau d'Augustin, il y a déjà cinq personnes et un chien. Angie bondit sur ses pieds et s'écrie :

– Maman, papa est vivant !

Comme elle a le sens de ce qui est vraiment important, elle ajoute :

– Et il a nagé avec quatre kilos d'or sur le dos !

— Mais pourquoi [illegible]

Il [illegible]

[illegible]

— [illegible]

[illegible]

COMPLÈTEMENT À PLAT

– Mettons les choses à plat, propose Xavier.

Dans le bureau, en dehors de lui et d'Augustin, ne restent plus qu'Angie et Emma. Thérèse promène Capitaine, le revolver de son neveu sur la hanche droite et l'ange gardien sur l'épaule gauche. Alice est repartie chez elle, après avoir eu un moment d'hésitation : Xavier a l'air sympathique, mais n'est-ce pas un mytho doublé d'un meurtrier en cavale ?

– Encore une fois, rien ne vous oblige à me croire, reprend celui-ci, s'adressant en premier lieu au capitaine Maupetit. Il y a malgré tout quelqu'un à Carthagène qui pourra témoigner de ma bonne foi. Il s'appelle Eduardo Gomes. Il est douanier. C'est lui qui m'a averti de l'utilisation que faisaient des narcos colombiens des conteneurs de café Sibon. Eduardo est mon ami depuis plus de dix ans, il connaît ma véritable identité, il connaît mon passé. C'est lui qui a pu filmer les images que j'ai envoyées aux Stups, où l'on voit des dockers placer des sacs clandestins dans le conteneur à destination du Havre. J'ai cru que ces images et les indications que je fournissais allaient permettre le démantèlement du réseau.

– Mais les douanes sont intervenues et ont donné beaucoup trop de publicité à l'affaire, complète Augustin.

– C'est ce que j'ai appris en lisant *Le Havre infos*, dit Xavier qui se tourne vers Emma. Je consulte régulièrement le site du journal. Au début, c'était pour garder un œil sur «l'affaire Sitbon». Ces derniers mois, c'était parce que j'avais le mal du pays...

Il charge ces mots d'une intention particulière, et Emma a rougi. Angie, elle, enregistre chacune de ses paroles.

– Le jour où *Le Havre infos* a annoncé je ne sais plus dans quels termes la découverte de la drogue...

– «Jolie prise pour les agents de l'OFAST (Office antistupéfiants) ce lundi sur le port du Havre», récite Angie, qui a aperçu l'article.

– Heu... oui, ça doit être ça, bredouille Xavier.

– Elle est hypermnésique, se rengorge Augustin, comme s'il y était pour quelque chose.

Il y a un instant de gêne et de silence. Xavier et Angie se dévisagent.

– Ce jour-là, reprend-il lentement, il y avait sur le site une photo d'une mère et de sa fille, prise à la fête de la galette des Neiges. Je t... vous ai tout de suite reconnue.

Détachant ses yeux d'Angie pour s'adresser à Emma, il a buté sur le tutoiement. Augustin s'agite dans son fauteuil. Il aurait besoin d'un remontant et lorgne du côté de son coffre-fort.

– Puis, poursuit Xavier d'une voix douce comme une caresse, il y avait ce prénom sous la photo, Angie! *Angie*, ma chanson préférée.

Un charmeur, voilà ce qu'il est. Peut-être pas un menteur, sûrement pas un assassin. Mais un type qui obtient ce qu'il veut au charme. Augustin le déteste cordialement. Il lui faut un verre d'alcool.

– Excusez-moi, dit-il, coupant court aux effets de Xavier Sitbon. Angie, tu peux me servir une vodka ?

C'est sa façon de faire sentir à Xavier qu'Angie est chez elle ici. Elle sait où sont les alcools, où sont les verres. C'est la jeune fille de la maison.

– Merci, ma chérie, dit-il, quand elle lui tend un verre beaucoup trop rempli.

« Ma chérie ». Maupetit n'a jamais prononcé ces mots, ni pour une femme ni pour une enfant, et c'est complètement inapproprié. Mais il n'est pas question que ce type aux allures de surfeur australien fasse jouer les violons sur l'air de « je suis ton père, tu es l'enfant dont j'ai toujours rêvé ». Angie, c'est sa pote à lui. D'ailleurs, comme si elle l'avait compris, elle lui fait au passage un discret check du pied.

Une bonne lampée de vodka, et Augustin retrouve sa pugnacité d'enquêteur.

– Qu'est-ce que vous faisiez sur les docks en plein milieu de la nuit ?

– Pure curiosité. Je voulais voir l'endroit où avait atterri le conteneur.

Moue d'incrédulité d'Augustin.

– Mettons que je voulais reprendre l'enquête, la police française n'ayant pas vraiment fait la preuve de son efficacité, ajoute Xavier, le ton sarcastique.

– Vous vous prenez pour qui ? Zorro, Indiana Jones, James Bond ? énumère Augustin.

– Juste pour le frère jumeau de quelqu'un qui utilise peut-être notre entreprise familiale pour passer de la cocaïne, répond Xavier, de plus en plus hautain.

Il commence à comprendre la nature de l'hostilité de ce capitaine de police. C'est un rival. Alors, faisant comme si Augustin n'était plus pour lui un interlocuteur digne d'intérêt, il s'adresse à Emma, et à Emma seulement.

– Tu sais, dit-il, je n'ai jamais cessé de t'aimer. Si j'avais su que tu étais enceinte, je ne serais pas parti.

Emma écarquille les yeux de stupéfaction. C'est la dernière des choses à laquelle elle s'attendait. Une déclaration.

– Quand j'ai vu ta photo, j'ai réalisé tout ce que j'avais perdu, poursuit Xavier, jouant de sa voix grave aux accents passionnés. Et penser que j'avais sacrifié un amour de jeunesse à un frère qui fait du trafic de drogue, ça m'a rendu fou de rage !

– Mais tu as trompé maman avec Lydia, lui rappelle froidement Angie.

Xavier porte la main à son cœur et ouvre la bouche sans pouvoir parler, mimant la personne qui suffoque d'indignation. Ce qui contraint Emma à intervenir à sa place.

– Mais non, Angie !

Elle désigne Xavier de la main, sans savoir comment l'appeler : « Xavier », « monsieur Sitbon », « ton père » ? Elle opte pour un « il » qui fait de Xavier quelqu'un dont on parle en son absence.

– Il avait une petite amie qui s'appelait Marion. Il la connaissait depuis qu'il avait 16 ans. Ils étaient même fiancés.

– Je te demande pardon, Emma, pardon pour le gamin que j'étais encore à l'époque. Oui, je suis tombé amoureux de toi alors que j'étais déjà engagé. Grand-père était ravi de cette alliance avec une bonne famille. Il me donnait en exemple à mon frère, qui fréquentait Lydia. J'avais l'intention de te parler de tout cela, mais il aurait fallu que tu me laisses un peu de temps pour me séparer de Marion et affronter mon grand-père. C'est toi qui as rompu, puis grand-père est mort, et tout s'est précipité.

Subtilement, par petites touches, Xavier s'est posé en victime. Victime de son frère, de son grand-père, de la police française, et même d'Emma, qui « ne lui a pas laissé le temps ». Victime irréprochable, qui restitue l'or et veut faire justice lui-même. C'est le héros. Augustin fait signe à Angie. Il lui faut un autre verre de vodka. Il est complètement à plat.

Est-ce que j'ai une sale gueule ? demande-t-il au miroir de la salle de bains, le lendemain matin. Il est 11 heures, il vient juste de se réveiller. Avec son teint de confiné, sa barbe éternellement de trois jours et sa coupe de cheveux d'homme des cavernes, on va dire qu'il n'est pas au mieux de sa forme. Même tante Thérèse a renoncé à lui seriner : « Tu pourrais t'arranger. » De toute façon, pense-t-il, horripilé, Thérèse, de retour de promenade avec la chienne, lui a avoué qu'elle trouvait Xavier « bel homme ». Pouah ! Voilà bien un truc qu'il n'aimerait pas qu'on dise de lui.

S'appuyant sur le rebord de l'évier, Augustin parvient à se mettre debout, mais la douleur trace une ligne de feu de la fesse au talon tout au long de la jambe droite.

– Mais putain, proteste-t-il entre ses dents serrées.

Il se rassoit dans son fauteuil roulant en pensant à sa Yamaha, qui dort dans un garage.

Quand il revient à son bureau, il a la surprise d'y trouver

Angie qui fait un câlin à Capitaine, les bras passés autour du cou de la chienne.

– Comment tu es entrée, toi ?

– Ha, ha ! J'ai crié *open the door* dans le couloir et Capi m'a entendue... Je suis venue te chanter la chanson que maman m'a apprise hier.

Elle se plante devant Augustin et, agitant les épaules, bras grands ouverts, comme une chanteuse qui s'offre à son public, elle lance à pleins poumons :

– « Yé souis brésilien, y'ai dé l'or

Et y'arrive dé Rio d'Janeir'

Plous riche aujourd'hui que naguère... » Ha, ha, ha !

Elle rit, pliée en deux, puis fournit un début d'explication :

– C'est à cause de l'autre avec ses lingots !

– « L'autre », marmonne Augustin.

– Ah oui, je t'ai pas dit : je suis une Sitbon. Une riche héritière. Je possède les cafés Sibon et la moitié de la terre !

À présent, elle parle sur un ton de tragédienne, rejetant la tête en l'arrière. Puis de nouveau :

– Ha, ha, mais rigooole, Augustin ! Je m'en fiche, des cafés Sibon. J'aime pas le café.

Augustin sourit, mais il a compris le message qu'Angie veut lui faire passer. « L'autre » revendique sa paternité.

– Xavier Sitbon ne peut pas te reconnaître, il est mort, laisse tomber Augustin.

– Il a dit à maman qu'il a « l'intention de faire éclater la vérité ». Il a une « théorie » sur ce qui s'est passé le 2 septembre 2008.

– Il a téléphoné à ta mère si je comprends bien... Qu'est-ce qu'elle pense de lui ?

– Elle le trouve trop beau, elle va s'enfuir avec lui en Colombie et devenir la reine des narcotrafiquants !

Oui, oui, rigole, pense Augustin, la mine sombre. En attendant, tu as évité de me répondre.

– Moi, ce qui m'intéresse, conclut Angie, c'est ma cousine. J'aimerais bien dire à Angélique que j'existe.

MIMI ET FIFI

– J'en ai marre de ton téléphone, tu le regardes tout le temps.

Quand elle est contrariée, le visage de la petite Angélique prend une expression désagréable. C'est bien simple, dans ces moments-là, elle se met à ressembler à sa mère quand on a oublié de débarrasser les tasses à café.

– À qui t'écris, à ton amoureux ?

Delphine lève les yeux au ciel.

– Occupe-toi, Angélique. Fais un joli dessin. Dans vingt minutes, je te mets au lit.

– Oui mais c'est qui ?

– Une amie.

– Comment elle s'appelle ?

– Mimi.

– Tu lui parles de moi ?

– Bien sûr.

– Qu'est-ce que t'as dit ?

Delphine repousse la tentation de lui répondre : « Que tu es pénible. » Ce serait injuste. Angélique a des côtés attachants et, si l'on songe à ses parents, on peut considérer qu'elle s'en sort bien.

– Si on faisait une photo ?

– De quoi ?

– Ben, de nous. Pour ta copine.

– Si tu veux.

Elles s'assoient toutes les deux au bord du lit, avec la lampe Pluto pour magnifique arrière-plan. En quelques clics, la photo est prise et expédiée. À gauche, une bouille radieuse, fendue par un sourire éblouissant (moins deux dents). À droite, une jeune fille « en colère ». Depuis que les relations se sont tendues avec Lydia Sitbon, Delphine a enfilé la panoplie de la rebelle : T-shirt *#FuckYou*, lèvres du même bleu que la mèche qui pend sur son oreille, *sidecut* de la tempe gauche, et ongles vert pomme. Redoutable guerrière. Elle a 22 ans, mais quand elle veut s'acheter son tabac, on lui demande sa carte d'identité.

– Alors, qu'est-ce qu'elle dit, ta copine ?

– Une minute, enfin !

Quand la réponse arrive (*C'est la fille de tes horribles patrons ?*), Delphine se garde bien de la lire.

– Elle dit que tu es trop jolie et elle voudrait que tu lui fasses un dessin.

– D'accord.

Pas un noyé avec les mains coupées, s'il te plaît, ce serait vraiment pas cool. Delphine profite de ce répit pour se replonger dans sa messagerie. Fifi parle à Mimi, et réciproquement. Il y en a des kilomètres. On s'adore, mais on se connaît depuis peu, alors on a des tas de choses à se dire. Le sujet du jour, c'est évidemment la famille Sitbon.

Ils ont profité du Vidco pour se débarrasser de la femme de ménage, de la cuisinière et du jardinier. Ils m'ont gardée parce que je suis jeune et pas chère. C'est des rats.

Les récriminations s'égrènent à longueur d'écran. Il faudrait que Delphine, sans perdre Angélique de vue, s'occupe du linge et de la cuisine, qu'elle fasse les lits et passe l'aspi. Une fois, Madame lui a même demandé d'astiquer l'argenterie. *Non mais attends, l'argenterie, en pleine pandémie !* Le plus souvent, Mimi se contente de répondre par une formule du genre : *La honte* ou *Tu devrais pas te laisser faire.* Et Fifi envoie en retour un message plein de cœurs, où elle dit : *Moi c'est pas grave en comparaison.* Délicate allusion au malheur qui a récemment frappé Mimi.

Quand elle a été interrompue par Angélique, Delphine venait de révéler à son amie que Lydia Sitbon avait probablement un amant. Depuis, les textos impatients affluent. *Raconte !!! C ki ? T là ? Réponds.*

– T'as bientôt fini ? Il va être l'heure de faire dodo.

Bonne nouvelle, le chef-d'œuvre est achevé. Delphine contemple le dessin, frappée une fois de plus par le côté sombre, voire morbide, de ce que produit la petite fille. Angélique a même trouvé un titre, comme en ont les tableaux dont sa maman est si fière : *Les lutins dans les bois.*

– C'est… superbe.

Tous les personnages sont vieux et laids, tous sont armés de couteaux, de marteaux, de crochets. L'un d'eux est en train de couper en morceaux une sorte de sanglier. Puis il y a, seul dans son coin, un loup aux yeux rouges et à la gueule énorme qui attend son heure. Même les arbres sont inquiétants avec leurs branches basses sans feuilles, qui ressemblent à des bras.

– Tu le donneras à ta copine ?

– Oui, elle sera super contente. Allez, au lit maintenant.

– Tu me lis une histoire ?

– Cinq minutes, pas plus. Laquelle tu veux ?

– *La Reine des Neiges*.

Delphine prend sur l'étagère l'album acheté à Disney Store. Quand elle voit que les paupières d'Angélique sont baissées, elle referme doucement le livre.

– Tu me laisses ma lampe Pluto, murmure l'enfant ensommeillée. Et tu dis à maman de venir me faire un bisou quand elle rentre.

– Toujours. T'inquiète.

Delphine passe dans le salon voisin et, le dos calé contre une pile de coussins, les écouteurs vissés aux oreilles, Fifi peut enfin appeler Mimi.

– Je viens de mentir. C'est moche de mentir à une gamine. Je lui ai promis que sa mère viendrait lui faire un bisou en rentrant. Déjà, faudrait qu'elle rentre. Le confinement, ici, ils ne connaissent pas.

– Ils vont te refiler le Covid…

– Je vais pas m'éterniser de toute façon. La patronne me répète sans arrêt qu'il y aura bientôt 10 millions de chômeurs à cause de l'épidémie, genre t'as intérêt à t'accrocher à ton tablier. Mais dès que tout ça c'est fini, je me casse.

– Moi pareil. L'ambiance à la maison, j'en peux plus.

– On va se la trouver, notre coloc, t'en fais pas.

C'est leur petit délire en ce moment : se trouver un appart à deux. Delphine attrape son sac, sort sa blague de tabac blond et son paquet de feuilles gommées. Avant de refermer la cigarette, elle tire d'un petit sachet de plastique une pincée de shit qu'elle dépose délicatement. Elle a aussi prévu une bouteille de Perrier et un verre de whisky. Quand on est chez les riches, autant prendre ses aises.

– Alors, tu me racontes ? s'impatiente Mimi.

Les Sitbon, ça leur fait leur feuilleton. Mais au moment de lancer le nouvel épisode, Fifi s'aperçoit que ça va être difficile d'éviter ce qui pourrait faire souffrir son amie. Commençons par le commencement :

– Je suis souvent seule avec Angélique. Madame dit qu'elle adore sa fille, mais elle ne s'en occupe jamais. Je ne sais pas où Monsieur passe ses journées, mais c'est plutôt Madame la chef d'entreprise.

– Arrête de les appeler « Monsieur » et « Madame » !

– T'as raison. Bref, c'est pas vraiment le grand amour entre eux. J'écoute pas aux portes, comme elle le dit, mais ils s'engueulent ! Alors, j'entends tout. Et la petite aussi. L'autre jour, elle m'a fait une crise à se rouler par terre. Elle croit que ses parents vont se séparer et qu'on va la confier « à une dame », je ne sais pas d'où elle sort ça.

Delphine boit une gorgée de whisky pour se donner du courage. Maintenant, ça se complique :

– La commissaire Verne est revenue, Lydia s'y attendait pas trop. Elle est spéciale, comme flic. Tranquille, mais à mon avis t'as intérêt à te méfier.

– Et pourquoi elle avait besoin de revenir ? demande Mimi d'une voix étranglée. C'est plus la peine puisque...

– C'est à cause que...

Fifi cherche ses mots.

– La police pense que quelqu'un a averti les dealers (ou je sais pas quoi) qu'on cherchait un homme avec un tatouage. Et à part les trois flics du commissariat, il n'y avait que les Sitbon et le sous-directeur qui savaient. Et moi. Mais moi, je l'ai dit à la commissaire en la raccompagnant à sa voiture. J'aurais dû ajouter qu'il y avait quelqu'un d'autre, mais j'ai pas osé.

– Qui ça d'autre ?

– Le loup !

– Quoi ?

Delphine ricane en répétant :

– Le loup... Je t'explique : j'ai fait une méga boulette. Sauf que je l'ai fait exprès. J'en ai tellement marre qu'elle me traite de cette façon !

– Mais de quoi tu parles ? s'énerve Mimi.

C'est là que Delphine s'aperçoit que raconter une histoire n'est pas une entreprise aisée. Elle boit une autre gorgée de whisky.

– J'ai dit à Lydia : « Madame, vous avez oublié de signaler une autre personne à la commissaire, excusez-moi, mais j'ai entendu parce que je jouais à cache-cache avec Angélique et je m'étais cachée sous le bureau de Monsieur. » « Quelle personne ? Qu'est-ce que tu as entendu ? » qu'elle m'a demandé. « Une personne au téléphone », j'ai dit. « Ce n'était pas Monsieur, j'en suis sûre. » « Mais de quoi tu parles ? » qu'elle me fait. Ses yeux, c'était comme des rayons laser. « Je parle du tatouage », que j'ai répondu. « Vous en avez discuté avec une personne, et c'était pas Monsieur ni monsieur Fabien. Je crois qu'il faudrait le dire à la commissaire, ça peut être important. » J'ai cru qu'elle allait me flanquer à la porte. Mais elle a dû réfléchir qu'elle aurait du mal à trouver quelqu'un qui la supporterait. Elle m'a juste dit de garder mon imagination pour quand je joue avec sa fille.

– Mais ça a quel rapport avec un loup? questionne Mimi, qui a du mal à suivre.

Nouveau ricanement de Delphine.

– C'est à cause de ce qu'elle disait au téléphone: «mon chéri», «mon loup». Va pas me faire croire qu'elle appelle son mari «mon loup»!

– C'est son amant?

– À peine...

Elles pouffent toutes les deux, mais Delphine s'interrompt brusquement.

– Merde, y a la petite qui pleure. J'y vais, bye, à demain! Bisous bisous.

Angélique est assise dans son lit et hoquette: «Maaman, maaman».

– Attends, je vais te faire ton eau de fleur d'oranger machin, essaie de la consoler Delphine, qui grommelle tout bas: Ils sont chiants, tes parents, à jamais être là!

Entre deux gorgées d'eau aromatisée à la fleur d'oranger, Angélique, encore empêtrée dans son cauchemar, répète que:

– Y avait un loup, y avait un loup.

Delphine en a un petit frisson qui lui court sur la peau. Mais elle déclare, péremptoire:

– Non, y a pas de loup ici, pas la queue d'un.

LOUP, Y ES-TU ?

Voilà comment ça devrait toujours être. Ses cheveux fins voletant au vent, Alice remonte le boulevard de Strasbourg à la force du jarret sur sa grosse bicyclette hollandaise. L'air est pur, les voitures sont rares et les mouettes s'étalent en nappes sur l'herbe des voies de tramway. Inspirée par l'astre qui brille dans le ciel bleu, toute la ville joue à 1, 2, 3, soleil. Le premier qui bouge a perdu.

Il est cependant un lieu qui reprend vie dans la cité engourdie : l'hôtel de police. Pas trop tôt, estime-t-on à la mairie et à la préfecture. Quand Alice se présente à l'entrée, ayant remisé sa bécane, un planton masqué lui indique le distributeur de gel hydroalcoolique. Le hall est vide.

– Calme, apprécie Alice. La délinquance fait une pause ?

– On ne voit personne, commissaire. Mettez votre masque, s'il vous plaît, et suivez le marquage au sol.

Toutes les surfaces ont été passées au désinfectant, jusqu'à la moindre poignée de fenêtre ; travail de titan, vu les dimensions du bâtiment. Ça me poursuit, songe Alice. Cette odeur… la même que chez la voisine d'Augustin.

En quelques coups d'œil, la chef fait l'inventaire de ses effectifs ce mardi 14 avril. Moretti et Lagadec sont à leur bureau,

Jimmy Altrad à la machine à café. Manquent deux hommes. Augustin, bien sûr. Puis Bergounioux, qui prétend rester en télétravail. Et les flagrants délits, il va les faire en visioconférence ?

– Je vous offre un café, chef?

– Oui, merci, Jimmy.

– Il y a eu un appel pour vous. Quelqu'un qui veut vous parler en personne.

Alice regarde son subordonné, qui tire un bout de papier de sa poche, le déplie et le scrute longuement. Pas à craindre qu'il soit hypermnésique, celui-là.

– Voilà. C'est une jeune fille qui s'inquiète parce que sa copine ne répond pas au téléphone.

– Sans déconner, Jimmy ?

Alice entre dans le grand bureau, salue de loin Moretti et Lagadec. Personne ne porte son masque réglementaire. Elle a gardé le sien à la main.

– Elle pleurait faut voir comme.

Jimmy Altrad est sur ses talons, agitant le chiffon de papier d'un geste fébrile.

– Elles s'appellent tout le temps et là, plus rien depuis hier matin.

– Jimmy. À l'instant où je vous parle, il y a un million de personnes qui s'inquiètent pour ce genre de raisons.

Altrad acquiesce sans se départir de son air buté. Il est toujours comme ça, lent, lourd et tenace, ce qui à l'occasion en fait un enquêteur précieux.

– C'est parce qu'elle vous connaît (Jimmy consulte son antisèche). Elle vous a rencontrée à Caucriauville.

Sur l'instant, Alice pense aux Diawara, à la gamine aux yeux de biche. Que la petite ait des angoisses n'aurait rien d'étonnant.

– D'accord. Elle a laissé un numéro ? Je vais la rassurer.

Jimmy offre enfin le bout de papier à sa chef, qui lit le nom au-dessus du numéro.

– Piatek Émilie. Quoi, Piatek Émilie ? C'est elle ?

Un rire retentit à l'autre bout de la vaste salle, un rire qui s'achève en vilaine toux.

– Y a un loup, chef? lance Lagadec dans un horrible gargouillis. Quand je vous dis qu'on n'en a pas fini avec les Piatek !

– Mettez votre masque, lieutenant. Vous allez recontaminer tous les étages.

Alice sait que Lagadec a enrôlé Moretti et un jeune brigadier pour planquer à leurs heures perdues devant la baraque des Piatek. Quartier des Neiges ! Ces deux-là doivent être devenus des célébrités locales à présent. Mais le lieutenant n'en démord pas. Pour lui, François Piatek est un gros bonnet du trafic de cocaïne, et le fameux tatouage serait la marque du clan sud-américain auquel il appartient.

La commissaire s'isole dans son bureau. Émilie répond à la première sonnerie. Elle parle d'un débit précipité et haletant, comme si elle venait de monter les escaliers quatre à quatre. Quand elle reste trois heures sans nouvelles de sa copine, elle s'inquiète. Leur rythme quotidien habituel, c'est six appels téléphoniques et deux cents textos. Et là, silence radio depuis vingt-quatre heures.

– Où se trouvait-elle quand vous lui avez parlé au téléphone pour la dernière fois ?

– À la villa.

– La villa de ses parents ?

– Mais non. Villa Sitbon. C'est là qu'elle est confinée.

Alice sent un léger frisson lui parcourir l'échine.

– C'est quoi, son nom ?

– Delphine. Delphine Poirier. Vous la connaissez.

– De vue. L'autre jour, elle a commencé à me parler de sa patronne. Mais il pleuvait des cordes, j'ai abrégé.

– C'était à propos du tatouage ?

– Elle vous a fait des confidences à ce sujet ?

– Fifi… Delphine a entendu madame Sitbon en parler à quelqu'un d'autre que son mari au téléphone et elle a carrément dit à sa patronne qu'elle aurait dû vous en parler. Madame Sitbon l'a très mal pris. Je pense que Fifi… que Delphine l'a fait exprès. Elle n'en peut plus d'être là-bas, ça lui est égal de se faire virer.

– Et c'est peut-être ce qui s'est passé. Mais comment Delphine peut-elle être sûre que madame Sitbon ne parlait pas à son mari ?

– Parce qu'elle disait des trucs gentils, du style « mon chéri » ou « mon loup ». Ce n'est pas leur genre aux Sitbon. D'après Delphine, ils ne se causent presque plus, sauf pour s'engueuler.

– Je vois. Je vais appeler madame Sitbon. Cessez de vous inquiéter en attendant. Les téléphones qu'on casse, les chargeurs qu'on ne retrouve plus, ça arrive.

– Pour mon frère aussi, on nous avait dit de ne pas nous inquiéter.

Alice prend une feuille de papier et un marqueur, puis éparpille une série de noms. Une flèche relie Yoann et Lydia, une autre le couple et Angélique. Un trait unit Yoann et Xavier. Une flèche en pointillé relie Xavier et Emma, une autre le couple et Angie. Le charmant petit trio que celui-là, et comme il ferait bien mes affaires. Dans un autre coin de la feuille, Alice dessine une sorte de nuage. Elle y inscrit Diawara et el lobo. Elle googlise ce dernier mot pour s'assurer que lobo = loup.

La commissaire contemple son œuvre pendant une longue minute avant de conclure : sur cette feuille figure le nom d'au moins un assassin.

Sans surprise, Lydia Sitbon confirme. La jeune Delphine ne fait plus partie du personnel, s'étant montrée « d'une insolence qui m'a coupé le souffle ».

– Elle m'a accusée de vous avoir menti au sujet du tatouage, elle a prétendu que j'en ai parlé à quelqu'un au téléphone ! Parce que cette demoiselle se vante d'écouter aux portes. Eh bien, je l'ai envoyée se laver les oreilles là d'où elle vient. Elle n'est pas près de retrouver une place comme celle-là.

– Vous l'avez renvoyée en plein confinement ?

– Je n'ai pas eu cette peine. C'est elle qui m'a claqué la porte au nez.

– Et vous savez où elle est allée ?

– Mais non. Et ça m'est égal.

– Pas nous. Nous aimerions lui parler. Et son téléphone, elle ne l'aurait pas laissé traîner chez vous ? Il semble qu'elle l'ait perdu. En tout cas, mademoiselle Poirier ne répond plus.

– Son téléphone ? Ça, oui, je l'ai vu de près. Elle me l'a jeté à la figure. Une de ces camelotes chinoises. Il a volé en éclats.

– Vous avez une explication pour tout, remarque Alice. Vous arrive-t-il de croiser votre mari ?

– Encore heureux. Je veux dire : quand les affaires le permettent.

– Je n'ai toujours pas eu le plaisir de faire sa connaissance. Pouvez-vous lui demander de m'appeler pour que nous convenions d'un rendez-vous ?

– Je n'en vois pas bien l'utilité… mais si vous y tenez.

Comme Alice coupe la communication, il lui revient un détail qu'elle s'empresse d'ajouter au nuage : lorsqu'elle a croisé Émilie Piatek à Caucriauville, celle-ci lui a parlé d'un certain monsieur Énobo ou Élobo qui, d'après Christopher, était un caïd. N'était-ce pas tout simplement ce « el lobo » dont parlait la petite Diawara ? L'un des deux hommes qui ont enlevé Christopher répond-il au surnom d'El Lobo ?

Alice récapitule :

- j'aurais dû convoquer Yoann Sitbon depuis longtemps

- j'aurais dû écouter Delphine Poirier quand elle a commencé à me parler de sa patronne

- j'aurais dû interroger de nouveau Émilie Piatek tout à l'heure au sujet du mystérieux monsieur Élobo

et

- je n'aurais pas dû attendre d'avoir trente ans pour me poser des questions sur ma propre vie.

Toujours en retard d'un tramway, ma vieille.

LE CONTENEUR

Quiconque à sa place se demanderait : où suis-je ? Pas Delphine. Quand elle sort de sa brume et ouvre les yeux, elle sait où elle se trouve. Dans un conteneur. Elle le sait aux odeurs de plastique, d'emballage, de fongicide, elle le sent au volume qui l'entoure. Elle est une fille des Neiges, appartenant à la grande famille des marins et des dockers, et les terminaux, où s'entassent par dizaines de milliers les parallélépipèdes de couleur, forment le paysage de son enfance. Delphine peut dire sans les mesurer les dimensions de l'énorme boîte. Longueur : 12 m. Largeur : 2,50 m. Hauteur : 2,50 m. Pendant son unique année d'étudiante en LEA, elle a vécu dans un des conteneurs, empilés sur quatre niveaux, de la résidence universitaire A-Docks, près du port du Havre. Mais dans son souvenir, la lumière y entrait par une baie vitrée. Ici, seuls brillent quelques points lumineux, tout en haut.

En revanche, la question qui vient en second, Delphine se la pose comme tout le monde : pourquoi suis-je ici ? Elle aimerait pouvoir fermer les yeux et se rendormir avec la certitude qu'elle est dans un état intermédiaire entre le rêve et la réalité. Mais son corps et ses sens protestent : non, tu es consciente. Alors, que s'est-il passé ? Sans bouger, osant à peine respirer, elle essaie de se souvenir de ses derniers moments de lucidité. Elle était au téléphone avec Mimi quand Angélique l'a appelée en pleurant. Non, la petite appelait sa maman, et Delphine est venue la rassurer. Elle se souvient de s'être demandé pourquoi les enfants ont encore peur du loup dans une région où on n'en a pas vu depuis des siècles. Avant de regagner le petit salon collé à la chambre d'Angélique, elle est allée boire un verre d'eau à la cuisine. Entre embarras et amusement, elle a noté les relents persistants du shit. Dix minutes plus tard, elle dormait sur le canapé. La suite est confuse. Elle ne peut pas dire qu'elle en ait des souvenirs. Mais il lui reste des sensations, des impressions. La présence d'autres personnes, un brouhaha de voix, des mains sur elle, son corps qui flotte, une chute vertigineuse. Mais il ne s'agit peut-être que de morceaux de rêves. Et le cauchemar, c'est maintenant.

Dans *L'homme au complet marron* d'Agatha Christie, que Delphine a lu au début du confinement, l'héroïne, retenue prisonnière, et même ligotée et bâillonnée, sait qu'il importe avant tout de ne pas céder à la panique. Ensuite, il faut analyser la situation. Enfin, il faut passer à l'action. Delphine, qu'un petit rire nerveux vient de secouer, se persuade qu'elle est dans un roman, et elle se regarde agir, comme dédoublée. Alors qu'elle était à demi couchée sur le flanc gauche, elle s'assoit, jambes croisées, ce qui exige d'elle un effort terrible. Elle sent sous ses fesses une grosse épaisseur de plastique à bulles. Quelque chose lui chatouille le cou, quelque chose qu'elle chasse d'un geste électrisé par la peur. C'est humide, c'est… une larme. Dans les ténèbres, on peut donc ignorer qu'on pleure. Garde ton calme. Respire à fond, deux séries de quinze. Pour bien raisonner, on doit se mettre à l'écoute de ses cinq sens. En réalité, nous en possédons beaucoup plus que cinq. Parmi ceux qu'on ne comptabilise jamais, il y a le sens de l'équilibre. Voilà la première constatation utile que fait Delphine : la surface sur laquelle elle est assise ne trouble pas son équilibre. Le conteneur est donc à terre, et non sur un bateau. Les autres sens ne lui apprennent pas grand-chose. L'obscurité est quasi complète et le silence total.

– Au secours ! À l'aide ! Je veux sortir !

Voilà les mots qui jaillissent de sa bouche sans qu'elle l'ait décidé. Hurlés de toute la force de ses poumons, ils rebondissent mollement autour d'elle. Toujours assise, Delphine se rapproche d'une des parois, elle tâtonne, elle sonde. Du mou. Tu peux taper tant que tu veux, tu peux crier tant que tu veux. Parfois, dans les conteneurs, tout est emballé par des kilomètres de plastique, de polystyrène et de cartons.

Delphine essaie enfin de se mettre debout. Prise de nausées, la tête à l'envers, l'espace d'un instant, elle se croit en proie au mal de mer. Mais non, tout est stable sous ses pieds, c'est elle qui tangue. Elle avance d'un pas, de deux, entend crever les petites bulles d'air qu'écrasent ses semelles. L'effroi la saisit à la gorge comme une main brutale parce qu'elle est perdue au milieu de nulle part, perdue dans un endroit où il n'y a ni haut ni bas, ni droite ni gauche, rien que du noir. Rien à explorer, rien à espérer. Le noir. Elle n'est qu'une infime marchandise jetée dans le noir. Delphine veut faire un pas de plus, mais quelque chose l'attrape à la cheville. Elle tombe dans le néant, accompagnée par un « noooon » interminable.

Elle rue pour se débarrasser de ce qui s'accroche à elle, une corde, une sangle, elle ne sait quoi. Une courroie ? Son cœur fait un bond. C'est une bandoulière. Il lui suffit de la tirer vers elle. C'est son propre sac que Delphine étreint avec une indicible émotion. Si on lui a laissé son sac, c'est que… oh ! elle préfère ne pas conclure. Elle respire l'odeur du cuir avant d'ouvrir la fermeture à glissière, se résignant déjà à une cruelle désillusion. Pourtant, ses mains s'enfoncent dans un sac qui semble encore copieusement garni. Sa première prise lui arrache un cri de joie. Incroyable, tout y est ! Dans la blague en plastique d'Ajja 17, le papier à rouler, le sachet de shit, et surtout le briquet.

Bras levé, Delphine fait jaillir la flamme, deux secondes, à peine le temps de voir ce qui l'entoure. Le conteneur est quasi désert. Il ne transportera rien, hormis sa passagère et quatre ou cinq colis égarés. Avant toute chose, Delphine se roule une cigarette. Elle l'allume et la fume pendant une minute en s'efforçant de ne pas penser. Alors seulement elle poursuit son inventaire. Tapissant le fond de son sac, des lambeaux de mouchoirs, des bonbons à la menthe, des stylos, des post-it et autres bricoles qu'elle peut remonter à la surface à pleines poignées. Elle rencontre au passage le petit recueil de poèmes de Rainer Maria Rilke que lui a offert son premier amoureux. Ce qu'elle cherche avidement, elle sait depuis le premier instant qu'elle ne le trouvera pas. Le téléphone. Mais pour le reste, rien à dire. On ne lui a piqué ni son bleu à lèvres ni même son portefeuille. La présence autour d'elle de ces objets la réconforte. Pourtant, le fait qu'on les lui ait laissés avec une telle négligence semble comporter une obscure menace, un peu comme s'ils lui chuchotaient : « Où nous allons, tu iras, et cela n'a pas grande importance. »

Consciente qu'elle ne doit pas dilapider cette unique source de lumière qu'est son briquet, Delphine jette alentour de brefs flashs de sa flamme. Il y a en tout et pour tout six cartons. Une aussi pauvre cargaison ne justifie pas qu'on traverse les océans, à moins qu'on n'y trouve des diamants ou de la drogue de première qualité. Elle ouvre un premier colis en s'aidant d'une de ses clés pour trancher le ruban adhésif. Les rabats soulevés, elle avance une main, empoigne une forme un peu molle et glougloutante. Maxi Cola.

Un quart d'heure plus tard, Delphine a fini d'examiner le contenu des caisses. Chips, biscuits, chocolat, sardines, plats cuisinés, compotes, et dans sa tête, une sacrée bouillie. Peut-on croire que chance et malchance s'abattent sur vous de façon simultanée avec une telle violence ?

Le dos calé contre une caisse généreusement garnie de conserves, elle grignote des galettes bretonnes, la bouteille de Maxi Cola entre les cuisses. Elle a réfléchi et, sans être entièrement négatives, ses conclusions ne sont pas encourageantes. Le point positif est qu'on ne semble pas disposé à se débarrasser d'elle à brève échéance. (L'image du frère d'Émilie, mutilé de manière abominable, puis jeté à la mer, ne cesse de la hanter.) Le point moins positif est qu'on a mis à sa disposition de quoi tenir un siège. Ou si l'on préfère : jusqu'à l'autre bord de l'océan. Bref, on veut bien la garder en vie, mais loin d'ici.

Mais pourquoi ? Qu'a-t-elle fait ? Oh, c'est simple, elle n'a pas su se taire. Cette sacrée goule qui lui a valu tant de problèmes depuis qu'elle est toute petite ! Elle a encore en mémoire le regard de serpent de sa patronne. De là à imaginer… non, mais non, on n'expédie pas une malheureuse baby-sitter à l'autre bout du monde pour insolence.

Pas de téléphone, pas d'heure. Delphine ignore depuis combien de temps elle se trouve dans cette boîte. Pour tenter de s'accorder à un rythme quelconque, elle a parcouru les trente mètres carrés du conteneur de long en large, éclairant son passage d'un jet de flamme tous les trois pas. À plusieurs reprises, ses semelles ont écrasé comme de petites billes. En se baissant, elle a pu voir qu'il s'agissait de grains de café égarés, inodores et sans saveur avant torréfaction.

Parfois, elle perçoit une vibration. Alors, elle croit le moment venu. Elle s'attend au grand ébranlement, quand on viendra la soulever et l'emporter, pour la déposer ensuite dans un porte-conteneurs. À cette image, Delphine sent le souffle lui manquer. Elle a trop souvent observé ces monstres des mers, où s'entassent par milliers les conteneurs multicolores, pour pouvoir affronter la perspective de se retrouver perdue sous cette masse effarante. Ce serait comme d'être enterrée vivante.

Une idée folle lui vient, inspirée par la panique. Même s'il en a l'air, un conteneur ne peut pas être totalement étanche. Elle en veut pour preuve les petits points qui, çà et là, laissent deviner la lumière. Alors, pourquoi ne pas tenter de lancer des signaux de fumée ? Elle a du carton, elle a un briquet. Peut-être, oui, peut-être que quelqu'un remarquera que de la fumée s'échappe d'un conteneur ? Ou peut-être que tu seras morte asphyxiée avant.

Delphine se contente de fumer un autre joint, mais ses méninges continuent de travailler. Il existe peut-être quelque part un interstice par lequel faire passer un objet très plat et rigide ? Du carton ne ferait pas l'affaire. Ses mains plongent dans le sac pour y prendre le portefeuille. Elle a d'abord songé à la carte bancaire, mais il y a mieux, plus fin, sans aspérités : la carte d'identité. Un instant, Delphine croit qu'on la lui a volée, car elle ne se trouve pas à sa place habituelle. Fausse alerte. Elle la tient. Elle l'éclaire d'un petit coup de briquet. Fronce les sourcils. Recommence.

Sur la carte d'identité, cette fille, saisie par le photomaton, s'appelle Dolores Pera.

« SI CE N'EST TOI... »

Xavier Sitbon est allongé sur sa couchette un peu dure, les mains croisées sous la nuque. Depuis plus d'un mois, il a trouvé refuge chez madame Gomes, une parente d'Eduardo, qui ne le connaît que sous le nom de Jair Delgado. La petite maison de madame Gomes se trouve dans la montée de Sainte-Adresse, face à la mer. Par la fenêtre en forme de hublot, Xavier, qui voit passer à l'horizon un porte-conteneurs, peut se croire à bord du cargo qui lui a fait faire la traversée depuis Carthagène. Il aimerait peut-être reprendre les choses depuis le début, depuis son débarquement au Havre le 10 mars dernier. Il sait qu'il aurait dû se montrer plus prudent et ne pas aller sur le port à la nuit tombée. Il n'aurait pas dû parler d'amour dès les premiers mots à Emma ni faire miroiter son héritage à Angie, mais il a eu un tel coup au cœur quand il a vu leur photo sur le site du *Havre infos* qu'il ne se contrôle plus tout à fait.

Là-bas, en Colombie, il a eu des femmes, de jeunes et de jolies, il est devenu propriétaire d'une vaste plantation de bananes, tout lui a réussi, mais tout lui manque. L'odeur du café torréfié, le crachin normand, la plage de galets où on se tord les pieds, les cris des goélands par-dessus les toits, le vent qui s'engouffre par la Porte Océane, et ce Havre de béton, brut et triomphant. Certains soirs, là-bas, en Colombie, il en aurait pleuré. Cela porte un nom : la nostalgie. Et quand il a vu la photo, c'est devenu un cri. Angie !

Son ami, Eduardo Gomes, a voulu le raisonner :

– Ce n'est peut-être pas ta fille. Demande un test de paternité. Et puis cette femme, cette « Tourniquette », elle voudra te faire payer douze années de pension alimentaire ! Et ton frère, lui qui a supprimé son grand-père pour hériter, tu crois qu'il voudra partager les cafés Sibon avec toi ? Il va te dénoncer à la police. En France, tu ne seras rien d'autre qu'un meurtrier qui a simulé sa mort.

Xavier se relève, comme toujours impatient d'agir, et de nouveau sûr de lui. Beaucoup trop sûr de lui. Comme il l'a confié à Emma au téléphone, il a une théorie en ce qui concerne la mort de Germain Sitbon. Il ne peut pas en parler à la police. L'inspecteur Lamblin, toujours en activité, voudra le placer en garde à vue. La commissaire Verne ne lui a pas paru concernée par ce vieux fait divers, et le moins qu'on puisse dire, c'est que le capitaine Maupetit ne s'est pas montré très accueillant. Il y a toutefois quelqu'un qui pourrait l'aider à y voir plus clair dans les affaires de son frère. Quelqu'un avec qui il s'était bien entendu autrefois, qu'il a même défendu auprès de son grand-père. Lydia Lenormand. Lydia Sitbon à présent, qui doit s'inquiéter de voir l'héritage de Germain fondre sur le tapis vert des casinos.

Depuis quelques jours, Xavier espionne les allées et venues de sa belle-sœur. Elle fait une sortie hygiénique le matin en tenue de jogging et une ou deux courses l'après-midi à la supérette ou à la boulangerie. Il l'a vue parfois en compagnie d'une petite fille, qui courait à ses côtés. La fille de son frère, Angélique, une Angie en modèle réduit.

– Lydia !

La jeune femme, qui s'est appuyée à un platane pour souffler après quelques mètres poussifs de petit trot, tressaille à l'appel de son prénom.

– Yoann ?

C'était ce sur quoi comptait Xavier. Il a la voix de son frère, sa corpulence, ses cheveux, et, avec le masque qui lui borde les yeux, on ne peut pas se rendre compte qu'il n'est pas le jumeau balafré, dont il a par ailleurs adopté la tenue de travail, jeans-blouson-chaussures coquées.

– Papa ! Papa ! s'exclame Angélique, sautillant autour de lui.

– Qu'est-ce que tu fais là ? s'alarme tout de même Lydia. Tu n'es pas à l'entrepôt, ce matin ?

– J'ai oublié mes clés, dit-il. J'ai besoin de… prendre un truc dans mon bureau.

Rester évasif. Parler le moins possible. Lydia lui tend son jeu de clés.

– On rentre dans vingt minutes, ne referme pas derrière toi.

Angélique essaie d'attirer l'attention de celui qu'elle prend pour son père, lui montre ses chaussures de jogging toutes neuves, lui demande pourquoi Delphine est partie, se plaint qu'elle s'ennuie.

– Il faut absolument qu'on trouve une autre baby-sitter, je deviens folle, s'énerve Lydia.

– OK, je m'en charge, fait Xavier, lançant le trousseau de clés en l'air, puis le rattrapant, à la grande surprise de Lydia.

C'est plus fort que lui, cette décontraction affichée. Il doit se surveiller. Dès qu'il a disparu de la vue de Lydia, il prend ses jambes à son cou et, en cinq minutes, il est « chez lui ». Villa Sitbon. Les arbres ont poussé, certains massifs de fleurs ont été déplacés, mais c'est toujours la même piscine, le même court de tennis, peut-être un peu défraîchis, vaguement à l'abandon. Est-ce à cause du confinement ou bien l'argent commence-t-il à manquer ?

Une fois à l'intérieur, Xavier, qui a si souvent revu sa maison d'enfance en pensée, se sent un instant désorienté en passant d'une pièce à l'autre. Les bons vieux meubles normands de Germain Sitbon ont cédé la place à un décor moderne, qui met en valeur des bibelots d'Extrême-Orient, des luminaires vénitiens ou du mobilier Art déco. Cela sent le caprice et le coup de tête, cela manque d'âme. La villa n'a pas l'air habitée.

– Ah, le bureau, se repère enfin Xavier.

C'était celui du grand-père, c'est en principe celui de Yoann. Xavier pousse la porte. Ultrachic et sans doute ultracoûteux. Presse-papiers qui ne presse rien, agrafeuse qui n'agrafe rien, stylos dont l'encre a dû sécher, ordinateurs éteints. Xavier a gardé le souvenir de son grand-père au milieu de liasses de factures et de bordereaux, des deux paires de lunettes qu'il égarait sans arrêt, et de l'odeur du café qu'il transportait avec lui. Xavier se laisse choir dans l'énorme fauteuil pivotant. Ce n'est plus là que se passent les choses, mais alors où ? De quoi vit-on dans cette maison ?

– Tu cherches quoi ? fait une voix qui s'étonne.

Lydia s'est manifestement dépêchée de rentrer.

– La vérité.

Alors, il fait devant elle le geste qu'a exigé de lui Augustin

Maupetit. Il se démasque. Lydia pousse un cri d'effroi, d'horreur, un cri de l'au-delà. « Non ! »

– Si, fait tranquillement Xavier Sitbon.

Elle chancelle, elle doit se soutenir au dossier d'une chaise.

– Mais comment...

– Comment est-ce possible ? s'amuse Xavier. Tu as vraiment cru que j'étais mort ?

– Mais... oui.

Elle est livide, elle claque des dents, elle vient d'avoir un grand choc nerveux.

– Excuse-moi, dit-il, je ne savais pas comment prendre contact avec toi sans que Yoann le sache.

– Parce qu'il n'est pas au courant... ?

– Que je suis vivant ? Non.

Lydia se ressaisit peu à peu, mais il lui faut s'asseoir, car ses jambes tremblent sous elle.

– Maman ! Maman, t'es où ?

Lydia ouvre de grands yeux apeurés et suppliants, et Xavier comprend qu'elle souhaite qu'il remette son masque.

– Je suis là, ma chérie, mais j'ai des choses à dire à... ton père.

Angélique s'est aventurée dans le bureau et elle s'apprête à poser une question, à laquelle sa mère répond d'avance :

– Papa a le rhume. Il doit garder son masque. Va jouer dans ta chambre.

– Mais Delphine n'est plus là, geint Angélique.

– Va dans ta chambre ! articule férocement Lydia, provoquant la fuite de l'enfant.

Elle s'adresse ensuite sur le même ton à Xavier.

– Vous ne pouvez pas rester là. Yoann va rentrer pour le déjeuner.

– Yoann, l'innocent, ricane Xavier. Tu as cru à mes aveux, toi ?

– Mais qu'est-ce que je pouvais penser d'autre ? gémit-elle en se tordant les mains. Il ne faut pas que vous... que tu restes ici, Xavier. Il n'est pas devenu meilleur depuis que tu es parti. Comme tu peux le constater...

Elle montre le bureau inoccupé.

– ... l'entreprise ne l'intéresse pas. Il a perdu beaucoup d'argent au casino, et depuis le confinement il se ruine à des parties de poker privées. S'il te voit, je ne sais pas comment il réagira. Il m'a toujours parlé de toi comme de celui qui l'a défiguré, qui a tué son grand-père, qui a entraîné Gégé dans la mort. Il te hait !

– Mais il ment, Lydia, tu sais bien qu'il ment. C'est lui qui a tué Germain.

Lydia fait ce geste des mains qui signifie : non, non, je ne veux plus rien entendre. D'ailleurs, dès que Xavier se remet à parler, elle se bouche les oreilles.

– Lydia, sois raisonnable. Yoann est en train de vous entraîner dans la ruine, toi et ta petite. Écoute-moi, mais écoute-moi. Je sais ce qui s'est passé cette nuit du 2 septembre. Yoann n'était pas seul dans la villa.

– Pas seul, répète Lydia, l'épouvante la glaçant jusqu'aux os.

– Il y a une chose que j'ai apprise par Teddy da Silva, qui était à la partie de poker du 2 septembre, et dont il n'a rien dit à la police parce que mon frère lui a demandé de se taire. Dans l'état où était Yoann en fin de soirée, s'il a assommé grand-père dans ce bureau, il n'a pas pu le traîner jusqu'à la cave, puis le jeter dans les escaliers et nettoyer les traces du crime. Mais si, insiste Xavier, voyant sa belle-sœur faire non de la tête, c'est comme ça que les choses se sont passées. L'inspecteur Lamblin a soupçonné à l'époque que quelqu'un avait aidé mon frère. Et moi, je sais qui.

JEU DANGEREUX

– Mais joue, maman !

Lydia, que sa fille vient tirer de ses pensées, lui jette un regard peu amène. Cette façon qu'elle a eue de dire : « Mais joue ! » Est-ce que l'addiction au jeu serait héréditaire ? Lydia lance les deux dés et compte à voix haute :

– 3 et 2, 5. 1… 2… 3… 4… 5.

– Ha, ha, se moque Angélique. Tu es dans le labyrinthe. Tu dois payer cinq jetons et retourner à la case 37. À moi. Waouh ! 12. T'as vu, maman ? Double six ! J'ai une chance d'enfer.

« Une chance d'enfer », Lydia sent l'hostilité monter en elle, c'est exactement une expression de son père ! L'oie d'Angélique s'envole sur le plateau de jeu, mais soudain sa bonne nature reprend le dessus :

– Je souffle sur les dés, dit-elle. C'est pour te porter chance, maman.

Lydia fait rouler les dés, sort du labyrinthe, mais reste d'une humeur lugubre. À cause de ce que Xavier lui a raconté la veille. Sa fameuse « théorie ».

D'après lui, le soir du 2 septembre 2008, Yoann, qui était à court de cash et voulait continuer de jouer au poker, a proposé d'aller villa Sitbon chercher de quoi continuer à miser. Mais n'étant plus en étant de conduire, il s'est fait raccompagner par Gonzague Lemercier. « Que s'est-il passé lorsque Gonzague et Yoann ont croisé grand-père ? a ajouté Xavier. Demande d'argent, dispute ? Lequel des deux a porté le coup mortel ? Lequel des deux a eu l'idée de maquiller le crime en accident ? Je n'en sais rien, mais une fois le forfait accompli, mon frère qui tenait à peine debout est allé s'effondrer sur son lit. Gonzague, lui, est retourné à la partie de poker et il a dit à ses partenaires qu'il a attendu en vain dans la voiture que Yoann revienne. » Cet aller-retour de Gonzague Lemercier, Xavier l'a appris par Teddy da Silva, qui ne s'est confié qu'à lui.

– 1, 2, 3, 4, 5, compte Angélique en faisant avancer son pion. Tadam : prison ! Tu vois ? Moi aussi, j'ai la scoumoune.

– Mais où vas-tu pêcher ce vocabulaire ? la rabroue sa mère.

Depuis le début du confinement, et surtout depuis le départ de Delphine, Lydia ne cesse de découvrir sa propre fille et combien il est épuisant de s'en occuper.

– Maman, c'est papa ! C'est papa ! s'écrie soudain Angélique, qui a reconnu le pas de son père dans la pièce voisine.

– Hein ? Déjà ? s'agite Lydia.

Elle ne sait plus à quel jumeau s'attendre, mais un coup d'œil sur la balafre qui lui griffe la joue droite suffit à la renseigner. Du reste, il fait tellement plus vieux que Xavier, comme si ces dernières années avaient compté double pour lui. Le jeu, l'alcool, et quoi d'autre ?

– Tu es là de bonne heure, remarque-t-elle.

– Je ne fais que passer. La commissaire Verne, que tu m'as demandé d'appeler, veut me poser des questions au sujet de

Delphine. Il paraît que c'est une « disparition inquiétante ». Elle t'a plantée lundi matin, c'est ça ? Quelle heure il était ?

– Entre huit et neuf, plus près de huit, Angélique n'était pas réveillée, répond Lydia, avec le souci de précision qu'elle aurait si elle-même était convoquée au commissariat.

– Qu'est-ce qu'elle t'a dit avant de s'en aller ?

– Delphine ? Mais rien ! Enfin, si : d'aller me faire voir ! Et elle m'a demandé pourquoi elle m'espionnerait alors que ma vie est tellement sans intérêt. Enfin, ce genre de gentillesses. Elle sait si peu se contrôler que j'ai évité son téléphone de justesse. Il est en kit dans ta poubelle de bureau si tu veux le récupérer... D'ailleurs, pourquoi c'est toi qu'on interroge ? Tu n'es jamais au courant de ce qui se passe à la maison.

– C'est exactement ce que je vais dire à la commissaire Verne, réplique Yoann avec satisfaction.

Lydia écoute le pas décroissant de son mari lorsque son portable sonne.

– Maman, on finit ? quémande Angélique, qui a continué de s'amuser toute seule avec les dés et les pions du jeu de l'oie.

– Attends... C'est quoi, ça ? demande Lydia à son écran de portable. Oh...

Angélique voit le visage de sa mère qui se fige, tandis que celle-ci murmure à son interlocuteur : « oui... oui... » dans un souffle. Enfin, elle coupe la communication et semble étouffer le téléphone contre sa poitrine.

– Je vais dans le bureau de papa pour répondre à... cette dame, dit-elle.

– Mais on n'a pas fini, pleurniche Angélique.

– Arrête de me contrarier !

Lydia fait des yeux noirs et parle avec cette brutalité que l'enfant ne lui connaissait pas.

– Je n'en ai pas pour longtemps, se reprend-elle. Range un peu tout ce bazar en attendant.

Malgré elle, elle ajoute, rageuse :

– Je ne suis pas ta bonne ! Hou ! Je n'en peux plus de cette crétinerie de Covid !

Une fois dans le bureau de son mari, elle referme soigneusement la porte.

Chez madame Gomes, Xavier rêvasse, allongé sur sa couchette, quand une sonnerie près de son oreille le fait s'agiter. Il tâte les plis de la couette, soulève un oreiller.

– Ah ! Voilà... oui, allô ?

– Monsieur Delgado ? Je souhaiterais vous parler.

Xavier a reconnu la voix de Lydia, mais ce n'est qu'un chuchotement inquiet.

– À quel sujet ? fait-il prudemment, se demandant à quel jeu on joue.

– Au sujet de votre commande de café. Mais je ne peux rien vous dire maintenant.

Xavier comprend à demi-mot que Lydia se sent espionnée ou qu'elle l'est peut-être réellement.

– Écoutez, je vérifie sur mon agenda et je vous dis où et quand on peut en parler.

– Envoyez-moi un SMS et je vous donnerai confirmation. Bonne journée, monsieur Delgado.

Dès que Lydia a raccroché, Xavier tape sur son clavier : *Escalier de Montmorency*. Ces mots ont comme jailli sous ses doigts. Un vieux souvenir y est associé, et à ce souvenir une jeune fille prénommée Emma. Puis il ajoute : *Ce soir ?* En retour, il obtient : *23 h.* Sans doute l'heure à laquelle Lydia pourra fausser compagnie à sa fille et à son mari.

Xavier rejette son téléphone sur le lit et sourit d'attendrissement. Il vient de repenser à ce premier baiser sur les marches de l'escalier. Il ressent l'envie soudaine et brûlante de recontacter Emma, d'entendre sa voix, mais sous quel prétexte ?

– Oh, et puis… ! s'exclame-t-il en se redressant.

Il peut tout simplement dire à Emma, sous le sceau du secret, que Lydia va lui apprendre ce que Yoann trafique avec les conteneurs des cafés Sibon. Car c'est certainement ce qu'elle veut lui confier, loin des oreilles indiscrètes.

– Je ne te dérange pas ?

Il est 18 h 30, Emma s'est lavé les mains à l'eau savonneuse pour la vingtième fois de la journée et s'apprête à quitter Carmen, sa patiente bougonne qu'elle aime tant.

– Au revoir, Carmen ! lance-t-elle à la volée.

La réapparition de Xavier la hante jusque dans son sommeil. Premier amour, oui, premier chagrin d'amour aussi. D'ailleurs, elle n'en a pas connu d'autre. Et il est le père d'Angie.

– Non, tu ne me déranges pas, répond-elle, alors que c'est, au fond, tout le contraire.

– Je ne cesse de penser à toi, dit-il, à toi, à ma fille. Je suis content et je suis désespéré en même temps. Tout ce que j'ai perdu ! Tout ce qui m'est redonné…

Cette voix pressante trouble Emma, mais certains mots lui écorchent les oreilles. « Ma fille »… « ce qui m'est redonné ». De quel droit parle-t-il ainsi ? Elle n'a pas l'intention de lui céder quoi que ce soit, et surtout pas Angie. Elle le laisse parler tout en cherchant sa clé de voiture et en rajustant son masque. Par manque de temps, elle fait toujours au moins deux choses à la fois, ce qui la rend distraite. Il est question de Lydia qui est peut-être sur écoute, de preuves contre Yoann. Est-ce que ça la concerne ? C'est le linge sale de la famille Sitbon.

– J'ai donné rendez-vous à Lydia à cet endroit où tu m'as fait monter au septième ciel, ajoute Xavier, qui se croit romantique. Tu te souviens ? Ta première fois…

Le cœur d'Emma rue dans sa poitrine. Elle ne veut pas de ce genre d'allusion.

– Excuse-moi, dit-elle sèchement, j'ai un double appel. Un patient.

Elle a vu que le vieux monsieur Piatek cherchait à la joindre et elle est bien contente de couper court aux sous-entendus de Xavier.

– Dédé, qu'est-ce qui vous arrive ? Parlez plus fort, je ne vous entends pas. Allô, Dédé ? Dédé ?

LA PARTIE DE POKER

– Je ne comprends pas, dit Augustin. Il y a école ou il n'y a pas école ?

– Mais non, puisque c'est les vacances.

– Et avant, c'était quoi ?

– C'était les vacances à la maison. Non, je veux dire : l'école à la maison.

Angie ponctue ses réponses de petits soupirs agacés, consciente que le capitaine la fait marcher.

– Tout ça, c'est du pareil au même. Tu n'en fiches pas une rame. Tu aurais eu quoi aujourd'hui, normalement ?

– EPS. Tu veux que je te montre ? Je sais faire le poirier.

– J'ai une meilleure idée. Tu fais la prof, et je suis l'élève.

– Je pourrai donner des punitions ?

– Rêve. Tiens, regarde dans le coin derrière le bar. Un cadeau de ma tante. J'aurais préféré une autre couleur que le rose pour les poignées…

Angie s'empresse d'aller chercher la superbe paire de béquilles.

– Ma tante appelle ça des cannes anglaises. Il est temps que je m'y mette.

– Tu vas te lever ?

– Passe-les-moi, une pour chaque bras.

Augustin est assis sur le bord de son fauteuil. Les lombaires, ces derniers jours, ça va à peu près, mais il sent toujours une faiblesse du côté du genou droit. Les cannes soutiennent le haut du bras sous l'aisselle, les mains sont solidement cramponnées aux poignées de caoutchouc. Première tentative. Augustin se hisse dans un grand cri rageur, vacille, puis retombe en arrière, à deux doigts de finir par terre, car le fauteuil a reculé.

– Quel con !

– Zéro, note Angie. Plus une colle pour le gros mot.

– Les freins, bordel ! J'ai oublié de bloquer les roues.

Cette gamine qui ricane ! Et la chienne, maintenant ! Alertée par le raffut, ne sachant comment aider, Capitaine vient poser le museau sur le genou endolori de son maître.

– Laissez-moi ! Laissez-moi, je vais y arriver.

C'est le confinement. Trop de bière, trop de gras. Le haut du corps s'est ramolli. Augustin écarte ses compagnes de jeu à la pointe de la béquille et lance un hurlement tarzanesque. La seconde tentative est la bonne. Le glorieux capitaine Augustin Maupetit est debout. Il tangue un peu, puis se raffermit sur ses appuis et avance de quelques pas en traînant sa patte douloureuse.

– Tu vas plus vite en fauteuil, remarque Angie.

– Que… que le début, ahane Augustin en s'affalant sur le siège. Faut que je m'entraîne. Un peu plus tous les jours. Ma tante n'en reviendra pas quand elle verra ça. Tu ne dis rien à personne en attendant.

– C'est un secret ?

– Pour l'instant. Je vais leur montrer, à tous.

– Leur montrer quoi ?

– Le capitaine Maupetit est de retour sur le terrain.

Angie douche ce bref moment d'exaltation en demandant :

– Et pour l'escalier, tu feras comment ?

– Comme quand j'avais ton âge, sur la rampe. Ah !

Le téléphone posé derrière Augustin vient de lancer sa sirène. Commissaire Alice Verne. D'un geste autoritaire de la béquille, Augustin indique à Angie le chemin de la sortie. La petite s'exécute à contrecœur, flairant qu'elle va manquer une conversation qui ne la regarde pas. Or, qu'y a-t-il au monde de plus intéressant ?

– Augustin ? Yoann Sitbon a répondu à la convocation. Il est en bas à l'accueil. Si tu le souhaites, je branche une caméra pour te permettre de suivre l'interrogatoire. Je crois que tu as suffisamment d'écrans pour ça. Je garde une oreillette pour le cas où tu voudrais me glisser une suggestion.

– C'est bien ce que je disais.

Le capitaine Maupetit est de retour.

– Quoi ?

– Rien. Ça marche, Alice. Coucou, je te vois, constate Augustin. Et j'ai bien envie de voir ce type. Jusqu'à présent, c'est un genre de fantôme que je croise à chaque coin de rue…

– Le voilà, coupe la commissaire.

Entre un Yoann Sitbon en tenue décontractée et masqué précédant le brigadier chargé de l'accompagner.

– Asseyez-vous, monsieur Sitbon. Vous pouvez ôter votre masque. Les locaux ont été désinfectés avec une brosse à dents.

Yoann s'installe dans le petit fauteuil, s'adosse, croise les jambes, baisse le masque pour dévoiler un sourire préparé à l'avance. Il aimerait bien avoir l'air mais, comme chantait Jacques Brel, il n'a pas l'air du tout. Augustin zoome là où s'est aussi posé le regard d'Alice. Tant d'années après, la cicatrice est encore bien visible, pareille à un vicieux petit serpent de chair rose pointant vers l'œil terne et fixe. La commissaire et le capitaine, qui ont, tout frais en mémoire, le visage respirant la santé du jumeau Xavier, font ensemble les mêmes constatations : ridules, bouffissures, petits vaisseaux éclatés, Yoann paraît avoir vieilli dix ans plus tôt que son frère.

– Je suis heureuse d'avoir enfin l'occasion de vous rencontrer, commence Alice, qui opte pour un ton poli, presque cordial. Comme vous le savez sans doute, je me suis rendue par deux fois chez vous, à la villa, où j'ai pu m'entretenir avec votre épouse à propos de la disparition du jeune Christopher Piatek.

Yoann acquiesce, tout en se composant la mimique affligée de circonstance.

– Lors de ces deux visites se trouvait présente à votre domicile une certaine Delphine Poirier, qui est, entre autres, la baby-sitter de votre fille Angélique, c'est bien cela ?

Yoann confirme du bout des lèvres. Son œil valide a la bougeotte, on dirait qu'il cherche par où il va pouvoir s'échapper.

– Eh bien, reprend la commissaire, soudain incisive, Sitbon rime décidément avec disparition. Nous sommes sans nouvelles de cette jeune femme depuis…

Alice trie quelques papiers sur son bureau.

– … le lundi 13 ou le mardi 14. L'alerte a été donnée le 14 par une amie de mademoiselle Poirier, qui se trouve être Émilie Piatek, la sœur de Christopher. C'est une curieuse coïncidence, non ?

Yoann vient d'écarter les bras, comme confronté à une parfaite absurdité.

– Si vous recherchez toutes les personnes dont on n'a pas de nouvelles depuis quelques heures, vous devez être très occupée.

– Donc, la coïncidence ne vous surprend pas, note Alice. Si Émilie s'est inquiétée, c'est qu'elle et Delphine sont très liées et échangent par textos de façon quasi continue. D'autre part, nous savons que mademoiselle Poirier ne s'est manifestée ni auprès de sa mère, ni de son ancien petit copain, ni de quiconque dont nous ayons connaissance.

– Vous ne m'étonnez pas. C'est une caractérielle. Ma femme pourra vous le confirmer. Cette demoiselle s'est débrouillée pour partir en faisant un scandale. Et des heures après son départ, le salon empestait encore le haschisch !

– Ce scandale, comme vous dites, vous pouvez m'en préciser l'heure ?

– Ma femme m'a dit entre 8 et 9 heures du matin.

Augustin suit l'interrogatoire, un sourire ironique aux lèvres. En somme, songe-t-il, Alice est allée questionner deux fois Lydia quand elle aurait dû s'adresser à son mari, et aujourd'hui, alors qu'elle devrait cuisiner Lydia, qui sait tout, elle essaie de faire parler Yoann, qui ne sait rien. Tiens, voilà qu'elle lui demande de décrire la scène de l'altercation à laquelle il n'a pas assisté.

– Le ton est vite monté. Mademoiselle Poirier est devenue agressive. Je tiens à votre disposition les morceaux du téléphone qu'elle a jeté en direction de ma femme.

– Je les ferai analyser avec grand intérêt, monsieur Sitbon. Donc, après cette querelle, Delphine Poirier prend ses cliques et ses claques. Par quel moyen quitte-t-elle la villa ?

– Elle circule à mobylette, je crois. Et, puisque vous ne me le demandez pas, j'étais parti dès 6 heures pour Rouen visiter un de nos gros clients.

Il est si peu tranquille qu'il fournit de lui-même un alibi.

« Regarde ses mains », glisse Augustin dans l'oreillette de sa chef.

Crispées l'une sur l'autre, ses mains tremblent comme celles d'un alcoolique en manque.

– Parce qu'enfin est-ce que vous m'accusez de quelque chose ? s'indigne-t-il d'une voix rauque.

– Mais pas du tout, fait semblant de s'étonner Alice, je voulais juste vous entendre. Cette jeune fille et sa mobylette se sont évaporées en sortant de chez vous, et vous auriez pu nous apporter un détail qui nous aurait mis sur une piste.

Augustin observe sa chef avec la plus grande attention et, c'est rare, une pointe d'admiration. Elle fait des sous-entendus, qu'elle désamorce aussitôt, si bien que Yoann Sitbon n'arrive pas à savoir ce qu'elle pense vraiment. Alors qu'il s'était un peu affaissé dans l'inconfortable petit fauteuil, il se redresse. Avec une bonne image couleur, Augustin verrait ses joues s'empourprer.

– C'est la deuxième fois, vous comprenez, la deuxième fois ! On m'a déjà soupçonné des pires choses et traîné dans la boue, je suis sûr que vous savez à quoi je fais allusion. Je n'ai pas l'intention de revivre…

– Attendez, attendez, vous parlez de quoi ? De ce qui s'est passé en septembre 2008 ?

Yoann prend aussitôt la tête de celui qui réalise qu'il vient de se piéger lui-même. Cette ancienne affaire le désigne d'emblée comme une personne suspecte. Ou cet homme est un bon comédien, songe Augustin, ou c'est un triple crétin. La commissaire Verne farfouille dans ses papiers et exhume un épais classeur rouge.

– J'avoue ne pas avoir eu le temps d'étudier l'affaire à fond, dit-elle en tapotant le dossier Sitbon de l'ongle rongé de son index. Serez-vous d'accord avec moi si je dis que, douze ans après, elle demeure plutôt nébuleuse ?

– Alors, c'est ça ? Cette histoire de baby-sitter, ce n'était qu'un prétexte pour m'interroger sur cette affaire « nébuleuse ». Je vous rappelle qu'elle est classée. D'ailleurs, qu'est-ce que je pourrais vous en dire, à part que ce fut la pire époque de ma vie ? En quelques jours, j'ai perdu un grand-père que je respectais et un frère qui était un autre moi-même. Et pendant ce temps-là, au lieu de pleurer, de pouvoir faire mon deuil, je devais me défendre, crier que je n'étais pas un assassin !

– Après le suicide et la lettre d'aveux de Xavier Sitbon, vous avez été blanchi…

– Non, madame la commissaire. Un homme qui a été accusé d'avoir tué son grand-père pour hériter plus vite, un homme dont les journaux se sont délectés à étaler les erreurs de jeunesse, cet homme-là est marqué pour toujours. Jamais il ne redevient innocent.

Comment Alice peut-elle rebondir ? s'interroge Augustin. Allez, je l'aide :

– Demande-lui de raconter la partie de poker, lui souffle-t-il dans l'oreillette.

– Quand je disais « nébuleuse », reprend Alice, qui paraît ignorer la remarque du capitaine, je pensais surtout à votre propre indécision sur ce qui s'est réellement passé.

– Comme si je ne le savais pas ! J'en suis venu à douter de tout, à regarder mes mains en me demandant si ce n'était pas des mains d'assassin. Est-ce que j'ai pu agir dans un état second et puis tout effacer de ma mémoire ? Un mixte de somnambulisme et d'amnésie ? Non, tout de même !

– Je vais être honnête, monsieur Sitbon. L'enquête est close, rien ne m'autorise à vous poser la moindre question. Mais je peux vous aider à porter un regard neuf sur certains points qui sont restés obscurs. Parce que je vois que vous êtes insatisfait, tourmenté, que vous vous débattez avec vous-même. Pour vous, le passé n'est pas passé…

Augustin émet entre ses lèvres un sifflement approbateur. Le changement d'expression sur le visage de Yoann est éloquent. Alice a su trouver les mots justes.

– Est-ce que nous pouvons partir de cette soirée du 2 septembre 2008 ? Vous participez avec quelques amis à une partie de poker.

Nous y voilà, se réjouit Augustin, car cette partie de poker lui semble la clé de tout. La commissaire Verne, qui est une méthodique, fait préciser chaque détail à Yoann. Celui-ci ne se contente pas de coopérer. Les questions d'Alice sont pour lui autant de coups de pinceau lumineux lancés vers les ténèbres du passé. Cet homme est un secret pour lui-même, devine Augustin. Depuis douze ans, il vit dans l'espoir qu'un jour le voile qui couvre ce que fit Yoann Sitbon en ce 2 septembre 2008 se déchirera.

La partie se tient chez un certain Teddy da Silva, un compagnon de jeu de Yoann, comme l'est Gonzague Lemercier (Yoann les qualifie de « partenaires historiques »). Sont également présents à la table un nommé Paul et un certain Malcolm, que Yoann rencontre pour la première fois. Rien d'inhabituel à cela. Lors des « parties privées », les joueurs vont et viennent.

– Ça donne du piquant, explique Yoann. Quand on s'assoit, on ne sait pas si on a en face des amateurs bons à plumer ou des « tueurs » venus dans l'espoir de vous détrousser.

On démarre tôt, vers 19 heures, sachant que la partie risque de se poursuivre fort avant dans la nuit. Il y a sur la table des choses à grignoter, des bières, du whisky, et des cendriers.

– Gros jeu ? s'informe Alice, qui reste dans le vague pour masquer son ignorance des lois du poker.

– Ça démarre tranquille, comme toujours. On se jauge, on s'observe. Après, c'est à chacun de voir jusqu'où il veut aller.

Petit sourire crispé de Yoann.

– À 20 heures, j'étais gagnant. Paul était du genre jovial et calculateur. Je n'aimais pas l'autre, Malcolm, avec ses lunettes noires et ses tics de joueur professionnel. J'ai commencé à boire un peu trop. C'est mon problème quand je suis en veine. Je bois, je deviens euphorique. J'ai l'impression d'être invincible et, sur certains coups, au lieu de « me coucher », comme la raison le voudrait, je relance.

Augustin soupire. Tel que c'est parti, l'audition du sieur Sitbon Yoann menace de s'achever vers 2 heures du matin. Voilà qu'il décrit ses « mains ». Il a 8, valet, et voyant tomber un 10 sur la table, se prend à rêver d'une suite. Raté. Il a 9, dame, et une autre dame apparaissant sur la table, se met à espérer qu'une troisième reine lui composera un brelan. Raté.

– Est-ce que vous vous souvenez de tous les coups que vous avez joués ? lui demande Alice, bluffée.

– Oh oui.

Alice étouffe un petit rire. Augustin vient de lui chuchoter dans l'oreille : « Mais il ne sait plus s'il a assassiné son grand-père. »

À 21 heures, la situation s'est inversée. Les jetons de Malcolm forment devant lui une petite forteresse. Teddy n'est pas mal non plus. Gonzague suggère une pause fumette. Gonzague en a toujours de la bonne.

– Le mélange herbe et alcool ne m'a jamais réussi, dit Yoann. Pour rester en forme, j'ai avalé quelques Maxiton.

Yoann se refait un peu, perd de nouveau. Armé de deux paires as roi, il part à la guerre. Seul Malcolm lui résiste, Malcolm, qui le pousse à faire tapis, Malcolm qui abat deux 10, qu'un troisième sur la table vient compléter. Il est un peu plus de 22 heures, et l'héritier Sitbon est lessivé, sans le moindre jeton devant lui. Yoann a dans le sang une jolie dose d'alcool, de la nicotine, de la caféine, de la marijuana, des amphétamines et un demi-gramme de cocaïne (Gonzague en a aussi toujours de la bonne). Mais il n'a plus de cash.

– Je fais partie de ces joueurs qui ne savent pas s'arrêter, avoue-t-il en baissant la tête comme un enfant pris en faute. Toute ma vie, j'ai cru que la chance allait tourner.

– Si j'ai bien compris, dit Alice, chacun achète des jetons avec de l'argent liquide. Comme vous n'en aviez plus, vous auriez dû vous retirer.

– J'ai proposé de faire un chèque, mais Malcolm a refusé au prétexte qu'il avait croisé des joueurs insolvables par le passé.

Yoann raconte alors les quelques minutes de flottement qui s'ensuivent. Gonzague et Teddy vantent ironiquement le nom des Sitbon, garantie d'excellence et de probité, célèbrent les trésors de la villa, véritable musée et cave d'exception. À la surprise générale, Malcolm se montre intéressé. Le nom de Raoul Dufy l'a accroché. Grand seigneur, il pousse vers Yoann trois piles de jetons : « Pour une belle aquarelle. Mais je veux la voir. »

Yoann n'est pas en état de conduire. Son ami Gonzague Lemercier l'accompagne. Les deux habitations sont distantes d'environ deux kilomètres.

« C'est là que ça se corse. Prépare-toi à monter en bateau », glisse Augustin.

Comme en écho, Yoann déclare :

– Je sais que la suite est difficile à croire, commissaire. Moi-même… enfin voilà. Je suis entré seul à la villa, discrètement. La lumière était allumée dans le bureau de mon grand-père. Je me suis rendu directement à ma chambre. Il y avait sous mon lit un grand carton à dessin où je conservais quelques œuvres puisées dans la collection considérable de Germain.

– « Puisées », intervient Alice. Volées ?

Yoann admet la chose d'un haussement d'épaules.

– À partir de là, je n'ai presque plus rien à vous dire. Je n'ai même pas sorti le carton. Je me suis assis sur le lit, et tout s'est mis à tourner. Je me suis affalé en me disant que ça allait passer. J'ai dû m'endormir comme une brute. En fait, ça ressemblait davantage à un évanouissement. Après… j'ai peut-être entendu des bruits ou perçu qu'il se passait quelque chose à quelques mètres de moi, je ne peux rien affirmer.

– Très bien, monsieur Sitbon, mais ne vous voyant pas revenir, votre ami Lemercier s'est forcément inquiété de vous ?

– Nous nous en sommes expliqués plus tard. Gonzague a

supposé que j'avais changé d'avis. Il est allé retrouver les autres, plutôt soulagé. Régler des dettes de jeu avec des objets volés ne lui paraissait pas très prudent.

« Encadre-la, cette phrase, elle est trop belle », se moque Augustin, qui, soudain alerté par un sixième sens, ôte son casque et se retourne. Angie et la chienne sont assises côte à côte, au milieu de la pièce, comme au spectacle.

– Mais qu'est-ce que tu fous là, tu n'es pas chez toi ?

– Maman n'est pas encore rentrée. Et Capitaine s'ennuie. On gêne pas. On regarde juste. Pourquoi le père d'Angélique est avec la commissaire ? Il a été arrêté ?

– Je travaille, Angie.

– Tu peux mettre le son ? Après, on ne te dérange plus.

Elle a le droit de savoir, se justifie Augustin en mettant le bouton sur *on*, c'est sa famille, son histoire. Mais ils ont raté le moment où Alice en est venue à parler de Xavier.

– Je n'ai jamais été à l'aise avec la lettre qu'il a écrite, est en train de dire Yoann. Elle sonnait faux à mes oreilles. Que mon frère ait plaidé ma cause, notre cause à Lydia et moi, auprès de grand-père, c'est possible. Mais il n'aurait jamais levé la main sur lui.

D'un mouvement réflexe, la main de Yoann est montée jusqu'à sa joue. Ce vicieux petit serpent de chair, cet œil mort.

– Votre frère était capable d'accès de colère, explicite la commissaire.

– Ce jour-là, je l'avais provoqué, et nous avions trop bu. Par la suite, j'ai bien profité de la culpabilité qu'il ressentait à mon égard. Oui, j'en ai usé et abusé, alors que je lui avais pardonné. Mon frère, je l'aimais, je l'admirais. J'aurais voulu lui ressembler, il était meilleur que moi.

Encore une fois, ou c'est un excellent comédien ou il exprime un réel chagrin.

– Si je résume votre pensée, monsieur Sitbon, vous déclarez être innocent et vous pensez que votre frère l'est aussi. Alors... qui ?

La commissaire réprime un ricanement. Augustin vient de lui balancer dans l'oreillette : « Cherche pas, c'est des triplés. »

– J'aimerais pouvoir vous répondre. Je sens derrière tout cela comme une noire présence, une sorte de machination dont le but aurait été de broyer ma famille. Mais qui et pourquoi ?

– Je garde ces questions dans un coin de la tête, monsieur Sitbon. Il arrive que la vérité éclate au grand jour des années après les faits. On va vous raccompagner.

Augustin suit avec attention la sortie de Yoann. L'homme paraît d'abord surpris de repartir libre, puis ses traits se relâchent : il pense avoir reçu le brevet d'innocence dont il a tant besoin.

– « Une noire présence », marmonne le capitaine. Je ne vois que ma tante pour enquêter là-dessus.

Se retournant, il découvre le visage rouge et les yeux brillants d'Angie. De toutes ses forces, elle proteste :

– Mais il faut lui dire, le pauvre !

– Lui dire quoi ?

– Que son frère n'est pas mort !

– Écoute, je dois m'exercer avec les béquilles. On va travailler sur ma condition physique et, pendant ce temps-là, si j'ai assez de souffle, je vais t'expliquer comment on mène une enquête. Ce qu'on divulgue, ce qu'on tient caché, et qui on informe.

Quand Emma débarque chez Augustin en coup de vent masqué, le capitaine a fait trente fois le tour de son bureau, sa chienne sur les talons, et Angie a appris pas mal de choses sur son nouveau métier d'enquêtrice.

– Excusez-moi, dit Emma, je dois conduire Dédé aux urgences. Son cœur m'inquiète. Ça vous ennuie si je vous laisse dîner ensemble ?

Le binôme fait non de la tête.

– Il y a ce qu'il faut sur la table de la cuisine. Tu es sage, Angie, ajoute Emma à tout hasard.

– C'est bon, la rassure sa fille, on s'entraîne…

Augustin fronce les sourcils : va-t-elle le trahir ?

– Augustin m'explique mon métier de plus tard, complète Angie. Je vais être commissaire de police. Comme Alice.

LE CONTENEUR (SUITE)

Comme au début du confinement, lorsqu'elle s'ennuyait avec la petite Angélique, elle a d'abord beaucoup mangé. Mais ayant fait l'inventaire de ses provisions, sucrées et salées, elle s'est aperçue avec consternation qu'il n'y avait pour tout liquide que cette bouteille de Maxi Cola déjà entamée. Elle a cessé de manger et elle a eu envie de boire, de boire, la perspective de devoir se rationner attisant sa soif. Elle a entendu dire que mourir de soif est la pire des morts. Mais veut-on qu'elle meure ?

Elle cherche parfois à se persuader qu'elle entend un pas, un bruit de moteur, le son lointain d'une cloche d'église, puis elle essaie de deviner où elle est. Sur le port, sur les docks, dans un entrepôt, dans un endroit où un conteneur n'attire l'attention de personne. Elle attend, elle espère, elle redoute le moment où elle sentira s'ébranler sa prison. Peut-être quelqu'un va entrer. Quelqu'un pour qui elle sera Dolores Pera.

Ce nom l'obsède. Dolores Pera. Delphine Poirier. Mêmes initiales, même rythme sonore, et elle se demande si, par un raffinement de cruauté, « pera » ne signifie pas « poire » en espagnol. Sa carte bancaire et sa carte de fidélité Marionnaud qui, toutes deux, auraient pu attester de sa véritable identité, ont disparu du portefeuille. Elle a eu aussi la surprise de constater, en sortant de leur pochette les quelques billets qu'elle y avait glissés, que ses euros ont été convertis en pesos colombiens.

La Colombie, le café, les cafés Sibon, les Sitbon. C'est chez eux, dans leur villa, qu'elle a été kidnappée. Elle s'est endormie sur le canapé du petit salon, et des hommes, au moins deux, car ils parlaient entre eux, sont entrés. Peu à peu, ses souvenirs, noyés dans la brume de quelque drogue, sont remontés à la surface. Des mots incompréhensibles, prononcés par ces hommes, sont parvenus à ses oreilles et se sont mêlés à un rêve, avant qu'elle s'éveille en sursaut. Et là, elle a vu, penché au-dessus d'elle, le visage d'un homme masqué avec des yeux de loup. Elle s'est évanouie ou on l'a chloroformée.

Tassée dans un angle du conteneur, elle fixe du regard ce qui lui tient lieu de plafond et remarque que les petits points lumineux se sont effacés. Elle ignore, car elle a perdu la notion du temps, qu'elle est enfermée depuis deux jours et une nuit, et que c'est la deuxième nuit qui s'annonce. Elle ferme les yeux et s'assoupit un instant.

– Où l'emmenez-vous ?

Elle sursaute en poussant un cri. Elle vient d'entendre une voix dire très distinctement cette phrase-là : « Où l'emmenez-vous ? » C'est une voix de femme. D'une main qui tremblote, elle allume son briquet et tente de percer les ténèbres jusqu'au fond du conteneur. Elle est seule, mais il lui semble entendre encore cette voix qui s'écrie : « Où l'emmenez-vous ? » Ce n'est pourtant rien d'autre qu'une hallucination auditive qui a traversé son sommeil. Mais cette voix, elle la connaît.

– Lydia Sitbon, murmure-t-elle.

Elle était là quand on m'a kidnappée. Elle a vu les hommes.

« Où l'emmenez-vous ? » Elle a voulu s'interposer. Ou bien était-ce : « Où m'emmenez-vous ? » Que lui est-il arrivé ? L'a-t-on enlevée, elle aussi ? Rien, elle n'y comprend rien et, les épaules secouées de sanglots, elle s'abandonne au désespoir.

Mais elle est une Neigeoise, la fille d'un docker qui avait les pieds sur terre, même s'il passa toute sa vie d'adulte à charger et décharger des bateaux.

– Papa ! appelle Delphine en s'essuyant les joues.

Où que tu sois, papa, toi, au moins, ne m'abandonne pas. Je ne veux pas sombrer dans la folie. Cette hallucination qu'elle vient d'avoir n'est que la réminiscence de quelque chose qui s'est produit dans la réalité. Si Lydia Sitbon a été enlevée, et peut-être aussi Angélique, la police a forcément été alertée. À l'heure qu'il est (et d'ailleurs quelle heure est-il ?), on les recherche activement. La commissaire Verne doit enquêter, oui, comme elle a enquêté après la disparition de Christopher Piatek.

Delphine, qui a regardé des séries policières tous les soirs depuis le début du confinement, a d'abord supposé qu'on l'envoyait par conteneur rejoindre un réseau de prostitution. Mais il y a une autre hypothèse. C'est que, mutilée et défigurée comme Christopher, on la jette à la mer avec, sur elle, son portefeuille et cette carte d'identité portant la mention República de Colombia.

Si jamais un corps était repêché, ce serait celui de Dolores Pera, infortunée Colombienne.

PROFESSION : KIDNAPPEUR

Le père de Flaquito voulait qu'il fasse tueur à gages parce que ça vous pose un homme. À supposer que vous mettiez une plaque sur votre porte :

FLAQUITO
KIDNAPPINGS EN TOUT GENRE
DIPLÔMÉ DE L'UNIVERSITÉ DE BOGOTÁ

Ça ferait rigoler les gens. Jusqu'au jour où ils se feraient kidnapper.

Flaquito, qui remue des pensées moroses, vient de jeter un regard sur son collaborateur et se dit qu'il aurait pu trouver mieux. Mais il n'a pas eu beaucoup de temps à consacrer au recrutement et, à l'entretien d'embauche, le garçon lui a dit qu'il avait fait espagnol première langue. Ça facilite le dialogue. Et puis le dénommé Rocky est costaud, il connaît le port du Havre, et il a accepté sans broncher les conditions contractuelles. Soixante-dix pour cent pour Flaquito, trente pour cent pour Rocky.

Rocky, lui, n'en peut plus d'être enfermé à cinq cents mètres des docks, impasse Bellegarde, dans une turne où flotte une odeur de vieilles chaussettes. Plus les jours passent, plus il se méfie du Colombien, qui enchaîne les coups comme des parties de dominos. Rocky s'inquiète à l'idée que l'autre ne saura pas s'arrêter et qu'à la fin il ne restera plus qu'une personne à enlever : Rocky. Il se tient prêt pour ce moment-là, se sachant plus fort que ce petit Colombien au long nez. Un point le rassure : Flaquito tourne de l'œil à la vue du sang. C'est la raison pour laquelle il n'a pas pu reprendre le business de son père.

– Moi, c'est le kidnapping, seulement le kidnapping.

– Oui mais après ? Regarde le fils Piatek.

Du plat de la main, Rocky fait semblant de se scier le poignet. Flaquito préfère adopter un point de vue général :

– Quand tu livres la marchandise au restaurant, ils font ce qu'ils veulent dans la cuisine.

– Et les Diawara, t'as pas menacé de les tuer peut-être ?

– Menacer de tuer, c'est pas tuer. Si tu ne sais pas menacer, tu n'arrives à rien dans ce métier.

Les soirées sont longues, les deux hommes fument, boivent, jouent aux cartes. Les anecdotes que raconte Flaquito manquent de variété. Enlèvements politiques, demandes de rançon pour des hommes d'affaires, kidnappings d'enfants pour mettre au pas les parents, etc., etc. Rocky a fini par se lasser :

– Tu vas faire ça toute ta vie ?

– Quand j'aurai gagné assez d'argent, je rentrerai au pays et j'achèterai à mon père la maison qu'il n'a jamais pu se payer avec ses primes de tueur.

Rocky, un peu gêné, a détourné les yeux pour ne pas voir ceux du Colombien, où brillaient des larmes. C'est depuis ce jour qu'il s'inquiète vraiment. Il n'aime pas trop l'idée que

Flaquito soit pressé de faire fortune pour rentrer chez lui. Ils ont déjà été payés pour leurs coups précédents, mais Flaquito remet sans cesse le partage à plus tard, au prétexte qu'il faut attendre la fin des opérations. Mais la fin des opérations, c'est pour quand ?

Au départ, Rocky a cru signer pour un coup unique. Un enlèvement de base : on va chercher un gars dans sa cité pourrie et on le livre à un certain El Lobo (que d'ailleurs Rocky n'a jamais vu). Quand Rocky a découvert ce qui était arrivé à Christopher Piatek, le visage brûlé à l'acide, les mains tranchées, ça lui a fait un peu quelque chose. Il a essayé d'en parler avec le Colombien, mais ce dernier a coupé court, refusant même de lire les articles dans la presse.

La deuxième commande d'El Lobo s'est révélée inattendue, même pour un homme d'expérience comme Flaquito. Rocky a cru à une blague. Enlever un chien. Et la prochaine fois, quoi ? On kidnappe un jambon ?

– On va pas faire le travail de la fourrière, non ?

Flaquito a jeté un regard indulgent sur son jeune complice.

– C'est un chien renifleur de la police, c'est le pire ennemi du trafiquant. Dans mon pays, on peut donner 10 000 dollars pour la peau d'une bête comme ça. Ici, bien sûr, les tarifs sont moins intéressants.

Rocky s'est senti blêmir. Aller piquer leur chien à des flics, même pour 3 000 euros, ça ne lui paraissait plus si rigolo. Pourtant, quand le Colombien lui a montré la photo, il est redevenu hilare. On y voyait Médor en promenade, tenu en laisse par une petite fille. Apparemment, quand un chien renifleur n'est pas en service, il vit sa vie de toutou comme tout le monde.

L'opération a été préparée avec la plus extrême minutie. Les lieux ont été repérés, l'heure du pipi du chien connue. Le plus dur a été de se procurer le pistolet à fléchettes. Flaquito, qui n'est pas un as de la gâchette, s'est exercé en chambre à fusiller un traversin et a poursuivi son entraînement sur des cibles vivantes, deux pigeons et même un chat. Mais une fois sur le terrain, il faut admettre que les choses ne se sont pas passées comme prévu. Qui aurait pu imaginer que la police française fait parfois promener ses chiens par des tireurs d'élite déguisés en vieilles dames ? À défaut du chien, Flaquito a pu rapporter une photo prouvant que le contrat a été en partie exécuté. L'annonce à la radio que le chien vedette de la brigade des Stups n'a pas survécu à l'agression est arrivée comme une divine surprise.

Flaquito aurait pu se réjouir, mais il n'en est rien. Un kidnapping sans livraison, ce n'est pas un kidnapping.

– El Lobo a divisé la prime par deux. Il voulait le chien vivant.

– Pour quoi faire ?

– Pour le tuer lui-même, répond Flaquito sur le ton de l'évidence.

À partir de ce moment, Flaquito se demande si El Lobo lui accordera encore sa confiance et Rocky se demande si Flaquito voudra encore de lui. Un dernier coup, et j'arrête, se dit l'apprenti kidnappeur, un coup qui paie vraiment.

L'affaire se présente plus tôt que prévu. Pour exprimer ce qu'il en pense, le Colombien joint trois doigts, les porte à sa bouche et en embrasse le bout. Il aime le luxe, et l'idée d'aller opérer dans une des plus belles villas du Havre le remplit d'aise.

– On va chez les riches, Rocky !

Ce n'est pas sa seule source de contentement. Il y a aussi la cible ! Une jeune fille. Flaquito laisse libre cours à ses penchants romantiques.

– Avec une jeune fille, il faut de la psychologie.

Quelques minutes plus tard, alors que son partenaire commence à lui exposer les choses en détail, Rocky fait un bond.

– Hé ! Mais c'est chez les Sitbon !

El Lobo a fourni les clés de la maison et un petit plan parce que c'est une de ces baraques où on a besoin d'un GPS pour aller de la cuisine à la salle de bains.

Ils entrent masqués, car on ne viole pas un domicile à visage découvert, c'est un principe qui n'a rien à voir avec le Covid. Au début, tout va comme sur des roulettes. La belle est endormie sur un canapé, une belle avec une drôle de coupe de cheveux et des lèvres bleues, mais que Rocky contemple avec plaisir, au point de regretter de ne pas l'enlever pour son compte. Il s'agit maintenant de la faire passer d'un sommeil naturel à un autre, plus profond, et dont elle ne sortira pas avant quelques heures. C'est ça, la psychologie. La compresse imbibée d'un produit souverain contre les insomnies est appliquée par la main experte du Colombien. La jeune fille a perçu la menace un peu trop tôt. Elle se débat faiblement, quand soudain une voix résonne :

– Où l'emmenez-vous ?

El Lobo avait pourtant garanti à Flaquito qu'il ne serait pas dérangé. La personne qui a surgi ne peut être que la maîtresse de maison. Elle essaie de retenir Rocky par le bras. Alors Flaquito enclenche la phase intimidation.

– Dou calme ou yé té tou !

L'accent sud-américain fait merveille, et il laisse derrière lui une femme terrorisée.

Une fois la fille dans leur fourgonnette, Rocky s'interroge, vaguement angoissé. Que vont-ils faire de la kidnappée ? Le sort de Christopher Piatek ne lui est pas sorti de l'esprit. Là, franchement, ce serait dommage. Flaquito le rassure. Il est prévu pour elle une expédition en conteneur. À ce sujet, le Colombien a une mission pour son partenaire, une mission qu'il devra exécuter seul.

– Tu vois les docks, là-bas, en face ? Il y a un centre commercial. Tiens, et n'oublie pas de rapporter le ticket de caisse.

Rocky regarde avec consternation la liste de courses que vient de lui tendre Flaquito : thon en boîte, jambon sous vide, chips, biscuits, compotes de fruits, chocolat, eau minérale, etc.

– La demoiselle part pour un long voyage, conclut Flaquito, qui en sait plus long qu'il n'en dit.

Stop ou encore ? Rocky ne sait plus ce qu'il souhaite. Ce soir, Flaquito a enfin accepté de faire les comptes et de lui remettre une avance. Pas à dire, le métier paie bien. Mais c'est comme à la roulette au casino, il faut savoir s'arrêter. À la villa, déjà, c'était chaud, mais la dame ne parlera pas, El Lobo l'a garanti. Ce soir, le Colombien a ses yeux qui luisent. Des yeux de loup.

– On a un dernier coup. Un gros coup.

Il jette trois photos entre eux sur la couverture froissée de son lit.

– Jair Delgado, annonce-t-il. Ou il est dangereux. Ou il est riche. Peut-être les deux.

– Comment tu le sais ?

– La prime. El Lobo est dur en affaires. Là, il a promis un joli paquet. Ça veut dire qu'il tient beaucoup à ce type. Et sur ce coup-là, on n'a pas le droit de se planter, compris ?

Rocky ne l'entend que trop bien. Ses craintes des jours précédents prennent de la consistance. S'ils échouent, qui va trinquer ? Entre un bain sans les mains ou une excursion en conteneur, il n'a pas envie de choisir.

Flaquito étale sur le lit un plan de la ville. Le Havre, c'est la cité aux quatre-vingt-neuf escaliers. Il en désigne un, l'escalier de Montmorency.

– Delgado a rendez-vous ici. Mais il ne sait pas que c'est avec nous.

ANGIE ET AUGUSTIN FONT LE POINT

– Maman, j'ai mis un point final à l'affaire Sitbon.

C'est ainsi qu'Angie accueille sa mère à son retour des urgences, où elle a laissé Dédé aux bons soins de sa petite-fille, Émilie Piatek.

– Je t'explique ?

– Il est tard, répond Emma, dont le regard se laisse pourtant hypnotiser par un tableau blanc, appuyé au mur, et où Angie, de sa grosse écriture de collégienne, a relié des noms, Yoann ou bien Delphine, avec des flèches, et semé ici et là des nuages et des pointillés.

La commissaire Verne n'aurait pas fait mieux.

– On ne va pas embêter plus longtemps le capitaine, ajoute Emma, contente de donner son grade à Augustin.

– Oh, ça ne l'embête pas, il est un peu enquêteur, lui aussi, fait Angie avec un petit geste condescendant en direction de son partenaire. Alors, voilà : Xavier et Yoann sont innocents.

– Ah ? Direct comme ça ? s'étonne Emma.

– Ça se voit qu'ils ont des têtes de gentils.

Le fait que l'un soit son père et l'autre son oncle n'entre évidemment pas en ligne de compte.

– Mais alors, reprend Angie, si Xavier et Yoann n'ont rien fait de mal, qui est coupable ? Une troisième personne.

Emma jette un coup d'œil à Augustin pour s'assurer que le babillage de la petite ne l'ennuie pas. Mais il affiche un air satisfait comme si Angie était sa fille en train de réciter une poésie à la fête de l'école.

– La troisième personne, maman. À qui le crime profite, tu devines ?

Mi-inquiète, mi-intriguée, Emma fait non de la tête.

– Mais c'est à ta copine de la primaire ! Lydia. Parce que le vieux papy, il ne veut pas qu'elle épouse Yoann. Alors, elle est furieuse. Elle vient le voir dans son bureau, et bing ! un coup de marteau. Heu… non, elle le pousse dans la cheminée. Et là, il est mort.

Voyant le visage de sa mère qui se ferme, elle ajoute précipitamment :

– Mais elle l'a pas fait exprès !

– Ce n'est pas inintéressant comme théorie, intervient Augustin. Le seul problème, c'est les quatre-vingts kilos du cadavre à déplacer du bureau jusqu'à la cave.

– Elle a un complice, rétorque Angie du tac au tac.

– Yoann, qui vient de rentrer de sa partie de poker ? lui suggère Augustin.

– Ah non ! C'est… c'est…

Angie a l'air de chercher autour d'elle.

– C'est Gonzague Lemercier.

– Ah oui ? C'est intéressant aussi.

– Mais vous arrêtez, tous les deux, de dire n'importe quoi ! s'énerve Emma. Ce n'est pas un jeu, Angie, et on n'accuse pas les gens sans preuves !

– Pour inculper quelqu'un, il faut des preuves, admet

Augustin. Mais rien ne nous empêche de formuler des hypothèses.

Il approche son fauteuil roulant du tableau blanc et donne un petit coup de la pointe du pied dans un nom qu'Angie a encerclé. Puis, comme s'il était avec son équipe à l'hôtel de police, il commence :

– Yoann. Principal suspect. A toujours dit que, ce soir du 2 septembre 2008, par suite de divers excès de drogues et de boissons, il était hors service, ce que confirment au moins deux des joueurs de la partie de poker, Teddy et Gonzague. Une dispute qui aurait mal tourné entre le grand-père et le petit-fils est toujours envisageable, mais Yoann n'avait pas les ressources physiques pour déplacer le corps et nettoyer la scène de crime.

Deuxième petit coup de pied :

– Xavier. S'est accusé d'avoir tué son grand-père, ce qui a mis un terme à l'enquête. Mais il a prétendu dans sa lettre d'aveux avoir poussé Germain dans l'escalier de la cave, ce qui ne correspond pas aux faits. Le plus probable est donc que Xavier, après avoir organisé sa « disparition » avec l'aide de son parrain, a endossé le crime de son frère jumeau. On peut donc en déduire que les deux frères, qui se sont crus réciproquement coupables, sont en fait tous les deux innocents.

– Ah ! triomphe Angie en se tournant vers sa mère, tu vois que j'ai raison !

– Si l'on veut placer quelqu'un en garde à vue pour l'interroger, il faut établir trois choses, expose le capitaine, soucieux de poursuivre la formation de sa jeune enquêtrice. Un : que cette personne a eu l'opportunité de commettre le crime, c'est-à-dire qu'elle pouvait être sur les lieux à l'heure des faits. Deux : qu'elle a eu les moyens d'agir, une arme quelconque ou sa propre force. Trois : qu'elle avait un mobile, vengeance, héritage, etc. Qui était présent sur les lieux du crime le 2 septembre 2008 ? De son propre aveu, Gonzague Lemercier.

– Ah ! J'ai encore bon.

– Mais quel mobile ? s'interroge Emma.

– J'y viens. Yoann, en rentrant à la villa, a vu la lumière allumée dans le bureau de son grand-père, c'est donc que celui-ci était éveillé. Supposons qu'il sorte de son bureau au moment où Gonzague Lemercier entre dans la villa, excédé de poireauter dans la voiture. Germain exige une explication sur sa présence à cette heure tardive. Il n'est pas stupide, il est au courant des vols de Yoann pour régler ses dettes de jeu. Il introduit Gonzague dans son bureau. On sait que les colères de Germain étaient terribles. Gonzague s'est-il défendu ou l'a-t-il agressé ? En tout cas, il a eu les moyens d'agir, peut-être sans intention de tuer. Donc, sans autre mobile qu'occasionnel. À votre avis, Emma, Gonzague était-il assez costaud pour déplacer seul le cadavre et le jeter dans l'escalier de la cave ?

Emma, qui ne s'attendait pas à devoir un jour répondre à une telle question, fixe le tableau blanc, les yeux ronds. La dernière fois qu'elle a vu Gonzague, c'était sur la plage de Sainte-Adresse. C'est lui qui a pris la photo du couple d'amoureux qu'elle formait avec Xavier. Elle rougit, rien que d'y penser en présence du capitaine Maupetit.

– Alors, maman ?

– Il n'était pas très grand, dit-elle lentement.

– Et à part ça ? questionne le capitaine, qui aurait besoin de cerner la personnalité de son suspect. À quoi il ressemblait ?

– Rien de… de remarquable. Yoann l'appelait « le beau Gonzague », mais c'était plutôt pour se payer sa tête.

Augustin a déjà compris qu'Emma n'aime pas dire du mal des gens. Donc, il abrège :

– Il était moche. Et à part ça, sympathique ?

Emma fait une moue indécise.

– Mais dis ce que t'as à dire, maman, l'exhorte Angie.

– Vous êtes bizarres, tous les deux ! Je ne vais pas critiquer quelqu'un pour vous faire plaisir. Gonzague était d'une famille modeste. Le père Lemercier était employé chez les Sitbon, comme mon père. Alors, forcément, la villa, la piscine, les chevaux… Je pense qu'il était assez envieux. Là.

– Envieux ? Des jumeaux ? la tarabuste Augustin.

– D'un peu tout le monde. Mais oui, des jumeaux, concède Emma.

– Il n'aurait pas été amoureux de vous ?

– De moi ! Oh non ! De Lydia, plutôt. Enfin, je n'en suis pas sûre. Elle tournait un peu toutes les têtes. Oh, je ne sais plus. Vous m'embrouillez.

Elle est d'autant plus embrouillée qu'elle devrait informer le capitaine Maupetit de quelque chose d'important pour l'enquête qu'elle a gardé pour elle.

– À propos de Lydia, commence-t-elle.

Elle hésite encore.

– Mais maman ! la presse Angie.

– Xavier prétend que Lydia va lui apporter les preuves de la culpabilité de son mari, dit enfin Emma en évitant le regard d'Augustin.

Celui-ci ne bronche pas : il savait déjà par Angie que Xavier a obtenu le numéro de téléphone d'Emma. Des preuves de quoi ? songe-t-il, renfrogné. De l'implication de Yoann dans la mort de son grand-père ou de son implication dans le trafic de cocaïne ? Une intuition le traverse : et si les deux étaient liés ? Mais ce n'est pas la question qu'il pose à Emma.

– Quand Lydia doit-elle lui fournir ces « preuves » ?

– Cette nuit.

– Cette nuit !

– À 23 heures, je crois.

– 23 heures !

Emma ne comprend pas pourquoi Augustin pousse de pareils rugissements. Il est 22 h 30.

– Et où ont-ils rendez-vous ? À la villa ?

– Oh, sûrement pas. Lydia croit être espionnée…

– Alors, où ?

– Mais il n'a pas voulu me le dire ! crie presque Emma.

Augustin s'est replacé face à ses écrans. Il se branche sur le réseau de télésurveillance de la ville, en y ajoutant les quelques caméras de vidéoprotection privée auxquelles il a accès.

– Où habite-t-il, vous le savez, j'imagine ? demande-t-il, se souciant de moins en moins de dissimuler sa jalousie.

– Pas exactement, réplique Emma. Il m'a dit : « dans la montée de Sainte-Adresse ».

– Sainte-Adresse, marmonne Augustin tout en tapotant sur son clavier. Sa voiture, c'est une quoi ?

– Mais qu'est-ce que vous voulez que j'en sache ? s'exaspère Emma. Il rêvait d'une Mercedes quand je l'ai connu…

– Appelez-le, fait Augustin d'une voix brève.

Il vient de balayer des yeux ses écrans. Dans la ville confinée, rien ne bouge ou presque, un poids lourd, une moto, deux ou trois voitures, pas de Mercedes.

– Mais pour lui dire quoi ?

– Qu'il doit se méfier de Lydia, intervient Angie. C'est une assassine.

– Que vous avez peur pour lui, ajoute Augustin, qui ricane. Que vous l'aimez. Enfin, n'importe quoi. Qu'il dise où il est et où il va !

Il est 22 h 37.

LE GUET-APENS

– Oh, Augustin ! s'écrie Angie, le doigt tendu vers un des écrans. Celle-là ! Celle-là !

– Quoi ? T'as vu une Mercedes ?

– Non, la camionnette !

Elle a posé le doigt sur l'image d'un véhicule, un utilitaire blanc, sagement à l'arrêt, phares allumés, sous l'œil vidéo d'une résidence de luxe.

– Citroën Berlingo, l'identifie Augustin. C'est quoi, le rapport ?

– Le type qui nous a attaquées, moi et tante Thérèse, il avait un complice qui était dans cette voiture… heu… berlingo.

– Tu ne peux pas être sûre que c'est celle-là, Angie !

– Mais si, je le sais, zoome dessus !

À l'autre bout de la pièce, Emma, qui essaie de joindre Xavier au téléphone, s'est bouché une oreille pour ne pas entendre les criailleries d'Angie et Augustin.

– Allo ? Heu, bonsoir, madame. Ah… je vous réveille, désolée. Ce n'est pas le numéro de monsieur Sit… Delgado, corrige Emma. Jair Delgado ?

Pendant qu'Emma s'embrouille au téléphone avec une madame Gomes, à laquelle Xavier a manifestement emprunté son portable sans sa permission quand il passait ses appels, Angie pousse des cris de triomphe :

– C'est ça, 6, 3, 4 ! Et aussi le Y et le J !

– Elle mémorise les plaques d'immatriculation, se commente Augustin à mi-voix.

Emma se retourne vers lui :

– Xavier s'est servi du portable de sa logeuse pour m'appeler, je ne peux pas le joindre.

– Vous avez demandé à cette dame si elle sait où Xavier est allé ?

– Heu, non.

– Vous lui avez demandé la marque de sa voiture ?

– Heu, non.

– Mais maman ! soupire Angie, accablée.

– Je ne suis pas une enquêtrice comme toi, la chambre Emma.

– 22 h 40, dit Augustin, lugubre, et on a deux mafieux dans la nature.

Cependant, depuis quelques minutes, un souvenir essaie de frayer son chemin dans la mémoire très sélective d'Emma. Au fond, elle sait où Xavier a donné rendez-vous à Lydia. Là où elle-même l'a fait autrefois « monter au septième ciel », comme il le lui a rappelé au téléphone, là où ils ont échangé un fougueux baiser, le premier pour elle, qui l'avait embrasée d'une fièvre amoureuse.

– L'escalier de Montmorency, dit-elle comme lâchant un aveu.

– Celui que j'ai repeint avec Rose-May ? enchaîne aussitôt Angie.

C'était il y a presque trois ans : le centre de loisirs des Neiges s'était porté volontaire pour une mise en couleur artistique des marches de l'escalier.

– J'en ai repeint une en rose et une en mauve, se souvient Angie, comme si la chose était du plus urgent intérêt. Et Rose-May, elle a peint une bleue et la moitié d'une verte.

– Mais qu'est-ce qu'elles me racontent ? s'épouvante presque Augustin, portant les mains à son front.

– C'est là que va Xavier, lui répond fermement Emma. L'escalier de Montmorency. Ne me demandez pas pourquoi. C'est comme ça.

– OK, on y va, dit Augustin, qui ordonne à Angie : Béquilles.

Elle les lui apporte, et il se redresse devant Emma, béante d'étonnement, et même d'effroi. Puis il clopine tout en faisant pleuvoir ses ordres sur Angie :

– Revolver dans le tiroir, ma veste, la laisse.

– Mais vous marchez ? ! s'écrie Emma sur le ton de quelqu'un qui assiste à la résurrection d'un mort.

– Si on veut, marmonne Augustin, qui sent soudain son genou plier. Aïe, bordel de merde !

– Il marche, mais il dit pas mal de gros mots, explique Angie à sa mère.

– Mais ouvre la porte, putain ! Et tiens la chienne correctement au lieu de faire des commentaires à la con ! lui crie le capitaine.

Pour excuser son partenaire, Angie fournit à sa mère ce complément d'information :

– C'est parce que ça lui fait mal.

Du coup, Augustin se met à engueuler aussi Emma :

– Mais vous, aidez-moi au lieu de rester plantée comme une potiche ! Vous voulez quoi ? Être veuve une deuxième fois ?

Il est 22 h 43, et les voilà tous trois qui se tiennent au bord d'un vertigineux précipice. Trois étages ! Augustin lâche Capitaine pour qu'elle descende seule les escaliers. Puis il donne une des cannes anglaises à Angie et passe un bras autoritaire autour des épaules d'Emma.

– Une marche après l'autre, dit-il, autant pour lui que pour elle.

La suite se déroule dans une succession de gémissements et de jurons. Capitaine est déjà en bas et jappe de plaisir à la perspective de cette promenade nocturne. Quant à Angie, elle suit, le sourire aux lèvres. Elle ne voit pas la béquille qui tremble, pas davantage la jambe qui flageole. Elle voit seulement le bras d'Augustin étreignant sa mère, elle voit leurs deux têtes qui se frôlent. C'est long, si long qu'Angie doit appuyer de nouveau sur le bouton de la minuterie. Ayant enfin posé le pied sur le carrelage de l'entrée, Augustin pousse un cri de victoire. Il récupère sa seconde canne et la braque vers le dehors, montrant le chemin. La Polo d'Emma est garée devant l'immeuble, et la jeune femme se retrouve derrière son volant sans avoir bien compris ce qui lui arrivait. Comme elle va démarrer, elle aperçoit sa fille dans le rétroviseur, un bras passé autour du cou de la chienne, à laquelle elle a remis sa laisse.

– Mais Angie, tu es montée ? Veux-tu descendre immédiate…

– On perd du temps, la rabroue Augustin. Vous avez…

Il consulte le petit écran de son portable :

– Huit minutes pour faire un trajet qui en compte douze.

Allez, go ! Je vous guide. Dommage que je n'aie pas mon gyro !

Puis il égrène :

– Rue des Chantiers, Verdun, ensuite ce sera à gauche, rue René-Cance. Foncez, vous occupez pas des feux rouges. Je vous couvre. Vous guettez un Berlingo blanc.

Emma, qui a les nerfs en vrac, vient de sursauter. Près d'elle, le capitaine Maupetit a ôté la sécurité de son arme de service et baissé sa vitre. Les rues sont vides jusqu'au fameux escalier de Montmorency, devant lequel ils passent au ralenti.

Sous l'éclairage nocturne, les marches de toutes les couleurs font penser aux conteneurs empilés sur les terminaux du port.

Soudain, dans le silence de cette nuit confinée, on entend l'écho d'un choc entre deux voitures, suivi du déclenchement d'une sirène, puis trois détonations.

– C'est en haut que ça se passe, constate Augustin, qui garde un ton détaché alors qu'il trépigne intérieurement.

Deux cent soixante-six marches, pour lui, ça ne va pas être possible.

– Passez par le tunnel Jenner, vite !

Emma obtempère, réagissant aux ordres, « à droite, à gauche », comme un automate. De la sueur plein les yeux, elle a tout à coup l'impression de voir double. La main d'Augustin vient agripper le volant pour corriger la trajectoire de la voiture. Les deux taches floues se séparent et se précisent. C'est qu'il y a en fait deux entrées, deux tunnels, un pour monter, un pour descendre. Ils s'engouffrent dans le tube de droite, sept cents mètres qui les font accéder à la ville haute. Au débouché du tunnel, l'œil toujours rivé à son téléphone, le capitaine va au plus direct, « gauche, gauche, face, droite », sans se soucier des sens interdits.

La sirène mugit toujours. C'est celle d'une voiture en stationnement. Elle a de bonnes raisons de se plaindre. Son flanc est salement défoncé, et la coupable ne peut qu'être la grosse limousine noire, immobilisée quelques mètres plus loin en travers de la chaussée, tous feux allumés. Devant ce spectacle, Emma a écrasé la pédale de frein.

– Prenez par le trottoir. Ça va racler un peu contre le mur, mais ça passe.

Comment Emma peut-elle obéir à un ordre aussi insensé et rayer la portière de la petite Polo qu'elle n'a même pas fini de payer ? À peine a-t-elle accompli en toute conscience cet acte de vandalisme qu'elle voit son rétroviseur extérieur voler en éclats.

– Mais c'est quoi ?! hurle-t-elle.

– Une balle perdue, fait Augustin, toujours plus flegmatique au fur et à mesure que la situation se dégrade. Angie ! Couche-toi sur la banquette avec Capi.

– Oui, chef !

À présent, ils tournent le dos à l'escalier de Montmorency, et c'est là que, enfin, apparaît le Berlingo blanc. Le plafonnier est allumé, mais il n'y a personne à l'intérieur. Nouvelles détonations.

– Ça tire de deux côtés, commente Augustin, dont l'oreille est exercée. Votre ami Xavier est armé et il riposte.

Emma trace quelques zigzags en marche arrière, et s'aperçoit, affolée, que le bras d'Augustin est entièrement sorti par la fenêtre, et qu'au bout de ce bras le revolver cherche une cible.

Des cris commencent à pleuvoir. Les immeubles endormis se réveillent. On appelle au secours, on appelle la police !

– Demi-tour ! commande Augustin.

Il a détecté une ombre du coin de l'œil. Un homme court, plié en deux, à l'abri d'une rangée de voitures en stationnement. Emma cale, s'embrouille avec les vitesses, redémarre.

– Ne tirez pas sur Xavier, supplie-t-elle.

– C'est pas lui.

Pour ce qu'il a vu du fuyard, c'est un petit brun, pas un grand blond.

– C'est un des mafieux. Il va vouloir remonter dans sa bagnole. Le Berlingo, Emma ! Retournez au Berlingo ! piaffe le capitaine, qui s'étonne que sa binôme d'un soir ne soit pas plus réactive.

La Polo avance par saccades au gré des gestes désordonnés de sa conductrice. Emma freine à cinquante mètres de la fourgonnette, au moment où le fuyard s'y engouffre. Contre toute attente, au lieu de démarrer sur les chapeaux de roues, il ouvre la portière, côté passager.

– Il attend son complice, devine Augustin. On va un peu chambouler ses projets.

Bras tendu, et bien posément, il tire, faisant exploser la vitre de la portière ouverte. La réaction est immédiate. Le Berlingo bondit, dérape et s'éloigne dans le claquement de la portière violemment rabattue. Rien à regretter. Emma n'aurait pas été tentée par une course-poursuite à travers les rues du Havre.

– L'autre guignolo est à pied, à présent. On devrait pouvoir le cueillir. Un sur deux, ça me suffira.

– Mais Augustin, proteste Emma, et Xavier ? Il est peut-être quelque part blessé, mourant…

– Hein ? Mais non ! Vous ne l'avez pas entendu se cavaler ?

Il a pourtant fait assez de bruit, il s'est pris une poubelle ou je ne sais quoi. À gauche. Je parie qu'*ils* vont essayer de se retrouver devant l'escalier. Tiens ! qu'est-ce que je disais ?

Le Berlingo est là, qui frétille des feux arrière. Mais dès que la Polo montre son museau, il s'éloigne.

– Voilà l'autre pied nickelé. Trop tard, mon ami, jubile Augustin.

L'homme qu'il vient d'apercevoir, courant comme un dératé, est un grand type dégingandé qui a oublié de pousser dans le sens de la largeur.

– Police ! Rendez-vous ! l'interpelle Augustin à pleins poumons.

Mais l'homme se jette dans l'escalier. À lui les deux cent soixante-six degrés de toutes les couleurs !

– Approchez de l'escalier, Emma, encore, encore, c'est bon. Ouvre la portière, Angie. *Go, Capi, catch him !*

La chienne ne se le fait pas dire deux fois. Elle bondit hors de la voiture. Mais derrière Capitaine vient la laisse et, au bout de la laisse, vient Angie, qui est éjectée du véhicule. Sa main est prise dans la poignée, un tour de ruban lui ficelant l'avant-bras.

– *Stop, Captain ! Stop !*

Ordre, contrordre, Capitaine ne sait plus où elle habite. Elle hésite un instant, puis, très boulot-boulot, donne la priorité à sa mission. À l'âge qu'elle a et avec ses états de service, ce n'est pas Maupetit qui va lui apprendre à faire la différence entre une personne qui est suspecte et une qui ne l'est pas. Donc, Capitaine tire sur sa laisse et Angie suit. Pas le choix.

– Angie ! hurle Emma.

– Capitaine ! hurle Augustin.

– Stop ! hurlent Emma et Augustin.

Bien malgré elle, hoquetant « arrê... ê... te » à l'adresse de Capi, Angie parvient en courant au sommet de l'escalier. La chienne se trouve déjà vingt marches plus bas, enfin à l'arrêt. Sa cible a disparu. Elle hume le vent, dresse les oreilles. Mais quand elle bondit, c'est vers le haut. Vers Angie, Angie qu'elle renverse dans les jambes de sa mère.

– Maman !

Affalée par terre, Angie porte une main à son visage, où coule le sang. Il y a autour d'elle des petits éclats de pierre bleue. La balle n'est pas passée loin.

– Reste couchée, Angie.

Emma serre sa fille contre elle et la maintient plaquée au sol. Voyant arriver du coin de l'œil deux jambes et deux béquilles, elle s'écrie :

– Il nous tire dessus !

Le capitaine s'accroupit en grimaçant de douleur et libère sa chienne.

– Putain, Angie, je t'avais dit de la détacher.

– Non, tu l'as pas dit ! proteste Angie, outrée.

Comme ce n'est pas encore le moment de rendre des comptes, Augustin, qui sait déjà que l'addition pour lui va être salée, décide en priorité de mettre ses troupes à l'abri.

– Retournez m'attendre à la voiture, leur chuchote-t-il.

Puis il prend entre ses mains la tête de Capi et lui explique ce qu'elle va devoir faire.

L'escalier de Montmorency est en fait constitué de deux volées de marches que sépare un large espace, protégé par des rampes métalliques. Augustin envoie sa chienne côté gauche. Le fuyard se tient côté droit, couché quelque part.

– Police ! Jetez votre arme. Police ! Levez-vous, bras écartés.

Pour toute réponse, une balle fait éclater le granit d'une nouvelle marche. Augustin lance une dernière sommation et tire à son tour. Une fois, deux fois, trois fois, histoire d'occuper l'adversaire et de le dissuader de bouger. Pendant ce temps, Capitaine avance en rampant, *crawl, Captain*... Le type, qui a perçu la menace, se redresse à demi, l'arme au poing, et fouille l'ombre des yeux. Soudain, *jump, Captain !* D'un bond prodigieux, la chienne saute sur son adversaire, referme les crocs sur son bras, le contraignant à lâcher son arme. Il braille comme un possédé, il se débat, réussit à se dégager, dévale quelques marches. Repris au mollet par les crocs de Capitaine, il ne peut éviter la chute. Jaune, bleu, rouge, jaune, mauve, rouge, vert, jaune, il dégringole l'escalier dans un tourbillon de couleurs et s'immobilise au cinquième palier.

À la force des béquilles, Augustin descend jusqu'au corps agité de soubresauts. Mais s'il ponctue chaque marche d'un gros mot, ce n'est pas tant à cause de la douleur que du corps qui à présent ne bouge plus.

Rocky est là, face tournée vers le ciel. Il n'aura pas le temps de dépenser l'argent qu'il a gagné en livrant Chris et Delphine à El Lobo. Une dernière étincelle de vie palpite en lui, et peut-être un ultime remords. La jeune fille qui lui a paru si jolie, quand Flaquito et lui l'ont allongée, inconsciente, à l'arrière du Berlingo, cette jeune fille va mourir. Mourir de soif. Les bouteilles de Cristalline qu'il devait ajouter aux caisses de nourriture dans le conteneur, Rocky les a oubliées dans le coffre de la voiture. L'homme qui se penche au-dessus de lui est son ennemi, le pire de ses ennemis, un flic.

– Qui êtes-vous ? lui demande Augustin à mi-voix, qu'est-ce que vous vouliez à Xavier Sitbon ? Qui est votre donneur d'ordre ? Ton chef, c'est qui ?

Est-ce un Colombien ? Il essaie de parler, des bulles de salive crèvent entre ses lèvres.

– Qu'est-ce que tu dis ?

Rocky ne veut pas que la jeune inconnue meure de la plus terrible des morts. Alors, à cet ennemi, à ce flic, il chuchote :

– Fille... pack d'eau... Buen...

Augustin répète ce qu'il croit avoir compris :

– Une fille... un paquebot... une fille dans un paquebot. Buen ? Buen quoi ?

Il n'en saura pas davantage. Rocky est retourné vers son Créateur, qui doit se demander quoi faire de lui puisque, malgré tout, au dernier moment, il a eu un bon mouvement. Augustin, le plus respectueusement qu'il peut, lui fait les poches. Pas de carte d'identité, bien sûr, même pas de téléphone. Ah, tout de même, des bouts de ferraille et de papier. Augustin marmonne :

– Nutella, petits pois extra-fins, galettes pur beurre La Bretonne, Maxi Cola...

C'est un ticket de caisse. Il a juste le temps de porter les yeux sur l'addition (salée, elle aussi) qu'en haut de l'escalier apparaît, à grand renfort de sirène, un véhicule qui jette des lueurs bleutées dans la nuit.

– Merde, des collègues. C'est embêtant, ça. Je suis en arrêt maladie.

Un appel de phare lui fait signe au bas de l'escalier. La Polo l'attend. Alors, oui, il fait ce qu'il a dit à Angie : il descend sur la rampe et se réceptionne comme il peut sur sa jambe valide et dans les bras d'Emma.

– Vous êtes fou, vous êtes fou, répète-t-elle tout en l'aidant à monter sur le siège avant.

– T'es trop fort ! s'enthousiasme Angie à l'arrière.

– Je suis mort, geint le capitaine. Démarrez, Emma, et éteignez les phares, bordel ! Mais c'est quoi, encore ?

Le téléphone sonne dans sa poche. C'est un appel de sa chef. En pleine nuit ?

– Augustin, je viens d'avoir Lagadec au téléphone.

Et c'est pour lui parler de Lagadec, en plus ?

– Il est en planque devant la villa Sitbon, poursuit Alice. Il vient de voir passer le SAMU. Lydia a fait une tentative de suicide.

– Rue Salvador-Allende, chuchote Augustin à l'intention d'Emma.

– Qu'est-ce que tu dis ? le questionne Alice, qui ajoute, flairant quelque chose : Tu n'es pas seul ?

– Si, si, je parle en dormant. Bonne nuit.

– C'était quoi ? veut savoir Angie.

– Rien, répond Augustin. Lydia va finir la soirée aux urgences.

– Covid ? dit Emma, qui essaie de rester concentrée sur la conduite automobile, tous feux éteints.

– Non, suicide. Houlà !

Emma, à qui la surprise a fait faire un écart, a failli emboutir une voiture stationnée. Elle pose le front sur son volant, se redresse, prend une longue inspiration, redémarre.

– On se calme, dit Augustin. Dans cinq minutes, on est arrivés.

Puis, réalisant ce qui l'attend :

– Trois étages, bordel de merde !

LE CONTENEUR [FIN]

Elle a soif. Comme elle regrette à présent d'avoir mangé machinalement des Treets et des Pringles Pizza, ce genre de nourriture qui l'a si souvent consolée après le divorce de ses parents ou qu'elle grignotait avec Angélique en regardant la télé ! Elle a bu du Maxi Cola sans se modérer jusqu'au moment où elle s'est aperçue qu'il n'y avait pas d'autre liquide. Il lui en reste à présent une demi-bouteille. Pour tenir combien de temps ?

Dans la meilleure des hypothèses, on va expédier ce conteneur à l'autre bout du monde avant de la délivrer. New York, sept jours de traversée, à ce que son père lui disait. Mais si c'était Sydney ou Hongkong, sa destination ? Le plus souvent, elle pense : ou la Colombie. À cause des cafés Sibon. À cause de la carte d'identité au nom de Dolores Pera. Combien de temps pour atteindre le port de Carthagène ? Dix jours, quinze jours ? Tout dépend des escales…

Elle a soif, sa langue est devenue un bout de carton dans sa bouche. Elle a cherché dans les caisses la nourriture la plus rafraîchissante. Mais rien : jambon sous plastique, saucisses Herta, pot de rillettes, Vache-qui-rit, pains au lait en sachet, crème de marron Clément Faugier ! Du gras, du sucré, du bourratif. Elle a fait ses délices d'une conserve de petits pois dont elle a bu le jus, alors qu'enfant les petits pois, selon ses dires, lui donnaient un grand frisson de dégoût.

– Depuis combien de temps je suis là ?

C'est sa propre voix qu'elle entend résonner étrangement dans ce silence hermétique. Elle se parle à elle-même de plus en plus souvent, elle se tâte la figure, se palpe le corps, s'assure qu'elle est là, que c'est elle, que c'est vrai. Elle se pince. Mais la soif qui lui brûle les papilles suffit à la renseigner. Elle est vivante puisqu'elle souffre tant. Une gorgée, elle va boire une gorgée de Coca. Elle la garde longtemps en bouche, elle s'en emplit tout entière avant de l'avaler. Mais le sucre du soda ne peut pas la désaltérer. Elle tressaille en entendant ce gémissement qu'elle vient d'exhaler. Il lui semble que bientôt elle ne reconnaîtra plus sa voix, elle ne se reconnaîtra plus elle-même, alors qu'elle essaie de distinguer ses mains dans une obscurité presque totale. Elle ne sait pas que ces petits trous d'épingle lumineux au-dessus d'elle saluent le lever de son troisième jour de captivité.

Elle a de brusques crises de larmes, puis elle s'endort tout aussi brutalement et s'éveille en sursaut, sans savoir s'il s'est passé dix minutes ou deux heures. Alors, ses pensées se remettent à tourner en rond. Si on voulait ma mort, on ne me laisserait pas de provisions. Mais on m'a peut-être oubliée dans ce conteneur comme un déchet de la société de consommation.

Elle resserre sa veste de survêtement autour de ses minces épaules, ne sachant plus, car elle est fiévreuse, si elle a chaud ou si elle a froid. Quand elle a été kidnappée en plein sommeil, elle portait ses vêtements de la veille, son T-shirt *#FuckYou* et un pantalon de jogging. Ses ravisseurs lui ont enfilé une veste et des chaussures de sport tandis qu'elle était inconsciente. Or, elle a fait une découverte étonnante la nuit précédente en plongeant la main dans la poche de sa veste. Il y avait là un sachet en plastique, qu'elle a examiné à la lueur de son briquet. De l'herbe, un joli petit paquet d'herbe. Elle n'a pas eu besoin de la humer longtemps pour apprendre que c'était de la bonne. Cadeau du ciel ou vilain tour de l'enfer ? Ceux qui l'ont enfermée sont des pervers. Comment ne serait-ce pas l'herbe du diable ?

À la dernière bouffée de sa propre provision, Delphine a cru connaître le fond du désespoir. Le shit lui calme les nerfs et lui permet de lutter contre le pire ennemi de tout prisonnier : le temps. Elle fait craquer le sachet sous ses doigts. La tentation est de plus en plus forte. Ses ravisseurs lui offrent de quoi dissoudre les heures à venir. Un piège, forcément un piège, se dit-elle. Mais une voix lui souffle à l'oreille : tu pourrais ne plus ressentir la soif, ne plus respirer cet air lourd aux relents d'urine.

Il lui reste du tabac et des feuilles de papier. Assise contre un carton, elle laisse travailler ses mains. Ses gestes sont précis malgré l'absence de lumière. Elle prépare quatre joints en se promettant d'en espacer la consommation. Un piège, le mot lui revient sans cesse à l'esprit. Bien sûr, on veut l'empêcher de réfléchir. C'est donc que quelque chose lui échappe, c'est donc qu'il y aurait quelque chose à tenter. Si j'étais moins stupide, je trouverais. Un piège, un piège. Elle se sent comme une personne prise d'un vertige atroce qui se jette dans le vide pour en finir. Elle fait jaillir la flamme du briquet. La fumée lui monte directement aux yeux et au cerveau. Si c'est un piège, il est délicieux. Jamais elle n'a goûté une herbe de cette qualité, de cette suave intensité.

Le premier joint consumé, il lui en faut un autre. Elle a peur de redescendre, de devoir reprendre pied dans l'horrible réalité. La deuxième dose l'envoie plus haut que le plafond percé de lueurs infimes. La Delphine qui plane contemple avec commisération la pauvre créature clouée au sol dans un lit d'emballages vides. Elle se moque : « Personne ne veut de toi, personne ne pense à toi, personne ne sait que tu es là. Tu ne vaux pas mieux que ces boîtes de carton et ces sachets de plastique. Rejoins-moi ! Ici, le temps n'existe plus, ici, le corps n'a plus de poids. »

Encore quelques bouffées, et ça y est. Plus rien ne peut l'atteindre. Elle est hors de portée de la méchanceté des hommes et des cruautés de la vie. Elle jubile. Elle triomphe. Elle rit, elle rit à perdre haleine, elle rit jusqu'à l'épuisement.

Quand elle sort de sa léthargie, Delphine se demande si la journée s'est écoulée, car le ciel d'un noir d'encre bave des formes inquiétantes. Elle tâtonne à la recherche d'un petit tube blanc. Quand elle jaillit, la flamme du briquet jette une lumière impitoyable sur ce qui l'entoure. Vite, Delphine aspire une bouffée dans l'espoir d'effacer la vision qui persiste sous ses paupières closes, caisses éventrées, papiers d'emballage, débris de gâteaux et chips écrasées.

Elle entend des bruits tout proches, des frôlements, des grignotages. Les rats sont venus, attirés par le festin qu'elle a répandu autour d'elle. Pour les éloigner, elle pique les ténèbres avec le bout rougeoyant de son joint, puis chasse à grands gestes sachets, étuis et boîtes vers ces petits yeux qui brillent dans le noir. Mais elle ne se fait pas d'illusions. Les rats ne se contenteront pas de ces misérables reliefs. Ils l'attendent. Ce qu'ils veulent, c'est elle.

Après le troisième, le quatrième. Pourquoi se priver, elle a de quoi en rouler d'autres. Elle a compris maintenant qu'elle va crever là. Affalée dans les cartons, Delphine murmure que *de la terre sort cette verdure soumise qui, par un long effort, donne la grappe prise entre nous et les morts.* Ce sont les vers de Rilke qui s'échappent du livre que lui offrit son amoureux et qui flottent à présent devant ses yeux. C'est drôle. Elle voudrait rire encore, mais n'en a plus la force. Soudain, son cœur se rebelle, son estomac se soulève. Elle se tourne de côté juste à temps pour ne pas se vomir dessus. Tout bouge autour d'elle, elle a l'impression d'être ballottée par une tempête surnaturelle. Elle monte et descend, monte et descend. La bouteille de Maxi Cola roule jusqu'à elle, et l'un des cartons bascule.

Un cri jaillit de sa gorge en feu. Elle ne rêve pas, ne délire pas, n'hallucine pas. Ce n'est pas elle qui plane, c'est le conteneur. Le grand voyage est commencé, mais elle sait déjà qu'elle n'en verra pas la fin.

LE PROBLÈME, C'EST LE LENDEMAIN

Ce n'est pas la première fois de sa vie que le capitaine Maupetit part en vrille. Mais là, il a entraîné dans sa spirale de conneries une femme dont il est peut-être amoureux et Angie, qui est indéniablement sa pote.

– Je suis désolée, Augustin, mais il n'est plus question qu'Angie mette un pied chez vous. En fauteuil roulant ou sur deux béquilles, vous êtes un danger ambulant.

Augustin hoche la tête avec l'impression fugace de se faire remonter les bretelles par tante Thérèse.

– C'est Xavier qui a commencé, se rebiffe-t-il.

– Il ne pouvait pas se douter que Lydia prendrait trop de somnifères ou de je ne sais quoi et qu'à sa place il trouverait des tueurs à gages !

Augustin regarde Emma, la mâchoire décrochée, mimant tout à la fois l'ébahissement et la consternation.

– Mais enfin, Emma, comment ces tueurs étaient-ils au courant du rendez-vous ?

– Par Yoann. Lydia a bien dit qu'elle était espionnée.

Pour Emma, Lydia, c'est une copine de l'école primaire, c'est Miss Normandie, c'est la maman d'Angélique, ce n'est pas une tueuse en série, Chris, Delphine, Xavier, à qui le tour ?

– D'ailleurs, on l'a peut-être droguée à son insu, ajoute-t-elle.

– Ce n'est pas inintéressant comme théorie, admet Augustin avec impartialité. Mais c'est qui, « on » ?

– Yoann.

– D'après ce que m'a raconté Alice, hier soir, Yoann jouait au poker avec trois autres personnes qui peuvent en témoigner et il n'est rentré chez lui que pour trouver sa femme inconsciente et appeler le SAMU.

Emma est en train d'échafauder une autre théorie intéressante à base de capsules digestives dans lesquelles « on » a injecté de la strychnine à l'aide d'une seringue avant d'aller jouer au poker, quand elle entend une petite voix timide qui demande à la cantonade :

– C'est qui qui s'occupe d'Angélique maintenant ?

Emma se tourne vers la porte du bureau d'Augustin en prenant un air mécontent :

– Angie ! Je t'ai demandé de ne plus venir ici.

– Mais maman…

– Rentre chez nous !

– Oui, mais c'est qui qui va s'occuper d'Angélique ? Elle n'a plus de baby-sitter, sa mère est à l'hôpital et son père va aller en prison.

– Elle a vraiment l'esprit de concision, remarque Augustin, fondu d'admiration.

– Oui, mais ce n'est pas ce qui nous donne une réponse, rétorque Emma, dont le bon cœur est déjà aux abois à la pensée de cette pauvre petite fille riche, abandonnée dans la luxueuse et lugubre villa Sitbon.

Un bref aboiement signale alors à l'attention d'Augustin la

présence d'une visiteuse à sa porte, tante Thérèse, qui apporte les nouvelles du jour.

– As-tu vu ça, Augustin ? dit-elle en lui tendant *Paris-Normandie*. À deux pas de chez moi ! On n'est plus en sûreté nulle part.

Augustin ne résiste pas au plaisir de faire la lecture à voix haute, tandis qu'Emma et sa fille échangent des regards de côté.

RODÉO TRAGIQUE DANS LE QUARTIER MONTMORENCY

Ce mercredi soir, vers 23 heures, les rues proches de l'escalier de Montmorency ont été le théâtre d'une course-poursuite qui s'est achevée en fusillade. Les habitants du quartier ont d'abord été alertés par des bruits de collision et des sirènes d'alarme. Un témoin, qui a pu suivre les faits depuis sa fenêtre, décrit alors une véritable scène de guérilla urbaine. « Ça tirait dans tous les sens. Je pense qu'ils étaient au moins cinq ou six. » Parvenues sur place, les forces de l'ordre n'ont pu que constater les dégâts. Outre plusieurs véhicules endommagés, les policiers ont découvert le corps d'un homme d'environ 25 ans étendu sur les marches du célèbre escalier. L'enquête s'oriente vers un règlement de comptes entre bandes rivales.

Augustin pose le journal sur son bureau et découpe illico l'article.

– Tu vas le mettre sous plastique ? s'informe Angie, qui se pénètre de chacune des manies d'Augustin pour l'imiter quand elle sera commissaire.

Après le départ des Tourniquet, mère et fille, Thérèse, qui a suivi l'enfant des yeux, interpelle son neveu de sa voix solennelle.

– Augustin ?

– Oui ?

– Pourquoi cette petite a-t-elle la joue écorchée ?

– Elle est tombée à vélo.

– Elle n'a pas le droit de circuler à vélo en ce moment.

– Non, admet Augustin. Alors, elle s'est blessée avec sa fourchette.

Ce n'est pas plus invraisemblable que d'être atteinte par un éclat de pierre lors d'une fusillade sur l'escalier de Montmorency.

– Augustin ?

– Oui ?

– Tu te rappelles que cette petite avait une aura noire ?

– Oui.

– Elle n'est plus noire.

– Ah non ? s'inquiète Augustin, qui se demande ce qui peut être pire.

– Elle est redevenue orange.

Augustin laisse échapper un soupir de soulagement. Mais sa journée n'est pas finie pour autant. Un SMS d'Alice vient de tomber sur son écran de téléphone : *Il faut qu'on se parle*, tandis que tante Thérèse le quitte pour la promenade biquotidienne de Capitaine. Le ton impérieux de la commissaire fait craindre à Augustin que sa chef n'ait deviné sa participation au « rodéo tragique ».

– Gus ? Bon, alors, vite fait, commence la commissaire Verne d'une voix bousculée. Juste pour t'informer qu'on ne s'occupe plus de la disparition de Delphine Poirier.

– Comment ça ?! s'exclame Augustin.

– La Crim' prend le relais. Je viens d'en être informée par Hautecloche.

Ce nom improbable est celui d'un collègue de la brigade criminelle qui refile parfois des tuyaux à la commissaire des Stups. En quelques mots, Alice résume ce qui est en train de se passer à l'hôtel de police. Les nuages s'amoncellent au-dessus de la tête de Yoann Sitbon : après la saisie de cocaïne dans un des conteneurs destinés à son entreprise, voici la disparition inquiétante de la baby-sitter de sa fille, suivie de la tentative de suicide de sa femme.

– Elle n'est pas sortie d'affaire, elle est toujours dans le coma, précise Alice. Mais c'est pas ça, le plus beau.

Augustin, stupéfait, apprend qu'une thèse est en cours à la Crim' : un ménage à trois qui aurait tourné vinaigre.

– C'est-à-dire ?

Alice lui répond d'abord par un rire un peu coincé avant de développer :

– Les Sitbon auraient fait ménage à trois avec Delphine, puis la baby-sitter aurait eu des exigences financières, d'où la vente du tableau de Dufy.

– Du chantage ?

– C'est ça. Et pour y mettre fin, Yoann se serait débarrassé de Delphine, sa maîtresse, mais sa femme, prise de remords ou de panique, se serait fait un cocktail en vidant sa pharmacie. Ou Yoann aurait tenté de la supprimer, elle aussi.

– C'est du délire !

– En tout cas, ça ne concerne plus les Stups. On est priés d'aller jouer ailleurs.

– Ce n'est pas possible, Alice, on ne peut pas renoncer.

– Désolée, Gus, je laisse tomber. Et toi, je te rappelle que tu es en arrêt maladie.

– Alice, écoute-moi, la supplie Augustin. On ne peut pas abandonner, pas maintenant.

Tant pis, il tente le tout pour le tout :

– Tu es au courant de ce qui s'est passé cette nuit à l'escalier de Montmorency ? Alors, voilà, reste calme, Alice. J'y étais.

– Putain ! Je l'aurais parié ! Mais t'en rates pas une, ou quoi ? Là, t'es cramé, Augustin, fini, *dead*. Mais comment t'as fait ? Comment tu t'es rendu sur place ?

Augustin n'a pas l'intention de « cramer » Emma et Angie.

– Alice, écoute-moi. Je sais où est Delphine.

Silence interloqué de l'autre côté. Augustin en profite pour lui raconter, sans entrer dans tous les détails, le guet-apens dont a failli être victime Xavier. Puis d'une traite il débite :

– Ces deux mafieux, ce sont ceux qui ont enlevé Chris à Caucriauville et essayé d'enlever Capitaine. Le petit brun à l'accent sud-américain a été identifié par madame Diawara, par Angie et par ma tante. Il était là cette nuit, dans le Berlingo.

Et sans reprendre haleine :

– « Fille… paquebot… buen. » Ce sont les derniers mots du complice. On ne ment pas quand on va mourir. La fille, c'est Delphine Poirier. Quant au paquebot, j'ai vérifié, Alice. Il y a un cargo colombien du nom de *Buenaventura* qui est actuellement dans le port du Havre. Il part demain à six heures du matin. Destination : Carthagène.

– Mais Gus, essaie de l'interrompre sa chef.

– Laisse-moi terminer. Dans une poche du type, il y avait

une liste de courses, longue comme le bras. Que de la nourriture. De quoi tenir un siège ou une traversée jusqu'à Carthagène. Et le mieux, dans une autre poche : les morceaux d'un plomb de conteneur.

Augustin conclut d'une voix qui n'admet pas la contestation :

– Ils ont ouvert un conteneur, ils y ont emprisonné Delphine avec des vivres. Delphine est vivante. On va l'expédier en Colombie.

– Mais Gus, s'affole Alice, je ne vais pas faire ouvrir tous les conteneurs du *Buenaventura* ! Il doit y en avoir des centaines...

– Entre mille et deux mille.

LE SOUVENIR

En franchissant la majestueuse grille d'entrée qui est restée ouverte depuis le passage de l'ambulance, Emma ne s'attend pas à ce que les souvenirs lui reviennent avec cette force et cette précision. La terre et le ciel se fondent en une seule et même matière liquide, ça dégouline de partout, dans ses yeux, dans son cou, et pourtant elle revoit ce jour radieux du 17 juin 2000.

Elle a franchi cette même grille, fière et intimidée, sa petite main glissée dans la poigne paternelle. Elle a 10 ans, elle est INVITÉE.

Monsieur Tourniquet lui fait admirer les massifs de fleurs, les palmiers insolites au pays des pommiers, la piscine et sa paillote. Lui, le modeste employé de Germain Sitbon, ressent presque l'orgueil du propriétaire. Pourtant, arrivant bons derniers après tant d'invités importants, monsieur le ministre et monsieur le préfet, Emma et son père n'espèrent plus avoir droit à une part du gâteau d'anniversaire.

– Approchez, monsieur Tourniquet, servez-vous ! les interpelle soudain un homme aux petits yeux bleus malicieux. Ne vous gênez pas ! Avec les mains, c'est encore meilleur.

Germain lèche ses doigts graisseux, donnant le mauvais exemple à Emma, qui fronce les sourcils de réprobation.

– Approche-toi, Emma, il reste de la pièce montée. C'est bien Emma, le prénom de votre fille, monsieur Tourniquet ? Elle est jolie tout plein, cette petiote. Un vrai teint de Normande !

Emma croit entendre encore cette voix où traîne l'accent cauchois. « Un vrai teint de Normande », j'ai sûrement rougi, pense-t-elle, mes parents n'aimaient pas qu'on me dise que j'étais jolie. Ils avaient peur que ça me tourne la tête.

Le temps a passé, les fleurs sont mortes, la piscine ressemble à une mare croupie. Xavier m'a dit que j'étais jolie. Je l'ai cru. Papa a été tellement déçu quand j'ai dû lui avouer que j'étais enceinte. À 18 ans ! « Ta vie est finie. » Emma n'a jamais voulu dire à ses parents qui était le père d'Angie.

La voilà devant la porte de la villa Sitbon. Elle sonne, elle toque, elle tape. Elle pense à ces contes de fées où une vieille femme effrayée entrouvre la porte en chevrotant : « Passez votre chemin, c'est la maison de l'ogre, ici. » Or la porte s'entrouvre, et une voix effrayée dit :

– Vous êtes qui ?

Emma descend son masque sous le menton pour sourire à l'enfant.

– Je suis une amie de ta maman. Est-ce que tu es toute seule ?

– Non, y a papa. Il est dans son bureau.

– Je voudrais lui parler.

L'enfant s'efface, baissant la tête, regardant ses pieds. Elle ressemble tant à Angie au même âge qu'Emma en est bouleversée. À la fête de la galette, elle l'avait repérée et photographiée et, à plusieurs reprises depuis, dans le secret de sa chambre, elle a scruté cette photo. Sentir l'enfant là, si près, si désemparée, abandonnée, lui donne une envie violente de la serrer dans ses bras.

– C'est le bureau de papa, chuchote Angélique, s'arrêtant devant une porte mal fermée.

Emma, replaçant son masque, y toque légèrement. Pas de réponse. Elle insiste.

– Une minute, Angélique. J'arrive, dit une voix étouffée.

Cette voix fait frissonner Emma. Est-ce la voix de l'homme qui a tué son grand-père, mutilé et jeté en mer Christopher Piatek, fait disparaître Delphine Poirier, tendu un guet-apens à son propre frère ? Va-t-elle trouver derrière cette porte l'homme qui utilise son entreprise pour faire entrer de la cocaïne en France, qui engage des tueurs sud-américains pour supprimer tout ce qui se met en travers de sa route, fût-ce un chien ? El Lobo !

– Monsieur ? Monsieur Sitbon ?

Elle s'est aventurée dans le bureau à pas de loup. Yoann, accoudé à sa table de travail, a enfoui son visage dans ses mains. À l'appel de son nom, il tourne les yeux vers Emma, la regarde, l'air incrédule. Il semble plus désemparé, plus abandonné que son enfant.

– Vous êtes qui ?

– Une amie de votre femme. Je ne sais pas si mon nom vous rappellera quelque chose.

Qu'a-t-elle été pour la famille Sitbon ? Un flirt de Xavier.

– Emma Tourniquet. Mon père a travaillé pendant trente ans pour les cafés Sibon.

Yoann fait à Emma un signe de la main qui lui demande de patienter. Il essuie ses larmes, puis se mouche, se racle la gorge avant de dire d'une voix mal assurée :

– Tourniquet, oui… Monsieur Tourniquet…

Puis, dans un sursaut :

– Emma !

Il bégaie :

– Em… Emma Tourniquet. Oui, bien sûr, avec ce masque, je ne vous avais pas reconnue.

– Et douze ans ont passé, ajoute Emma en se démasquant.

– Vous n'avez pas changé. Sur la plage… mon frère… Vous étiez tous les deux si amoureux.

Les larmes débordent de nouveau. Ce n'est pas El Lobo. Emma en a la certitude à présent. Elle a en face d'elle un homme dévasté par le chagrin, qui ne comprend rien à ce qui lui arrive.

– Papa ?

Angélique s'est faufilée derrière Emma. Elle voit son père qui pleure, elle voudrait se jeter dans ses bras, mais il paraît qu'on n'a plus le droit. Il se passe pourtant cette chose-là, inattendue autant qu'inespérée. Emma soulève Angélique du sol, la serre contre elle, l'embrasse, l'appelle « ma chérie », puis, un peu honteuse de cet emportement, la repose.

– Yoann, je dois vous parler. Nous n'avons pas beaucoup de temps. Ce que je vais vous dire vous paraîtra surprenant… incroyable, même.

Elle se demande ce que les oreilles d'une enfant de 7 ans peuvent entendre. Mais comme dirait Augustin, « c'est son histoire, elle a le droit de savoir ».

– Nous avons été très amoureux, Xavier et moi. Puis j'ai rompu… et les événements ont achevé de nous séparer. Non, non, fait-elle en secouant la tête, car Yoann a ouvert la bouche pour l'interrompre. Je ne veux pas revenir là-dessus. Yoann, votre frère m'a laissé un souvenir…

Emma est rougissante, embarrassée, presque semblable à la jeune fille de 18 ans le jour où elle dut annoncer sa grossesse à ses parents.

– Un souvenir, répète Yoann, si surpris qu'il en paraît choqué.

– Elle s'appelle Angie, elle aura bientôt 12 ans, elle ressemble à son père, elle ressemble à Angélique.

Un flot de sang monte aux joues blêmes de Yoann.

– C'est… la première bonne nouvelle depuis bien longtemps !

– Merci, merci de votre réaction, Yoann, balbutie Emma, troublée aux larmes et regrettant d'avoir douté de l'innocence de cet homme. Mais je suis porteuse d'une autre nouvelle… qui n'est pas bonne. J'ai un ami qui travaille à l'hôtel de police et qui m'a informée que vous alliez être…

Elle baisse la voix jusqu'à murmurer :

– placé en garde à vue.

– Je n'ai rien fait de mal, Emma, croyez-moi, la supplie-t-il. Je sais que bien des choses parlent contre moi. J'ai laissé le jeu détruire ma vie, je…

– Je ne suis pas venue pour vous juger, je suis venue pour vous aider.

Elle pose la main sur l'épaule d'Angélique. En un éclair, Yoann a compris. Après les sirènes du SAMU vont retentir celles de la police. La petite ne doit pas voir son père embarqué par les gendarmes, elle ne s'en remettrait jamais.

– Oui, protégez-la. Vous dites qu'il faut faire vite ?

Il est debout, il a retrouvé son énergie, celle d'un père qui va se battre.

– Il vous faut des vêtements ?

– Un doudou, un pyjama… Même si la garde à vue est prolongée, ce n'est l'affaire que de deux ou trois nuits.

En dix minutes, le petit sac à dos est prêt, et Angélique a déjà retenu qu'Emma Tourniquet a le plus grand cœur qui soit et que, dans ce Quartier des Neiges, au nom si gracieux, Angie, sa cousine, attend sa venue.

– Je crois que je viens d'entendre une voiture dans l'allée, les bouscule Yoann. Passez par-derrière.

Il prend la petite à son cou puis, à grandes enjambées, il guide Emma vers les cuisines et la buanderie jusqu'à la porte dite « des fournisseurs », une porte dérobée qui permet de quitter discrètement la propriété en passant derrière le court de tennis.

– Tu reviens bientôt me chercher, papa ?

Angélique a beau faire confiance à Emma, ses bras font autour du cou de son père un collier qu'il est bien difficile de détacher.

– Je reviens très vite, très vite, chuchote fiévreusement Yoann. Je t'aime, mon ange.

Ça y est, elle est passée dans les bras d'Emma. Des larmes roulent dans ses yeux.

– Tenez, dit Emma en tendant une enveloppe cachetée à Yoann. C'est de la part du capitaine de police Augustin Maupetit.

Yoann bredouille, ahuri :

– Le capitaine… qui ça ?

– Augustin Maupetit.

Emma se sauve sous la pluie battante, serrant l'enfant contre elle, tandis que Yoann Sitbon fourre machinalement la lettre dans sa poche. Il lui semble que le rideau vient de tomber sur le dernier acte de sa vie. Et qu'il a tout perdu.

POKER MENTEUR

Après le départ d'Emma et d'Angélique, Yoann est revenu s'asseoir à son bureau. Ce lieu de travail qu'il a déserté lui paraît avoir des vertus apaisantes. Il sent toute proche et amicale la présence de Germain, de Xavier, de Gégé, qu'il a chassés de son esprit pendant toutes ces années. Lydia est là aussi, Lydia qui est en train de se battre contre la mort et dont il attend des nouvelles. Une overdose médicamenteuse, lui a-t-on dit à l'hôpital Flaubert. Près de son lit, il y avait des boîtes vides de somnifère et d'anxiolytique. Mais pourquoi un tel geste de désespoir? Elle n'a jamais été dépressive. Jamais heureuse non plus, pas plus que lui. Ils ne s'aiment pas, ne se sont sans doute jamais aimés. Il est presque certain qu'elle a un amant. Lui n'a jamais eu qu'une maîtresse: la reine de cœur des cartes à jouer.

La brusque réapparition d'Emma le trouble comme celle d'un autre fantôme, le fantôme de l'été 2008. Xavier était amoureux. Yoann avait senti la différence entre cet amour et ce qu'il éprouvait pour Lydia. Il était ébloui par cette belle fille, flatté d'avoir été choisi par Miss Normandie.

– Mais espèce de crétin, tu ne comprends pas que cette sale petite grue n'en veut qu'à ton argent?

Germain Sitbon avait convoqué son petit-fils dans ce bureau et avait voulu le faire rompre de force avec Lydia.

– Qu'est-ce que tu crois ? Qu'elle est amoureuse de tes beaux yeux ? Il faudrait que tu en aies deux !

Oui, Germain Sitbon pouvait se montrer odieux. Ils avaient failli en venir aux mains, mais Xavier, alerté par leurs cris, s'était interposé à temps.

En cherchant un mouchoir dans sa poche, Yoann sent sous ses doigts l'enveloppe qu'il avait enfournée sans précaution. De la part de qui, déjà ?

Monsieur Sitbon,

Vous êtes soupçonné d'avoir fait disparaître Delphine Poirier et d'avoir empoisonné votre femme. Votre placement en garde à vue n'est qu'une question d'heures. Je crois en votre innocence, mais j'ai besoin de votre aide pour l'établir aux yeux de la justice. Faites ce que je vous demande sans vous poser de questions : contactez monsieur Gonzague Lemercier de toute urgence et apprenez-lui que votre épouse est sortie du coma, que la police s'apprête à l'interroger, et qu'ainsi on saura toute la vérité. Ne dites rien de plus, mais rien de moins. Dès que ce sera fait, prévenez-moi à la minute même au numéro que je vous laisse.

De saisissement, Yoann Sitbon est devenu glacé. Un instant, il a cru qu'il allait perdre connaissance. Mais il marmonne : « Ce n'est pas le moment », et le son de sa voix le ranime. Si cette lettre lui était parvenue par la poste, il l'aurait déchirée et mise au panier. Mais c'était Emma la messagère. Il hésite encore cependant. Il regarde son téléphone posé sur le bureau, relit la phrase : « Contactez monsieur Gonzague Lemercier de toute urgence. » Au moment où il se décide à appeler, un bruit lui fait tourner la tête et là, coup au cœur, il voit Gonzague dans l'encadrement de la porte et ne peut retenir un cri de stupeur.

– Je t'ai fait peur ? s'étonne Gonzague. Tu n'as pas entendu ma voiture ? Tout est ouvert chez toi. On entre comme dans un moulin.

Yoann hoche la tête sans répondre. Il a pris sa *poker face*. Celle qui lui permet de cacher son jeu.

– Ça ne va pas ? Tu as eu des nouvelles de Lydia ? s'alarme la voix compatissante de ce vieil ami des bons et des mauvais jours.

– Non, pas de nouvelles mais…, dit lentement Yoann qui, soudain, contrôle tout, son intonation, les informations qu'il lâche, ce qu'il veut faire croire à son interlocuteur.

– Mais ?

Gonzague s'est avancé vers lui, il a jeté un œil sur le bureau, aperçu la lettre d'Augustin. Posément, Yoann la replie et la jette dans un tiroir. Puis il empoche son téléphone.

– Mais mon avocat, maître Werner, vient de me prévenir que j'allais être placé en garde à vue.

– Je ne vois pas comment il peut être au courant, et il doit sûrement se tromper. On n'a rien à te reprocher.

Gonzague est ce qu'il est depuis l'adolescence, l'ami qui défend, l'ami qui soutient. Il y a pourtant autre chose, cette autre chose que Yoann n'a jamais voulu voir, entendre, percevoir. Pourquoi ne pas lui montrer les cartes que j'ai en main ? se dit-il. Toutes les cartes, sauf une, celle du capitaine de police.

– On m'accuse d'avoir fait disparaître Delphine Poirier.

– La baby-sitter ? s'étrangle Gonzague.

– Oui, poursuit Yoann, avec la voix atone de quelqu'un que

les coups du destin ont abattu, et on m'accuse d'avoir empoisonné ma femme.

– Mais cela n'a pas de sens ! Vous êtes un couple uni, Lydia et toi.

– Arrête donc ! Dès que ce foutu confinement aura pris fin, nous divorçons.

– Si tu dis ça à la police et sur ce ton, fait sèchement observer Gonzague, tu ne vas pas arranger tes affaires.

Puis, subitement inquiet :

– Tu n'y es pour rien, n'est-ce pas ?

Du regard ils se jaugent.

– Tu me soupçonnes ?

– Non ! Bien sûr que non.

Lemercier a parlé trop vite, en y mettant trop de conviction. Lequel des deux est en train de bluffer ? Les deux ?

– Tu vois, dit Yoann, le ton amer, même toi, tu doutes de moi. La police ne me croira pas. Pas cette fois. Et je n'aurai pas Xavier pour me disculper.

– Mais tu as un alibi. Quand Lydia a avalé ce je-ne-sais-quoi, tu étais en train de jouer au poker. Trois personnes pourront en témoigner.

– Pas toi, lui fait remarquer Yoann.

Il se retient d'ajouter : « Parce que tu t'es décommandé. »

– Tu veux que je fasse un faux témoignage ? s'offre Gonzague.

Ça, c'est un peu gros, juge Yoann, je ne marche pas.

– Non, mais je te remercie de le proposer, répond-il le plus chaleureusement qu'il peut.

Puis il fait semblant de tressaillir et porte la main à sa poche.

– Excuse-moi, mon téléphone vient de vibrer. C'est peut-être…

Il se lève, s'éloigne de quelques pas, et Gonzague, l'oreille tendue, perçoit : « Oui ? C'est moi… Bon… d'accord… Merci. » Il se retourne vers Gonzague avec l'air d'un homme à qui on a enlevé un poids de ses épaules.

– Lydia est sortie du coma !

– Hein ? Oh, formidable ! C'était un appel de l'hôpital ?

– Oui, quel soulagement ! Quelle délivrance ! ment éperdument Yoann. L'interne m'a assuré qu'elle allait très vite récupérer. La police va pouvoir l'interroger. On va savoir TOUTE la vérité.

Gonzague a un peu de mal à se mettre au diapason de son cher vieil ami.

– Je dois me sauver. Si la police déboule, je n'ai même pas pris mon attestation de déplacement. Tiens bon, Yoann, tiens bon ! Et demande à ne parler qu'en présence de maître Werner.

Il sautille sur place, pressé de s'en aller, et il s'enfuit par la porte dite « des fournisseurs ». Un chemin qu'il connaît très bien. Quant à Yoann, il fait le numéro de ce mystérieux capitaine Maupetit « à la minute même ». Top chrono.

1 587 CONTENEURS

La commissaire Alice Verne jette un regard approbateur sur ses hommes. Il fait encore nuit, et tous sont là dans le grand bureau, brassard enfilé et flingue en évidence. Moretti, Lagadec, Altrad et Bergounioux ont compris le message : il faut impressionner.

– La capitainerie est prévenue. Le *Buenaventura* ne quittera pas le port avant d'en avoir reçu l'autorisation. Ils vont très mal le prendre. Environ 1 500 conteneurs, ça veut dire qu'ils trimbalent pour 1 million d'euros de marchandises. Leur faire perdre une heure, c'est comme les saigner au portefeuille. Va falloir être rapide et efficace.

Alice se tourne vers un écran, où apparaît le visage souriant d'une jeune fille.

– Voilà Delphine. Comme je vous l'ai déjà expliqué individuellement, elle s'est volatilisée le 13 avril, et tout porte à croire qu'elle est actuellement séquestrée dans un conteneur à destination de Carthagène. Je ne vous cache pas qu'on joue gros sur ce coup-là. On m'a fait savoir que l'affaire était du ressort de la brigade criminelle. Mais le temps que la Crim' se mette en branle, le *Buenaventura* sera loin. Et souvenez-vous de la coke dans le conteneur Sitbon que nous avions repérée et qui a été saisie par les Douanes. On en a marre de se faire doubler, pas vrai ?

Alice obtient un « c'est clair » de Bergounioux, le plus jeune de ses hommes.

– Tout est lié, reprend-elle. Le trafic de cocaïne sur le port, l'assassinat de Christopher Piatek, la disparition de Delphine Poirier. Alors, oui, c'est de notre ressort. Des questions ?

La commissaire guette du coin de l'œil la réaction du lieutenant Lagadec. Quand elle l'a informé de ses intentions, tard dans la nuit, Lagadec a lâché : « J'espère que vos informations sont bonnes, chef, sinon vous allez vous retrouver à faire traverser les enfants devant l'école de Beuzeville-la-Grenier. »

Lagadec ne moufte pas. Il faut dire qu'il a un motif de satisfaction. Alice l'a chargé de s'occuper du sixième membre de la brigade : Capitaine. La chienne, sagement assise dans un coin du bureau, est la première à réagir lorsque le signal du départ est donné.

– Pas de masques ? demande Moretti.

– Pas de masques. S'agit de montrer nos gueules. Allez, les gars ! Go !

Deux voitures les attendent devant l'hôtel de police, deux voitures et aussi un fourgon où somnolent trois gardiens de la paix. Gyrophares et sirènes. Avant de raccrocher, cette nuit, Lagadec a fait profiter Alice de son expérience : « Un vieux truc, chef. Moins on a d'arguments, plus il faut faire de bruit. » Les trois véhicules traversent la ville sans pitié pour le sommeil des braves gens en direction de Port 2000, Terminal de France.

Le jour se lève sur les quais démesurés, où les porte-conteneurs se succèdent sous les flèches des portiques. Croisé seul en mer, le *Buenaventura* paraîtrait un monstre. Voisinant au port avec un bâtiment de trois cent soixante mètres de long, il fait figure de nain. Alice et ses hommes s'alignent face au cargo. Les dockers de bord s'agitent encore entre les empilements de conteneurs, qu'ils ont pour tâche d'arrimer solidement.

– Vous avez l'intention de les faire ouvrir tous ? demande Jimmy Altrad.

– On va essayer d'éviter, répond Alice. Pour le moment, j'ai une visite de courtoisie à faire. Qui monte avec moi ? Laga ? Moretti, prenez la chienne.

Perché dans le « château », qui occupe l'arrière du navire sur une hauteur de six étages, un homme les invite par signes à le rejoindre en grimpant l'échelle de corde qui pend le long de la coque.

– Regardez pas en bas, chef, conseille Lagadec.

– Ça ira, lieutenant ? Si vous vous sentez encore faiblard, dites-le.

– J'ai repris le dessus.

À titre de preuve, il passe le premier et entreprend l'ascension. Alice le suit, subissant les trépidations que Lagadec imprime à l'échelle, tandis que sa lourde carcasse martyrise les étroites marches de bois. À leur arrivée, le marin philippin qui les attend se retourne sans un mot et les entraîne dans un dédale d'escaliers, de coursives et de ponts. Blême, soufflant comme un phoque, le lieutenant boitille à cause de son pied enflé par la goutte, mais refuse de se laisser distancer.

– 'L'ont fait exprès, grogne-t-il. Il y a d'autres moyens de grimper dans ce rafiot, je vous le garantis.

La passerelle, où se situe le poste de pilotage, est une coque de verre qui ouvre la vue à tous les horizons. De là, on domine le port et au loin la ville, de là on toise les portiques, ces géants de métal qui inlassablement chargent et déchargent des boîtes de toutes les couleurs.

Assis devant sa console, le commandant les accueille avec un sourire crispé. Debout près de lui se tient le pilote du port, chargé de guider le porte-conteneurs jusqu'à la haute mer.

– Commissaire Verne, brigade des stupéfiants. Je pense que vous avez été averti de l'opération en cours.

– Je comprends pas ce que vous cherchez, et c'est pas possible de retarder...

Débraillé dans son uniforme, un masque noir pendouillant sous le menton, le commandant s'exprime avec un léger accent des Balkans. D'une main molle, il quête le soutien du pilote, lequel confirme :

– Il y a des horaires à respecter. On prévoit une grosse journée. Si le *Buenaventura* ne sort pas maintenant, il va devoir patienter longtemps.

Alice reste inflexible.

– Nous savons qu'un conteneur suspect a été introduit à bord de ce cargo. Je compte sur votre collaboration, commandant.

– Mais des conteneurs, il y en a 1 587 à bord ! Où il est, votre suspect ?

Alice croise le regard de Lagadec, qui attend la réponse de sa chef avec une sorte de gourmandise.

– Je suis en possession de certains éléments permettant de l'identifier. Deux de mes hommes vont se rendre au centre logistique. Ils indiqueront au portiqueur quels conteneurs il faut débarquer. Nous ferons au plus vite, commandant. Je suis consciente des problèmes que cela cause, mais ce n'est rien à côté des ennuis que vous auriez si ce que nous recherchons était découvert plus tard à votre bord.

– Mais il y en a 1 587 ! répète le malheureux.

– Il est sur le dessus, intervient Lagadec avec un vilain petit sourire. N'est-ce pas, chef?

– On y va. Dites aux dockers de bord de rester sur le cargo et de se mettre en relation avec la logistique.

Alors qu'Alice vient de le saluer d'un signe de tête, le pilote lui dit :

– Vous ne trouverez personne aux portiques. Les gars ont fini leurs heures.

Et juste avant de quitter le poste, elle entend le commandant qui hurle :

– La drogue, elle va pas à Carthagène, elle VIENT de Carthagène. Moi, je VAIS à Carthagène.

Pour la descente, Alice passe la première, et ce n'est guère mieux, car elle a l'impression que les grosses chaussures de Lagadec peuvent déraper à tout moment sur les marches de bois. De retour sur le quai, elle connaît un moment de total désarroi. Mais putain, Augustin ! je suis en train de foutre en l'air ma carrière à cause de tes élucubrations. Un « paquebot » n'est pas un porte-conteneurs, il transporte des passagers, pas des marchandises. Quand Alice le lui a fait observer, Augustin a répliqué que le mourant était étranger et qu'il ne trouvait plus ses mots. Maupetit est capable de lui faire avaler n'importe quoi ! Alice se sent sur le point de renoncer. Il est encore temps de présenter des excuses au commandant, en espérant que le fâcheux épisode ne s'ébruitera pas.

Lagadec est là, qui la colle comme une sangsue.

– Trop tard, chef. Fallait réfléchir avant. On y va à fond, maintenant.

Alice acquiesce. Elle court vers les trois gardiens de la paix masqués qui se battent les flancs devant leur fourgon.

– Trouvez-moi un portiqueur. Cherchez sur le quai, demandez qu'on vous indique quelqu'un. Et réquisitionnez-le. Ôtez vos masques, ayez l'air féroce !

La commissaire revient vers ses hommes.

– Comme prévu, les gars. Altrad et Bergounioux au centre logistique, Moretti et Lagadec à la réception des conteneurs. Moi, je monte avec le portiqueur. Relation radio constante. Allez !

Les minutes passent. Alice scrute avec agacement le quai interminable où passent sans interruption camions et cavaliers. Le fourgon de police fait une petite tache claire dans le lointain brumeux.

– Qu'est-ce qu'ils foutent ?

Pour tromper son impatience, elle va à sa voiture et déverse sur le siège le contenu d'un sac plastique. Un pull, un chemisier, un soutien-gorge et un flacon de parfum bon marché dont elle pulvérise quelques gouttes sur les vêtements. Elle remet le tout dans la poche Marionnaud et l'apporte à Lagadec.

– Ces effets appartiennent à Delphine Poirier. Quand les conteneurs commenceront d'arriver, vous fourrerez ça sous le museau de Capitaine.

– Ça schlingue comme pas permis. Elle ne va pas aimer ça.

– Ça peut la mettre sur une piste, on ne sait jamais. Ah ! Quand même.

Les trois gardiens de la paix sont de retour. Seuls. Bredouilles.

– Y a quatre types là-bas, mais ils ont fini leurs heures. Paraît que c'est très réglementé. Désolé, commissaire.

– Emmenez-moi. On y retourne. Sirène et gyrophare.

Les quatre dockers sont assis sur une bordure en ciment et causent en fumant des clopes, une canette de bière à la main. Ils regardent approcher Alice avec des mines amusées ou irritées.

– Commissaire Verne, brigade des stupéfiants. J'ai besoin de quelqu'un au *Buenaventura* pour débarquer un conteneur suspect.

– J'en viens. J'ai rien remarqué de suspect.

Alice pince les lèvres. L'homme se fout ouvertement de sa gueule.

– On a fait nos trois heures, dit un autre. On n'a pas le droit de reprendre. Question de sécurité.

Dockers. CGT. Rien à faire. Elle ne les aura ni par l'autorité ni par le sentiment. Elle pourrait sortir son flingue qu'ils ne bougeraient pas. Pour la deuxième fois de la matinée, Alice se sent sur le point de renoncer. L'un des quatre hommes la fixe d'un regard hostile, presque haineux. Elle l'a déjà croisé quelque part. Une garde à vue ? Non, c'est... oh...

– Monsieur... est-ce que vous êtes monsieur Piatek ?

– Foutez-moi la paix. Je parle pas aux gens de votre espèce.

– Eh bien moi, je voudrais vous parler. En souvenir de votre fils, monsieur Piatek.

Les yeux du docker lancent des éclairs, et ses joues deviennent aussi rouges que son gilet.

– Je ne vous demande qu'une minute, insiste Alice. Seule à seul. Oubliez qui je suis et écoutez-moi. C'est de la plus haute importance.

Qu'est-ce qui décide Chonchon ? Peut-être les mimiques goguenardes de ses camarades. Il jette à terre sa cigarette, se lève et s'éloigne de dix pas.

– Je vais vous confier quelque chose que même mes supérieurs ignorent, monsieur Piatek. Le conteneur que nous recherchons ne contient pas de la drogue.

– Qu'est-ce que vous voulez que ça…

– Attendez. C'est une jeune fille que je recherche, celle dont votre fille m'a signalé la disparition. Delphine Poirier.

– Fifi ?

Depuis trois jours, il n'est question que d'elle chez les Piatek, au point que Chonchon a demandé à Émilie d'arrêter de les soûler avec ça !

– Ce serait long à vous expliquer, reprend Alice, mais sa route a croisé celle des trafiquants du port. Ils ont décidé de se débarrasser d'elle en l'expédiant en Colombie dans un conteneur. Je vous laisse imaginer ce qui l'attend là-bas…

Piatek hausse les épaules, tout de même dubitatif. Mais Alice a gardé un argument en réserve :

– Ceux qui ont enlevé Delphine sont les mêmes que ceux qui ont assassiné votre fils. Aidez-moi à la sauver, monsieur Piatek, et je vous jure que nous démantèlerons ce réseau. Le meurtre de votre fils ne restera pas impuni.

D'un mouvement de tête, Chonchon désigne Moretti, resté près du fourgon.

– Votre collègue, là… je le reconnais. Il est resté en planque près de chez moi. On dirait que pour la police c'est moi, le trafiquant.

– C'est une initiative malheureuse d'un de mes subordonnés, réplique Alice, maudissant intérieurement Lagadec. Je vais y mettre un terme. S'il vous plaît, monsieur Piatek, nous devons faire vite. Si vous voulez bien monter…

Chonchon contemple le fourgon d'un œil incrédule.

– Si on m'avait dit que je monterais là-dedans de mon plein gré…

Sirène et gyrophare. Voilà Alice de retour devant le cargo. Elle prie pour que Piatek ne repère pas Lagadec, qui tue le temps près des voitures en faisant faire des tours à Capitaine.

– Une heure, pas plus, lui dit le docker en la conduisant vers le portique. Faut que j'aille voir mon père à l'hôpital. Il a fait un malaise. Ça va le tuer, toute cette histoire. Puis… dites…

– Oui ?

– J'espère que vous n'avez pas le vertige.

Quand Alice lui a exposé ses intentions, elle avec lui sur le portique, les deux hommes au centre logistique, Piatek n'a pas fait la moindre objection. Elle commence à soupçonner que le docker se régalait d'avance à la perspective de l'emmener sur son perchoir.

Altrad et Bergounioux sont à pied d'œuvre dans le bureau des logisticiens. Ici, tout se passe sur écran. Un nommé Martinez s'est présenté aux deux lieutenants de police comme celui qui a procédé au montage de la cargaison du *Buenaventura*. Il leur montre la vue en coupe du bateau, où les conteneurs sont symbolisés par des rectangles de couleur.

– Une pour chaque destination. Le brun, c'est Anvers, le vert, Rotterdam. Ensuite, il y a une escale à la Guadeloupe. En bleu. Et le reste, en jaune, c'est pour Carthagène. Terminus.

Bergounioux fait la grimace.

– Ceux qui seront déchargés en dernier vont se trouver en dessous.

– En principe, mais il y a d'autres paramètres. Nous devons tenir compte de tout. Vous pouvez avoir du frigorifique, vous pouvez avoir des explosifs. Ceux-là, vaut mieux s'assurer qu'ils seront calés dans un coin où ils ne bougeront pas. Mais l'essentiel du travail consiste à répartir les charges. Le plus lourd va au fond, toujours.

– Ah !

Altrad et Bergounioux se consultent du regard. D'après la chef, la jeune fille a été enfermée dans un conteneur avec suffisamment de provisions pour survivre le temps du voyage. Mais il n'y a probablement pas de véritable cargaison. Le risque qu'elle périsse écrasée ou étouffée serait trop grand.

– Est-ce que certains conteneurs peuvent être carrément vides ? demande Altrad.

– Bien sûr, c'est comme une bouteille consignée, répond Martinez en riant. On renvoie le conteneur à l'expéditeur pour qu'il nous le remplisse. Les Chinois sont très forts à ce jeu-là.

– D'accord. Dès que la liaison est établie avec la commissaire Verne, vous indiquerez au portiqueur tous les conteneurs vides ou légers à destination de Carthagène.

– Excusez-moi, mais… ça sert à quoi de ramener à quai des conteneurs vides ?

– J'ai dit vides ou légers, corrige Altrad.

– Pas plus de soixante kilos de charge utile, tablettes de chocolat comprises, ajoute Bergounioux, énigmatique.

Du côté de Chonchon, les choses avancent. Alice l'a suivi

sur la passerelle métallique qui permet l'accès à son royaume suspendu. Au bout, il ouvre une porte et pénètre dans la bulle.

– Restez derrière moi, je m'installe.

– On est à combien, là ?

– Quarante-trois mètres.

Le docker a pris place dans son fauteuil, dont il règle avec minutie la position. Jambes largement écartées, les pieds posés sur de légers barreaux de fer, chaque main sur un joystick, il domine le quai et le cargo, sous la flèche immense du portique.

– Si vous avez l'impression d'être au-dessus du vide, ne changez pas d'opinion, dit-il. Vous êtes au-dessus du vide.

– Je vous crois.

Alice ne voit que ça, le vide, à travers la grille qui sert de plancher à la cabine. Piatek entre en relation avec le logisticien, et les deux hommes semblent se comprendre à coups de chiffres.

– D'accord, mon poulot. On commence par les cinq du dessus. Vérifie que les gamins les ont bien désarrimés et dis-leur de se garer. Attention, jeune dame, faut que je me décale.

Alice subit stoïquement les ébranlements qui secouent la cabine. Elle voit avancer puis descendre les mâchoires colossales du spider au bout de leurs câbles.

– Œil de lynx, on m'appelle. C'est au poil de cul près.

La commissaire ne peut retenir un sourire. Piatek a oublié qu'il est de mauvaise humeur. Il a l'orgueil de son métier et lui en fait fièrement la démonstration.

– C'est parti !

Le spider se pose sur le premier conteneur désigné par Martinez et se referme.

– Je verrouille. La lumière passe au rouge. On peut y aller.

Lorsqu'elle voit la boîte à l'aplomb du quai, Alice pousse un cri d'effroi.

– Lagadec ! hurle-t-elle dans sa radio. Lagadec, vous m'entendez ? Poussez-vous de là, mon vieux !

Le docker ricane.

– J'ai failli me faire un flic ou quoi ? Même vide, ça pèse ses deux tonnes.

Alors que le second conteneur voyage sous la flèche du portique, Piatek demande :

– Je les aligne ou je les empile ?

– Vous les alignez, évidemment.

En un quart d'heure, les cinq premiers conteneurs sont déposés sur le quai. Piatek communique de nouveau avec le logisticien, annonce qu'il va devoir se décaler encore une fois. Pendant ce temps, Alice est en conversation avec Bergounioux et résume pour Piatek :

– Votre collègue Martinez a repéré dix-sept conteneurs vides ou faiblement chargés à destination de Carthagène.

– Je vais être obligé d'en déplacer plus que ça. On ne peut pas prendre celui du dessous sans avoir enlevé celui du dessus. Je vous dis pas le bordel qu'on est en train de mettre. Et vous avez l'intention de les faire ouvrir ?

– Non... Seulement le bon.

Faire sauter les scellés d'une vingtaine de conteneurs dans le cadre d'une enquête menée à l'insu de sa hiérarchie l'exposerait à de sérieux ennuis. Piatek n'est pas enchanté de la manœuvre, lui non plus.

– Vous allez me faire une réputation au syndicat.

– De héros, j'espère. Posez celui-là et arrêtez pour le moment. On va tenter quelque chose.

Huit conteneurs sont maintenant alignés sur le quai.

– Lagadec ? Allez-y, faites travailler Capitaine.

Alice se penche par-dessus l'épaule du docker, mais devine plus qu'elle ne voit ce qui se passe quarante-trois mètres plus bas. La chienne gambade devant les conteneurs comme pour se dégourdir les pattes, puis file droit vers les voitures de police.

– Laga ? Qu'est-ce qu'elle fout ?

– N'importe quoi. Maupetit l'a rendue idiote, cette bête.

– Je crois que je comprends. Elle suit la piste. Elle vous conduit là où j'ai pulvérisé le parfum.

– Vous savez ce qu'on aurait dû faire, chef?

– Dites-moi.

– On aurait dû prendre un paquet de coke et faire semblant de le trouver dans un des conteneurs. Comme ça, on pouvait tous les ouvrir. Ça justifiait l'opération.

– Ce ne sont pas mes méthodes, lieutenant. Écartez-vous. On reprend.

Piatek n'a pas perdu un mot de l'échange, ce qui contraint Alice à lui adresser un petit sourire embarrassé.

– Quand il est venu chez moi, votre lieutenant, il aurait aussi pu faire semblant d'y trouver de la drogue. Quel enfoiré !

Les mains du docker tremblent de colère sur les joysticks.

– Continuons, monsieur Piatek. Faites-le pour votre fils, faites-le pour votre fille.

Quatre minutes plus tard, un nouveau conteneur est de retour sur le Terminal de France. François Piatek n'adresse plus la parole à Alice et travaille avec application. Quand la dix-septième boîte est posée, il se redresse et quitte son fauteuil.

– Comptez pas sur moi pour les remettre sur le *Buenaventura*. Faudra trouver quelqu'un d'autre.

Lorsque Alice les rejoint, Lagadec et Moretti ont éparpillé sur le sol les effets appartenant à Delphine Poirier. Lagadec se cramponne à la poignée de la laisse pour maîtriser Capitaine, qui veut absolument retourner à la voiture.

– Mais arrêtez, puisque ça ne marche pas, ordonne la commissaire. Rangez-moi tout ça. Faites-lui flairer les conteneurs, l'un après l'autre, et voyez si elle réagit. Et donnez quelques coups sur la tôle pendant que vous y êtes, on ne sait jamais.

Alice regarde opérer le lieutenant Lagadec avec agacement. Il ne laisse pas deux mètres de laisse à la chienne, tout juste s'il ne la tient pas par le collier.

– Lâchez-la. Foutez-lui la paix !

Une fois libre, Capitaine trottine d'une façon qu'on jurerait méprisante jusqu'à un conteneur rouge qu'elle arrose d'un jet fumant. Puis, en limier renifleur qui connaît son métier, elle entreprend sa tournée d'inspection. Parvenue devant la huitième boîte à partir de la gauche, elle se dresse et se met à gratter le métal en poussant de petits jappements excités.

Alice connaît ce signal. Il signifie que la chienne a trouvé… de la drogue.

– Moretti, allez chercher la pince. On essaie celui-là.

Lagadec n'a pas tort, songe-t-elle, mieux vaut un peu de poudre blanche que rien du tout.

– Et une torche !

Moretti est un costaud. Il faut toute la puissance de ses biceps pour cisailler le plomb qui ferme le conteneur. Il ouvre les deux portes et s'exclame :

– Putain, ça sent l'herbe.

Il pénètre dans la boîte et ajoute :

– Mais pas que ça.

Alice entre à son tour, braquant devant elle le faisceau de la lampe torche. Avant même de repérer le corps inerte au milieu d'un fatras de cartons éventrés et d'emballages divers, elle est prise à la gorge par la puanteur. Capitaine, qui l'a suivie d'un bond allègre, s'est arrêtée net sur le seuil, protégeant ses narines délicates contre les odeurs d'urine et de vomi.

La commissaire s'accroupit, prend la main de la jeune fille, lui tapote la joue, soulève une paupière.

– Ça devrait aller, dit-elle avec un infini soulagement. Appelez le SAMU, Moretti.

Elle prend sa radio et signale à Bergounioux le succès de l'opération.

– Dites à la logistique qu'ils peuvent remballer.

Capitaine l'attend, assise, à la sortie du conteneur, les yeux pleins de reproche.

– Oh, merde ! j'ai oublié les rouleaux triple flaveur. *You're a good girl, Capi !*

Puis Alice se rappelle qu'il faut complimenter un autre capitaine et elle envoie ce SMS :

Gus, on a retrouvé Delphine en vie. Tu avais tout bon !

La commissaire Verne ne saura jamais que Delphine Poirier doit la vie sauve à l'ange gardien d'Augustin, posé sur son épaule gauche, qui lui a soufflé à l'oreille « paquebot » à la place de « pack d'eau ».

[illegible] Il ouvre les deux [illegible]

[illegible]

Il [illegible] dans [illegible]

— Mais pas [illegible]

[illegible]

[illegible]

[illegible]

[illegible] qu'on lui a soufflé [illegible]
de « [illegible] d'eau ».

LA THÉORIE D'ANGIE

Le SMS d'Alice est venu toquer au portable d'Augustin sans attirer son attention. Il semble fasciné par ce qui se passe sur son écran. À savoir, rien.

– Tu fais quoi, là ? demande une voix dans son dos.

Augustin rit silencieusement.

– Je pourrais te poser la même question.

En dépit de la mise en garde de sa mère, Angie va et vient librement entre les deux appartements.

– Maman est partie hyper tôt ce matin. Elle n'était pas sûre de rentrer déjeuner, bougonne Angie, dont le regard se met soudain à pétiller. Paraît que je vais avoir une surprise. Tu crois qu'elle va m'acheter un iPhone ?

Pas de commentaire d'Augustin, qui sait que, dans l'immédiat, Emma va payer les réparations de sa Polo.

– Où elle est, Capitaine ?

– S'promène avec Alice.

– Tu regardes quoi ?

– À ton avis ?

– Un lit.

Plus précisément, l'écran géant montre un corps inerte allongé sous un drap blanc et, près du lit, une potence portant un flacon de verre et une poche pour perfusion. Le plan est assez large pour qu'on distingue aussi une bonne partie de la chambre, une table roulante, une porte fermée.

– Tu ne trouves pas que l'image est meilleure que d'habitude ? dit Augustin, avant de détailler fièrement : GoPro Hero8 Black configurée pour fonctionner en webcam. C'est gros comme le poing, et tu peux la coller où tu veux avec une ventouse.

– Ouais, mais c'est nul, ton programme.

– C'est le générique. Tu changeras d'avis quand il y aura de l'action.

– Comment il s'appelle, ton film ?

– Hum… La théorie d'Angie.

Angie, qui a pris goût aux taquineries stimulantes de son voisin, feint de se concentrer sur l'image fixe avant de déclarer :

– Ma théorie, c'est qu'on regarde une personne malade dans un hôpital, quelqu'un qu'il faut surveiller, mais je ne sais pas pourquoi.

– Excellent. Relevés d'indices, conclusion… qui ne conclut rien.

– Je croyais que les indices, c'étaient des trucs comme des cheveux ou des traces de pas…

– Oui, ou de sang, de sp… spécialités culinaires, se reprend Augustin, à la muette surprise d'Angie. Après, on fait une enquête de voisinage et on vérifie les alibis. Le but, c'est de réunir suffisamment de preuves matérielles pour confondre le criminel.

– Avec qui ?

– Non, le confondre… Putain, c'est chiant les mômes. Confondre… prouver la culpabilité. Voilà. Mais des fois, soit parce qu'on a affaire à un criminel très intelligent, soit parce que l'affaire est ancienne, on n'a pas de preuves matérielles. Si on soupçonne quelqu'un, on va s'intéresser à son parcours, ses relations, ses centres d'intérêt, sa personnalité. L'enquêteur devient psychologue.

– Ah ouais, comme dans *Profiler*. Mais je ne peux jamais savoir le nom du coupable parce que maman me fait toujours éteindre avant la fin. Je vais lui dire de me laisser regarder pour ma formation d'enquêtrice et...

– Chut, l'interrompt Augustin en élevant la main.

La scène sur l'écran vient de s'animer. Une silhouette traverse le champ de la caméra, un homme en blouse blanche, visage masqué. Le capitaine s'empresse de coiffer son casque et souffle dans le micro :

– Attention. Prenez votre téléphone. Vous avez l'image ? Elle est trop petite ? Non, ne parlez pas. Je vous décris ce qui se passe : il contrôle le niveau des perfs. Il la regarde, il se penche sur elle. Rien dans les mains. Attitude professionnelle. Un interne. Il sort. Terminé.

– À qui tu parlais ?

– Au pape.

– C'est qui dans le lit ?

– Lydia.

– La maman d'Angélique ?

– Oui. Où j'en étais ? se demande Augustin. Ah oui, le détective psychologue. Donc, si en examinant la personnalité d'un suspect il obtient un faisceau de présomptions...

– Ah là là, souffle Angie, excédée par cette manie des adultes d'employer des mots qu'on ne t'a jamais présentés.

– … il peut décider de le placer en garde à vue pour l'interroger.

– Il va le torturer ?

– C'est interdit par la loi, répond vertueusement Augustin, tout en songeant à ce que le lieutenant Lagadec appelle « un interrogatoire musclé ».

Tandis qu'il forme son élève, il garde un œil attentif sur l'écran et coiffe de nouveau son casque. La porte du cabinet de toilettes s'entrouvre, centimètre par centimètre, comme dans un film d'horreur, juste avant que ne surgisse la créature venue des ténèbres.

– Qu'est-ce que vous faites ? demande Augustin à la créature en question. Vous avez entendu du bruit ?

Une aide-soignante apparaît à l'image.

– Je la connais, dit Augustin, c'est Coralie. Elle travaille à l'hôpital. Refermez la porte… doucement.

Prise de tension, examen express des perfusions, la visite dure moins de cinq minutes.

– Pas d'initiative, conclut Augustin dans le micro. Attendez mon signal.

– Mais à qui tu parles, bordel ! s'énerve Angie.

– C'est quoi, cette façon de parler ?

– Ben, c'est comme toi.

Augustin fait signe qu'il passe l'éponge pour cette fois et, tournant imprudemment le dos à l'écran, il reprend :

– Maintenant, on quitte les généralités pour le cas pratique. L'affaire Sitbon 2008. Les preuves matérielles nous manquent. On travaille sur des hypothèses, et l'une d'elles m'a paru intéressante. Je l'ai appelée…

– La théorie d'Angie !

– C'est ça. À l'adage policier bien connu…

– Pff, « adage », soupire Angie.

– … « Cherche à qui le crime profite », tu aurais pu répondre : aux jumeaux, puisqu'ils étaient les héritiers d'une sacrée fortune. Or, tu as eu une autre idée. Le crime profite aussi à Lydia, qui va pouvoir épouser Yoann.

– Oui, parce que le papy, il était pas d'accord pour le mariage, et alors, Lydia l'a poussé dans la cheminée ! s'emballe Angie.

– D'une façon moins définie, nous dirons qu'il y a eu une altercation entre Germain et Lydia.

– « Altercation », celui-là, je le connais. « Querelle entre deux ou plusieurs personnes. »

– Il y avait de la lumière dans le bureau de Germain Sitbon à 22 h 30, lorsque Yoann, honteux et imbibé, s'est traîné jusqu'à sa chambre. S'il avait poussé la porte du bureau à ce moment-là, il aurait vu son grand-père inanimé, peut-être déjà mort, et la personne qui l'a tué. Ce n'est qu'une fois Yoann endormi, et presque inconscient, qu'une autre personne est entrée en scène.

– Comme tout de suite.

– Hein ?

– Sur l'écran.

Absorbé par la discussion avec sa jeune disciple, Augustin s'est laissé surprendre. Un homme en blouse blanche s'est introduit dans la chambre. Il regarde autour de lui comme s'il entrait dans cet endroit pour la première fois.

– Nouvelle intrusion, annonce Augustin dans le micro. Tenez-vous prêt.

L'homme jette un coup d'œil sur la forme allongée sous le

drap blanc, puis se désintéresse d'elle pour observer les perfusions.

– Il vérifie les perfs, commente Augustin. Encore un infirmier… Heu, attendez…

Quelque chose, quelque chose dans la main de cet homme. Augustin ne voit pas bien ce que c'est. Un stylo ? Non, non… une seringue. Veut-il piquer Lydia ? Non. Ah ! le salaud.

– Allez-y ! Ne vous occupez pas de lui. Arrachez la perf, arrachez la poche, vite !

Trop tard. Au moment où Xavier se rue dans la chambre, l'homme a vidé le contenu de la seringue dans la grande poche suspendue à la potence. Les voilà tous deux face à face, blouse blanche et masque réglementaires. Xavier a presque sorti son arme, mais il renonce à brandir le revolver pour se précipiter, mains en avant, sur le fin tuyau où coule un liquide jaunâtre. Il tire, tire en vain, puis se résout à l'arracher au bras auquel il est relié.

Sur l'écran, Augustin et Angie assistent à un incroyable spectacle. Ils voient le corps de Lydia qui tressaute, puis un petit bonhomme en blouse blanche qui se jette sur le dos d'un grand gaillard, également en blouse blanche, et ils entendent un cri terrible, de rage et de douleur.

– Il lui a planté la seringue dans les fesses ! hurle Angie. Mais c'est qui ? C'est qui ? On dirait…

– Oui, c'est ton père. Et l'autre, c'est ton coupable. Gonzague Lemercier. Mais vas-y, Xavier, défonce-le !

Les deux hommes se sont empoignés. Dans la lutte, les masques glissent, révélant à chacun qui est l'autre. Xavier n'est pas surpris, Gonzague, sans doute un peu plus. L'un est plus grand, plus costaud, l'autre plus vicieux. D'un coup de genou dans le bas-ventre, Lemercier plie en deux son adversaire.

– Allez papa, te laisse pas faire ! hurle Angie, comme au bord d'un ring.

Solidement agrippé à ses jambes, Xavier a entraîné Gonzague au sol.

– Flagrant délit. T'es foutu, Lemercier.

– Toi aussi, assassin !

Xavier, qui tenait Gonzague par le col, le lâche un instant pour récupérer l'arme enfouie dans les plis de sa blouse. L'autre est plus rapide. La lame d'un couteau a jailli de sa main gauche, éjectée d'une pression du pouce.

– Papaaaa !

Couché sur le flanc, Xavier sent la pointe du couteau sous son menton.

– Bouge plus, ou je l'enfonce. Faut pas jouer avec moi quand on s'appelle Sitbon. On perd à tous les coups. Écarte doucement les bras, je veux ton arme.

– T'es foutu, je te dis. Les flics t'attendent en bas.

– Ben voyons.

Angie trépigne, elle somme Augustin de faire quelque chose. Le capitaine contemple, impuissant, le désastre dont il porte l'entière responsabilité. Le flingue a changé de propriétaire.

– Un piège, hein ? J'aurais dû m'en douter, enrage Lemercier, alias El Lobo. Lydia n'est pas sortie du coma. Elle n'en sortira jamais. Et toi, tu vas m'accompagner jusqu'à la sortie. Si tu tentes quelque chose, je t'abats. Et après mon départ, tu fermeras ta gueule, sinon ta fille sera la prochaine sur la liste. Si ce n'est pas moi, quelqu'un d'autre s'en chargera. Compris ?

Xavier acquiesce.

– Papaaaa ! sanglote Angie.

Comme Gonzague le lui a ordonné, Xavier est assis au pied de la potence, les mains derrière le dos. Ses doigts ont rencontré le petit tuyau vide de la perfusion arrachée. Il attend le moment propice, quand Gonzague connaîtra une seconde de relâchement.

On frappe. On frappe à la porte. Augustin se raidit, anticipant l'irruption d'une infirmière au milieu de cette scène de folie.

– Angie ! Angie, tu es là ?

– C'est maman !

Augustin ne sait plus où donner de la tête. C'est chez lui qu'on frappe, mais sur l'écran, que se passe-t-il au même moment ?

Gonzague, qui a empoché le revolver, en fait pointer le canon vers Xavier, puis lui désigne la porte.

– On y va.

Un instant, son regard dérive en direction de Lydia. Il semble se demander s'il ne doit pas en finir avec elle avant de quitter les lieux.

– Augustin, y a Angélique ! C'est la surprise ! Maman est allée chercher Angélique !

Le capitaine entend-il seulement la voix d'Angie ? Cramponné à son bureau, il paraît sur le point de se jeter, tête la première, dans l'écran géant. Obéissant à un claquement de doigts de Lemercier, Xavier se hisse sur ses jambes. Il n'a pas lâché le tuyau, et, dans un mouvement que rien ne laissait prévoir, il tire dessus et fait basculer la potence. Gonzague lève le bras pour se protéger, mais ne peut éviter le flacon de verre qui le heurte à la tempe.

– Qu'est-ce que vous reg…, bredouille Emma. Mais c'est Xavier. Xavier !

Près d'elle, Angie, sans perdre une miette du spectacle, a pris sous sa protection la petite Angélique. Elle lui met les mains sur les yeux en lui murmurant :

– Regarde pas. C'est un film qui fait peur.

Les deux hommes se battent de nouveau dans une flaque de liquide, semée d'éclats de verre. Xavier semble avoir pris le dessus. Il a empoigné la poche jaunâtre et la plaque sur le visage de son adversaire. Gonzague étouffe, mais il n'a pas dit son dernier mot. Il ramasse un tesson de verre et frappe les mains de Xavier pour lui faire lâcher prise. Un horrible gargouillis se fait entendre. Portés à l'aveugle, ses coups ont percé la poche, dont le contenu se répand dans sa bouche ouverte.

– Achève-le, putain ! braille Augustin.

Mais voilà que deux nouvelles blouses blanches apparaissent dans le champ de la caméra et que d'autres cris se mêlent à ceux des combattants. C'est l'interne et l'aide-soignante qui appellent à l'aide. Gonzague profite de la diversion pour reprendre l'avantage, un avantage qui cette fois paraît définitif.

Le revolver est dans sa main. Trempé, souillé, ensanglanté, il se lève.

– Silence, tous les deux. Collez-vous au mur. À genoux, maintenant.

Gonzague se tourne vers Xavier, encore assis par terre.

– On y va. Vous deux, vous comptez jusqu'à cent avant de bouger. S'il y a un lézard, je bute mon camarade ici présent, compris ?

Un coup de feu retentit. L'espace d'une seconde, Augustin

croit que Gonzague Lemercier a tiré sur Xavier. Mais non, son arme est tombée sur le sol. Il se tient le bras, la figure déformée par une grimace de douleur.

Une sixième personne entre dans la chambre. C'est Alice, revolver de service au poing. Elle venait juste de laisser Delphine aux urgences quand le vacarme l'a alertée.

– Zorro ! s'écrie Augustin. Alice Zorro Verne !

– On ne s'ennuie jamais chez vous, remarque Emma, qui finit par prendre les choses comme elles viennent.

Et soudain, un nouveau cri, mais joyeux, celui-là :

– Papa, c'est papa !

Angélique a écarté les mains de sa cousine et elle tend l'index vers l'écran, désignant Xavier.

– Papa, c'est papa ! répète-t-elle, stupéfaite de le voir sans cette balafre qui a gâché sa vie. Ils l'ont guéri à l'hôpital !

FORCE ET FAIBLESSE D'UN CŒUR HUMAIN

– On a frôlé la cata, tu en es conscient tout de même ? Tu risques la mise à pied cette fois.

Le jeu de mots involontaire de sa chef tire une grimace au capitaine. Depuis ses derniers exploits à l'escalier de Montmorency, son genou le fait souffrir plus que jamais, et la remise sur pied n'est pas pour demain.

– Qu'est-ce qui t'a donné une idée aussi folle ?

– Toi.

Alice s'apprête à monter sur ses grands chevaux.

– Comment ça, moi ?

– Quand tu m'as répété ce que t'avait dit Hautecloche.

– Sur l'analyse toxicologique de Lydia ?

L'enquêteur de la Crim' a révélé à Alice qu'une effroyable substance neurotoxique de la famille du Novitchok a plongé la jeune femme dans le coma. Les boîtes vides de somnifère et d'anxiolytique à son chevet n'étaient qu'une mise en scène destinée à faire croire au suicide. C'est en réalité une tentative de meurtre.

– Et tu t'es dit : ça, c'est un coup de Lemercier ? s'étonne Alice.

– Ça fait un moment que je l'ai dans le collimateur. Très

exactement depuis le moment où j'ai appris que, le 2 septembre 2008, il avait raccompagné Yoann à la villa. Une chose que l'inspecteur Lamblin n'a jamais sue.

– Mais pourquoi Yoann ne le lui a pas dit ?

– Non seulement il n'a rien dit, mais il a demandé à Gonzague et à ses autres partenaires de poker, Paul et Malcolm, de se taire. Parce qu'il avait honte d'avouer qu'il était rentré à la villa dans le but de prendre cette aquarelle de Dufy volée à son grand-père, puis de retourner se ruiner au poker. Il pensait d'ailleurs que cela ne ferait qu'aggraver les soupçons pesant sur lui.

– Mais quelle raison Lemercier avait-il de tuer Germain Sitbon ?

– Aucune. C'est pourquoi Yoann ne l'a jamais soupçonné.

C'est alors que Maupetit fait part à sa chef de « la théorie d'Angie », avant de conclure :

– D'après ce que m'a appris Emma Tourniquet, Lemercier était amoureux de Lydia. Elle ? Je ne sais pas. Peut-être est-elle tombée amoureuse, peut-être a-t-elle fait semblant ? Elle était liée à Gonzague par le secret de ce crime maquillé en accident. Ensuite, ils s'y sont mis à deux pour plumer Yoann, et lorsque l'entreprise a commencé à battre de l'aile, ils ont eu l'idée d'utiliser autrement les conteneurs de café.

Se souvenant de l'impression que lui a faite Lydia Sitbon, celle d'une écervelée paradant au milieu de ses richesses, Alice peine à voir en elle une criminelle.

– Pourquoi Lemercier a voulu la tuer ?

– Parce qu'elle commençait à paniquer. Chris, Delphine, Xavier…

– Elle n'avait pas prévu que ça tournerait de cette façon,

acquiesce Alice. Et tu as fait le pari que Lemercier allait tenter de l'achever ?

Augustin se contente d'un demi-sourire. Les preuves lui manquaient pour coincer El Lobo. Il lui fallait un flagrant délit. Il a donc mis au point la vengeance des jumeaux Sitbon, l'un manipulant Gonzague à la villa, l'autre le piégeant à l'hôpital.

– Et si je n'étais pas intervenue ? lui rappelle Alice, qui vient de surprendre ce demi-sourire de contentement de soi.

– Gonzague s'écroulait un peu plus loin dans un couloir.

Car dans son corps-à-corps avec Xavier, il a avalé une partie du produit qu'il a lui-même injecté dans la poche. Ses chances d'être sauvé sont désormais plus minces que celles de Lydia.

Alice ne trouve plus rien à dire. Dans un haussement d'épaules, elle renonce à faire entendre raison à ce grand truand de flic, dont les yeux verts, fixés sur elle, lui font penser à ceux d'un chat guettant une souris. Au moment de le quitter, elle a ce geste qui la surprend, mi-tendre, mi-rageur, de lui frictionner le crâne avec son poing serré.

Puis c'est une autre épreuve qui attend Alice, car elle doit maintenant se rendre au cœur du Quartier des Neiges dans une baraque où l'on ne veut pas d'elle. Lorsqu'elle lui a demandé au téléphone s'il accepterait de la recevoir, François Piatek n'a pas dit non. Il n'a pas dit oui non plus. Il a grogné quelque chose du genre : « Faudrait pas que ça devienne une habitude. » Alice a proposé un jour et une heure et a fait semblant de prendre pour un accord le reniflement du docker.

Piatek suit d'un œil goguenard l'entrée masquée de la commissaire. Elle s'empresse de déposer sur la table de bois monumentale l'ordinateur qu'elle tient sous le bras.

– Faites comme chez moi, dit Piatek. On se passe de masque.

Madeleine fait une apparition timide sur le seuil de la pièce et, comme elle semble vouloir se retirer, Alice la retient d'un geste.

– Votre fille Émilie est-elle là ? J'aimerais lui parler, à elle aussi.

Quelques minutes plus tard, la famille Piatek est réunie autour de la table au centre de laquelle fume une cafetière. Alice a soulevé le capot de l'ordinateur.

– Ce portable appartenait à Christopher. À première vue, il ne contient aucune information. Mais en l'analysant, nos experts ont pu déterminer que votre fils communiquait avec des trafiquants sur ce qu'on appelle le « dark Web » grâce à une messagerie cryptée.

Alice est consciente qu'elle vient offrir des vérités que nul ici ne désire entendre. Madeleine Piatek a joint les mains comme pour la supplier de se taire.

– Si vous ne souhaitez pas en savoir davantage, dites-le-moi. Je le comprendrais.

– Moi, je veux comprendre pourquoi mon fils a cessé d'être mon fils.

– Oh, Chonchon…

– Christopher a commis des erreurs, reprend la commissaire, mais il en a payé plus que le prix. C'est malheureusement une histoire banale. Les narcos recrutent dans le monde du port, parmi les marins, les dockers et les agents de sécurité. Ils leur proposent de l'argent facile à gagner. Ouvrir un conteneur, loger un paquet, reprendre le paquet, poser des scellés neufs… rien de tout cela n'est très compliqué. Pardonnez-moi de le préciser, mais la solidarité qui règne chez les dockers facilite aussi les agissements des brebis galeuses.

– Y avait jamais eu de brebis galeuse chez les Piatek, dit François d'une voix qui tremble.

– Christopher s'est laissé tenter. On ne lui demandait qu'un petit service, et la récompense était belle.

Un collègue du port d'Anvers a appris récemment à Alice les tarifs de folie qui sont pratiqués depuis le confinement : un grutier peut toucher 50 000 euros pour déplacer un conteneur « au bon endroit », loin des contrôles et des caméras.

– Votre fils n'avait pas l'impression de prendre un gros risque. La police et les douanes ne peuvent pas surveiller des milliers de conteneurs. Il ne se rendait pas compte que le vrai risque, c'était de déplaire à ses commanditaires. Christopher a commis l'erreur de se faire repérer de la police avec son tatouage. Les narcos sont sans pitié.

Alice s'interrompt un instant, embarrassée par les sanglots qui secouent les épaules de Madeleine Piatek.

– Ce crime ne va pas rester impuni. Nous venons d'arrêter l'homme qui dirigeait l'antenne havraise de ce réseau, un certain El Lobo, Lemercier de son vrai nom. Il utilisait deux hommes de main, l'un a trouvé la mort lors d'une… hmm… opération de police. Nous avons le portrait-robot de l'autre, nous allons le retrouver, je vous le promets. C'est un Sud-Américain de petite taille avec un grand nez, selon madame Diawara, et des « yeux de loup », d'après Delphine Poirier.

Alice se tourne vers la jeune Émilie et, pour la première fois depuis son entrée chez les Piatek, s'autorise un sourire.

– Oui, mademoiselle, ce sont ces deux hommes qui ont enlevé et séquestré votre amie dans un conteneur. Sans votre intervention, elle serait morte dans des circonstances atroces. Et sans la collaboration de votre père, son corps desséché flotterait en ce moment quelque part sur l'océan.

– Est-ce que…

Alice ne laisse pas Émilie achever sa phrase.

– Elle va très bien, et d'ailleurs…

La commissaire tend à Émilie son téléphone portable et lui présente la photo prise sur le lit d'hôpital : Delphine au visage creusé et aux yeux dans le vague, mais Delphine levant deux doigts en V comme victoire.

– Elle attend votre visite.

Alice accorde un regard à chacun des trois Piatek et conclut :

– C'est une surprise pour vous comme pour moi, mais nous avons travaillé ensemble, et bien travaillé. La suite appartient à la justice.

Sur quoi, Chonchon, par pur réflexe, ne peut s'empêcher de répliquer :

– Comme s'il y avait une justice.

– Il y a une justice comme il y a une police. Avec les informations récoltées dans l'ordinateur de Christopher, nous sommes en train de démanteler l'intégralité du réseau en collaboration avec nos partenaires colombiens.

Alice contemple un instant la tasse de café à laquelle elle n'a pas touché, elle la vide d'un trait, se racle la gorge et déclare sur un ton qu'elle aurait voulu moins solennel :

– Je sais que vous avez traversé des moments difficiles et que nous avons ajouté à vos souffrances en laissant peser sur vous des soupçons injustifiés. Au nom de ma brigade, je veux vous présenter des excuses.

François Piatek, face à elle, perd presque pied.

– C'est bien dit. Madeleine, sers-nous le calva.

Alice sent un frisson la parcourir. Trois jours après y avoir goûté, malade comme un chien et refusant d'admettre que le Covid l'avait frappé, le lieutenant Lagadec persistait à incriminer le calva des Piatek. Mais elle ne refusera pas. Sceller la réconciliation entre la commissaire Verne et le docker Piatek vaut bien une rincette à 50 degrés.

Est-ce l'effet de l'alcool? Quand elle quitte le Quartier des Neiges sur sa grosse bicyclette hollandaise, Alice croit voler tant son cœur est allégé. Elle a fait ce qu'elle devait faire. Il lui semble entendre sa mère: «Rends-toi utile, Alice, c'est ça qui te rendra contente.»

Lorsqu'elle entre à l'hôtel de police une demi-heure plus tard, elle se fait rappeler à l'ordre par le planton.

– Commissaire, votre masque!

Une dame, qui s'attardait dans le hall, s'écrie aussitôt:

– Vous êtes commissaire?

– Heu, oui..., dit Alice qui, s'emmêlant avec les élastiques de son masque, marmonne pour elle-même: c'est le haut ou c'est le bas, ça?

– Trois fois que je viens pour un meurtre, et on ne me laisse jamais voir personne, fait la dame d'une voix tonitruante.

Dans son dos, le gendarme indique par signes à Alice que la dame a le cerveau dérangé.

– Écoutez, je suis un peu pressée, essaie de s'éclipser Alice.

– Trois fois que je viens, répète la dame en agitant sous le nez de la commissaire un sac isotherme Picard. Je l'ai congelé trop tard. Les asticots et les bousiers s'y étaient déjà mis. Alors, forcément, il n'est plus très reconnaissable.

– Mon collègue va prendre votre déposition.

– Pensez-vous ! Il s'en moque. Parce que ce n'est qu'un chat. Mais c'est mon chat, madame la commissaire, dit la dame en entrouvrant le sac.

Un coup d'œil suffit à renseigner Alice. Il y a là le cadavre d'un animal tout à la fois décomposé et congelé.

– C'est Kiki d'amour. Je dis seulement Kiki. Je disais Kiki, se reprend sa maîtresse en réprimant un sanglot. Quand je l'ai retrouvé il y a douze jours, impasse Bellegarde, il était identifiable. On l'a empoisonné là où il avait l'habitude de faire ses petits besoins. On l'a espionné et on lui a tendu un traquenard.

– C'est scandaleux, fait Alice en forçant un peu sur l'indignation. Mais je suis à la brigade des stups et…

– C'est un maniaque. Il tire des fléchettes, il doit les tremper dans du curare. Un jour, il s'attaquera aux gens, vous verrez ça !

– Oui, oui, faites votre déposition, madame, dit Alice en s'éloignant d'abord à reculons, puis en tournant les talons.

Mais une fois devant l'ascenseur, les paroles de la dame la rattrapent. Qu'a-t-elle dit exactement ? Alice revient sur ses pas.

– Excusez-moi, madame… ?

– Lévy.

– … madame Lévy, pourquoi avez-vous parlé de fléchettes ?

– Ah, tout de même ! J'ai parlé de fléchettes parce qu'il y en avait une dans la tête de… dans la tête de…

– de Kiki d'amour, complète Alice. Mais vous l'avez avec vous, cette fléchette ?

– Au curare, je vous dis. Et vous allez pratiquer une autopsie ?

Madame Lévy agite le sac frénétiquement.

– Oui, oui. Mais la fléchette ? supplie Alice.

La dame sort de sa poche un petit sachet en plastique dans lequel elle a conservé l'arme du crime. Une fléchette anesthésiante comme celle qui a endormi Capitaine. Trop dosée et mal logée, elle a eu raison du malheureux Kiki.

Cinq minutes plus tard, la brigade des stups fait cercle autour de madame Lévy et de son sac de congélation. Elle est impressionnée par le sérieux de ces messieurs qui, après avoir délimité l'endroit exact où Kiki d'amour a été assassiné, étudient sur Google Maps les quelques maisons délabrées, dont certaines sont des squats, d'où une fléchette aurait pu être tirée.

Impasse Bellegarde. Flaquito se terre dans la petite piaule, fenêtres closes et lumières éteintes. Sans nouvelles de sa hiérarchie, privé de son plus proche collaborateur et de son véhicule de fonction, le Berlingo qu'il a jeté dans le canal à Gonfreville-l'Orcher, Flaquito ne voit pour le moment aucune échappatoire. En raison du confinement, les avions sont cloués au sol et les routes sont surveillées. Comme il a l'âme d'un philosophe, se disant qu'il vaut mieux être patient que mort, il attend qu'à l'extérieur les choses se tassent. Mais au petit matin, c'est le traditionnel « pan, pan, pan, police, ouvrez ! » qui l'éveille en sursaut.

Flaquito va pouvoir ajouter deux lignes à son CV : vingt ans de réclusion criminelle pour enlèvement, tentative d'enlèvement, séquestration, complicité d'homicide et cruauté envers les animaux.

DÉCONFINEMENTS

– Je suis dégoûtée.

– Je n'aimais pas l'école non plus.

Angie a eu son premier jour déconfiné au collège Erik-Satie, et Augustin, assis en face d'elle dans son fauteuil (pas roulant), tente de la réconforter.

– Non mais c'est pas ça. C'est Rose-May !

– Tu sais, les copains, ça va, ça vient.

– Mais écoute-moi ! Je lui ai raconté ce qui m'était arrivé, que je m'étais fait tirer dessus, que t'avais tué un tueur, et que je veux être commissaire comme Alice qui a retrouvé Delphine dans un conteneur. Et elle...

Scandalisée :

– Elle m'a pas crue ! ! Carrément. Je suis une menteuse ! ! Et même je lui ai montré ma blessure, ajoute-t-elle en désignant sa joue touchée par l'éclat de pierre.

– Oui, enfin... c'est une écorchure.

– Voilà, c'est ce qu'elle m'a dit.

Après un petit silence de vague bouderie, Augustin fait un nouvel effort.

– Et autrement, ça s'est bien passé en classe ?

– On n'était que huit. Un par table. On pouvait parler, mais pas fort, à cause des postillons, et la prof qui postillonne plus que nous, vu qu'elle crie, elle avait un masque.

Augustin écoute en se retenant de rire.

– Après, il fallait encore qu'on dessine un souvenir du confinement, alors j'ai recommencé une plante en pot, mais j'avais pas de crayon vert, et Rose-May a dû frotter le sien avec du gel hydroalcoolique pour me le prêter, mais c'est la prof qui me l'a apporté avec ses mains désinfectées parce qu'on n'a pas le droit de bouger dans la classe. Et à la récré, j'étais assise dans un petit rond dessiné à la craie.

– Pour quoi faire ? s'informe Augustin, qui pense naïvement que c'est un nouveau jeu.

– Mais pour rien faire ! On était tous dans des petits ronds avec des jeux de bébé désinfectés et on se faisait des signes pour se parler.

– Tu te fous de moi, là ?

– Tu vas pas t'y mettre, toi aussi ! Je sais que ça a pas l'air vrai. Mais c'est ça, la vie : c'est vrai quand même.

*

*   *

Un sac à dos accroché aux épaules, tante Thérèse parcourt le vaste cimetière Sainte-Marie de son pas énergique de randonneuse. Elle s'arrête un instant pour admirer le magnifique séquoia, puis reprend sa marche, comptant les allées et les tombes. Si les indications de Patricia sont bonnes, ce sera à gauche et ensuite à droite.

Thérèse aperçoit de loin la silhouette de la petite femme.

Patricia se tient près de la tombe de son père, un bouquet d'anémones à la main.

– Ah ! Thérèse.

Patricia pose ses fleurs sur le marbre gris pour arracher d'un geste exaspéré le masque trempé de larmes qui lui colle à la figure. Elle se mouche dedans et l'enfouit dans une poche de son manteau noir.

– Voilà des années que je n'étais pas venue. Je vous remercie, Thérèse, sans vous, je n'aurais jamais eu le courage.

– C'est bien naturel, ma petite Patricia, dit Thérèse en ôtant son masque. Allez, je l'enlève, il est bien ventilé, ce cimetière.

– Toujours les mêmes questions, vous comprenez. Et pas la moindre réponse.

– Il ne faut jamais désespérer. Les réponses arrivent parfois au moment où on les attend le moins.

Patricia secoue la tête en émettant un ricanement triste.

– J'y ai cru, l'autre soir, au Cercle Spirite. Maître Burckhardt dégage une aura d'une telle puissance. Mais il n'a fait que m'embrouiller les idées. Il aurait été plus honnête de sa part de me dire qu'il ne voyait rien de précis, mais il n'a pas voulu perdre la face.

Patricia se tourne vers la tombe où figure en lettres noires le nom de Gérard Décultot, comme pour interroger directement son père disparu.

– Voilà qu'il crachine, dit Thérèse en glissant le bouquet d'anémones dans le vase d'étain calé contre la tombe. Ça leur fera de l'eau.

Brusquement, Patricia Hamel, qui sans doute se retenait depuis un moment, laisse éclater sa rage.

– Enfin, Thérèse, allez-vous parler ? Est-ce vrai, ce qu'on

raconte ? Xavier vivant, Xavier de retour ? J'ai cru devenir folle quand j'ai entendu ça.

– Tout ce qu'il y a de plus exact, répond tante Thérèse. Il reprendrait les rênes de la société familiale que ça ne m'étonnerait qu'à moitié.

– Est-ce qu'on ne va pas l'arrêter ? S'il est vivant, c'est bien la preuve que mon père a été la victime d'une machination. Xavier l'a assassiné et l'a dépouillé avant de quitter le bateau. Il n'y a donc plus aucune justice dans ce pays ?

– S'il circule au grand jour, c'est probablement qu'il estime n'avoir rien à se reprocher.

– Je vais le poursuivre devant les tribunaux, je vais exiger qu'il rende des comptes. On verra bien s'il n'a rien à se reprocher. Vous vous imaginez que je vais le laisser vivre une vie de nabab sous mes yeux quand je dois gratter les fonds de tiroir pour finir le mois ?

– Toujours vos lingots. À quoi bon se rendre malade, Patricia ? Vous auriez dû faire une croix dessus depuis bien longtemps.

– J'y pense plus que jamais. Savez-vous pourquoi ? À cause de la pandémie. Quand tout va mal et que les gens sont inquiets, ils cherchent des valeurs refuge comme ils disent sur BFM. Comprenez qu'ils achètent de l'or. Du coup, le cours ne cesse de monter. La dernière fois que j'ai regardé, le lingot était à 52 000.

– Heulà !

– Mes quatre lingots d'un kilo, aujourd'hui, j'en tirerais 208 000 euros. Et vous voudriez que j'oublie ?

Thérèse offre à son amie un sourire compatissant.

– Au fond, vous avez raison, dit-elle, il faut se battre pour ses droits jusqu'au bout. Je me sauve, Patricia, j'ai mon cours de yoga. Tenez, je vous laisse ceci qui commence à me scier les épaules.

Tante Thérèse se débarrasse de son sac à dos et le dépose sur la tombe de Gérard Décultot.

– Gégé vous écoute, lance-t-elle en s'éloignant. Parlez-lui et surtout dites-lui merci !

Interloquée, Patricia suit du regard Thérèse, qui s'éloigne à grandes enjambées. Elle attend une longue minute avant d'oser ouvrir le sac, apeurée comme s'il pouvait contenir une bombe. Les quatre lingots y sont, plus petits et moins rutilants que dans ses lointains souvenirs. L'important est qu'ils pèsent toujours un kilo chacun et qu'au fil du temps leur valeur n'ait cessé de grimper. 208 000 euros. Elle jette autour d'elle un regard ahuri. Merci qui ?

*

*   *

Est-ce que Le Cardinal va rouvrir ? Et Le Clapotis et Les Régates proposeront-ils à nouveau leur plateau de fruits de mer, fromage, dessert, et café, messieurs-dames ? Est-ce que les Havrais reviendront s'accouder au bar pour prendre leur petit noir ? Ou est-ce que je vais me retrouver avec des tonnes de café sur les bras ? se demande Yoann en parcourant l'entrepôt 5504, dont la tôle arbore les couleurs de la maison Sibon, gris clair, vert bouteille et bleu océan. Il y a là cent cinquante mille sacs de café en provenance de Colombie, du Vietnam ou d'Éthiopie, gerbés par palettes, sur quatre mètres de haut. Une fortune en petits grains ou bien la ruine à grands pas ?

Avec cet étrange déconfinement, la vie n'est plus que doutes et incertitudes. Aucune visibilité dans les affaires, mais aussi… *tut, tut…* Yoann s'écarte pour laisser le passage à Marius, son cariste, dont les cent vingt kilos semblent faire corps avec le chariot élévateur. Yoann lui fait un signe amical de la main tout en se demandant : est-ce qu'il est au courant ? Oui, bien sûr, tout le monde sait que la femme du patron a failli mourir à l'hôpital Flaubert, et toutes sortes de bruits commencent à courir sur le port. Bientôt, la bonne société havraise sera informée que Lydia Lenormand, épouse Sitbon, est inculpée de trafic de cocaïne, de complicité de meurtre et enlèvement.

– Yoann !

Et Angélique ? Aujourd'hui, elle est avec sa grande cousine, Angie, et elle est heureuse. Mais un jour, elle me posera des questions sur sa mère…

– Yoann !

Et mon frère, que j'ai cru coupable et mort, et qui serait vivant et innocent.

– Yoann !

– Quoi encore ?

Il se retourne, pensant que quelque employé vient l'importuner pour une histoire de sac crevé ou d'échantillon de café de mauvaise qualité.

– Xavier ?

En face de lui, une image de lui-même, mais rajeunie, lisse et respirant la santé. Il a redouté ce moment, puis il l'a espéré. Et soudain, il n'en a plus du tout envie. Il est le jumeau raté, le frère maudit, le balafré.

– J'aurais dû te prévenir, s'excuse Xavier. En fait, il y a encore une minute, je ne savais pas si j'allais entrer.

Il sourit.

– La secrétaire m'a reconnu… Elle m'a ouvert la porte.

Ils se dévisagent, ils se cherchent, les XY. Ils ne savent pas s'ils doivent se demander pardon. Et de quoi ? De s'être réciproquement crus coupables…

– Cette odeur de toile de jute et de grains de café, dit Xavier en inspirant, ça m'a manqué.

Il fait deux pas vers son frère. Il est élégamment vêtu en costume de ville. Yoann est en jeans et chaussures coquées de sécurité. *Tut, tut*… c'est encore Marius, le cariste.

– 'Scusez, m'sieur Sitbon. J'ai une merde.

Un des sacs qu'il a soulevés vient de se déchirer et les grains de café s'écoulent sur le sol comme le sang d'une plaie. Yoann fait un geste d'excuse à son frère et de la poche de son blouson sort un cutter, une grosse aiguille et du fil de jute. En quelques gestes précis et soigneux, il enfile son aiguille, rapproche les bords de la plaie en dix points de suture, fait un nœud, coupe le fil d'un coup de cutter et tapote le sac de soixante kilos (moins la petite hémorragie) comme pour le réconforter.

– Merci, m'sieur Sitbon, fait Marius en reprenant sa route.

– « Monsieur Sitbon », marmonne celui qui, pendant douze années, s'est fait appeler Jair Delgado.

Les XY se font face à présent, sans masque, sans distanciation.

– Tu es devenu le patron, remarque Xavier.

– Et alors ? Tu veux ta part ?

– Je n'ai pas besoin d'argent.

– T'as besoin de quoi ?

Xavier hésite. Besoin de mon nom ? Besoin de ma place ?

– De mon frère.

*

*   *

Plongée dans un coma artificiel pendant quatre jours et hospitalisée depuis plus d'un mois, Lydia semble désormais tirée d'affaire. Mais elle va devoir rendre des comptes à la justice et le dossier est plutôt lourd.

Augustin vient de recevoir ses aveux sur son mail, tels qu'ils ont été recueillis par ce brave Laga, tapant sur les touches de son clavier avec deux doigts boudinés.

Interrogatoire de Lydia Lenormand épouse Sitbon
mené par le lieutenant Lagadec
à l'hôpital Flaubert

L'interrogatoire de madame Lydia Sitbon porte sur les événements du 2 septembre 2008 qui ont abouti au décès à son domicile de monsieur Germain Sitbon dans des circonstances à ce jour non élucidées. Le corps sans vie du défunt a été trouvé dans l'escalier menant à la cave de la villa Sitbon tandis que des traces de sang ont été découvertes dans le bureau de monsieur Sitbon et de même en divers endroits menant dudit bureau jusqu'à la porte de la cave.

La première question concerne les raisons de la présence de mademoiselle Lydia Lenormand, future épouse Sitbon, à la villa.

Lydia Sitbon indique tout d'abord que Germain Sitbon avait l'habitude de travailler très tard et aussi qu'il désirait la rencontrer seule, sans la présence de ses deux petits-fils. Elle se rend à la villa en Solex pour répondre à une convocation du vieil homme. Elle estime que son arrivée se situe vers 21 h 30. Pour expliquer la situation, Lydia précise qu'elle fréquentait alors avec assiduité Yoann Sitbon et que Germain voyait cette relation d'un très mauvais œil. Germain la reçoit dans son bureau.

Lydia Sitbon: Nous n'étions pas du même monde, de la même classe sociale. Germain ne pouvait pas croire à une histoire d'amour sincère entre nous. Il m'a dit que les bergères n'épousent les princes que dans les contes pour les enfants.

Selon les dires de Lydia, la conversation est calme et l'attitude de Germain presque amicale jusqu'au moment où Germain sort un chéquier de son veston et lui demande combien elle veut pour cesser cette relation avec son petit-fils. Lydia se sent insultée et le ton monte entre les deux protagonistes.

LS: J'ai crié que j'aimais Yoann et que Yoann m'aimait et que je n'étais pas une putain qu'on achète avec de l'argent. Germain m'a répondu qu'avec les filles comme moi ce n'était qu'une question de prix. D'après lui, Yoann n'avait fait que des bêtises pendant toute sa jeunesse et il n'avait pas l'intention de le laisser commettre la plus grosse de toutes en m'épousant. Il m'a alors fait une autre proposition qui était de m'installer dans un petit commerce. Comme j'ai encore refusé, il s'est mis en colère et m'a jeté à la figure des liasses de billets. Ça, c'était trop! J'ai voulu le blesser à mon tour et j'ai répété des choses que j'avais entendu dire, qu'il était responsable de l'accident d'hélicoptère de son fils et de sa belle-fille, que ses petits-fils le détestaient. Je l'ai traité de tyran qui ne savait que répandre le malheur autour de lui. Il est devenu tout rouge et m'a giflée. Puis il m'a prise aux épaules et m'a secouée.

L'interrogatoire est interrompu pendant quelques minutes parce que Lydia sanglote. Elle boit un verre d'eau. Lydia raconte alors qu'elle a repoussé Germain qui est tombé en arrière. Son crâne heurte dans sa chute le coin du bureau. Lydia estime qu'elle n'aurait pas eu la force suffisante pour jeter au sol un homme de cette corpulence. Elle pense que Germain a fait un malaise cardiaque et qu'il est tombé presque tout seul. À son avis, on aurait pu le détecter si l'autopsie avait été bien faite.

Questionnée de façon répétée à ce sujet, Lydia est incapable de dire si, selon elle, Germain Sitbon est mort sur le coup. Conséquemment, elle admet n'avoir rien fait pour le sauver. Elle affirme avoir été frappée d'horreur et être restée prostrée pendant une période de temps longue (mais indéterminée). Elle a pris conscience trop tard qu'elle aurait dû appeler immédiatement les secours. À ce moment-là, dit-elle, elle n'aurait pas pu expliquer pourquoi elle avait autant tardé. En réponse à une autre question, Lydia avoue avoir songé à prendre la fuite.

LS: J'ai pleuré toutes les larmes de mon corps. J'avais la vue brouillée et une migraine terrible. Je tremblais. Je ne me voyais pas partir dans la nuit sur mon Solex. J'ai fini par trouver le courage de m'agenouiller auprès de Germain, mais je n'ai pas réussi à le toucher. Il m'a semblé qu'il ne respirait plus, et ses yeux étaient fixes. J'ai cru devenir folle. En un instant, ma vie s'était brisée. Tous mes espoirs étaient anéantis.

Lydia explique avoir détecté de façon sonore l'arrivée d'un véhicule à une heure tardive qu'elle n'est pas en mesure de préciser. Elle a pensé qu'il s'agissait soit de Yoann soit de Xavier. Elle a attendu que ce nouvel arrivant se manifeste, attiré par la lumière du bureau, sans savoir si elle le souhaitait ou non.

LS: J'ai entendu des bruits et je savais donc que quelqu'un était entré dans la maison. La villa est immense, et c'est difficile de localiser les bruits qu'on entend. J'ai pensé que c'était sans doute Yoann. Je n'ai pas osé aller à sa chambre. Je ne me voyais pas lui dire: «Yoann, j'ai poussé ton grand-père et je crois qu'il est mort.»

Lydia affirme être restée encore un long moment tétanisée. Un tiers protagoniste entre alors en scène. Lydia Sitbon affirme qu'il s'agit du dénommé Gonzague Lemercier.

LS: Il venait rechercher Yoann pour finir une partie de poker. On s'est retrouvés nez à nez dans le couloir. C'est Gonzague qui a eu l'idée de déplacer le corps pour faire croire à une chute de Germain dans l'escalier de la cave. Il a pris Germain sous les bras et je l'ai aidé comme je pouvais en tenant les pieds. C'était horrible. Gonzague a eu beaucoup de mal à traîner le corps sur les marches. Ensuite, il m'a fait nettoyer toutes les traces de sang, sur le coin du bureau et sur le sol, un peu partout entre le bureau et la cave. Gonzague a aussi récupéré les billets que Germain m'avait jetés à la figure et les a empochés, ce qui m'a beaucoup choquée, même si j'ai compris qu'on ne pouvait pas les laisser par terre.

Gonzague Lemercier et Lydia Lenormand quittent les lieux grâce à leurs moyens de locomotion respectifs. À la fin de l'interrogatoire, Lydia tient à insister sur le fait qu'à partir de ce jour elle est en quelque sorte sous la coupe de Gonzague. Lui seul sait qu'elle porte la responsabilité de la mort de Germain Sitbon. C'est ainsi que de fil en aiguille elle se laissera entraîner sur la pente du crime.

De futures auditions de Lydia Sitbon née Lenormand permettront de déterminer quelle part active ou passive elle a prise en diverses circonstances comme la participation au trafic de la cocaïne, l'enlèvement et l'assassinat de Christopher Piatek, l'enlèvement et la séquestration de Delphine Poirier, la tentative d'assassinat de Xavier Sitbon.

Augustin ouvre son classeur et insère dans une pochette plastique les feuillets qu'il a imprimés. Que déduire de ce superbe morceau de littérature, sinon qu'il confirme ce que les initiés nomment «la théorie d'Angie»? Pourquoi Lydia s'est-elle laissée aller à une telle confession? Elle n'est pas stupide. Peut-être devra-t-elle répondre de son comportement en ce jour de septembre 2008. Mais, comme le souligne le lieutenant Lagadec, ce n'est qu'une peccadille en comparaison des crimes et délits qui pourront lui être reprochés. La stratégie de la jeune femme est claire. Gonzague Lemercier n'étant plus de ce monde pour la charger ou pour la contredire, elle va se poser en victime d'un homme qui l'a manipulée. Avec un bon avocat (maître

Werner s'est déjà proposé), elle devrait s'en tirer avec une peine de dix ans de prison, estime Augustin en refermant le dossier Sitbon. Affaire classée ?

– Pauvre gamine, murmure-t-il, adressant une pensée à Angélique, qui grandira loin de sa maman.

Puis il pose les yeux sur le fond d'écran de son iPhone. Deux blondes aux yeux bleus se tiennent de part et d'autre d'une chienne, glissant leurs doigts sous son collier. Allons, tout ne va pas si mal. Elles sont sous bonne garde.

*

*   *

– Angie !

– C'est pas la peine de m'appeler, maman, je suis là comme d'habitude.

En effet, comme d'habitude, Angie passe la soirée entre Augustin et Capitaine.

– Je fais mes devoirs pour demain, ment-elle à peine, puisqu'elle vient d'ouvrir un cahier.

Emma, qui reste à bonne distance d'Augustin, l'informe qu'elle vient de voir Dédé de retour chez lui, au premier étage. Il est tout content d'avoir de nouveau son « infirmière préférée ».

– Sa petite-fille a trouvé une colocation avec sa copine Fifi dans le quartier de l'Eure.

– C'est chaud dans ce coin, fait Augustin d'un air connaisseur. Elles ont pris un pitbull ?

– Non, deux chatons. Covid et Vidco. Elles vont leur apprendre à aboyer.

Angie rigole. Sa maman a tellement changé depuis le confinement. Elle qui n'était que fatigue et soucis, elle a désormais les yeux qui scintillent et le ton désinvolte. C'est une héroïne. Mais une héroïne sans histoire d'amour, c'est un peu nul.

– Je vais mettre la table chez nous, annonce Angie en ramassant ses affaires d'école.

– J'arrive dans une minute, lui promet Emma.

– Même deux, si tu veux.

Augustin quitte son fauteuil en s'appuyant d'une main au rebord de son bureau. S'il pense « putain de merde », il s'abstient de jurer à voix haute. Il se civilise peu à peu.

– Je t'offre un verre ?

Elle le regarde sans répondre, un sourire au coin des yeux.

– Qu'est-ce qu'il y a ?

– Tu n'as pas remarqué qu'Angie s'est arrangée pour nous laisser seuls ?

– On a deux minutes ?

– C'est ça.

Ils se sont démasqués, l'infirmière au grand cœur et le grand truand de flic. Augustin fait un dernier pas en boitillant.

– On prend le risque ? dit-il.

– On en a vu d'autres…

Leurs lèvres se joignent, et au même moment se déclenche une sirène de police qui traverse le corps d'Augustin comme une décharge électrique.

– Excuse-moi, dit-il en s'écartant d'Emma.

Il sort en hâte le téléphone de sa poche revolver avec l'intention de le faire taire. Mais, après un coup d'œil sur l'écran, il constate :

– Désolé, c'est ma chef… Alice ? Non, tu ne me déranges pas.

Aux mots de planque et d'indic que prononce Augustin et à son air concentré, Emma comprend qu'il est repris par son métier avant que les deux minutes se soient écoulées. Si elle avait les yeux de tante Thérèse, elle verrait, entourant la silhouette du capitaine Maupetit, une charmante aura dorée.

Les affaires de cœur peuvent être plus compliquées à dénouer qu'une enquête policière.

Y a-t-il une place pour Emma dans la vie d'Augustin, dont la « charmante aura dorée » signifie, selon sa tante, qu'il est « obsessionnel et farouchement indépendant » (page 72) ? Angie va-t-elle devenir une Sitbon, oubliant le Quartier des Neiges et son pote Augustin ? Et la commissaire Alice Verne restera-t-elle une solitaire ?

Retrouvons-les bientôt dans une nouvelle comédie policière, Souviens-toi de septembre !

De la même autrice à *l'école des loisirs*

Collection Médium

Sauveur & Fils, saisons 1, 2, 3, 4, 5 et 6

Malo de Lange (anthologie)
Ma vie a changé
Amour, vampire et loup-garou
Tom Lorient
L'expérienceur (avec Lorris Murail)
Oh, boy !
Maïté coiffure
Simple
La fille du docteur Baudoin
Papa et maman sont dans un bateau
Le tueur à la cravate
Trois mille façons de dire je t'aime

Miss Charity (illustré par Philippe Dumas)
De grandes espérances, de Charles Dickens
(adapté par Marie-Aude Murail et illustré par Philippe Dumas)

Collection Belles vies
Charles Dickens

La série des *Nils Hazard* :
Dinky rouge sang
L'assassin est au collège
La dame qui tue
Tête à rap
Scénario catastrophe
Qui veut la peau de Maori Cannell ?
Rendez-vous avec Monsieur X

Cet ouvrage a été achevé d'imprimer
sur Roto-Page
par l'Imprimerie Floch à Mayenne
en mars 2021

N° d'impression : 98035
Imprimé en France